Garry Jenkins

STAR

Wie der
KRIEG DER STERNE
entstand

WORKS

Ins Deutsche übertragen
von Cécile G. Lecaux

BASTEI
LÜBBE

BASTEI-LÜBBE-TASCHENBUCH
Band 21 903

Erste Auflage: Dezember 1997

Deutsche Lizenzausgabe 1997 by Bastei-Verlag
Gustav H. Lübbe GmbH & Co., Bergisch Gladbach
Originaltitel: Empire Building
Lektorat: Beate Stefer/Michael Schönenbröcher
Innenfotos: Gary Kurtz, Rex Features, Fotos International,
Media Press International, Sipa-Press
Titelbild: Reinhard Borner
Umschlaggestaltung: Gisela Kullowatz
Satz: Fotosatz Steckstor, Rösrath
Druck und Verarbeitung:
Groupe Herissey, Évreux, Frankreich
Druck-Nr.: 40094
Printed in France

ISBN 3-404-21903-1

Der Preis dieses Bandes versteht sich einschließlich
der gesetzlichen Mehrwertsteuer.

Für Tina, Graham und Penny

INHALT

DANKSAGUNGEN

Die Recherchen für dieses Buch habe ich in London und Los Angeles durchgeführt, wo mir Todd Coleman, Autor beim *Hollywood Reporter* und der *Los Angeles Times*, zur Seite stand. Zuallererst bin ich Todd zu Dank verpflichtet; sein Eifer und Enthusiasmus – ganz zu schweigen von seinem wahrhaft beeindruckenden Adreßbüchlein – sind mir eine unschätzbare Hilfe gewesen. Tatsächlich wäre es ohne ihn nahezu unmöglich gewesen, dieses Buch zu schreiben. Ich freue mich bereits darauf, in der Zukunft wieder mit ihm zusammenzuarbeiten.

Gemeinsam ist es Todd und mir gelungen, mit einer Vielzahl von Personen zu sprechen, die die Gemeinsamkeit aufwiesen, alle an den außergewöhnlichen Ereignissen von vor zwei Jahrzehnten teilgehabt zu haben. Diesseits des Atlantiks möchte ich meinen ganz besonderen Dank Gary Kurtz aussprechen, dessen Großzügigkeit über die vielen Stunden hinausging, die er Gesprächen mit mir gewidmet hat. Außerdem bin ich Sir Alec Guinness zu großem Dank verpflichtet, der viel Zeit und Mühe in mein Projekt investiert hat, obgleich er sich gerade erst von einer schweren Erkrankung erholte. Hervorheben möchte ich darüber hinaus Dave Prowse für seine Unterstützung nicht nur beim Wiederauflebenlassen seiner Tage als Darth Vader, sondern auch für seine Hilfe bei der Kontaktaufnahme mit anderen Darstellern von *Krieg der Sterne*.

In Los Angeles waren mir Charles Lippincott, John Dykstra, Jim Nelson, ›Bunny‹ Alsup, Johnny Friedkin, Gareth Wigan und Howard Kazanjian eine besondere Hilfe – sie alle haben sich trotz überfüllter Terminkalender Freiraum geschaffen, um lange Stunden damit zu verbringen, die Ereignisse von vor zwei Jahrzehnten Revue passieren zu lassen.

Weitere Gesprächspartner, denen ich besonders zu Dank verpflichtet bin, sind unter anderen Peter Mayhew, Kenny Baker, Anthony Waye, Dave Okada,

Fred Roos, Tim Deegan, Ray Gosnell, Craig Miller, Valerie Hoffman, Louis Friedman und Jonathan Dana. Wie immer gab es auch solche Helfer, die es vorgezogen haben, nicht genannt zu werden.

Die Recherchen sind in der *Academy of Motion Pictures, Arts and Sciences Margaret Herrick Library* in Los Angeles erfolgt sowie in der Bibliothek des *British Film Institute* in London. Ich möchte es nicht versäumen, den Angestellten des *British Film Institute* meinen besonderen Dank auszusprechen für ihren bemerkenswerten Einfallsreichtum und ihren Enthusiasmus. Darüber hinaus danke ich Paul Y., Geoff S. und Brian O. für ihre Materialbeiträge.

Mehr denn je muß ich Cilene dafür danken, daß sie eine diesmal ganz besonders knappe Deadline eingehalten und mein häufiges Abtauchen in andere Persönlichkeiten ertragen hat, während ich mich verzweifelt bemüht habe, am Ball zu bleiben.

Last but not least möchte ich dem Team von Simon & Schuster sowie Ingrid Connell für ihr höchst einfühlsames und hilfreiches Lektorat meinen Dank aussprechen, Matthew Parker für seine Unterstützung bei der Geburt des Werkes und nochmals Helen Gummer, ohne deren persönlichem Einsatz dieses Buch niemals aus der Taufe gehoben worden wäre. Ich hoffe, das vorliegende Werk rechtfertigt das Vertrauen, das sie in das Projekt gesetzt hat.

VORWORT

Am Abend des 25. Mai 1977, ein Mittwoch, führte George Lucas seine Frau Marcia zu einem frühen Abendessen in eins ihrer Lieblingslokale in Los Angeles aus. Sie freuten sich beide auf diesen Abend und ihre gemeinsame Abreise nach Hawaii am nächsten Tag, zu den ersten längeren Ferien in sechs Jahren.

Die Wahl des Lokals sagte viel über das Paar aus, zwei der genialsten jungen Filmemacher Amerikas. So wie die Lucas war auch das Hamburger Hamlet auf dem Hollywood Boulevard sehr bodenständig und entschieden untypisch für Hollywood. Früher hatten die Großen der Traumfabrik die Restaurants und Cocktailbars der Gegend, der sogenannten Starmeile, bevölkert, aber inzwischen wurde das Viertel von Underdogs, Drogensüchtigen, Nutten und kleinen Gaunern beherrscht. In gewisser Weise war der traurige Abstieg der Gegend symbolisch für das Verblassen des Goldenen Zeitalters Hollywoods. Ende der Siebziger hätte sich kaum ein Star oder Studiobetreiber dort blicken lassen – erst recht nicht an einem so ereignisreichen Abend.

George und Marcia war nur zu bewußt, daß der dritte Film, bei dem Lucas Regie geführt hatte, ein Weltraummärchen namens *Star Wars – Krieg der Sterne*, an diesem Tag in zwei Kinos in Los Angeles angelaufen war. Nach ihrer kleinen bescheidenen Feier an diesem Abend stand dem Regisseur noch eine Session in einem Tonstudio bevor, in dem er seit längerem an einer Spezialaufnahme des Filmsounds gearbeitet hatte, die bis zum folgenden Wochenende fertig sein mußte. Wahrscheinlich würde er vom Mischpult aus direkt zum Flughafen fahren müssen, von wo aus er mit seiner Frau nach Maui starten wollte. Früher an diesem Tag hatte er es gerade noch geschafft, die Deadline für die Abgabe der letzten Filmspulen einzuhalten. In einem der beiden Kinos in L.A. war der Film angelaufen, bevor der Höhepunkt und Schluß im Projektionsraum eingetroffen war. Der Tag war irgendwie die Krönung der vier schweißtreibenden Jahre gewesen, die Lucas darum gekämpft hatte, seinen Film zu verwirklichen.

Lucas hatte schon 1973 von diesem Streifen geträumt; damals hatte er die Geschichte geschrieben, die ›vor langer Zeit in einer weit, weit entfernten Galaxis spielt‹. *Krieg der Sterne* ist die Geschichte eines jungen Farmerjungen, der in eine Rebellion gegen ein böses intergalaktisches Imperium verwickelt wird, eine Parabel, in die Themen von der Artus-Legende bis zur griechischen Tragödie einflossen, von *Flash Gordon* bis hin zu *Unter Piratenflagge*. (*Anm. des Lektors:* Alle Titel von Filmen und TV-Produktionen, die auch in Deutschland liefen, sind mit den hierzulande bekannten Namen übersetzt.) Vollgestopft mit verblüffenden Spezialeffekten und actionreichen Weltraumgefechten, war der Film eine unmoderne, unzynische und schamlose Hommage an die Art von Kino, das Hollywood vergessen zu haben schien, eine Rückkehr in die Zeit, da Errol Flynn und John Wayne die Leinwand beherrscht hatten; Filme, wie Lucas sie als kleiner Junge geliebt hatte. Aber der schüchterne dreiunddreißigjährige Brillenträger aus Nordkalifornien wäre beinahe an der Umsetzung des *Star-Wars*-Projektes zerbrochen. Nach mehreren gravierenden Rückschlägen im vergangenen Jahr war er mit Blaulicht ins Krankenhaus eingeliefert worden, offenbar am Rande eines Nervenzusammenbruchs. Damals schon hatte Lucas sich geschworen, sich nie wieder die unerträgliche Last aufzubürden, bei einem Film Regie zu führen.

Die Erfahrung war für seine Frau nicht weniger erschöpfend gewesen. Monatelang war das Eheleben der Lucas auf knappe Wortwechsel und flüchtige Begegnungen im Treppenhaus ihres kleinen Heims in Los Angeles beschränkt gewesen. Während George die ganze Nacht durcharbeitete, schuftete Marcia den ganzen Tag, wobei sie neben ihrer Arbeit an Martin Scorseses *New York, New York* noch den Film ihres Mannes schnitt und schliff. Sie hatten sich inzwischen derart auseinandergelebt, daß Marcia dazu übergegangen war, ihrem Mann kleine Nachrichten zu hinterlassen, in denen sie ihn fragte, ob sie sich zum Frühstück treffen könnten.

Den fertigen Film zu sehen hatte nicht viel dazu beigetragen, den Druck, unter dem sie beide standen, zu mildern. Im Gegenteil. Wenn überhaupt, hatte sich die Situation noch zugespitzt. Tage vor der Premiere, bei einer Vorführung für Vorstandsmitglieder von 20th Century Fox, die Investoren und Vertreiber des Films, hatten einige der allmächtigen Entscheidungsträger *Krieg der Sterne* als spätpubertäre Spielerei abgetan. Ein oder zwei waren sogar im Kino eingeschlafen. Lucas hatte jedoch auch Verbündete; der Produktionschef des Studios, Alan Ladd jr., war überzeugt davon, daß sie mit dem Streifen einen Volltreffer landen würden. Und doch hörte der pessimistische Lucas neben jeder Stimme, die ihm versicherte, daß sein Film erfolgreich sein würde, zwei Stimmen, die ein Desaster prophezeiten. Manch einer fragte sich sogar, ob *Krieg der Sterne* mit seinen Produktionskosten von mehr als 10 Millionen Dollar nicht ein einstmals großes Filmstudio nach einer schwierigen Dekade endgültig in die Knie zwingen würde.

Alles in allem war also verständlich, daß George und Marcia Lucas eher erleichtert als euphorisch waren, eher Leere als Erregung verspürten, als sie an diesem Abend zum Essen gingen. Sie waren vor allem dankbar, daß ihre acht Jahre währende Ehe diese bislang streßigste Phase überstanden hatte. Es war an der Zeit, *Krieg der Sterne* und Hollywood zu vergessen und sich auf die üppig grünen Landschaften und traumhaften weißen Strände Hawaiis zu freuen.

Die Lucas parkten ihren Wagen in einer Nebenstraße in der Nähe des Hamburger Hamlet und gingen dann zu Fuß zurück in Richtung der Einmündung auf den Hollywood Boulevard. Als sie um die Ecke bogen, trauten sie ihren Augen nicht.

Sie hatten erwartet, daß der Bürgersteig mit dem üblichen Treibgut der Straßen von L.A. bevölkert sein würde. Statt dessen blickten sie auf eine endlos lange Menschenschlange, die sich die in grelles Neonlicht getauchte Straße hinunterwand. Die Schlange – die längste, die sie je gesehen hatten – endete am berühmten Mann's Chinese Theater, einen Katzensprung vom Hamburger Hamlet entfernt. Vor dem protzigen Filmtheater im orientalischen Stil, einer wahren Institution des Alten Hollywood, vor dem die Hand- und Fußabdrücke von Chaplin und der Monroe, Gable und Wayne in Zement verewigt waren, drängten sich noch Dutzende Menschen mehr, um den Film zu sehen, der in riesigen Lettern unter der Markise mit dem Drachen angekündigt war: *Star Wars*.

Einen Augenblick standen George und Marcia sprachlos da. Aber es dauerte nicht lange, bis sie von ihren Gefühlen überwältigt wurden. »Wir sind in die Knie gesunken«, gestand George später.

Im Inneren des Hamburger Hamlet bat das Paar mit Tränen in den Augen um einen Tisch am Fenster. Sie registrierten kaum, was sie aßen, so sehr waren sie damit beschäftigt, das Szenario draußen auf der Straße zu beobachten.

Später an diesem Abend sollte Lucas erfahren, daß die Schlangen sich schon um acht Uhr an diesem Morgen gebildet hatten. Ganz ähnliche Szenen hatten sich einige Meilen weiter vor dem Avco-Kino im schicken Vorort Westwood am Rand des ausgedehnten UCLA-Campus abgespielt. Und auch vor weiteren 30 Kinos in ganz Amerika, von Cincinnati bis San José und von Pittsburgh bis Portland war der Menschenauflauf gigantisch gewesen,

Um 10 Uhr morgens hatten die ersten paar tausend Besucher Platz genommen, um *Krieg der Sterne* zu sehen, und die Schlangen lösten sich erst auf, als die letzte Vorstellung kurz vor Mitternacht ausverkauft war. Überall waren Besucherrekorde vermeldet worden.

Im Laufe der folgenden Monate sollten die Menschenschlangen die Grenzen des Hollywood Boulevards sprengen, sich über Amerika und die ganze Welt erstrecken. *Krieg der Sterne* sollte zum erfolgreichsten Kinofilm aller Zeiten avancieren.

An diesem Abend war er sprachlos, aber mit der Zeit begann George Lucas über die süße Ironie seines Triumphes zu sinnieren. In den Jahren, die zu diesem großen Moment geführt hatten, war es ihm unglaublich schwergefallen, irgend jemanden für *Star Wars* zu begeistern. Diese Erfahrung hatte bestätigt, was er bereits bei der Realisierung seiner ersten beiden Filme gelernt hatte: daß es eine bittere und desillusionierende Erfahrung sein konnte, innerhalb des alten Establishments von Hollywood zu arbeiten. Und jetzt erschütterte sein Film eben dieses Establishment bis in seine Grundfesten. Das alte Reich, das Hollywood gewesen war, würde nie wieder dasselbe sein.

In vieler Hinsicht erscheint *Krieg der Sterne* wie eine Metapher für die Geschichte, die hinter seiner Realisierung steht. Sie begann vor langer Zeit, in einer weit, weit entfernten Galaxis ...

Von Erfolg gekrönt ist meine simple Gabe,
Wenn ich dem Jungen, der bereits halb Mann
Oder dem Mann, der noch halb Knabe
Eine Stunde Freude schenken kann.

Arthur Conan Doyle
Vorwort von Die verlorene Welt

KAPITEL 1

JUNIOR GENIUS

1954 war der Augenblick, da der zehnjährige George Lucas jr. jeden Abend seine Lieblings-Fernsehshow einschaltete, der Mittelpunkt seines jungen Lebens.

Die ersten flackernden Schwarzweißbilder waren dem Lucas-Haushalt in diesem Sommer in der Ramona Avenue in Modesto, Kalifornien, beschert worden. Nachdem er sich Jahre gesträubt hatte, hatte sein Vater, George Lucas sen., sich endlich breitschlagen lassen, der Familie einen Fernsehapparat zu kaufen.

Damals war die Zeit der netten Familiensendungen wie *Alle lieben Lucy* und *The Adventures of Ozzie and Harriet*. Und doch kam für den schüchternen, spindeldürren George jr. der Höhepunkt jedes Tages lange vor dem Programm zur besten Sendezeit, nämlich exakt um achtzehn Uhr. Seine schwarze Katze Dinky um die schmalen Schultern gelegt, hockte er wie gebannt vor KRON-TV, das vom nahe gelegenen San Francisco sendete, und wartete ungeduldig auf die Filmmusik, die das halbstündige *Adventure Theater* ankündigte. In dieser Show wurden die berühmtesten Hollywood-Filmserien der 30er und 40er Jahre gezeigt. Abend für Abend verfolgte der junge George Junior die aufregenden Abenteuer von Helden wie Spy Smasher und Tailspin Tommy, Lash La Rue und The Masked Marvel. Er versäumte nicht eine einzige Folge. Wenn das Programm sich mit dem Abendessen überschnitt, fand er stets Mittel und Wege, den schweren Apparat auf seinem schwenkbaren Fuß so zu drehen, daß er vom Eßtisch in der Küche aus weiter fernsehen konnte.

Von allen Klassikern der Reihe *Adventure Theater* reichte keiner an *Flash Gordon Conquers the Universe* mit Buster Crabbe heran. Schon seit Jahren hatte George jr. die Abenteuer des amerikanischen Helden und seinen ewigen Kampf gegen den bösen Herrscher Ming in seiner Comic-Sammlung verfolgt. Der Anblick des muskelbepackten Crabbe, der Flash endlich zum Leben erweckte, hinterließ einen tiefen, unauslöschlichen Eindruck.

George jr. liebte die pompösen mittelalterlichen Kostüme und die flammenspeienden Raketen, die kitschigen Dialoge und die spannenden Schlußszenen. Nachts im Bett malte er sich aus, wie er Flash auf seinen Reisen in die fernen Winkel des Weltalls begleitete.

Jahre später sollte er zugeben, daß diese Episoden ihn inspiriert hatten. »Ich habe die Flash-Gordon-Folgen geliebt«, meinte er. »Sie haben mich entscheidend beeinflußt. Die Art, wie ich die Dinge sehe, wie ich Dinge interpretiere, wurde durch das Fernsehen geprägt. Visuelle Konzeption, Schnelligkeit, viele Schnitte. Ich kann nicht anders. Ich bin ein Produkt des Fernsehzeitalters.«

Inzwischen haben seine Träume von Heldentaten in entlegenen Winkeln einer anderen Galaxis George Lucas jr. zu einem der erfolgreichsten und gefeiertsten Menschen der Welt gemacht. Damals in seiner Kindheit erfüllten seine Phantasien noch eine simplere Funktion. Sie waren eine Möglichkeit, der erdrückenden – und zuweilen grausamen – Normalität seines Daseins zu entfliehen.

»In *Star Wars* steckt mehr von mir selbst, als ich mir eingestehen möchte«, sollte Lucas später einer faszinierten Welt mitteilen. Wenn der Ursprung seiner Phantasie in der Realität seiner Kindheit lag, fällt es nicht schwer, die früheste und offenkundigste Referenz hierfür in der Geschichte zu entdecken, die sein Leben verändert hat.

Gegen Anfang des Films sagt Lucas' junger Held Luke Skywalker über seine Heimat, den öden Planeten Tatooine: »Wenn das Universum ein helles Zentrum hat, bist du auf diesem Planeten am weitesten davon weg.« Dies beschreibt so ziemlich George Lucas' Meinung über seinen Geburtsort, in dem er die ersten achtzehn Jahren seines Lebens verbracht hat. Sofern es in Amerika so etwas wie einen strahlenden Mittelpunkt gab, war Modesto, Kalifornien, am weitesten davon entfernt. In den sonnenverbrannten Ebenen Nordkaliforniens gelegen, sechzig Meilen südlich von Sacramento, war die Gemeinde nicht nur dem Namen nach Modesto (bescheiden, mäßig; *Anm. des Übersetzers*). Die Hauptindustriezweige der Stadt waren Walnußanbau und Weinkelterei.

Das berühmte Gallo-Weingut lag ganz in der Nähe. Ende der vierziger Jahre und in den Fünfzigern war das Leben dort auf das gleiche Norman-Rockwell-Idyll reduziert wie in Tausenden anderer amerikanischer Kleinstädte.

George Walton Lucas jr. wurde am 14. Mai 1944 geboren, als drittes von insgesamt vier Kindern von Dorothy und George Lucas sen. Die Eheleute waren Pfeiler der kleinen Gemeinde, in der George sen. eines der erfolgreicheren Geschäfte Modestos führte, den L. M. Morris Schreibwarenladen. George jr. war ihr einziger Sohn; die Töchter Katy und Ann waren älter als er, Wendy drei Jahre jünger. Die Lucas stammten aus völlig verschiedenen Welten. Dorothy war in eine wohlhabende Familie hineingeboren worden, die der Bombergers, deren amerikanische Wurzeln bis ins achtzehnte Jahrhundert zurückreichten. George sen. hingegen war der Sohn eines armen kalifornischen Ölfeldarbeiters, der einer Familie aus Arkansas entstammte, die es in ihrer Geschichte nie sehr weit gebracht hatte. Sie waren von der Großen Depression nach Modesto verschlagen worden und geblieben.

In seiner Kindheit war George jr. klapperdürr und oft krank, so wie seine Mutter Dorothy, die er in seinen ersten Lebensjahren viel zu selten zu sehen bekam. Die Anstrengungen der Geburten schienen ihre Gesundheit zusätzlich beeinträchtigt zu haben, und sie verbrachte während Georges Jugend die meiste Zeit im Krankenhaus oder daheim im Bett. In ihrer Abwesenheit übernahm George sen. die strenge und zuweilen erdrükkende Erzieherrolle. Es schien, als würde er seine ganze Hoffnung und seinen ganzen Zorn auf seinen einzigen Sohn konzentrieren. Ihre schwierige, ambivalente Beziehung spiegelt sich in den guten und bösen Vaterfiguren Obi-Wan Kenobi und Darth Vader und ist Kernstück seiner *Star-Wars*-Geschichte.

George sen. war fest entschlossen, es als erster seiner Familie zu etwas zu bringen. Er hatte schon als sehr junger Mann angefangen, für den L. M. Morris Schreib- und Bürowarenladen zu arbeiten. Als George jr. geboren wurde, hatte er das Geschäft von seinem Gründer erworben und zu einem florierenden Unternehmen gemacht, mit einem Sortiment, das von Spielwaren bis zu Schreibmaschinen reichte.

Bei der Suche nach den Ursprüngen der unternehmerischen Ader und der Philosophie der Sparsamkeit, die George Lucas jr. sein ganzes Leben an den Tag gelegt hat, braucht man nicht weiter zurückzugehen als bis zum Morris-Geschäft und den Predigten, die sein Vater ihm beim Abendessen gehalten hat. ›Geld wächst nicht auf Walnußbäumen‹ und ›Von nichts kommt nichts‹ sind Lebensweisheiten, mit denen Lucas jr. aufgewachsen ist. »Jede Generation sollte eine Depression durchleben müssen«, sagte George sen. häufig. George jr. mußte sich sein Taschengeld mit Rasenmähen verdienen und war gezwungen, die örtliche Methodistenkirche zu besuchen, wo ihm noch mehr Predigten dieser Art gehalten wurden.

Allerdings war das, was sein Vater sagte, kein leeres Geschwätz. George jr. brauchte sich nur umzusehen, um zu verstehen, was er meinte. Das komfortable Haus in der Ramona Avenue war ein Monument von Fleiß und harter Arbeit, gebaut von mühsam gesparten 500 Dollar und betrieben von dem Gehalt, das sein Vater von L. M. Morris bezog.

In der Schule war George jr. still und introvertiert. »Ein magerer kleiner Teufel«, wie sein Vater meinte, und so wurde er bald unausweichlich zum Prügelknaben der Schultyrannen, die beispielsweise auf dem

Heimweg seine Schuhe unter die Sprenger in den Walnußhainen warfen. Im späteren Leben sollte ihm unüberwindbarer Pessimismus anhaften. Der Satz ›Ich habe kein gutes Gefühl dabei‹ sollte zu einem Standardspruch der *Star-Wars*-Trilogie werden. Während seiner Kindheit rechnete George jr. ständig damit, daß hinter der nächsten Biegung etwas Bedrohliches auf ihn lauerte.

Nach Ansicht seines Vaters waren die schlimmsten Buhmänner, vor denen er sich in acht nehmen sollte, die Städter. Für den gottesfürchtigen George sen. waren die Städte Sündenpfuhle voller Bauernfänger und Gauner, Betrüger und Lügner. Am schlimmsten waren in seinen Augen Los Angeles und Hollywood, das er verächtlich als ›Sin City‹ bezeichnete (Stadt der Sünde; *Anm. des Übersetzers*). Lucas gab später zu, daß er in seiner Kindheit ›sehr wütend‹ gewesen sei auf seinen Vater und dessen leidenschaftliche Tiraden gegen die ganze Welt. Und doch konnte George sen. trotz seiner aufbrausenden Art auch ein großzügiger Vater sein. So bekam sein Sohn beispielsweise eine reiche Auswahl der schönsten Spielsachen aus dem Laden. Eine Lionel-Santa-Fe-Eisenbahn mit allem Drum und Dran, einschließlich drei Loks, war die größte und schönste in der ganzen Stadt und das Prunkstück von George jrs. Spielzeugsammlung. Die elektrische Eisenbahn übte eine magische Anziehung auf andere Jungen des Ortes aus, die in Scharen das Haus in der Ramona Avenue besuchten. Aber George jrs. Spielsachen schienen der Hauptgrund für seine Beliebtheit als Kind zu sein. Im allgemeinen war er, wie er es später selbst formulieren sollte, ein stiller, introvertierter junger Mann.

George jr. verbrachte in seiner frühen Kindheit viel Zeit damit, in Comics zu schmökern. Seine Leidenschaft für *Batman* und *Superman*, *Amazing Stories* und *Unexpected Tales* weckte ein frühes Interesse am Zeichnen, wofür er ein sehr offenkundiges Talent besaß. Andererseits hatte sein Hobby auch Schattenseiten, da er in der Schule hinterherhinkte und man sich wegen seiner

Schreib- und Leseschwäche sorgte. Einer Familienlegende zufolge stand seine Schwester Wendy um 5 Uhr früh auf, um die Rechtschreibung ihres großen Bruders zu korrigieren, bevor dieser zur Schule ging.

Wenn er als kleiner Junge schon introvertiert war, wurde er von seinem zehnten Lebensjahr an, als sein Vater endlich einen Fernseher daheim gestattete, beinahe unsichtbar. Das Veto, das George sen. bis dahin ausgesprochen hatte, hatte nicht damit zu tun, daß er diese neue Erfindung abgelehnt hätte. Tatsächlich hatte er regelmäßig einen Freund besucht, um dort fernzusehen. George sen. hatte lediglich abwarten wollen, bis die neue Technologie weiterentwickelt worden war, bevor er Geld für ein eigenes Gerät ausgab. Die gleiche Vernunft sollte sein Sohn später an den Tag legen.

Um 1957 herum bezog die Familie eine abgeschiedene Walnußfarm am Ortsrand, und George jr. zog sich noch mehr in sein Schneckenhaus zurück. Wenn er von der Schule nach Hause kam, lief er sofort rauf auf sein Zimmer, spielte Schallplatten von Elvis Presley und Chuck Berry, las in seinen geliebten Comics und naschte dabei Hershey-Riegel. Er fühlte sich in seiner eigenen Welt geborgener und sicherer.

Als kleiner Junge liebte er es, Modelle zu basteln. Er baute sich sein eigenes kleines Viertel mit breiten, detailgetreuen Straßen inmitten von Bergen aus Pappmaché, durch die idyllische Flüsse strömten. Sein Vater konnte diese Leidenschaft schwer nachvollziehen. »Es war schwer, ihn zu verstehen; er lebte ständig in einer Traumwelt«, meinte George sen. hierzu.

Bald schon zeigte sein Sohn Interesse an Fotografie. Mißbilligend registrierte sein Vater, daß er seine erste Kamera von seiner Mutter geschenkt bekam, anstatt sich das Geld hierfür selbst zu verdienen. »Er hat nie auf mich gehört«, sagte George sen. Jahre später. »Wenn er eine Kamera wollte oder dies oder jenes, hat es er auch bekommen.«

Viele von George Jrs. Freunden hatten regelrecht Angst vor seinem Vater. Er scheint eine sehr furchteinflößende Gestalt gewesen zu sein. Und doch brachte George jr. nach und nach den Mut auf, sich ihm zu widersetzen, wobei er für gewöhnlich seinen Grips einsetzte.

Zu Anfang äußerte sich seine Rebellion noch in Kleinigkeiten. Noch in der Ramona Avenue hatte George jr., frustriert von der Langsamkeit des Rasenmähers seines Vaters, sein Taschengeld gespart und seine Mutter überredet, ihm für den Restbetrag einen Kredit einzuräumen, um einen neuen Mäher zu kaufen. Sein Vater hatte die Initiative seines Sohnes scheinbar ebenso bewundert, wie er den rebellischen Akt mißbilligt hatte.

Die bedeutendste und unausweichlichste Rebellion gegen die Norman-Rockwell-Stabilität seines Lebens erfolgte, als Comics und Fernsehen von einer weiteren sehr amerikanischen Leidenschaft abgelöst wurden – Autos. Mit fünfzehn Jahren sprach George jr. von nichts anderem mehr. Modesto und seine Walnußhaine mit ihrem Netz aus langen, geraden Straßen waren ein Magnet für Fahrer von Sportwagen und frisierten Autos. George sen. fand, daß der beste Weg, die Sicherheit seines Sohnes zu garantieren, darin bestand, ihm seinen ersten Wagen persönlich auszusuchen. Der kleine Fiat Bianchina, den er auswählte, hatte eine winzige zweizylindrige ›Nähmaschine‹ als Motor und hätte Mühe gehabt, bei einem Rennen einen Motorroller zu schlagen.

Den Rest seines High School-Lebens wendete George jr. jeden Dollar, den er erübrigen konnte, dafür auf, seinen Fiat zu frisieren. Eine Werkstatt in Modesto mit dem passenden Namen Foreign Car Service wurde zu seinem zweiten Zuhause. »Mein Vater dachte, ich wollte Automechaniker werden und würde es nie zu etwas bringen.«

Sein Auto verlieh George ein Gefühl von Identität. Jeden Abend setzte er sich ans Steuer seines Fiat, der inzwischen mit einem offenen Dach und Überrollbügeln ausgestattet war, und gesellte sich zu einer Generation gleichgesinnter Jugendlicher, die durch die

Straßen von Modesto kreuzten. »Fast vier Jahre meines Lebens habe ich fast jedes Wochenende von drei Uhr nachmittags bis ein Uhr früh damit verbracht, durch die Gegend zu fahren«, erinnerte er sich.

An den meisten Abenden hielt er an einem Schnellimbiß namens Round Table und hing dort mit einer Gang ölverschmierter Biker herum, mit denen er sich angefreundet hatte. Darauf bedacht, sich anzupassen und dazuzugehören, nahm George jr. die ›Uniform‹ der Greaser an (Automechaniker; *Anm. des Übersetzers*). Er kämmte sich das Haar mit Vaseline zurück, trug schmutzige Jeans und eine blaue Filzjacke. Er wurde das Fünfundvierzig-Kilo-Maskottchen der harten Jungs. Oft schickte man Lucas allein voraus ins Round Table, damit er den Köder für eine Prügelei spielte. Gangs wie die mit Lederjacken bekleideten Faros fielen darauf herein, forderten ihn heraus und stellten zu spät fest, daß seine schlagkräftige Leibgarde gleich um die Ecke wartete. »Ich hatte immer Angst, selbst etwas abzubekommen«, gestand Lucas und gab zu, daß dies die undisziplinierteste Phase seines Lebens war. »Ich war ein Unruhestifter«, sagte er. »Ich trieb mich mit wirklich schlimmen Jungs herum.« Aber diese Erfahrung sollte sich bezahlt machen.

Es dauerte nicht lange, und Autos boten eine willkommene Möglichkeit, der Banalität Modestos zu entfliehen. George jr. hatte begonnen, die kalifornische Rennszene zu verfolgen. Anfangs hielt er sich noch in den Boxen auf und motzte Wagen für andere Fahrer auf. Aber schon bald entdeckte er, daß er selbst Talent zum Rennfahrer besaß.

George hatte auf einer Go-Kart-Bahn gleich hinter dem Foreign Car Service in Modesto gelernt, seinen Wagen bei großer Geschwindigkeit zu steuern. Die Leichtigkeit des Fiat und seines fliegengewichtigen Piloten verliehen ihm einen kleinen Vorteil gegenüber den größeren, leistungsstärkeren Wagen. Nach kalifornischem Gesetz durfte man erst mit 21 Jahren an einem offiziellen Rennen teilnehmen, aber George stellte bald fest, daß diese Regelung nicht auf den Strecken inoffizieller Autocross-Rennen galt, die auf Jahrmarktsplätzen im ganzen Land stattfanden. Bald darauf gewann er seine ersten Pokale.

Die prickelnde Atmosphäre auf den Rennstrecken hätte nicht stärker mit der Langeweile und den Demütigungen auf der High School kontrastieren können. In vieler Hinsicht wog sein Rennfahrertalent seinen mangelnden akademischen Erfolg auf. Lucas war weder auf der Modesto High noch auf der Thomas Downey High School ein guter Schüler. Sein IQ lag irgendwo um die 90, und seine grundlegenden Talente fielen nicht ins Gewicht. »Ich war nie ein besonders guter Schüler. Ich bin nicht das, was man einen Schnell-Leser nennen würde. In Rechtschreibung habe ich meine Schwächen, und in Mathe bin ich eine Null«, sagte er über sich selbst. »Ich habe mich nie als im akademischen Sinne intelligent betrachtet.«

Sein mangelndes Interesse war auch nicht sehr hilfreich. Im letzten Jahr war George jr. als D-Student abgestempelt. Als die Examen näherrückten, bestand die sehr reale Gefahr, daß er durchfiel – eine Vorstellung, die in Betracht zu ziehen bei einem Vater wie seinem zu schmerzlich war. Aber wie es sich ergab, sollte sein High School-Schicksal – ja sogar seine ganze Zukunft – sich außerhalb des Klassenzimmers entscheiden.

Sofern es einen Schlüsselmoment im jungen Leben des George Lucas jr. gegeben hat, dann war es der Nachmittag des 12. Juni 1962, ein Donnerstag. Nur drei Tage vor den Prüfungen an der Thomas Downey High School raste er mit seinem Fiat die Straße hinunter, die durch die Walnußhaine hinter dem Haus führte. Er war auf dem Rückweg von der Stadtbibliothek, wo er kurz vor dem Stichtag noch etwas gepaukt hatte.

Der Straßenabschnitt war gefährlich – sieben seiner Schulkameraden waren bei einem einzigen schrecklichen Unfall dort umgekommen, als ihr Wagen mit 100

Meilen pro Stunde gegen einen Baum geknallt war. Als George Lucas jr. nach links in die unbefestigte Straße abbog, die zum Haus seiner Eltern führte, wurde er seitlich von einem Chevrolet Impala gerammt, an dessen Steuer ebenfalls ein Teenager aus Modesto saß. Von der grellen Sonne geblendet, hatten weder Lucas noch der andere Fahrer einander gesehen.

Der Fiat wurde durch den Aufprall auf die Bäume zugeschleudert. Wie durch ein Wunder löste sich beim mehrmaligen Überschlagen des Fiat Lucas' Sicherheitsgurt, so daß er durch die Öffnung im Dach geschleudert wurde, während sein Wagen sich ›wie ein Brezel‹ um einen Baum wickelte. Lucas verlor das Bewußtsein; der andere Fahrer kam mit dem Schrecken davon.

Als man ihn in das Modesto City Hospital brachte, befand sich der achtzehnjährige George in kritischem Zustand. Er hatte starke innere Blutungen und mußte künstlich beatmet werden.

Der Unfall lenkte zum ersten Mal die Aufmerksamkeit der Medien auf Lucas. Ein Artikel über den Zusammenstoß mit einem Bild des schrottreifen Fiat prangte auf der Titelseite der Lokalzeitung, dem *Modesto Bee*.

Er sollte vier Monate brauchen, um sich von dem Unfall zu erholen. Die endlosen Stunden, die er ans Bett gefesselt war, sollten seine Lebenseinstellung grundlegend verändern. Als Junge hatte George jr. gegen die ihm aufgezwungene Religion der Methodistenkirche aufbegehrt. Während er dalag und an die Krankenhausdecke starrte, erlebte er jedoch eine Art Epiphanie. »Als sie mich aus dem Graben zogen, dachten sie, ich wäre tot. Ich atmete nicht mehr und hatte einen Herzstillstand. Ich hatte zwei Knochenbrüche und gequetschte Lungen«, erinnerte er sich. »Eigentlich hätte ich tot sein müssen. Wäre ich nicht aus dem Wagen geschleudert worden, hätte ich nicht überlebt.« Als er sein bisheriges Leben gründlich unter die Lupe nahm, auf die Rennen und seine stundenlangen abendlichen Touren zurückblickte, kristallisierte sich eine deprimierende Metapher heraus. Lucas erkannte, daß er einen Weg eingeschlagen hatte, der nirgendwohin führte – und das rasant. Er entschied, daß alles anders werden würde, wenn er das Krankenhaus erst wieder verlassen hatte.

»Vor dem Unfall habe ich nie groß nachgedacht«, sagte er Jahre später rückblickend. »Wenn man so etwas erlebt, rückt das die Dinge in eine andere Perspektive; man hat das Gefühl, als hätte das eigene Leben einen ganz bestimmten Zweck ...«

1966 war George Lucas jr. sicher, erkannt zu haben, warum bei dem Unfall sein Leben verschont geblieben war. Jeden Abend sah er sich auf der Rennbahn von Willow Springs, nördlich von Los Angeles, einen leuchtendgelben Rennwagen an, der um die enge, gewundene Bahn raste. Zwischendurch warf er immer wieder einen nervösen Blick von der Bahn zur Stoppuhr des Rennwarts, der die Zeit stoppte, die der Rennwagen für jede Runde brauchte.

Lucas' Faszination für Geschwindigkeit war geblieben, hatte sich jedoch in eine tiefergehende und dauerhaftere Leidenschaft gewandelt.

Bei Lucas standen die vierzehn Mechaniker des Rennteams, Kameraleute und Tontechniker, die inzwischen für ihn arbeiteten. Im Dunkeln beschloß Lucas seine letzte Arbeit als studentischer Filmemacher – ein Film, der sich völlig um das Auto und seinen Kampf mit der Uhr drehte.

Lucas war im Abschlußjahr an der University of Southern California. Dort hatte er sich hoffnungslos in die Kunst des Filmemachens verliebt. Sein Entschluß, nach ›Sin City‹ zu gehen, stand in krassem Widerspruch zu den Ratschlägen seines Vaters. Die Spannung zwischen ihnen war übergekocht, als George jr. verkündet hatte, daß er an der San Francisco Art Kunst studieren wolle. Sein Vater, der insgeheim gehofft hatte, daß George in seine Fußstapfen treten und das Geschäft übernehmen würde, hatte seinem Sohn prophezeit, daß sein Entschluß in einer Katastrophe enden würde. George jr. machte seinem jahrelangen Frust Luft und erklärte anmaßend, daß er ihm das Gegenteil beweisen und mit dreißig Millionär sein würde.

Letztendlich war Lucas jedoch nur ein Semester an der San Francisco State geblieben.

Einer seiner Rennfahrerfreunde, Haskell Wexler, für den er einen Wagen gebaut hatte, überredete ihn, an die kosmopolitische USC zu wechseln. Wexler, ein sehr talentierter Kameramann, sollte noch Jahre sein Glücksbringer sein.

In dem Bestreben, mit seinem Sohn Frieden zu schließen, erklärte George sen. sich bereit, ihm ein Gehalt von 200 Dollar monatlich zu zahlen, solange er sein Studium ernsthaft betrieb. »Wenn ich abbrach, war ich ganz auf mich allein gestellt«, erinnerte sich Lucas einmal.

Wie schon auf der High School, mangelte es Lucas deutlich an akademischer Brillanz. Er mußte Kurse in freier Kunst belegen, um seinen Abschluß zu schaffen. Dennoch wurde das Kino schon bald zu seiner größten Leidenschaft.

In seiner Jugend in Modesto hatten ihn Kinofilme nicht sonderlich beeindruckt. »Ich ging nur ins Kino, um Mädchen anzubaggern. Ich war völlig auf Autos fixiert«, sagte Lucas. »Überhaupt dauerte es Jahre, ehe gute Filme bei uns zu Hause liefen. Und ausländische Filme wurden erst gar nicht gezeigt.« In einer Welt, in der die Helden Jean-Luc Godard und Federico Fellini hießen anstatt Flash Gordon und Spiderman, wurde Lucas neugeboren.

Die Kunst des Filmemachens erlernte er mit der gleichen Selbstverständlichkeit wie eine Ente das Schwimmen.

In ihrem eigenen Gebäude weiter entfernt vom Hauptcampus untergebracht, wurden die ›Filmstudenten‹ allgemein als Außenseiter betrachtet.

»Wir wurden als eine Gruppe Exzentriker angesehen.

Es waren fast alles Jungs. Nur sehr wenige Frauen«, erinnerte sich einer von Lucas' Kommilitonen, Howard Kazanjian.

Lucas, hager, Brillenträger, häufig in Kleidern, die ihm viel zu weit waren, schien alles und jeden um sich herum zu taxieren. »Er war klein, still, aufmerksam, intelligent, gewitzt – wie eine Katze, der nichts entgeht«, sagte Kazanjian. »Er versuchte sich über einiges klarzuwerden. Ob das wirklich der Beruf war, den er ausüben wollte, wie genau dieses Geschäft ablief, das man Film nannte. Was hieß Produzieren, Beleuchten?« Aber niemand interpretierte Lucas' Zurückhaltung als Mangel an Courage. Den Kursstatuten zufolge mußten Studentenfilme schwarzweiß gedreht werden und waren auf 150 Meter Film beschränkt. Lucas sah den Film als Ausrede, Regeln nicht einzuhalten, sondern zu brechen.

»George war ein Rebell«, erinnerte sich Kazanjian. »Er sagte: ›Ich werde meinen Film in Farbe drehen. Und ich halte mich auch nicht an die Materialbegrenzung und die vorgeschriebene Länge des fertigen Films.‹«

Sein Filmemacher-Talent hob ihn schon bald von den anderen ab. Sein Rennwagen-Film mit dem Titel *1:42:08*, nach der Rundenzeit des gelben Rennautos, eroberte alle im Sturm. »Es sah aus wie bei einem Grand Prix, während alle anderen irgendein kleines Filmchen auf dem Campusgelände gedreht hatten«, erinnerte sich John Milius, ein weiterer Kommilitone, der dazu bestimmt war, in Lucas' Fußstapfen zu treten. »Es war, als wären dem, was er noch versuchen würde, keine Grenzen gesetzt.« Lucas erzählte Milius, daß er jemanden kenne, der ein Flugzeug besäße, eine P51. »Denk dir eine Story aus, die die P51 einschließt«, sagte er zu seinem Freund.

Lucas' Filme rangierten von Avantgarde bis Mainstream. Einer davon bestand aus künstlerischen Aufnahmen unidentifizierbarer glänzender Oberflächen.

Am Schluß enthüllte die Kamera dann, daß es sich um die Karosserie eines VW gehandelt hatte. Lucas nannte den Film *Herbie*. Viel bodenständiger war ein Dokumentarfilm über einen Diskjockey namens Emperor Hudson. In der Mitte von *The Emperor* wurden die Filmtitel gebracht, und während des ganzen Streifens lief immer wieder Werbung. »Es war außergewöhnlich«, so Milius. »Er war völlig frei. Er sagte, wir könnten einfach *alles* tun.«

Eine weitere Charaktereigenschaft von Lucas hatte sich inzwischen ebenfalls herauskristallisiert. Lucas konnte Dummköpfe nicht ertragen. Glücklicherweise stieß er auf eine Gruppe von Leuten, die genauso empfanden. In ihrer vierzigjährigen Geschichte hatte die USC noch nie so viele brillante Studenten auf einem Haufen vorweisen können wie Mitte der sechziger Jahre. Auf dieser Grundlage bildete sich ein sehr enggestrickter Freundeskreis. »Wenn man loszog und einen aufregenden Film sah, freundete man sich sofort mit diesem Typen an«, erklärte Walter Murch, der zusammen mit den Studenten John Milius, Howard Kazanjian, Hal Barwood, Matthew Robbins und anderen eine sich gegenseitig tatkräftig unterstützende Clique bildete, die sich selbst den Spitznamen ›The Dirty Dozen‹ gab, ›das dreckige Dutzend‹.

Die Studenten verband eine Kameradschaft, die über die Jahre erhalten bleiben sollte. Ihr Held war Orson Welles, und ihr gemeinsamer Traum war es, Hollywood zu erobern, das ihr Idol einmal als ›die größte elektrische Eisenbahnanlage, die je ein Junge besessen hat‹ beschrieben hatte. Die scheinbare Uneinnehmbarkeit der Welt, die sie übernehmen wollten, schweißte sie nur um so enger zusammen. Im Hollywood der sechziger Jahre war kein Platz für die neuen ›Filmstudenten‹. Das alte Studiosystem war im Begriff, sein Leben auszuhauchen, und doch ging es, wenn man dort Fuß fassen wollte, eher darum, wen man kannte, statt was man konnte. Sogar ihre Dozenten an der USC betrachteten die Studenten der Filmakademie trotz ihres Talents vor allem als Nachwuchs für die Sparten Dokumentar- und Lehrfilm. Niemand glaubte daran, daß der nächste John Ford oder Orson Welles unter ihnen sein könnte.

»Damals war Hollywood von hohen Mauern umgeben, und es herrschte eine reine Cliquenwirtschaft. Man mußte Frank Sinatra oder sonst jemanden seines Kalibers kennen«, erinnerte sich Milius.

Lucas galt als der Talentierteste und Entschlossenste des Dutzends, als lebender Beweis für Edisons alte Weisheit, daß Genie zu einem Prozent aus Inspiration und zu 99 Prozent aus Schweiß besteht. »Talent bringt einen ohne harte Arbeit nicht weiter«, teilte Lucas diese Ansicht – eine Weisheit, auf die sogar George Lucas sen. stolz gewesen wäre. Lucas arbeitete ganze Nächte an den Moviola-Schneidemaschinen, um seinen Filmen den letzten Schliff zu geben. Irgendwann erkrankte er an Mononukleose, einer Form von Drüsenfieber, weil er sich zu lange ausschließlich von seinen heißgeliebten Hershey-Riegeln ernährt hatte. Später wurde bei ihm dann Diabetes diagnostiziert, was ihn davor bewahrte, eingezogen und nach Vietnam geschickt zu werden.

Lucas' größtes Talent lag im Filmschnitt. Die inhaltlichen Mängel seiner Filme wurden durch Tempo und Stil mehr als wettgemacht. Lucas verharrte nie länger als unbedingt notwendig bei einer Szene. Häufig benutzte er Montagen, um seinen Filmen mehr Atmosphäre zu verleihen. Sofern er ein persönliches Vorbild als Filmemacher hatte, dann eher Walt Disney als Orson Welles. (Welles hatte immerhin alles vergeudet, was er erreicht hatte.) Lucas blieb begeisterter Comic-Leser und Zeichner. Er sah sich selbst zum Zeichentrickfilmer oder Regisseur moderner Cartoons werden.

1966 machte Lucas seinen Abschluß. Schon damals hatte er sich in der Studentenwelt mit seinen Filmen einen Namen gemacht. Ein weiterer angehender Filmemacher, Steven Spielberg, ein Neuzugang an der Konkurrenzhochschule, der Long Beach State University, war tief beeindruckt, als er einige Arbeiten des Absolventen Lucas sah.

Später sollten die beiden jungen Männer die Phantasie der ganzen Welt in einer Art und Weise anregen, wie es sie seit den ruhmreichen Tagen Disneys nicht mehr gegeben hatte. Wenn Spielberg allerdings in Lucas' jungenhaften, studentischen Streifen etwas von dessen Vorbild entdeckte, dann aus einem anderen Grund. »Er erinnerte mich an Walt Disneys Version des verrückten Wissenschaftlers«, sagte er Jahre später lächelnd.

Wenn das Dirty Dozen einen gleichaltrigen Helden hatte, dann war es der Mann, den sie später den Paten nennen sollten.

Die bärtige, piratenhafte Gestalt Francis Coppolas hatte bereits eine Bresche in die Mauern Hollywoods geschlagen. Von den Hunderten von Filmhochschulabsolventen, die aus den Filmlaboratorien und Vorlesungssälen entlassen worden waren, war er der einzige, dem es gelungen war, innerhalb des Studiosystems Eindruck zu schinden. Mitte der sechziger Jahre umwehte seine massige Gestalt bereits eine Art Mythos. Für Lucas sollte dieser untrennbar mit seinem eigenen verwoben werden.

Die beiden Männer lernten einander im Juli 1967 kennen. Als Star des USC-Kurses hatte Lucas ein Filmhochschulstipendium von Warners gewonnen. Als Belohnung durfte er sich sechs Monate auf dem Studiogelände in Burbanks aufhalten und völlig frei eine Produktion in einer Sparte seiner Wahl verfolgen. Er traf an exakt dem Tag ein, da der letzte Gründer des Studios, Jack Warner, seinen Hut nahm und von der 7 Arts Company abgelöst wurde, einem Unternehmen, das seinen Sitz so weit weg von Hollywood hatte wie nur möglich – in einer kanadischen Gerberei. Während ein Koloß einer Ära sich verabschiedete, trat einer jener Männer ins Rampenlicht, die ihm nachfolgen sollten. Allerdings gab es nur sehr verhaltene Rufe von ›Der König ist tot, es lebe der König‹. Lucas fand die Studios bei seinem Eintreffen gespenstisch verlassen vor. Noch Jahre später bezeichnete er jenen Augenblick als »den Tag, an dem die Filmindustrie starb«.

Lucas hatte sich dafür entschieden, sich in der Trickfilmabteilung umzuschauen. Die Szene, die er dort vorfand, erinnerte an das Deck der *Marie Celeste*. Auf seinem Rundgang stellte er fest, daß nur an einer einzigen Filmproduktion in diesem Bereich gearbeitet wurde: *Der goldene Regenbogen*, eine kitschige Version des beliebten Broadway-Musicals über einen Kobold und seine Suche nach einem Topf voller Gold (fast eine Zusammenfassung von Lucas' Leben in dieser Zeit). Lucas mischte sich unauffällig unter das Team, in der Hoffnung, unbemerkt beobachten zu können, aber es dauerte nicht lange, und Francis Coppolas dröhnende Stimme verlangte zu wissen, wer er wäre.

Mit seinen 27 Jahren hatte Coppola bereits einiges erreicht. Er war in Detroit geboren, als Sohn von Toscaninis Flötisten, dem Komponisten Carmine Coppola. Seine Kindheit war von Polio und der erdrückenden Präsenz seines Vaters und seines brillanten älteren Bruders August überschattet worden. Trotzdem schaffte er es, sich mit einem Diplom in Dramaturgie von der Hofstra University bis nach Los Angeles und in den UCLA-Filmemacherkurs durchzuschlagen.

Zwischen der USC und der UCLA herrschte große Rivalität. Letztere betrachtete erstere als einen Haufen kalter Technokraten, die zwar gute Cutter und Kameraleute waren, denen es jedoch an Seele mangelte. Im Gegenzug sahen die USC-Studenten jene von der UCLA als Hort hoffnungsloser Träumer, die unfähig waren, ihre Ideen in einem kommerziellen Film umzusetzen. Coppola hatte sich jedoch als Ausnahme von der Regel erwiesen. Seine Abschlußarbeit, der Streifen *Big Boy, nun wirst du ein Mann*, war der erste Studentenfilm, der je zu einem Film in Normallänge umgearbeitet wurde und ins Kino kam.

Coppola hatte bei Roger Corman gelernt, Hollywoods unerschöpflichem Macher von drittklassigen

Horrorfilmen. Unter Cormans Fuchtel hatte er – zusammen mit so großen Namen wie Martin Scorsese, James Cameron, Jonathan Demme und Ron Howard – für wenig Geld sklavisch geschuftet, aber gelernt, wie man den letzten Cent aus einem Budget herausquetschte.

Sein erster Film, *Dementia 13*, der in einem irischen Schloß spielte, das von einem Axtmörder belagert wurde, entsprach ganz dem Stil Cormans. Coppola schrieb das Drehbuch in nur drei Tagen und drehte den Streifen beinahe ebenso schnell.

Lucas hatte dank eines Stipendiums von Columbia schon einmal Hollywood-Luft geschnuppert. Er hatte einen Monat in Utah und Arizona verbracht, bei den Dreharbeiten zu einer Reportage über die Entstehung von *McKenna's Gold* mit Gregory Peck und Omar Sharif in den Hauptrollen.

Er war nicht beeindruckt gewesen von der Verschwendung und der mangelnden Jugend, die er dort erlebt hatte; er war es gewohnt, Filme für 300 Dollar zu drehen, und sah nun, wie dort ›unvorstellbare Summen vergeudet‹ wurden.

Bei den Dreharbeiten zu *Der goldene Regenbogen* schien es ganz ähnlich zuzugehen – abgesehen von Coppola war er der einzige unter fünfzig Jahre. Auf einem Set, das von deutlich Älteren beherrscht wurde, schlossen die beiden Neulinge allen Widrigkeiten zum Trotz spontan Freundschaft. Coppolas Geselligkeit hob Lucas' Schüchternheit noch deutlicher hervor. »In meinem Leben gibt es keine Anekdoten; Francis' Leben ist eine einzige große Anekdote«, sollte der Lehrling über seinen Lehrmeister sagen.

Als Lucas Coppola um einen Job bat, machte dieser ihn zu seinem Verwaltungsassistenten. Als die Freundschaft sich vertiefte, regten sich Coppolas Impresario-Instinkte.

Als emsiger Sammler von Menschen sah er sich selbst bereits als eine Art Guru der jungen Filmemacher, die in seine Fußstapfen traten.

Lucas hatte Coppola eine Kopie des Streifens gezeigt,

den er selbst für sein bestes Frühwerk hielt. Es handelte sich um einen kurzen Science-Fiction-Film, den er nach seinem Abschluß an der USC während eines dortigen Aufenthalts als Gastdozent realisiert hatte. *THX 1138:4HB* hatte als anderthalbseitige Beschreibung davon begonnen, wie ein Mann versucht, aus seinem Gefängnis in einer unterirdischen Welt zu entfliehen. Nachdem Lucas drei Monate auf Drehen, Schneiden und die Einarbeitung innovativer visueller Effekte verwandt hatte, war der Film als das brillanteste Werk eines Nachwuchsfilmemachers gefeiert worden. Coppola war tief beeindruckt und forderte Lucas auf, den Film zu einem Drehbuch normaler Länge auszuarbeiten. »Wenn du Regie führen willst, mußt du lernen zu schreiben, und zwar gut zu schreiben«, erklärte ihm Coppola.

Aber sosehr Lucas und Coppola sich beruflich auch ergänzen mochten, menschlich waren sie grundverschieden. Lucas' Vorstellung von einem gelungenen Abend bestand darin, ab 21 Uhr mit einem Thunfischsandwich gemütlich vor dem Fernseher zu sitzen. Coppola hingegen schien ständig inmitten einer Party zu leben: Sein Zuhause war ein Magnet für Sänger, Tänzer, Dichter und Philosophen.

Lucas war ein Einzelgänger, unabhängig und mit idealistischen Vorstellungen von der Welt. Er konnte ebenso dogmatisch sein wie sein Vater, insbesondere was Hollywood betraf, wo die Welt in Schwarz (die Studios) und Weiß (die Künstler) unterteilt war. Coppolas Sicht von der Welt war weit komplexer. Für ihn war das Leben eine Oper, und er liebte die machiavellistische Seite des Filmgeschäfts.

Während Coppola davon träumte, Hollywood zu beherrschen, hatte Lucas sich bereits in die Idee verliebt, anderenorts im stillen etwas Neues auf die Beine zu stellen.

Die Idee einer alternativen Filmgemeinde war 1968 aufgekeimt, als Coppola und Lucas gemeinsam an ihrem ersten Film in Normallänge arbeiteten. *Liebe nie-*

mals einen Fremden, ein schweres und ambitiöses Stück von Wilmer Butler, in dem eine depressive Hausfrau sich auf ihrer Fahrt quer durch das Land mit einem geistig zurückgebliebenen Anhalter anfreundet, wurde vor Ort in der abgelegenen Stadt Ogallala in Nebraska gefilmt. Während Coppola Regie führte, fungierte Lucas als Kameraassistent, Tontechniker, künstlerischer Direktor und Produktionsmanager. Es gelang ihm sogar, mit einer Ersatzkamera eine Reportage – *Filmmaker* – über die Produktion zu drehen. Lucas fand seine erste Erfahrung nichtstudentischen Filmemachens überaus faszinierend. Außerdem inspirierte ihn Coppolas Glaube an die gleiche Art ›Alle-für-einen‹-Philosophie, die bereits die Dirty Dozen vertreten hatten. Noch auf dem Set von *Liebe niemals einen Fremden* hatte er Teilhaberscheine verteilt und jedem Mitglied der Besetzung und der Crew einen Anteil an dem Profit versprochen, den sein Film einbrachte. Die Teilhaberscheine sollten sich als wertlos erweisen; trotzdem schwor sich Lucas, es irgendwann genauso zu machen.

Als die Bürger von Ogallala der bunt zusammengewürfelten Crew ein ausgedientes Lagerhaus als Ministudio schenkten, lief seine und Coppolas Phantasie Amok. Inspiriert von der Freiheit und ihrem neuen Gebäude und da sie nichts anderes zu tun hatten als zu arbeiten und über die Arbeit zu reden, kamen die beiden Freunde begeistert überein, ihr eigenes Unternehmen zu gründen, unabhängig von Hollywood und seinen Beschränkungen.

Innerhalb weniger Monate hatte Coppola Warners und einen ehemaligen Agenten, Ted Ashley, breitgeschlagen, ihm das nötige Geld zu borgen, um ein kleines Studio in San Francisco zu eröffnen. Ihr Traum wurde in einem Lagerhaus im heruntergekommenen Folsom-Street-Bezirk realisiert, und es wurden modernste Produktionsgeräte installiert, einschließlich eines 80000 Dollar teuren Mischpults, das Coppola aus einer Laune heraus in Kopenhagen gekauft hatte. Lucas sicherte sich die Unterstützung einiger anderer Mitglieder des USC-Dirty-Dozen, darunter Milius, Matthew Robbins, Hal Barwood, Walter Murch und das Schriftstellerehepaar Gloria Katz und Willard Huyck.

Coppola, der zum Vorsitzenden der neuen Gesellschaft namens American Zoetrope gewählt wurde, gab vor der Presse ein großspuriges Statement ab, in dem er die Prinzipien der neuen Gesellschaft umriß. So verkündete er: »Das Hauptziel der Gesellschaft ist es, sich auf den verschiedensten Gebieten der Filmproduktion zu betätigen, mit den begabtesten Nachwuchstalenten zusammenzuarbeiten und die modernsten Techniken und Geräte einzusetzen.«

Lucas war inzwischen in die hügelige Landschaft von Marin County gleich außerhalb von San Francisco gezogen und konnte stolz ein neues Heim, eine neue Firma – und eine neue Frau – sein eigen nennen.

Lucas hatte Marcia Griffin nach Abschluß seines Studiums in der US Information Agency bei den Dreharbeiten zu einem Dokumentarfilm für die angesehene Cutterin Verna Fields kennengelernt. Abend für Abend hatten sie in einem Raum eingeschlossen meterweise Filmmaterial für Fields geschnitten, bis Lucas schließlich den Mut aufgebracht hatte, Marcia um ein Rendezvous zu bitten.

Marcia hatte ihren Kollegen als schrecklich ernst und verschlossen angespannt empfunden. Bei ihrem ersten Treffen riet sie ihm, sich zu ›entspannen‹ – ein Rat, den sie im Laufe ihres Lebens noch häufig wiederholen sollte. Obgleich jeder beruflich seiner Wege ging, blieben sie in Kontakt. Marcia arbeitete zusammen mit Lucas' altem Freund Haskell Wexler, der inzwischen zu einem erfolgversprechenden Kameramann und Regisseur avanciert war, an mehreren Filmen, darunter *Medium Cool*. Selbstsicher und talentiert, war sie eine Bereicherung des Kreises von Filmemachern, die Lucas als seine einzigen wahren Freunde betrachtete.

Nach mehreren schmerzlichen Trennungen, als Marcia als Cutterin nach New York engagiert worden war, machte Lucas ihr einen Antrag. Sie heirateten am 22.

Februar 1969 in der Nähe von Monterey. Coppola und die meisten Mitglieder des Dirty Dozen waren dabei. George und Marcia waren im Grunde ihres Herzens häuslich veranlagt und kamen überein, einander gegenseitig beruflich zu unterstützen und weitere Trennungen möglichst zu vermeiden. Schon bald richteten sie sich ein Haus mit eigenem Schneideraum ein, um mehr Zeit miteinander verbringen zu können. Während ihrer Flitterwochen waren sie das erste Mal durch das landschaftlich reizvolle Marin County über die Golden Gate Bridge nördlich von San Francisco gefahren. Sie fanden ein Haus in Mill Valley, in dem sie ihr erstes richtiges Heim einrichteten, komplett mit einem Büro und einem kleinen Schneideraum unter dem Dach.

Im November 1969 nahm American Zoetrope ernsthaft seine Arbeit auf, getrieben von einer Mischung aus Coppolas Wagemut und Lucas' Brillanz. An den Deal mit Warners war die Bedingungen geknüpft worden, daß American Zoetrope eine überarbeitete Version von Lucas' THX-Script verfilmte. Coppola hatte als Zugabe die Idee eines weiteren seiner Protegés eingebracht: einen Vietnamkrieg-Film, den er sich zusammen mit seinem USC-Kumpel Milius ausgedacht hatte.

Der einzige Haken, den Ted Ashley mit der Investition von Warners verknüpft hatte, bestand darin, daß wenn American Zoetrope keine fertigen Filme ablieferte, Coppola verpflichtet war, die gesamte Summe zurückzuzahlen. Als Lucas mit den Dreharbeiten zu *THX 1138* begann, dachten die beiden Freunde jedoch nicht im Traum an einen Mißerfolg. Lucas wurde ein Budget von 777000 Dollar zur Verfügung gestellt, und Ende des Jahres begann er mit vierzigtägigen Dreharbeiten. Der Film war zu einem düsteren Stück im orwellschen Stil geworden. Es mag Science Fiction gewesen sein, *Krieg der Sterne* war es nicht.

Irgendwann in der Zukunft waren Menschen dazu verdammt, ihr Dasein in einer unterirdischen Welt zu fristen, in der man ihnen den Kopf kahlschor und sie mit Drogen ruhigstellte. Anstelle des Big Brother hatte

Lucas OMM erfunden, eine allgegenwärtige Regierungsmacht, die sämtliche Bewohner mittels Fernsehschirmen überwachte und über ein ganzes Heer von Roboterpolizisten verfügte. Jeder, der sich den Befehlen OMMs widersetzte, hart zu arbeiten, die Produktion zu steigern, Unfällen vorzubeugen und glücklich zu sein, wurde einer Gehirnwäsche unterzogen. Protagonisten der Geschichte waren zwei Zimmergenossen, THX 1138 und LUH3417. Sie entdeckten ihre sexuelle Anziehung füreinander, widersetzten sich OMM, indem sie ihre Drogen nicht einnahmen, Sex hatten und ein Kind zeugten. Der Perversion für schuldig befunden, wurde THX in einem ätherischen weißen Nichts eingesperrt, aus dem noch niemandem die Flucht gelungen war. Die Story fand ihren Höhepunkt in der spektakulären Flucht von THX durch ein Labyrinth von Tunneln, bei der er es mit einer Armee pelziger Wesen aufnehmen mußte, bevor er schließlich eine Leiter hinaufkletterte, in die Freiheit und das blendende Licht der Außenwelt. (Lucas' letzte Einstellung sollte so etwas wie ein Markenzeichen werden – eine glühende untergehende Sonne.)

Lucas filmte im Umland von San Francisco und benutzte für die Darstellung seiner düsteren Zukunftsvision ein noch im Bau befindliches Netz neuer U-Bahn-Tunnel. Als Besetzung standen ihm hervorragende Schauspieler zur Verfügung, die er mit Coppolas Hilfe zusammenbekommen hatte. Robert Duvall und Maggie McOmie spielten THX und LUH, während der böse SEN, der OMM von ihren Verfehlungen berichtet, von Donald Pleasance verkörpert wurde.

Die Schauspieler zu dirigieren fiel Lucas jedoch sehr schwer. Er konnte sich nicht von technischen Sorgen um die Kameras und Mikrophone freimachen. Auch stand ihm seine Schüchternheit im Weg. Trotzdem war er glücklich mit seiner ersten Erfahrung als Regisseur. Für ihn hatte sein Film eine Botschaft, die wichtig war in den unruhigen Zeiten, die Amerika durchlebte. Auf seine eigene Art kopierte er Timothy Leary und seine

Aufforderung ›Einschalten, aufdrehen, abschalten‹ und beruhigte seine Zuschauer mit der Botschaft, daß es ihnen freistünde, ihren Problemen den Rücken zu kehren. Schon bald sollte er sich wünschen, dies wäre tatsächlich möglich ...

KAPITEL 2

›EIN ITALIENISCHER FILM ÜBER FÜSSE‹

Anfang 1970 unternahm Gary Kurtz die kurze Fahrt von San Francisco über die Golden Gate Bridge und die Bucht in die grünen Täler des nordkalifornischen Weingebietes. Er kannte die Gegend aus seiner Kindheit im San Matteo County südlich der Stadt. Etwa eine Viertelstunde nachdem er die Brücke überquert hatte, erreichte Kurtz den kleinen, malerischen Ort Mill Valley, parkte seinen Wagen und klingelte an der Tür eines kleinen Hauses in der Hauptstraße.

Kurtz' erster Eindruck der bärtigen, fliegengewichtigen Gestalt, die ihm öffnete, war typisch. »Er war ein schmächtiger, unscheinbarer Typ«, erinnerte er sich mit einem Achselzucken. Der ›kleine, unscheinbare Typ‹ sollte jedoch einen riesigen Schatten auf Kurtz' Leben werfen. Gemeinsam würden er und George Lucas die Welt erobern.

Der dreißigjährige Produzent war in Nordkalifornien, um seinen neuesten Film zu planen, *Asphaltrennen*, die Geschichte rivalisierender Drag-Rennfahrer im Easy-Rider-Stil, mit Warren Oates und James Taylor in den Hauptrollen. Der Film wurde von Universal finanziert, jedoch mit extrem niedrigen Budget, inspiriert vom Erfolg von Hoppers und Fondas drogengezeichneter Fahrt in die dunkle Seite der Kontrakultur.

Kurtz und Regisseur Monte Hellman waren daran interessiert, den Film im billigen, aber selten verwendeten Techniscope-Format zu drehen und hatten sich diesbezüglich ratsuchend an Coppola gewandt. Mit der ihm eigenen Großspurigkeit riet Coppola Kurtz, er solle einen seiner Protegés aufsuchen, der zufällig gerade einen Film in Techniscope gedreht habe. Kurtz fuhr die kurze Strecke von Coppolas Haus nach Mill Valley, wo er Lucas über die Steenbeck-Schneidemaschine gebeugt antraf, die er benutzte, um *THX 1138* fertigzustellen.

Kurtz schätze Lucas als clever und bescheiden ein – das genaue Gegenteil seines melodramatischen Mentors. »Francis ist ein richtiger Italiener, grandios, unterhaltsam, sehr extrovertiert«, erinnerte sich Kurtz. »George ist genau das Gegenteil.«

Wie es sich begab, war Gary Kurtz ebenso still und in sich gekehrt. Während sie sich über die technischen Einzelheiten ihrer Branche unterhielten, entdeckten er und Lucas, daß dies nicht ihre einzigen Gemeinsamkeiten waren.

Zum einen hatten sie beide ihre Leidenschaft fürs Filmemachen an der University of Southern California entdeckt.

Kurtz, im Juli 1940 geboren, war in San Matteo und Belmont südlich von San Francisco aufgewachsen. Seine Familie stammte ursprünglich aus dem Mittleren Westen, und sein Erbe war ein urtypischer Schmelztiegel von Einflüssen: Englisch, schottisch-irisch und walisisch mütterlicherseits, österreichisch-deutsch und skandinavisch väterlicherseits. Auf dem Schoß seiner Großmutter hatte er ihren Geschichten gelauscht, wie sie in North Dakota und Iowa auf dem Pferd zur Schule geritten war, mit einer Pistole bewaffnet, um die Klapperschlangen zu erschießen.

Kurtz' Kindheit war bohemehafter gewesen als Lucas' strenges Kleinstadtdasein. Seine Mutter Sarah war Malerin und Bildhauerin; die Garage der Familie war in ein Atelier mit einem selbstgemachten Brennofen umfunktioniert worden. Sein Vater Eldo, ein Chemieingenieur, war Amateurfotograf und -filmemacher, so daß Kurtz schon als kleiner Junge gelernt hatte, eine Acht-Millimeter-Kamera zu bedienen und Filme aus den Dreißigern auf eine selbstgebastelte Leinwand zu projizieren.

Kurtz' Kindheitsphantasien waren eher vom goldenen Radiozeitalter geprägt worden als vom Fernsehen. Zusammen mit seinen Eltern hatte er lange Abende damit verbracht, den Abenteuern des Lone Ranger und von Sergeant Preston vom Yukon zu lauschen. »Ich liebte es, wie diese Geschichten meine Phantasie anregten«, erinnerte er sich.

Als er älter wurde, fand er mehr Inspiration in den dunklen Kinos am Stadtrand von San Francisco. Jeden Samstag fuhr er mit dem Rad fünf oder sechs Meilen weit zur Morgenvorstellung. Dort war er, so wie Lucas, der Faszination der Flash-Gordon-Filme erlegen.

Auf der High School zeigte er die gleiche Begabung wie sein Vater für wissenschaftliche Fächer und Mathematik. Und doch gehörte sein Herz der Kunst, und so war er ein leidenschaftlicher Dramaturgie-Student, wirkte als Schauspieler und Regisseur in Schulaufführungen mit und spielte Klarinette. Sein musikalisches Talent verhalf Kurtz zu einem Studienplatz an der USC. Als Student im ersten und zweiten Jahr spielte er in der Marschkapelle und im Symphonieorchester. Und schließlich fühlte er sich ebenso wie Lucas zu den exzentrischen Außenseitern der Filmfachschaft hingezogen. Die Revolution auf dem Gebiet der Filmhochschulen mit ihren weitreichenden Konsequenzen für Hollywood stand noch aus, und so gehörten Kurtz' Fotografie-Kurs ganze drei und dem Tontechnik-Kurs gerade mal zwei Studenten an. »Als George Mitte der Sechziger dort hinkam, war die Idee des großen amerikanischen Filmemachers ganz plötzlich explodiert. Jeder wollte auf die Filmhochschule«, erklärte er. »Während meiner Studienzeit war es eine weitgehend ignorierte Fachschaft.«

Von allen Weisheiten, die ihm mit auf den Weg gegeben worden waren, hatte keine so große Wirkung auf Kurtz wie jene, die er aus dem Mund eines seiner Helden, des großen John Ford, hörte, anläßlich einer Rede, die dieser kurz vor seinem Tod an der UCLA hielt. »Er erzählte von seiner Arbeit als Requisiteur und davon, daß er so müde gewesen wäre, daß er auf dem Boden schlafen mußte, als er zwei Wochen mit einem Kameramann tauschte. Ich wäre unheimlich gern Teil dieses Studios gewesen, hätte gern diese harte Schule durchgemacht«, sagte Kurtz. Als Absolvent der USC war er dem Beispiel des großen Mannes gefolgt. »Ich bemühte mich, so viele verschiedene Arbeiten wie nur möglich zu übernehmen.«

Kurtz blieb an der USC und drehte medizinische Aufklärungsfilme für das Gesundheitsministerium. Ein Jahr lang leitete er das hochschuleigene Entwicklungslabor. Seine wichtigsten praktischen Erfahrungen kamen dem am nächsten, was Hollywood in bezug auf das alte Studiosystem zu bieten hatte – als Mitglied der Roger-Corman-Akademie. In vier Jahren wirkte Kurtz an dreißig von vierzig Filmen mit, die Corman drehte. »An einige Titel kann ich mich nicht einmal mehr erinnern«, sagte er. Bei einem Film agierte er als Tontechniker, beim nächsten als Kameraassistent. In der einen Woche war er Kinematograph, in der nächsten Cutter. Bei einem Western fungierte Kurtz sogar als Verantwortlicher für die Spezialeffekte. Mitte der Sechziger wurde seine Ausbildung jedoch durch den Militärdienst unterbrochen. Groß und kräftig wie er war, kam er zum Marine Corps. Er hatte seine Grundausbildung erst zur Hälfte hinter sich gebracht, als er erkannte, daß er einen Riesenfehler gemacht hatte. »Vor allem wurde mir klar, daß ich Kriegsdienstverweigerer aus Gewissensgründen war.« Als Kurtz einem Offizier eröffnete, daß er niemals fähig sein würde, eine Waffe abzufeuern, wurde ihm gesagt, er solle seine Skrupel für sich behalten. Sein Eingeständnis hätte leicht vor einem Militärgericht und mit einer Gefängnisstrafe enden können. Glücklicherweise wurde sein Talent als Filmemacher bald höher eingestuft als seine Treffsicherheit.

Kurtz war womöglich der einzige Kriegsdienstverweigerer der Marineinfanterie, der in Vietnam diente. Allerdings verbrachte er seine Zeit in Südostasien damit, den Krieg durch eine Kameralinse zu verfolgen, da er der Filmeinheit der Army zugeteilt wurde. Die traumatischen Ereignisse, die er dort miterlebte, und die persönlichen Fragen, denen er sich hatte stellen müssen, bewirkten ein religiöses Erwachen. Kurtz sollte

sich in der Folgezeit verschiedenen Glaubensgemein-
schaften anschließen. Damals ließ er sich erst einmal
einen Bart im Stil Captain Ahabs wachsen, als Symbol
der Verbundenheit mit der pazifistischen Quaker-Bewe-
gung.

Kurtz hatte die Fäden seiner Filmemacher-Karriere
zusammen mit einem anderen Corman-Absolventen
wiederaufgenommen: Monte Hellman. Coppolas Cor-
man-Connection wiederum hatte ihn zu George Lucas
geführt. Lucas hatte die Dreharbeiten zum Debütfilm
von Zoetrope, *THX 1138*, einige Monate zuvor abgeschlossen. In seinem ausgebauten Dachgeschoß arbeiteten er, Marcia und Tontechniker Walter Murch an den
letzten Schneidephasen. Als Kurtz an diesem Nachmittag in Mill Valley mit Lucas plauderte, erkannte er in
ihm eine verwandte Seele. »Wir hatten beide eine
Schule des Do-it-yourself durchgemacht«, sagte er. »Er
war ein Filmemacher nach meinem Geschmack.«

Einige Monate später, als er an einem Film für MGM
arbeitete – *Chandler* –, erhielt Kurtz überraschend einen
Anruf von Lucas. Coppolas bärtiger schmächtiger Ako-
luth reiste nach Los Angeles, um sich mit Kurtz zu
treffen und ihn zu fragen, ob er vielleicht an der Produktion eines neuen Projektes interessiert wäre, an dem
er gerade arbeite, einem Film mit dem Titel *Apocalypse
Now*.

Coppola hatte wie gewöhnlich als Kuppler fungiert.
Er war fasziniert gewesen von einigen von Kurtz'
großartigen Sechzehn-Millimeter-Aufnahmen amerikanischer Helikopter in Vietnam. Er spürte, daß Kurtz
eine perfekte Ergänzung für Lucas wäre – vor allem
jetzt, da seine eigene Beziehung zu ihm gestört war. Der
Traum von American Zoetrope war nur von kurzer
Dauer gewesen, ausgelöscht durch die Ereignisse eines
Tages, den beide Männer grimmig als ›Schwarzen Donnerstag‹ bezeichneten.

Kurz nachdem Lucas *THX 1138* fertiggestellt hatte,
hatte Coppola mit seinem gewohnten Hang zur Thea-
tralik die ersten Angebote des selbstgestylten neuen

Studios in einer großen schwarzen Kiste verschickt. Die Kiste war an Ted Ashley in seinem Büro bei Warners in Los Angeles geliefert worden. Ihre Ähnlichkeit mit einem Sarg schien irgendwie noch deutlicher, als sie schon Stunden später wieder bei Zoetrope eintraf.

Neben *THX* hatte die Kiste noch sieben Drehbücher enthalten, darunter *Apocalypse Now* und eine zweite Idee, an der Coppola arbeitete, *Der Dialog*. Den Film hatte das Studio behalten, aber alles andere war zurückgesandt worden. Ashley und seine Direktoren hatten sich *THX 1138* angesehen und waren zu dem Schluß gekommen, daß ihre Investition in die schöne neue Welt Coppolas ein Riesenfehler gewesen war. »Sie sagten: ›Das Ganze ist Müll; ihr müßt uns das Geld zurückzahlen, das ihr uns schuldet‹«, erinnerte sich Lucas. Zum damaligen Zeitpunkt bezifferte Warner die Schulden von Zoetrope für die Entwicklung von deren Drehbüchern auf 300000 Dollar.

Die Ablehnung der Projekte sorgte im embryonalen Studio in der Folsom Street für akute Panik. Mitarbeiter kündigten, Verträge wurden storniert, und Coppola verschwand vorübergehend nach Europa, um seine Zukunft zu überdenken.

Was Lucas' persönlichen Affront noch verschlimmerte, war, daß Warner sich daranmachte, *THX 1138* »mit der Axt zu bearbeiten«, wie Lucas es ausdrückte. »Ich finde, dazu hatten sie kein Recht; nicht nachdem ich drei Jahre lang ohne Geld daran gearbeitet hatte«, protestierte er hinterher nachdrücklich. »Wenn ein Studio einen engagiert, ist das etwas anderes. Aber wenn ein Filmemacher ein Projekt völlig eigenständig realisiert, gehören die Rechte daran ihm.«

THX 1138 kam im März 1971 in die Kinos und bekam erstaunlich gute Kritiken. Die düstere Botschaft fand jedoch wenig Freunde außerhalb der Universitäts- und Kunstkreise. Er spielte nicht einmal eine Million Dollar ein.

Nach dem Debakel fühlte sich Lucas, wie er es später formulierte, ›im Stich gelassen‹. Nachdem er drei Jahre lang Blut, Schweiß und Tränen investiert hatte, war er finanziell am Ende. Allein Marcias gutgehende Cutter-Karriere hielt die Aasgeier von dem Häuschen in Mill Valley fern.

In seiner Verzweiflung wandte er sich wieder *Apocalypse Now* zu, ein Projekt, das seit Jahren vor sich hin dümpelte. An der USC hatten er und John Milius davon gesprochen, eine wahre Kinosatire über Vietnam zu drehen. Milius hatte eine Sammlung unglaublicher Geschichten von Kriegsveteranen gesammelt. Zusammen mit Lucas sah er den Film als Vietnam-Version von Robert Altmans Riesenhit M*A*S*H – einer surrealistischen Mischung von Sex, Drogen, Bomben und Surfen.

Nach einigen Überlegungen, ob er und Lucas als Team arbeiten sollten – er fürchtete, sie könnten sich zu bedeckt halten –, willigte Kurtz in Lucas' Vorschlag ein und reiste auf der Suche nach in Frage kommenden Locations auf die Philippinen. Er kehrte jedoch mit schlechten Nachrichten zurück. Schon bald wurde deutlich, daß der Film das minimalistische Budget, das Lucas vorschwebte, bei weitem übersteigen würde. Auch gab es Schwierigkeiten, weil der Film technisch gesehen Coppola und Zoetrope gehörte, da er Teil des THX-Deals mit Warner Brothers gewesen war. Hollywoods mangelnde Begeisterung für die Realisierung eines Films über einen noch nicht beendeten Krieg gab dem Projekt den Rest. Es dauerte nicht lange, und die neuen Partner schlugen eine neue Richtung ein.

Lucas war verletzt gewesen von der Kritik, mit der sein Freundeskreis aus San Francisco ihn nach dem Erscheinen von *THX 1138* überhäuft hatte: »Francis und viele andere Freunde lagen mir in den Ohren und meinten, alle würden mich für kalt und exzentrisch halten. Warum ich nicht einmal einen gefühlvollen, menschlichen Film drehen würde. Und ich sagte mir: ›Ihr wollt etwas Gefühlvolles und Menschliches? Sollt ihr haben.‹«

Lucas und Kurtz besprachen zwei Ideen. Bei der einen handelte es sich um eine autobiographische Story, die Lucas sich ausgedacht hatte und die auf den Jahren basierte, in denen er in Modesto mit seinem Wagen unterwegs gewesen war. Er betrachtete das Projekt als nostalgische Postkarte an seine verlorene Jugend, untermalt mit der einprägsamen Musik der damaligen Zeit. Er nannte das Projekt sein ›Rock'n'Roll Movie‹. Die zweite Idee war weniger durchdacht. Kurtz und Lucas beklagten beide, daß es keine Filme mehr in der Tradition der alten Flash-Gordon-Abenteuer gab. Sie erkundigten sich nach den Möglichkeiten, die Rechte an der alten Alex-Raymond-Serie von den Inhabern, King Features, zu erwerben. »Sie waren viel zu teuer für uns. Sie waren damals ›brandheiß‹«, erinnerte sich Kurtz. (Die Urheberrechte gingen in den späten Siebzigern von Federico Fellini an Dino De Laurentiis über. 1980 versuchte Laurentiis dann nach dem überwältigenden Erfolg von *Krieg der Sterne* seine Chance zu nutzen, was jedoch gründlich mißlang.)

Beide Männer waren Bewunderer des japanischen Meisters Kurosawa. Eine weitere Idee bestand darin, dessen Klassiker aus dem Jahre 1958, *Die verborgene Festung*, mit Toshiro Mifune und Misa Uehara weiterzuentwickeln. »Die Geschichte handelte von einem Samurai, der mit einer recht widerspenstigen jungen Prinzessin durch feindliches Gebiet zog. Es gab einige Ähnlichkeiten mit *Krieg der Sterne*«, meinte Kurtz. Aber auch hier erwiesen sich die Rechte als unerschwinglich.

Im Mai 1971 wurde das ›Weltraumprojekt‹ jedoch erst einmal beiseite gelegt. Inzwischen war es Lucas gelungen, United Artists für sein ›Rock'n'Roll Movie‹ zu interessieren. Er und Marcia waren zu den Filmfestspielen nach Cannes gereist, wo *THX 1138* im Rahmen der Director's Fortnight gezeigt wurde. Wie sich herausstellte, entsprach sein Film mehr dem europäischen Geschmack und wurde positiv aufgenommen. Inmitten der Opulenz des berühmten Carlton Hotels mit Blick auf die Côte d'Azur handelte Lucas dann einen Deal mit David Picker von UA aus. Picker zog es – so wie die meisten Studiovertreter Hollywoods – vor, sich mit einem Vertrag über mehrere Filme abzusichern. Er erklärte sich einverstanden, *American Graffiti* zu produzieren, zusammen mit einer anderen Idee. Das Flash-Gordon-Projekt wurde zur zweiten Komponente des Deals. Während die Lucas in Europa Urlaub machten, wurde ein Freund, Richard Walters, beauftragt, ein Drehbuch zu schreiben, das Picker vorgelegt werden sollte. Als er jedoch wieder in Los Angeles war, war Lucas von Walters erstem Entwurf tief enttäuscht. Picker las das Skript und lehnte es ab, erklärte jedoch, daß wenn Kurtz und Lucas bereit wären, kostenlos ein neues Skript zu erstellen, er möglicherweise doch noch an dem Deal festhalten würde. Wären sie hierzu nicht bereit, stünde es ihnen frei, sich anderweitig umzusehen.

Kurtz ließ seine Kontakte zu Ned Tanen spielen, dem Zuständigen für Low-Budget-Projekte bei Universal. *Asphaltrennen* war nicht eben ein Kassenschlager gewesen, und doch hatte man im Studio, wo andere Filmemacher – vorrangig Dennis Hopper, der bei den Dreharbeiten zum ironischerweise *The Last Movie* betitelten Projekt in Peru ›verschwunden‹ war – einige Schwierigkeiten gemacht hatten, Kurtz' Talente sehr geschätzt. Tanen hatte THX als Studentenfilm gesehen, und so war ihm auch Lucas ein Begriff. Das Interesse von Universal spornte Lucas an, das Drehbuch persönlich neu zu schreiben. Wie sein alter Freund Walter Murch erzählte, spielten dabei im Hintergrund seine alten Singles. Etwa einen Monat lang kramte Lucas in seinen Erinnerungen an seine Jugend in Modesto, seinen Erfahrungen als Mechaniker, Rennfahrer und High-School-Nobody. Er spickte seine Story mit Leuten, die er gekannt hatte, vor allem aber mit Menschen wie ihm selbst. Noch erkannte er es nicht, aber er besaß ein großes Talent, aus seinem Innenleben zu schöpfen.

Das Drehbuch gefiel Tanen, und er bot dem Duo die Gelegenheit, den Film zu realisieren, mit dem gleichen Budget von maximal 1 Million Dollar, das für Kurtz' und Monte Hellmans *Asphaltrennen* veranschlagt worden war. Er stellte nur zwei Bedingungen. Die erste war, daß der Film – wieder einmal – mit einem weiteren einherging. Zweitens sollte die Besetzung mit einem Star aufwarten.

Erneut boten Lucas und Kurtz ihr Flash-Gordon-Projekt als zweiten Film an. Warum nicht, da es ja nicht einmal wirklich existierte? Tanens zweite Bedingung bereitete Lucas erheblich mehr Kopfzerbrechen. Seine Abneigung gegen Stars begründete darin, daß er sich ganz allgemein in größeren Menschenmengen unwohl fühlte. Die Arbeit mit Duvall und Pleasance bei *THX* war ihm sehr schwergefallen, und er hätte es vorgezogen, mit dankbaren Unbekannten zu drehen, die seine Zurückhaltung auf dem Set nicht kritisierten. Tanen bot ihm an, statt eines berühmten Schauspielers einen großen Namen als Regisseur oder Produzent zu engagieren. Im Frühling 1972 fiel einem hierzu spontan ein Name ein.

Als Paramount Francis Coppola angeboten hatte, bei einer Verfilmung von Mario Puzzos Bestseller *Der Pate* Regie zu führen, hatte Coppola – zuerst – abgelehnt, weil er sich geschworen hatte, nie wieder für ein Studio zu arbeiten. Nachdem die Nachwirkungen der Zoetrope-Katastrophe nicht verebbten, hatte Lucas zu jenen gehört, die ihm geraten hatten, es sich noch einmal zu überlegen. Inzwischen trug Coppola Streichholzbriefchen mit sich herum, auf denen ›Francis Ford Coppola: *Der Pate*‹ stand. Der Film war der Kassenschlager des Jahres 1972 gewesen, und es wurde sogar von Oscar-Ruhm gemunkelt.

Die Beziehung zwischen den zwei Freunden hatte unter dem Zoetrope-Desaster und der *THX*-Affäre gelitten. Trotzdem hatte Lucas Coppola bei den Dreharbeiten zum *Paten* geholfen und für Szenen des Mafiamassakers, dem Höhepunkt des Films, Montagen ausgearbeitet. Coppola war gewillt, sich erkenntlich zu zeigen, und erklärte sich einverstanden, Regie zu führen, unter der Bedingung, daß Gary Kurtz die Drecksarbeit erledigte. Nachdem Coppola zum Team gehörte, gab

Tanen dem noch titellosen Universal-Picture-Projekt Nr. 05144 grünes Licht.

»Sie sahen bereits die Plakate vor sich – ›Von dem Mann, der Ihnen den *Paten* ins Haus gebracht hat‹«, lächelte Kurtz.

Kurtz und Lucas richteten sich in dem Haus in Mill Valley ein kleines Büro ein und ließen zusätzliche Telefonleitungen installieren. Auf Anraten seines Rechtsberaters Tom Pollock gründete Lucas aus steuerlichen Gründen eine Gesellschaft, über die er seine Dienste anbot. Zusammen mit Gary Kurtz und seiner Sekretärin Dorothy ›Bunny‹ Alsup überlegte er, wie er seine Firma nennen sollte. »Uns schwebte ein sehr allgemeiner Name vor«, erinnerte sich Kurtz.

»Eine weitere Idee war das britisch klingende Lucasfilm Ltd. Ihm war nicht ganz wohl dabei«, sagte Kurtz. »Aber wir meinten, wir sollten die Gesellschaft erst einmal so nennen, damit sie eingetragen werden konnte. Um alles andere könnte man sich auch später noch kümmern.«

Lucas' Geschichte drehte sich um die Ereignisse einer langen Sommernacht 1962 sowie um eine Gruppe von High-School-Absolventen und ihren Vorbereitungen auf den Eintritt in die große weite Welt. Der Großteil der Handlung konzentrierte sich auf ein Drive-in-Lokal, Mel's, und auf die aufgemotzten frisierten Wagen, mit denen die Jugendlichen durch die Straßen kurvten. Später gestand Lucas, daß die drei männlichen Hauptrollen – ein Trottel namens Terry ›The Toad‹, ein Rennfahrer namens Milner und ein angehender smarter Collegestudent, Curt – allesamt von jenem George Lucas jr. inspiriert worden waren, der durch die Straßen von Modesto gefahren war.

Mit Hilfe des gewieften Casting-Direktors Fred Roos stellte Lucas eine Besetzung aus begabten Unbekannten zusammen. Richard Dreyfus, Charlie Martin Smith, Ron Howard und Paul LeMat bildeten das zentrale männliche Quartett; Cindy Williams, MacKenzie Philips und Candy Clark spielten die weiblichen Hauptrollen.

Die Dreharbeiten begannen Ende Juni 1972. Achtundzwanzig anstrengende Nächte lang drehte Lucas mit seiner Crew von neun Uhr abends bis morgens um fünf.

Der Film warf von Anfang an ungeahnte Probleme auf. Nach drei katastrophalen Nächten, die sie in San Rafael gedreht hatten, wechselten Kurtz und Lucas nach massiven Protesten von Anwohnern in eine andere Stadt in Nordkalifornien: Tetaluma. Die frisierten Wagen benahmen sich ebenso daneben wie die jungen, unerfahrenen Darsteller. LeMat, ein ehemaliger Boxer, und Harrison Ford, Fred Roos' Zimmermann, der engagiert worden war, einen der jugendlichen Raser zu spielen, waren die Anführer. Sie lieferten sich ein Rennen um ein gigantisches rotierendes Holiday-Inn-Schild und warfen Richard Dreyfus von einem Balkon im zweiten Stock in einen Swimmingpool.

Und doch war es für alle Beteiligten aufregend, in solch halsbrecherischem Tempo einen Film zu drehen. »Es war eine verrückte Zeit«, erinnerte sich Fred Roos.

Jenen, die sie nicht näher kannten, erschienen Lucas und Kurtz wie Zwillinge, die eine geheime Verschwörung gegen den Rest der Welt aushecken. Beide waren ernst und in sich gekehrt und zeigten nur selten irgendwelche Gefühle. Und doch ergänzten sie einander perfekt. »Mir kam es vor, als würden sie durch dieselben Augen sehen«, sagte Bunny Alsup.

Tanen hatte Kurtz und Lucas während der einen Monat währenden Dreharbeiten völlig frei schalten und walten lassen. »Sie stellten einen Scheck aus und ließen erst wieder von sich hören, wenn die Dreharbeiten abgeschlossen waren«, erklärte Kurtz.

Universals Vertrauen wurde belohnt, da Lucas und Kurtz den Film nicht nur rechtzeitig ablieferten, sondern darüber hinaus nur knapp 750000 Dollar verbraucht hatten.

Im Januar 1973 hatten George und Marcia Lucas den

Film fertig geschnitten. Wenn Warners Behandlung von *THX* den sensiblen Filmemacher schon verletzt hatte, war er zutiefst bestürzt von dem, was nun folgte.

Universal lehnten den Titel, den Lucas sich ausgesucht hatte, *American Graffiti*, kategorisch ab. »Sie hielten es für einen italienischen Film über Füße«, stöhnte Gary Kurtz. Das Studio bot ihnen alternativ den Titel *Another Slow Night in Modesto* an, während Coppola *Rock Around The Block* vorschlug. »Francis' Idee war gar nicht so schlecht«, meinte Kurtz, aber Lucas verwarf beide Vorschläge. Es sollte noch schlimmer kommen, als sie Tanen den Film an einem Sonntagmorgen, dem 28. Januar 1973, im Northpoint Theatre in San Francisco zeigten.

Als die Lichter ausgingen und Bill Haleys ›Rock Around The Clock‹ die ersten Bilder des ungeschickten Terry ›The Toad‹ begleitete, der die Kontrolle über seinen Motorroller verliert, lag greifbare Spannung in der Luft. George und Marcias Talent als Cutter war nie eindrucksvoller unter Beweis gestellt worden. Jede einzelne Szene, untermalt vom dreiminütigen Rhythmus eines neuen Songs, war ein Meisterwerk an Timing und Storyaufbau. Der rockige Soundtrack mit Klassikern von ›Why Do Fools Fall in Love‹ bis ›The Great Pretender‹, untermalt von der unverkennbaren knurrigen Stimme des Kult-Diskjockeys Wolfman Jack, ließen viele der Zuschauer auf ihren Sitzen wippen. Hinterher meinten die Filmemacher, der Streifen hätte eine ›gute, solide Resonanz‹ gehabt. Ned Tanens Reaktion war jedoch reine Wut. Zu ihrer Verblüffung rastete er aus und warf dem Trio Coppola, Kurtz und Lucas vor, ihn verraten zu haben.

»Er meinte, der Film wäre nicht für ein großes Publikum geeignet«, erinnerte sich Kurtz, der ebenso verblüfft war wie Lucas und Coppola. »Wir waren sprachlos.«

Tanens Wutausbruch zog das nach sich, was Lucas später als ›Francis' anständigste Stunde‹ bezeichnete. »Er war so wütend, daß er ausflippte«, sagte Lucas.

Tanen lehnte Coppolas Angebot, ihm den Film auf der Stelle abzukaufen, ab und stürmte aus dem Kino. Lucas, Kurtz und Coppola blieben kochend vor Wut zurück.

»Ned war an diesem Tag wirklich sauer. Er stieg in seine Limousine und fuhr einfach davon«, erzählte Kurtz.

Lucas würde seinem Produzenten nie wieder so dankbar sein wie nach dieser Auseinandersetzung, Tatsächlich war es Kurtz, der seinen Film davor bewahrte, in der Versenkung zu verschwinden.

Etwa eine Woche nach der Vorführung in Northpoint hatte Tanen sich soweit wieder beruhigt, sich den Film ein zweites Mal anzusehen. Diesmal erstellte er eine Liste von Änderungen, die den Film seiner Ansicht nach retten würden.

Lucas hatte sich nach Mill Valley zurückgezogen, wütend über die Einmischung. Sein Gefühl der Ohnmacht wurde von einem Streik der Schriftstellergilde verschärft, da die Streikposten ihn daran gehindert hätten, das Universal-Gelände zu betreten, auch wenn er es gewollt hätte.

»George war schrecklich wütend und weigerte sich, mit ihm zu sprechen«, erinnerte sich Kurtz. Lucas haßte die Vorstellung, daß sein Film von jemandem, der – in seinen Augen – keine Ahnung vom Filmemachen hatte, geändert werden sollte. »George lehnte alle Vorschläge von vornherein ab. Seine Analogie lautete: ›Es ist okay, neun Monate durchzustehen, um ein Baby hervorzubringen, aber jetzt will man ihm plötzlich einen kleinen Finger abschneiden‹«, berichtete Kurtz. »Ich mußte nach Hollywood, um diese Angelegenheit wieder ins Lot zu bringen.«

George und Marcia hatten die freundschaftlichen Beziehungen zu Verna Fields, die immer zu Hollywoods angesehensten Cutterinnen zählte, all die Jahre aufrechterhalten. Kurtz wußte außerdem, daß sie eng mit Tanen befreundet war, und war schlau genug, sich hilfesuchend an sie zu wenden.

Es gelang Verna, Tanen zu überreden, von einigen seiner geplanten Änderungen abzusehen. Schließlich gab Tanen sich mit einigen verhältnismäßig geringen Modifikationen zufrieden – beispielsweise wurde die langsame Schrottplatz-Szene mit LeMat und MacKenzie Philips an späterer Stelle eingebaut, um den Rhythmus zu wahren.

Nachdem der Film endlich akzeptiert war, legte Kurtz sich ins Zeug, damit die Entscheidungsträger von Universal *Graffiti* im bestmöglichen Umfeld zu sehen bekamen. Sie wußten, daß ihre Zielgruppe die Jungen und die Nostalgiker waren. Wo immer möglich, schmuggelte er bei den Vorführung so viele junge Crewmitglieder in den Vorführraum, wie er zusammentrommeln konnte. Ihr Enthusiasmus würde ihre kleinkarierten Vorgesetzten schon überzeugen.

»Gewöhnlich sitzen vierzehn spießige alte Männer im Saal, und das war's«, erinnerte sich Lucas. »Nach etwa sieben oder acht solcher Vorführungen wußten sie, daß sie tatsächlich einen Film hatten, der beim Publikum ankommen würde.«

Schließlich wurde die Premiere des Films auf Anfang August 1973 gelegt. Für den pragmatischen Produzenten war das Ganze wenig mehr als ein ermüdendes Beispiel für einen Machtkampf à la Hollywood gewesen. »Es lag in meiner Verantwortung, alles ans Laufen zu bringen. Dieses ganze Hin und Her über zwei Monate hat meiner Meinung nach überhaupt nichts gebracht. Das Ganze ist völlig unnötig aufgebauscht worden«, meinte Kurtz.

Und doch hinterließ es beim sensiblen Lucas Wunden, die nie wieder heilen sollten. Nach Warners Einmischung bei *THX 1138* bestärkte diese Erfahrung Lucas in seiner Abneigung gegen Hollywood. »George ist ein sehr moralischer Mensch und glaubte fest daran, alles richtig zu machen. Außerdem hatte er eine sehr alttestamentarische Sicht der Dinge und war extrem nachtragend«, erzählte Kurtz. »Wenn man ihm unrecht tat, vergaß er das nie. Ich schätze, ich sah das alles in einem anderen Licht. Ich sagte mir damals, daß es das wichtigste wäre, den verdammten Streifen endlich fertig und in die Kinos zu kriegen.«

Noch bevor *American Graffiti* anlief, schmiedete Lucas erste Rachepläne.

Am Morgen des 17. April 1973 verließ Lucas bewaffnet mit grünen und blauen Notizblöcken und einem Schwung seiner bevorzugten harten Bleistifte seine Küche, ging in sein kleines Büro in Mill Valley und schloß die Tür hinter sich. In seiner kleinen, oft unleserlichen Handschrift begann er mit den ersten zögerlichen Entwürfen dessen, was später der *Krieg der Sterne* werden sollte.

Später gab er zu, daß die ersten Zweifel, die er an jenem Tag verspürte, ihn die nächsten zehn Jahre nicht mehr loslassen sollten. 1983 klagte er: »Es hat in meinem Leben keinen einzigen Tag gegeben, an dem ich nicht gleich nach dem Aufstehen am Morgen gedacht habe: ›Mann, ich muß mir Sorgen wegen dieses Films machen.‹«

Teils war er nervös wegen dem, was er versuchte zu bewerkstelligen. Außerdem kochte er noch vor Wut wegen dem, was Universal *American Graffiti* antat. Er träumte davon, es seinen Feinden eines Tages zu zeigen. Aber Lucas' Hauptmotivation, als er sich hinsetzte, um sein ›Flash-Gordon-Projekt‹ zu schreiben, war wohl finanzieller Natur.

Während die Einzelheiten des *Graffiti*-Budgets von den Buchhaltern von Universal peinlich genau überprüft wurden, wurde das Honorar, das ihm und Kurtz zustand, zurückbehalten. Er hatte 15000 Dollar Schulden. »Ich mußte anfangen, etwas von diesem Geld zurückzuzahlen«, sagte er. Für den Sohn des sparsamen George Lucas sen. konnte es keinen größeren Antrieb geben.

Wie gewöhnlich war das Füllen leerer Blätter keine leichte Sache. Seit seiner Schulzeit haßte es Lucas, zu schreiben. Die Geschichte von *American Graffiti* war weniger kompliziert gewesen, da er an jenem Drehbuch auf die vier Jahre hatte zurückgreifen können, die er selbst in seinem winzigen Fiat in Modesto herumgekurvt war. Außerdem hatte er sich von Willard Huyck und Gloria Katz helfen lassen können. Diesmal war er ganz auf sich allein gestellt. Und diesmal ging es darum, ein völlig neues Universum zu erschaffen.

Er verbrachte jeden Tag viele Stunden damit, verschiedene Einflüsse in sich aufzunehmen. Er sah sich die geliebten Flash-Gordon-Abenteuer aus seiner Kindheit an und las Science-Fiction-Werke alter und neuer Meister, von Edgar Rice Burroughs bis zu Frank Herberts *Der Wüstenplanet* und E. E. ›Doc‹ Smiths Lensman-Geschichten.

Er und Gary Kurtz waren von Anfang an der Meinung gewesen, daß die Geschichte eine märchenhafte Komponente haben sollte. »›Vor langer Zeit in einer weit, weit entfernten Galaxis‹ war unsere Version von ›Es war einmal‹«, sagte Kurtz. »Wir empfanden es grundsätzlich als ein Märchen.« Beide Männer interessierten sich für komparative Religion und Philosophie. »Ich persönlich habe immer an die urtypische Psychologie geglaubt sowie an Jungs Philosophien darüber, daß wir urtypische Charaktere nehmen und in unser Leben einbauen«, erzählte Kurtz. »Ich denke, George empfand es genauso.«

Auf seiner Suche nach Phantasieelementen las Lucas Grimms Märchen und C. S. Lewis' *Chroniken von Narnia*, J. R. R. Tolkien und Frazers *The Golden Bough*. Außerdem las er griechische, islamische und indische Mythologie und Werke moderner Mythologen wie Carlos Castenada und Joseph Campbell.

Kein Buch sollte ihn stärker beeinflussen als Campbells *The Hero with a Thousand Faces*, eine Synthese, die die erzählerischen Traditionen verschiedener Religionen und Kulturen der ganzen Welt vereint. Während der Entstehung von *Star Wars* war dieses Buch – zusammen mit *Roget's Thesaurus*, *Webster's Dictionary*, *Harper's Bible Dictionary*, *Bartlett's Familiar Quotations* und *The Foundations of Screenwriting* von Syd Field – immer in Reichweite.

Am 20. Mai hatte Lucas seine erste, dreizehnseitige Zusammenfassung fertig.

Komplex, exotisch und phantastisch war die Geschichte von Mace Windu im 23. Jahrhundert angesiedelt, da die letzten Mitglieder der »Jedi Bendu« – einem Ritterorden, dem mittelalterlichen Templerorden nicht unähnlich – und Hüter des Heiligen Grals in einen Krieg mit dem bösen galaktischen Imperium verstrickt. Die Kerngeschichte wies große Ähnlichkeit mit der von *Die verborgene Festung* auf. Die Ritter, General Luke Skywalker und Anakin Starkiller eskortierten eine Rebellenprinzessin, die damals noch Leia Aguilae hieß, da diese vom Imperium und seinen zwei Bösewichtern General Darth Vader und Valarium, dem schwarzen Ritter, verfolgt wurde. Derweil wurden zwei Imperiale Bürokraten als Geiseln festgehalten. Das Duo benahm sich wie shakespearianische Trottel und lieferte ebenso komische Auflockerung wie die zwei Arbeiterroboter ›Threepio‹ und ›Artoo‹.

Die Geschichte an sich war im Groben eine lange Verfolgungsjagd über drei Planeten, darunter ein mit einem Urwald bewachsener Planet, ein Wüstenplanet und ein dritter Planet, der von einer Gaswolke umgeben war, mit Städten am Himmel. In einer Sequenz flüchteten die Rebellen in einen Asteroidengürtel, in einer anderen entführten sie einen Weltraumfrachter, der von einem Banditen namens Han Solo gesteuert wurde. Irgendwann inmitten der komplexen Geschichte wurde die Prinzessin entführt. Die Rebellen, denen auch ein Dutzend Jungen und ein ›riesenhafter pelziger Alien‹ namens Chewbacca angehörten, ein Prinz des Wookie-Volkes auf dem Urwaldplaneten, befreiten sie bei einem spektakulären Angriff auf einen Imperialen Konvoi. Die Story endete mit einer feierlichen Zeremonie, bei der die Prinzessin ihre Retter ehrte.

Lucas hatte sich die unverzichtbaren Attribute eines aufstrebenden jungen Regisseurs zugelegt – einen Anwalt und einen Agenten –, noch bevor er *American Graffiti* realisiert hatte. Er bat Jeff Berg von ICM und Rechtsanwalt Tom Pollock, das Exposé in Hollywood an den Mann zu bringen. Beiden Männern fiel es schwer, der dreizehnseitigen Zusammenfassung zu folgen.

Das Projekt mußte vorrangig den verhaßten Universal- und United Artists-Studios angeboten werden, denen Lucas jeweils noch einen Film schuldete. Auf Anraten seines alten Rivalen von der Long Beach State University, Steven Spielberg, mit dem er sich angefreundet hatte, nachdem dieser es ebenfalls nach Hollywood geschafft hatte, bat Lucas Berg zu versuchen, einen relativ neuen Entscheidungsträger bei 20th Century Fox, Alan Ladd jr., für sein Projekt zu interessieren.

David Picker und Ned Tanen sollten beide beeindruckende Filmkarrieren machen, aber für jene in Hollywood, die mit einem Elefantengedächtnis ausgestattet waren, würden sie immer diejenigen bleiben, die *Star Wars* abgelehnt hatten.

Mitte der siebziger Jahre gehörte United Artists zu den solideren Gesellschaften Hollywoods. Das Studio von Chaplin und Pickford, Fairbanks und D. W. Griffith blieb eine Oase des intelligenten Kinos. Kein Film typisierte ihren Geschmack besser als Milos Formans *Einer flog über das Kuckucksnest*, der jeden Preis der Filmindustrie einheimsen sollte. UA war ein wenig Fantasy ab und an nicht abgeneigt. Das Studio vertrieb immer noch die James-Bond-Streifen von ›Cubby‹ Broccoli. Und doch klang Lucas' Projekt für Picker zu kostenaufwendig. Auch war er nicht sicher, ob die Spezialeffekte, die Lucas ihm beschrieben hatte, auch tatsächlich umsetzbar waren. Drei Jahre nachdem er in Cannes erstes

Interesse an Lucas' ›Flash-Gordon-Projekt‹ bekundet hatte, lehnte Picker ohne Groll förmlich den ›Mace-Windu-Vorschlag‹ ab.

Tanen sollte es ihm bald gleichtun. Universal schielte immer noch mit einem Auge auf das Fernsehen. »Universal war eine sehr konservative Gesellschaft«, meinte Kurtz. »Das Studio verdiente das meiste Geld mit Fernsehen und produzierte die meisten seiner Kinofilme im Hinblick auf einen späteren Verkauf an die Fernsehstationen.« Das bizarre Werk schien ihnen als gewinnbringendes Fernsehspiel ungeeignet.

Tanen gab später zu, daß er große Mühe gehabt habe, Lucas' phantastisches Exposé zu verstehen. »Versuchen Sie doch mal, sich anhand eines dreizehnseitigen Exposés vorzustellen, was See-Threepio bedeutet«, seufzte er (See-Treepio = C-3PO; *Anm. des Übersetzers*). So wie David Picker, der in seiner Ablehnung von anderen leitenden Angestellten von UA unterstützt worden war, konnte auch Tanen sich zumindest mit dem Wissen trösten, nicht der einzige bei Universal gewesen zu sein, der Lucas' Idee unterschätzt hatte.

Das Studio hatte allerdings einen zweiten Entwurf vorgelegt bekommen, in dem Lucas die Geschichte soweit überarbeitet hatte, daß sie der endgültigen Fassung näherkam. Folgender Drehbuchbeurteilung nach hatte die Entscheidung des Studios mehr mit Lucas selbst zu tun als mit seiner Story:

UNIVERSAL INTERNES MEMO

Datum: XXXXXXX
An: XXXXXXXXXX
Von: XXXXXXXXX
Betrifft: Das Star Wars-*Drehbuch von George Lucas*

In meinen Augen wäre ein Projekt dieser Art ein reines Glücksspiel, allerdings halte ich das vorliegende Konzept (zumindest verglichen mit dem, was bisher in diesem Genre realisiert wurde) für recht interessant. Zusammen mit der potentiellen Action in der Geschichte scheint es mir in vieler Hinsicht eine nicht uninteressante Möglichkeit zu sein.

Andererseits wird ein Großteil des Skripts (vorrangig die Spezialeffekte und die Anforderungen an die Maske) sich nur sehr schwer visuell umsetzen lassen. Ich denke hierbei insbesondere an die Roboter-Helden Threepio und Artoo.

Und auch wenn sämtliche visuellen und Spezialeffekte sich realisieren lassen, könnte die Story letztendlich nicht mehr sein als ein interessanter Versuch, wenn das Publikum die Recht-und-Unrecht-Problematik nicht völlig versteht und darüber hinaus uneingeschränkte Sympathie für den jungen Luke Starkiller* entwickelt.

In diesen Punkten erfordert das Werk meiner Überzeugung nach einige Überarbeitung. Action und Abenteuer sind reichlich vertreten, aber den Charakteren mangelt es noch an Tiefe.

Fazit: Wenn der Film realisierbar ist, haben wir möglicherweise ein nettes, humorvolles und aufregendes Abenteuermärchen, einen künstlerischen und sehr kommerziellen Erfolg. Das sind die eigentlich wichtigen Punkte. Die Frage ist letztendlich die, wie groß unser Vertrauen in Mr. Lucas' Fähigkeiten ist, dies alles zu realisieren.

Lucas hatte Jeff Berg aufgetragen, einen Vorschuß von 25000 Dollar zu fordern, um das Exposé in ein Drehbuch umzuarbeiten. Kurz darauf erfuhr er, daß das Studio offiziell ablehnte. Grob geschätzt sollte ihr mangelndes Vertrauen in »Mr. Lucas' Fähigkeiten, dies alles zur realisieren«, einen Verlust von rund 3 Milliarden Dollar bedeuten.

Ende Mai 1973 flog Lucas mit PSA von San Francisco nach Los Angeles. Vom LAX-Airport fuhr er die kurze Strecke über den San Diego Freeway in Richtung Santa

---

*Lucas schwankte noch und nannte seinen Helden abwechselnd Starkiller und Skywalker. Erst einen Tag vor Drehbeginn entschied er sich endgültig für letzteren Namen.

Monica Boulevard, Century City und den Büros der 20th Century Fox Film Corporation.

Lucas hatte sich auf dem einstündigen Flug entlang der Pazifikküste mit den drei Hauptproblemen befaßt, die sich ihm akut stellten.

Vorrangig und am dringendsten war es, Geld aufzutreiben. Die Schulden, die er während der Realisierung von *American Graffiti* angehäuft hatte, waren immer noch erdrückend. Gary Kurtz schätzte, daß sie beide mit insgesamt etwa 60000 Dollar in der Kreide standen. Lucas hatte sich sogar von seinem Vater 2000 Dollar geborgt.

Zweitens mußte er Alan Ladd jr. davon überzeugen, daß sein Weltraummärchen ein lohnendes Abenteuer war. Berg hatte Ladd eine Kopie von *Graffiti* zukommen lassen, und Ladd hatte darum gebeten, den Macher des Films kennenzulernen. Von allen Hollywood-Studios konnte Fox in Lucas' Augen die besten Science-Fiction-Werke aufweisen. Der unerwartete Erfolg von *Planet der Affen* im Jahre 1968 hatte insgesamt vier Leinwandfolgen und eine adaptierte Fernsehserie nach sich gezogen.

Sein drittes und wichtigstes Ziel war jedoch, die Kontrolle über seinen nächsten Film zu behalten. Wollte er je die Art von Reich schaffen, von dem er und Coppola einst geträumt hatten, konnte ihm das nur gelingen, wenn er sein eigenes Schicksal jeden Schritt des Weges gezielt lenkte.

Als Lucas bei Fox eintraf, hatte er ein Déjà-vu-Erlebnis. Die Atmosphäre dort muß ihn an den Tag erinnert haben, da er zum ersten Mal das Filmgelände von Warner Brothers betreten hat. Wieder einmal betrat er ein Studio, dem nur noch Schatten einstigen Ruhms anhafteten.

Vier Jahrzehnte nach der 1935 erfolgten Fusion von Joseph Schenks 20th Century Pictures und William Fox' Fox Film Corporation war das von Darryl F. Zanuck errichtete Studio nur noch eine kadaveröser Schatten seines einstmals grandiosen Selbst. So wie jeder andere

Besucher wird Lucas in ungläubigem Staunen den zwei Millionen Dollar teuren Nachbau einer New Yorker Hochbahn angestarrt haben, der einige Jahre zuvor für das Debakel *Hello Dolly* errichtet worden war. Die Kulisse war ein rostiges Monument für die 16 Millionen Dollar Verlust, die der Film dem Studio beschert hatte, sowie für die je 100 Millionen Dollar Miese 1969 und 1970, die die Zanuck-Dynastie in die Knie gezwungen hatten. Nach *Hello Dolly* hatte Fox sich von seinem alten Genre losgesagt. Die Gleisanlage blieb, als Mahnmal für alle, die dies vergessen mochten.

Der neue Vorsitzende der Gesellschaft war das genaue Gegenstück der einstmaligen ›Showmen‹ des alten Hollywood. Dennis Stanfill war vom Bankriesen Lehman Brothers in New York nach Los Angeles gezogen. Er hatte die Instinkte eines blaublütigen, konservativen Wall-Street-Menschen. Für ihn klang Darryl Zanucks Mantra ›Riskier was, investiere Millionen von Dollar und hoffe, daß du recht daran tust‹ wie das irre Gerede eines Riverboat-Glücksspielers.

Er war ein typischer Vertreter der neuen Garde von Geschäftsleuten, die nun in Hollywood das Sagen hatten. Ein Konsortium von New Yorker Investmentbanken schluckte Harry ›King‹ Cohns Columbia; Gulf and Western hatte sich Paramount einverleibt; eine Versicherungsgesellschaft aus San Francisco, Transamerica, hatte United Artists übernommen, und das Hotel- und Fluglinienimperium des Unternehmers Kirk Kerkorian war inzwischen Inhaber der einstmals legendären MGM-Studios.

Stanfills war einem sicheren, steten Kurs gefolgt und hatte eine Reihe von Filmen produziert, die im Trend lagen, anstatt sich an Neuland heranzuwagen. Den größten Erfolg hatte er mit einem Ausflug in das Katastrophenfilm-Geschäft mit Irwin Allans *Die Höllenfahrt der Poseidon* verbucht. Ein weiterer Film von Allen, *Flammendes Inferno*, sollte wenig später von Warners herausgebracht werden. In einem ganz allgemein auf tönernen Füßen stehenden Hollywood erschien 20th

Century Fox jedoch wie ein ewig kränkelndes Kind. Trotz diverser Nebenzweige, die dem Imperium angeschlossen waren, darunter eine ums Überleben kämpfende Plattenfirma, waren die Aktiennotierung der Gesellschaft bedenklich niedrig. An der Wall Street wurden sie unterhalb der Zehn-Dollar-Marke gehandelt und hatten auch schon das Rekordtief von 5 Dollar erreicht. Profitgierige Aasgeier kreisten Tag und Nacht über Century City.

Die Moral im Studio war dauerhaft auf dem Tiefpunkt. »Als Studio war es gestorben und ein deprimierendes Umfeld«, meinte Tim Deegan, Vizepräsident und zuständig für die weltweite Werbung. »Alles war grau in grau, die Leute, die Filme, die Stimmung, der Zigarrenrauch. Es war ein düsterer, demoralisierender Arbeitsplatz.«

»Es war eine Zeit der Verzweiflung. Fox hatte seine finanziellen Mittel fast gänzlich aufgebraucht«, erinnerte sich ein weiterer leitender Angestellter, Ray Gosnell, damals Produktionsmanager des Studios. »Es war einfach niemand da; sogar der Friseursalon hatte geschlossen.«

Fox' Krise war kein Einzelfall; ganz Hollywood schien kurz vor dem Aus zu stehen. 1946 gingen knapp 78 Millionen Amerikaner jede Woche ins Kino. 1960 war die Zuschauerzahl auf 23 Millionen gesunken, und 1969 waren es nur noch 17 Millionen. 1971 hatte die Filmindustrie ihren bisherigen Tiefpunkt erreicht – nur noch 15,8 Millionen Zuschauer kauften sich jede Woche eine Eintrittskarte, der niedrigste Stand, der je erreicht werden würde.

Fox war ebenso wie der Rest des strampelnden Hollywood auf der Suche nach einem Erlöser. Zwar war es dem Studio noch nicht bewußt, aber dieser Erlöser war bereits unter ihnen, in Gestalt von Alan Ladd jr.

›Laddie‹, wie er von fast allen genannt wurde, war der Sohn von Alan Ladd, dem hageren aber toughen Kinohelden aus den vierziger und fünfziger Jahren. Mit einem Gewicht von 150 Pfund bei einer Größe von 175

Zentimeter war er ein Mittelgewicht verglichen mit dem Federgewicht von Ladd sen. Und doch hatte er viel von seinem berühmten Vater geerbt. Auch er hatte ›das Gesicht eines gealterten Chorknaben‹. Auch er war recht wortkarg. »Sein Vater hat in *Mein großer Freund Shane* nicht viel geredet. Alan Ladd jr. redet grundsätzlich nicht viel«, sagte einmal jemand über ihn. Wie sein Vater, so legte auch Ladd jr. großen Wert auf sein äußeres Erscheinungsbild. Meist trug er Hosen mit Schlag, auf Hochglanz polierte Gucci-Schuhe und einen Rollkragenpullover. Um den Hals trug er zwei Goldmedaillons, die er niemals ablegte, mit den Namen seiner Frau Patty und seiner Töchter Kelli, Tracy und Amanda.

Ladds Ergebenheit seiner Familie gegenüber mag eine Reaktion auf seine eigene unglückliche Kindheit in Hollywood gewesen sein. Die Ehe seiner Eltern war schon gescheitert, lange bevor sein Vater 1942 mit *Gangsterfalle* zum Star avanciert war. Mit fünfzehn hatte sich das Alkoholproblem seiner Mutter derart zugespitzt, daß sie sich nicht mehr um ihn kümmern konnte und ihn der Obhut seines Vaters übergab. Der war inzwischen in zweiter Ehe mit der Schauspielerin und Agentin Sue Carol verheiratet, und Ladd jr. fühlte sich ungeliebt und ignoriert. »Es war nicht leicht, mit älteren Kindern aus anderen Ehen klarzukommen«, sagte seine Halbschwester Alana Ladd Jackson, eins von Ladds zwei Kindern mit Carol und gewöhnlich das einzige, das er in Hollywood-Kreisen anerkannte. Laddie sprach nur selten von seinem Vater, der sich 1964 im Alter von einundfünfzig Jahren totgesoffen hatte. »Wir haben uns nicht sehr nahegestanden«, gestand er einmal. »Er war sehr depressiv und ein starker Trinker.« Und doch war er damals schon entschlossen, aus dem Schatten seines Vaters herauszutreten.

›Laddie‹ hatte in den frühen Sechzigern bei der CMA-Talentagentur in Hollywood angefangen. Von dort aus war er zu einer anderen Agentur übergewechselt, London International, und bekam dort die Gelegenheit, seinen eigenen Film in England zu produzieren. 1971 war er von Fox' damaligem Produktionsmanager Jere Henshaw aus Europa zurückgeholt worden, der ihn in mittlerer Position in sein Team aufnahm. »Ich habe gerade meinen Nachfolger eingestellt«, prahlte Henshaw schon bald vor dem Vorstand.

›Laddies‹ Referenzen waren untadelig. Als Sohn eines Filmstars und ehemaliger Agent besaß er ein seltenes Gespür für das Temperament kreativer Menschen. Als Neuling in der Agenturbranche hatte er einmal Judy Garlands wöchentliche Fernsehshow betreut. »Man wußte in jeder Woche nie, wann sie sich blicken lassen würde«, gestand er einmal. Außerdem hegte er, anders als die meisten Agenten, Anwälte und Buchhalter der neuen Garde, die nun die Chefsessel in Los Angeles besetzten, eine leidenschaftliche Liebe zum Film.

Als kleiner Junge hatte Ladd mit seinem Vater in London gelebt und von zehn Uhr früh bis abends um elf in Kinos gesessen.

Er nahm sogar einen Job an, der darin bestand, Kaugummis von den Polstern zu kratzen, nur um seine Tage im Dunkel der Vorführsäle verbringen zu können. Seinen absoluten Lieblingsfilm *Wem die Stunde schlägt* hatte er sechsundzwanzigmal gesehen.

Sein Partytrick bestand darin, daß er den kompletten Nachspann auch des obskursten Filmes auswendig kannte, bis hin zu den Namen der Kostümbildner, Komponisten, Nebendarsteller und der exakten Laufzeit. Für die alte Garde Hollywoods war er so etwas wie ein Lieblingssohn. Für die desillusionierten Angestellten von Century City war Ladd der erste Produktionsmanager, dem zuzutrauen war, das Studio aus seiner Lethargie zu reißen.

Ladd hatte stets ein offenes Ohr für Vorschläge und Anregungen seiner Mitarbeiter und arbeitete hart daran, innerhalb des Studios eine familiäre Atmosphäre zu schaffen. Jeden Abend ab etwa achtzehn Uhr stand Ladds Tür seinen Kollegen auf einen Feierabenddrink offen.

»Jede Sekretärin las alles, was hereinkam«, erzählte sich Paula Weinstein, die von Ladd eingestellt worden war. »Sie stürmten herein und riefen: ›Das müssen Sie unbedingt lesen!‹ Die Leute fühlten eine solche Verbundenheit.«

Aber seine Tür stand auch den Talenten Hollywoods offen. Die neuen Unternehmenshaie ließen unzufriedene Regisseure, Schriftsteller, Schauspieler und Agenten zurück. Ladd signalisierte freundliche Aufnahme. Schon gehörten große Regisseure wie Fred Zinneman und Herb Ross und Außenseiter unter den Filmemachern wie Robert Altman und Paul Mazursky zu seiner ›Familie‹, wie er es nannte.

Ladds geschicktester Schachzug war bislang gewesen, den Renegaten Mel Brooks unter Vertrag zu nehmen. »Laddie war der Retter der verirrten Filmemacher«, erinnerte sich Tim Deegan. »Mel Brooks hatte bei Warner Brothers *Is' was, Sheriff?* gedreht. Warners hatten sich geweigert, den Film herauszubringen, und Laddie kassierte Brooks ein. In den Jahren darauf drehte er *Frankenstein Junior, Silent Movie, Mel Brooks' Höhenkoller, Mel Brooks' verrückte Geschichte der Welt*, alles Hits.«

Als er bei Fox eintraf, schien George Lucas selbst auch zu den ›verirrten Filmemachern‹ zu gehören. Ladd war schon ein Bewunderer von Lucas gewesen, bevor ihm unter der Hand eine Kopie von *American Graffiti* zugespielt worden war. Er gehörte zu den wenigen leitenden Angestellten in Hollywood, denen *THX 1138* gefallen hatte. So wie alle anderen im Geschäft hatte er jedoch auch von Lucas' und Coppolas Schwierigkeiten mit *Graffiti* gehört.

Lucas war Ladd gegenüber offen, was seine Verpflichtungen Universal und United Artists gegenüber betraf. Er mußte erst von beiden Studios negativen Bescheid bekommen, bevor er mit Fox in Verhandlungen treten konnte. Er wußte jedoch, daß sein dreizehnseitiges Exposé ohne begleitende Erklärungen von ihm persönlich zu schwer verständlich war. In dem Augenblick, da Lucas die Verhandlungen eröffnete, wußte Ladd, daß er in ihm einen neuen Adoptivsohn gefunden hatte. Lucas konnte so schweigsam und undurchsichtig sein wie Ladd selbst. (Manche theoretisierten, Ladds Angewohnheit, in kaum verständlichem Flüsterton zu sprechen, wäre ein bewußter Schachzug. »Laddie erkannte schon sehr früh im Leben, daß das auf andere anziehend wirkt«, meinte einer seiner Kollegen.) Und doch sprudelte Lucas nun förmlich über vor Begeisterung für sein Weltraum-Märchen.

Lucas' Sekretärin Bunny Alsup mußte jedesmal lächeln über die wundersame Wandlung, die mit ihrem Boß vorging, wenn es ihm darum ging, eine seiner Geschichten zu verkaufen. »Er gerät ganz aus dem Häuschen, wenn es um seine Projekte geht«, sagte sie. »Wie ein kleiner Junge, der mit seinen Spielsachen spielt.«

Ladd konnte sich diesem überschäumenden Enthusiasmus nicht entziehen. »Er sagte, er hätte eine Idee für einen Weltraumfilm, der sich an die alten Abenteuerfilme anlehnte, mit denen wir großgeworden wären«, erzählte Ladd. »Als er sagte: ›Diese Sequenz wird an *Der Herr der sieben Meere* erinnern, diese an *Unter Piratenflagge*, und jene an *Flash Gordon*‹, wußte ich sehr genau, wovon er sprach. Das gab mir das Vertrauen, daß er es schaffen würde«, meinte Ladd später. Aber Ladd sah noch etwas anderes in der aufrichtigen Begeisterung von Lucas. »Ich wußte von anderen, aber auch von der Zeit, die ich selbst mit ihm verbracht hatte, daß er ein grundehrlicher Mensch war, der wußte, was er tat.«

Am Ende ihrer Begegnung hatten sie sich per Handschlag auf einen grob umrissenen Vorvertrag geeinigt, was ganz typisch war für Hollywood. Die näheren Einzelheiten sollten dann später ausgearbeitet werden. Jeff Berg und Tom Pollock halfen, die Vereinbarung auf ein Standardformat zu bringen, das verschiedene »Etappen« umfaßte. Lucas sollte für einen ersten Entwurf 10000 Dollar erhalten, mehr, wenn der Film angenommen wurde, und 50000 Dollar, wenn Fox zustimmte, den Film mit ihm gemeinsam zu produzieren. Weitere 100000 Dollar sollte er erhalten, wenn er Regie führte, während Gary Kurtz für die Produktion 50000 Dollar bekommen sollte. Ein Vorabbudget von 3,5 Millionen Dollar wurde festgelegt. Die restlichen Details sollten vor Beginn der Dreharbeiten ausgehandelt werden.

Tatsächlich hatte Alan Ladd jr. das Exposé nicht besser verstanden als die anderen vor ihm. Aber er allein war an diesem Punkt bereit, Zanucks Motto zu folgen. »Es war ein Vabanquespiel, und ich setzte auf Lucas«, gestand er später.

Am Abend des 1. August 1973 fuhr die Schauspielerin Cindy Williams am Avco-Filmtheater in Westwood Village vorbei und traute ihren Augen nicht. Die Fünfundzwanzigjährige starrte auf die Menschenschlange, die das Kino verließ, und brach dann in Freudengeheul aus. »Ich hatte nie erwartet, irgendwann einmal in einem Film mitzuspielen, für den die Leute endlos anstehen würden«, teilte sie am Telefon begeistert ihren Freunden mit.

Universals mangelndes Vertrauen in *American Graffiti* hatte sich den Sommer über gehalten. Das Interesse, das Ladd jr. und Paramount am Erwerb des Films gezeigt hatten, hatte jedoch dazu beigetragen, das Ruder herumzuwerfen. Endlich hatte das Studio sich einverstanden erklärt, den Film in zwei Kinos der »Kunstszene« anlaufen zu lassen: einem Filmtheater in New York und dem Avco in Los Angeles. »Sie sagten: ›Dann sehen wir weiter‹«, erinnerte sich Gary Kurtz.

Kurtz war bei der Premiere in New York. Wie ein Broadway-Impresario blieb er bis Mitternacht auf und wartete auf das Erscheinen der ersten Kritiken in den Tageszeitungen der Stadt. Das Warten sollte sich lohnen. Die Kritiken gehörten zu den besten seit Jahren. Als *American Graffiti* vierzehn Tage später allmählich im ganzen Land anlief, rissen sich die Leute darum, den

Film zu sehen, auf dessen gelungenem Werbeplakat es hieß: ›Wo waren Sie 1962?‹ *Graffiti* hatte in Amerika, das seine Eigenliebe eingebüßt hatte, einen Nerv getroffen. Die Kritiker liebten die künstlerische Qualität, während das Publikum begeistert war vom schlichten Humor des Streifens. Vor allem aber versetzte es das Land in diesen düsteren Tagen des Pessimismus und der Paranoia – Vietnam und Watergate schienen seit Jahren die Schlagzeilen zu beherrschen – zurück in friedlichere, irgendwie glücklichere Zeiten.

Graffiti wurde zum klassischen ›Überraschungserfolg‹, lief langsam an und legte dann bei seiner Verbreitung im ganzen Land stetig zu. »Die fünfte Woche war besser als die erste, und es wurde besser und besser«, erinnerte sich Kurtz. Schon bald stornierte Lew Wasserman von Universal andere Kinobuchungen und ersetzte Neuerscheinungen der Gesellschaft durch das ›Filmwunder‹, das seine Gesellschaft für nur 750000 Dollar produziert hatte. George Lucas wurde plötzlich als junges Genie gefeiert. Zeitungsreporter strömten zu seinem Haus, um mehr über dieses introvertierte Wunderkind zu erfahren, das so erfolgreich die Psyche der Amerikaner angesprochen hatte.

Seine unverhohlene Feindseligkeit gegenüber Hollywood verwunderte seine Interviewpartner. »Studios und die Art, wie sie geleitet werden, können einen rasend machen«, sagte er beispielsweise gnadenlos. »Es ist ein Wunder daß es sie überhaupt noch gibt. Die Denkweise und die Art, wie dort Entscheidungen gefällt werden, sind wirklich unglaublich.«

In vergangenen Jahren hätte Hollywood ihn für solchen Undank gestraft. Statt dessen beschränkte man sich nun darauf, seinen Geniestreich nachzuahmen.

American Graffiti sollte sich zum einflußreichsten Film der frühen siebziger Jahre etablieren. Das Fernsehen sollte den Film in Form einer Serie – *Happy Days* – vermarkten, komplett mit dem liebenswerten Ron Howard, der in der TV-Version seine Rolle aus dem Film wieder übernahm. In Amerika – und über seine

Grenzen hinaus – sollte das Publikum überrollt werden von einer Welle von Rock 'n' Roll-Repliken, von *Trau keinem über 18* mit David Essex in England bis hin zu *Grease – Schmiere* mit John Travolta in Amerika.

In den Chefetagen Hollywoods erkannte man endlich das Talent der Filmhochschulstudenten der Sechziger. Erst Coppola und jetzt George Lucas, ihnen dicht auf den Fersen ein neuer Schlag von Filmemachern, darunter aus Kalifornien Steven Spielberg, John Milius, Walter Murch und Matthew Robbins und vom anderen Ende des Landes die brillantesten Absolventen der New York University Film School, Martin Scorsese und Brian De Palma. Nichts hatte mehr zum Abstieg Hollywoods beigetragen als die wachsende Beliebtheit des Fernsehens. Die Ironie lag darin, daß eben die Fernsehgeneration sich nun anschickte, die Filmindustrie zu retten. Die Kinojugend war auf dem Vormarsch. Gary Kurtz und George Lucas sollten jedoch angesichts des Erfolges von *Graffiti* vor allem für eines dankbar sein: »*American Graffiti* war der einzige Grund dafür, daß sich überhaupt irgend jemand für *Star Wars* interessierte«, meinte Kurtz.

KAPITEL 3

KRIEG UND FRIEDEN

Im August 1973, als *Graffiti* in die Kinos kam, bezogen George und Marcia Lucas ein bescheidenes Haus in der Medway Street in San Anselmo, einem nicht minder pittoresken Ort in Marin County, nur wenige Meilen von Mill Valley entfernt.

Kurz vor Weihnachten entdeckten sie ein ›Zu verkaufen‹-Schild vor einem imposanten viktorianischen Herrenhaus hoch oben auf einem Hügel mit Blick auf den Ort. Das Haus entsprach genau Georges Traum von einer Filmemacher-Zuflucht. Noch vor wenigen Monaten wäre der Gedanke, ein solches Haus zu besitzen, unvorstellbar gewesen; inzwischen nahm sich der Kaufpreis von 150000 Dollar allerdings wie Kleingeld aus.

Graffitis Beliebtheit hielt den ganzen Winter und bis in 1974 hinein unvermindert an. In einigen Kinos lief der Film ununterbrochen über ein Jahr lang. Weltweit sollte er 117 Millionen Dollar einspielen. Universals Anteil am Filmverleih und seine Prozente an den Eintrittskarten sollten sich auf insgesamt über 55 Millionen Dollar belaufen. »Lew Wasserman hat mir gesagt, das wäre der Film mit der höchsten Kosten-Profit-Spanne gewesen, den das Studio je produziert hätte – sogar erfolgreicher als E.T.«, meinte Gary Kurtz.

Der Anteil von Lucasfilm am Erfolg von *American Graffiti* sollte sich auf etwa 7 Millionen Dollar summieren. Nach Abzug der Steuern blieben George und Marcia somit an die 4 Millionen Dollar. Und dabei war es noch gar nicht so lange her, daß sie sich abgestrampelt hatten, um den Kredit an seinen Vater zurückzuzahlen. Jetzt, mit achtundzwanzig, hatte er seine voreilige Prophezeiung, noch vor seinem dreißigsten Geburtstag Millionär zu sein, wahrgemacht.

Lucas hielt, was er sich selbst auf dem Set von *Liebe*

niemals einen Fremden geschworen hatte, und teilte seinen Erfolg mit jenen, die ihm dazu verholfen hatten. Hauptbeteiligten wie Bunny Alsup, Fred Roos und Walter Murch schenkte er Autos, anderen Bargeld. Gary Kurtz hatte er bereits einen prozentualen Anteil am Film überschrieben, eine Geste, die dem Produzenten etwa 1 Million Dollar einbringen sollte.

Lucas leistete sich eine Schwäche und kaufte sich in einen Comic-Laden namens Supersnipe in New York ein. Ansonsten blieb er ganz der Sohn von George Lucas sen. und investierte sein Geld in sicheren Anlagen wie steuerfreien Kommunalobligationen, hochverzinsten Spareinlagen – und Immobilien. Auf das Haus oben auf dem Hügel war er besonders stolz. Er und Marcia tauften es auf den Namen Parkhouse und machten sich daran, es zu einem Komplex auszubauen, der mehrere Schneideräume, Büros sowie einen geräumigen Vorführraum umfaßte.

Mit der schwarz verschieferten Fassade und den düsteren Winkeln und Ecken hätte das Parkhouse geradewegs aus einem Vincent-Price-Film stammen können.

In einem Zimmer ganz oben unter dem Dach widmete Lucas sich weiterhin seiner persönlichen Horrorgeschichte – dem Schreiben von *Star Wars*.

Seine Einkünfte aus *Graffiti* sicherten ihm ein sorgenfreies Leben, und er hätte nie wieder arbeiten müssen, aber der Gedanke, sein ›Flash-Gordon-Projekt‹ zu realisieren, ließ ihn einfach nicht los, ganz gleich, wie schmerzlich der Prozeß auch sein mochte.

»Ich hatte mich in die Geschichte verliebt«, gestand er später. »Außerdem war ich ein Filmemacher der Straße; ich hatte noch nie einen großen Studiofilm gedreht, und so dachte ich mir: ›Das wird der letzte Film, bei dem ich Regie führe.‹«

Inzwischen arbeitete er seit zehn Monaten an der Geschichte. Es sollte noch weitere achtzehn Monate dauern, sie in eine verfilmbare Form zu bringen. Lucas beschrieb diese Phase später als die schlimmste in seinem Leben. Jeden Morgen verließ er sein Haus in der Medway Street und fuhr den Hügel hinauf zu seinem komfortablen neuen Büro. Die neue Umgebung erleichterte ihm das Schreiben jedoch nicht nennenswert. Immer noch war jeder Satz für sich eine schwere Geburt. »Sie erblickten das Licht der Welt zappelnd und schreiend, und es war ein sehr schmerzhafter Prozeß«, sagte er später.

Nicht, daß es ihm an Disziplin gemangelt hätte. Er arbeitete stramme acht Stunden täglich, mit nur einer kurzen Mittagspause. Gewöhnlich waren die Tage unterteilt in ›drei Stunden schreiben und fünf Stunden nachdenken‹. Unabhängig von seinen Fortschritten endete jeder Abend mit Walter Cronkite und den CBS-Abendnachrichten. Oft war er, wenn er sich daheim vor den Fernseher setzte, wütend, weil er keinen Schritt weitergekommen war.

Lucas war ein Nervenbündel. Er bewahrte eine Schere neben seiner Schreibmaschine auf, und wenn er besonders frustriert war, schnippelte er an seinen Haaren herum.

Die Innenarchitekten und Handwerker, die das Herrenhaus umbauten, waren die denkbar schlechteste Ablenkung für einen Schriftsteller auf der Suche nach ein wenig ›ausgleichender Aktivität‹. Und doch, Wort für Wort, Seite für Seite entwickelte sich ›Die Geschichte von Mace Windu‹ zu einem ausgefeilten, extravaganten Drehbuch.

Lucas machte sich auf Schritt und Tritt Notizen. Inzwischen besaß er einen ganzen Notizblock voller unleserlicher Kritzeleien, von denen einige schon Jahre zurückreichten. Ein Einfall für den Namen einer seiner beiden Roboter war ihm gekommen, als er gemeinsam mit Walter Murch früh am Morgen den Soundtrack von *American Graffiti* gemischt hatte. Ganz verloren in einem Meer von Soundtracks und endlos langen Filmspulen hatten die beiden Männer ihre eigene Kurzschrift entwickelt und jede Spule, jede Tonspur und jeden Dialog mit einer Nummer versehen. »Walter bat mich, R2-D2 aus dem Regal zu holen, das bedeutete Reel 2 (Spule 2) und Dialog 2«, erinnerte sich Lucas. »Toller Name«, hatte er lächelnd gedacht und gleichzeitig nach seinem Notizblock gegriffen.

Marcia scherzte oft, daß er nie abschalten konnte. Wenn sie mit ihrem großen, schwarz-weißen Malamute Indiana eine Spritztour unternahm, bezeichnete ihr Mann den Hund als ihren ›pelzigen Kopiloten‹. Der Hund wurde Chewbacca, Han Solos Kumpel. (Indiana sollte für Jahre eine Inspiration bleiben und später Lucas' Archäologenabenteurer, einem gewissen Dr. Jones, seinen Namen geben.) Die Figur Chewbaccas wuchs ein wenig auf einer weiteren Fahrt, diesmal zusammen mit einem Freund, Diskjockey Terry McGovern.

Als der Wagen über einen unidentifizierbaren Hubbel fuhr, entschuldigte sich McGovern: »Sorry, George, ich muß eben einen Wookie überfahren haben.«

»Was um alles in der Welt ist ein Wookie?« wollte Lucas wissen und griff bereits mit einer Hand nach Papier und Bleistift. »Er hatte sich den Namen einfach so ausgedacht«, sagte Lucas später.

Es ist wohl nicht verwunderlich, daß Lucas' Filmfiguren Züge seiner selbst – und seiner Freunde – aufwiesen. Er sollte nie leugnen, daß sein Held Luke Skywalker tatsächlich sein *Alter ego* war, ein Ventil für all die Träume seiner einsamen Kindheit in Modesto. »Man kann keine Hauptfigur ins Leben rufen, ohne daß diese Teil von einem selbst ist. Man muß sich mit ihr identifizieren können«, erklärte er später.

Der Prahlhans Han Solo war dem draufgängerischsten des Dirty Dozen nachempfunden, John Milius.

Lucas' Unfähigkeit, sich ab und an auch auf etwas anderes zu konzentrieren, ärgerte Marcia jedoch. Oft redete er auch abends im Bett noch von seinen Figuren. »Man konnte mit ihm nie einfach nur Spaß haben«, klagte sie.

Er fand unerwartete Inspiration in der Fanpost, die er inzwischen bekam. Er war ehrlich gerührt von den Briefen, die ihm Teenager schickten, die den billigen kleinen Film gesehen hatten, dessen Erfolg offenbar niemand vorausgesehen hatte. *American Graffiti* hatte Hunderte junger Leute auf persönlicher Ebene berührt. Es war so, wie der Kritiker Charles Champlin es seinerzeit ausdrückte: »Es war ein Film, den man sich berufen fühlte tatkräftig zu unterstützen.« Lucas erkannte, daß er, indem er so viel von sich selbst offenbart hatte, scheinbar vielen anderen jungen Amerikanern geholfen hatte. »Ich bekam Hunderte von Karten und Briefen von Kids und jungen Teenagern, die alle sinngemäß schrieben: ›Mann, ich wußte nicht, daß es für jeden so verdammt schwer ist, ein Teenager zu sein‹«, erklärte er später.

Die Post, die er bekam, spiegelte jedoch auch die Freude wider, die *Graffiti* vielen beschert hatte. Nach der Leere von *THX 1138* gelangte Lucas zu einer Selbsterkenntnis. »Ich entdeckte, daß es einen Riesenspaß macht, positive Filme zu drehen.«

Aus diesem Gefühl heraus plante er, mit seinem nächsten Film ein noch größeres Publikum zu erreichen.

Er hatte nie vergessen, welche Spannung das *Adventure Theater* ihm als Zehnjährigem jeden Abend beschert hatte. Er betrachtete sich die Helden der modernen amerikanischen Jugend, ergraute Ikonen wie Kojak und Dirty Harry, und die jungen Leute taten ihm leid. »Meine Hauptmotivation für *Star Wars*«, sagte er später, »war die, jungen Leuten ein ehrliches, heiles Phantasiedasein zu schenken, so wie wir es hatten.«

Natürlich war der Gedanke, der dahintersteckte, nicht völlig altruistisch. Lucas bewies auch kommerzielle Vernunft. Kürzlich erhobene Statistiken bestätigten etwas, das Lucas seit dem Riesenerfolg von *American Graffiti* bereits vermutet hatte – der durchschnittliche Kinogänger war ein völlig anderer als in Hollywoods Vorstellung.

Eine kurz zuvor veröffentlichte Umfrage der Motion Picture Association of America hatte ergeben, daß fast Dreiviertel des Kinopublikums zwischen 12 und 29 Jahren waren. Die Altersgruppe, die 40 Prozent der Bevölkerung ausmachte, kaufte 73 Prozent der Kinokarten. Auch war das Publikum wohlhabender und gebildeter, als man geglaubt hatte.

Vor allem Studenten waren leidenschaftliche Kinobesucher. Zu dem Zeitpunkt, da er das College absolvierte, hatte der durchschnittliche amerikanische Student 500 Kinofilme gesehen.

Die Erhebung erschütterte Hollywood. ›In Anbetracht der ursprünglich populistischen Grundlage der Filme als *das* Massenmedium der Unterhaltung schien diese Erhebung weniger eine Trendwende zu reflektieren als einen revolutionären Wandel‹, schrieb Filmkritiker Charles Champlin in einem Artikel, der die Statistiken im *Journal of the Producers Guild of America* im März 1973 begleitete.

Wie sein Freund Steven Spielberg, der damals für Universal eine Adaptation von Peter Benchleys Roman über einen Killerhai verfilmte – *Der weiße Hai* –, wußte auch Lucas, das düsterer Realismus passé war. Er spürte, daß das Publikum zynische, sinnträchtige Filme leid war. Die Kinogänger wollten Optimismus spüren, und mehr als alles andere wollten sie unterhalten werden. »Man kann aus Zynismus lernen, aber man kann nicht darauf aufbauen«, hatte er sich Ende 1973 der *Los Angeles Times* gegenüber geäußert.

Lucas war ständig damit beschäftigt, seiner Mace-Windu-Geschichte Elemente hinzuzufügen oder herauszustreichen. Er fing an, mit verschiedenen Variationen seiner Hauptcharaktere zu experimentieren und stützte sich hierbei auf die Mythologie, die ihn immer mehr faszinierte.

Letztendlich, gab er später zu, reduzierte sich die ganze *Star-Wars*-Saga auf einige klassische Vorgaben, die über die Jahrhunderte immer wieder behandelt und überarbeitet worden waren. Zahlreiche dieser Vorgaben waren von Joseph Campbell in seinem zukunftsweisenden Werk *Hero With a Thousand Faces* aufgezeigt worden.

Da waren: ›Die Suche des Ritters‹ aus der Artussage, die biblische ›Glaubenserneuerung‹ und der klassische Science-Fiction-Konflikt von ›Mensch gegen Maschine‹. Im Mittelpunkt von Lucas' Geschichte stand das Konzept des ›Guten Vaters‹, ein roter Faden, der sich durch die alte und moderne Mythologie zieht und ein Thema, aus dem er auf sehr persönlicher Ebene schöpfen konnte. Immerhin war George Lucas sen. gleichzeitig der ›Gute Vater‹ und der ›Böse Vater‹ gewesen. An einem Punkt der Entwicklung war die Vaterfigur Kane Starkiller gewesen, Vater von Luke Starkiller. Inzwischen hatte Lucas die Vaterfigur gesplittet, in die düstere Person des Darth Vader und in die gütige Figur des Jedi-Ritters, den er mit deutlicher japanischer Anlehnung Obi-Wan Kenobi taufte.

Lucas bestand darauf, daß der Film in irgendeiner Form eine Moral enthalten sollte. »Alles, was ich auf eine sehr schlichte und direkte Art versucht habe zu sagen, ist, daß es einen Gott gibt und eine gute und eine schlechte Seite«, erklärte er später. Er schlug sich während der ganzen Schreibphase mit einem Ehrenkodex der Jedi herum, in dem er seinen Gedanken umreißen konnte. An einem Punkt waren die Filmhelden in einen gralartigen Kreuzzug auf der Suche nach dem ›Kiber-Kristall‹ verstrickt, einer Quelle des Guten; dann wieder hatte er das Gute und das Böse in zwei ›Mächte‹ namens Ashla und Bogan geteilt.

Es war nie schwer auszumachen, an welchen Stellen ihm das Schreiben leichtgefallen war und wo er sich schwergetan hatte. Sein ganzes Leben lang war Lucas' Persönlichkeit von Extremen geprägt gewesen. »George war entweder sehr glücklich oder sehr frustriert«, erzählte Bunny Alsup, damals sein erster Kontakt, wenn er seine Schreibhöhle verließ.

Wenn er mit einem Abschnitt zufrieden war, überreichte er Alsup seine handschriftlichen Notizen, und sie brachte seine miserable Rechtschreibung und Schrift in eine leserliche Form. Hin und wieder hielten er und Gary Kurtz einen Kriegsrat ab, um die Richtung zu besprechen, die die Geschichte nahm. Lucas strich nie etwas – er akzeptierte lediglich, daß einige seiner Ideen möglicherweise – noch – nicht umsetzbar waren. »Irgendwann im Laufe der Geschichte gelangten sie auf den Wookie-Planeten, wo sie Chewbaccas Familie kennenlernten und sich eine Weile versteckten. Wir lasen diese Passage durch und erkannten, daß die Maske eines einzelnen Wookies schon teuer genug werden würde, ganz zu schweigen von fünfunddreißig dieser Aliens«, erinnerte sich Kurtz.

Kurtz fühlte sich angesprochen von der Schlichtheit und Kraft der Charaktere, die Lucas sich ausgedacht hatte. »George verstand es großartig, diese Charaktere zum Leben zu erwecken«, sagte er. »Sie hätten leicht zu unglaublichen Klischees ausarten können, aber sie hatten Kraft.

Jede einzelne Figur ist sehr typisch für die Art von Charakteren, die man für eine Geschichte dieser Art braucht. Der Junge, der von seiner Familie getrennt wird, der Mentor, die Funktionsweise der Figuren. Wenn man versucht, die Geschichte in zwei oder drei Sätzen zusammenzufassen, meint man, das klingt wie Hunderte anderer Geschichten, die man schon mal irgendwann gehört hat.«

An den Tagen, da Lucas selbst nichts einfiel, mangelte es ihm nicht an Freunden, von denen er sich inspirieren ließ. Parkhouse war all das geworden, was Lucas sich naiv von American Zoetrope erhofft hatte. Die einstmaligen Dirty-Dozen-Mitglieder Hal Barwood und Matthew Robbins sowie andere Filmemacher aus Nordkalifornien wie Carroll Ballard und Michael Ritchie bezogen Büros in dem geräumigen Gebäude.

Lucas führte an den Freitagen eine Tradition von Barbecues und Grillfesten im familiären Stil ein. Marcia und Gary Kurtz' Ehefrau Meredith, Bunny Alsups Schwester, kochten, während ihre Familien in der Sonne Nordkaliforniens saßen. Trotz der Qualen, die er durchlebte, war Lucas in vieler Hinsicht nie glücklicher gewesen. Parkhouse vereinte die Norman-Rockwell-Atmosphäre Modestos mit dem Pioniergeist von USC und Zoetrope. Wen wundert es da, daß seine Geschichte sich zu einem ultimativen ›Wohlfühlfilm‹ entwickelte?

Und doch wurde Lucas von Zweifeln geplagt, weil einige seiner Ideen als sehr riskant einzustufen waren. An einem Punkt war die zentrale Figur des Filmes die zwölfjährige Prinzessin Leia. »Ihr Bruder wurde vom Imperium gefangengehalten, und sie sollte ihn befreien«, erinnerte sich Kurtz. »Die Geschichte änderte sich damals laufend. Es dauerte eine Weile, ehe sie sich festigte.« Lucas holte sich von allen Seiten Rat und wandte sich sogar an Coppola. (Die Beziehung zwischen den beiden hatte erneut gelitten, nachdem Coppola beschlossen hatte, auf den Philippinen selbst mit den Dreharbeiten zu *Apocalypse Now* zu beginnen. Lucas war wütend gewesen, daß sein Freund sich einen Film unter den Nagel gerissen hatte, den er selbst eines Tages zu realisieren gehofft hatte. Tatsächlich gehörten die Rechte immer noch Coppolas Zoetrope Company, die aus der glühenden Asche der ursprünglichen Gesellschaft auferstanden war. »Er konnte damit machen, was ihm gefiel«, meinte Gary Kurtz achselzuckend, obwohl er den Produzenten-Job eingebüßt hatte.) Coppola überhäufte Lucas mit einer Flut von Ratschlägen – die sein ehemaliger Partner in gewohnter Manier allesamt ignorierte. Er fand die Idee eines jungen Mädchens als Star des Films brillant.

Im März 1975 hatte sich eine umfassende neue Geschichte herauskristallisiert, und der Film hatte nach *The Story of Mace Windu*, *Adventures of the Starkiller* und *Episode One of the Star Wars* den endgültigen Titel *The Star Wars* erhalten.

Das einzige Problem war, daß die Story Ausmaße angenommen hatte, die an ›Krieg und Frieden‹ erinnerten. Lucas hatte 500 Seiten angehäuft, während ein Drehbuch sich eigentlich um die 100 Seiten herum bewegen sollte.

Lucas splittete die Story in drei Teile, legte zwei Teile in eine Schublade und überarbeitete das erste Drittel zu einer Geschichte, die dem fertigen Film ähnelte. Während der Überarbeitungen schwor er sich, die beiden anderen Teile ebenfalls eines Tages zu verfilmen.

Von Mai bis August brachte er den Kern seiner Geschichte in eine Form, die er und Gary Kurtz als verfilmbar betrachteten.

Luke Starkiller war jetzt ein Junge, der auf einem Wüstenplaneten namens Tatooine auf der Farm seines Onkels Owen Lars arbeitete. Lars war an diesem Punkt noch eine wichtige Figur, ein grimmiger Mann, der die Ersparnisse seines Neffen gestohlen hatte, um seine Farm zu erhalten. Nur er allein wußte um die wahre Identität von Lukes leiblichem Vater, Anakin Starkiller. Weitere Hauptfiguren des Films waren Prinzessin Leia, inzwischen sechzehnjährige Geisel eines bösen Imperiums, die im Inneren eines Droiden-Roboters, R2-D2, einer ›schäbigen alten Wüstenratte‹, eine Nachricht in Form eines Hologramms nach Tatooine gesandt hatte; Obi-Wan Kenobi, Han Solo, ein ›tougher Sternenpilot à la James Dean‹, und Chewbacca, sein zwei Meter großer Wookie-Kumpel. Gemeinsam brachen Luke, Kenobi, Solo und Chewbacca auf, die Prinzessin zu befreien. Ihre ultimative Mission sollte darin bestehen, den ›Todesstern‹ zu vernichten, eine Weltraumstation von der Größe eines Planeten, die vom Imperium einsatzbereit gemacht wurde.

Im verborgenen lauerte die düstere Gestalt von Lord Darth Vader, dem niederträchtigsten Vertreter des Imperiums. Höhepunkt des Films sollte eine spektakuläre Weltraumschlacht sein, bei der der rebellische Luke den Todesstern angriff.

Lucas hatte die mystischen Aspekte seines Drehbuchs vereinfacht. Obi-Wan Kenobi sollte Hüter der Weisheit der Jedi-Ritter sein und ›Die Macht‹ eine geheimnisvolle Kraft, die das Universum zusammenhielt. Lucas war durch eine Geschichte von Carlos Castenadas *Tales of Power* hierzu inspiriert worden, in der ein mexikanisch-indianischer Mystiker, Don Juan, eine ›Lebenskraft‹ beschrieb. Während Obi-Wan für die positive

Seite dieser Kraft stand, verkörperte Darth Vader ihre Negativität, oder, wie Lucas es formulierte, »die dunkle Seite«. Er war jetzt zu dem Mantra gelangt, das, wie er hoffte, zur Botschaft seines Films werden würde, eine Abwandlung des christlichen ›Gott sei mit dir‹ in ›Möge die Macht mit dir sein.‹

Im Rahmen der vertraglich vereinbarten Etappen und nachdem der dritte Entwurf angenommen worden war, erhielt Lucas weiter finanzielle Mittel für die Entwicklung seines Drehbuchs. Jedoch sollten, bis Fox schließlich grünes Licht gab – was trotz des verbesserten Drehbuchs und des Erfolges von *American Graffiti* keineswegs sicher war –, jedwede weitere Mittel von Lucas und Gary Kurtz aufgebracht werden. Beide Männer hatten nach den Einnahmen aus *Graffiti* nicht gezögert, dieser Klausel zuzustimmen. Als die Produktion in die nächste Phase eintrat, gründeten Produzent und Regisseur eine neue Gesellschaft mit einer Kriegskasse von anfänglich 300000 Dollar. Schon bald meldete sich Bunny Alsup am Telefon mit »Guten Tag, Star Wars Corporation.«

Im Februar 1975 wurde Lucas vom *Esquire* interviewt, im Rahmen einer Reportage über die Jungen Wilden, die Hollywood eroberten. *Graffiti* wurde als *Easy Rider* der Siebziger gepriesen, als der Film, der ankündigte, daß ›etwas Neues bevorstand‹.

Auf die Frage, voran er derzeit arbeite, beschrieb Lucas *The Star Wars* als den »ersten Film im Flash-Gordon-Stil mit einem Schuß *Die glorreichen Sieben* und mit einem Budget von mehreren Millionen Dollar«. Dabei sahen er und Gary Kurtz nicht im entferntesten aus wie modernere Varianten von Yul Brynner und Steve McQueen.

Als sie jedoch begannen, Los Angeles nach dem sonderbaren Sammelsurium von Experten zu durchforsten, die sie brauchten, um ihren Film umzusetzen, war der Vergleich gar nicht so weit hergeholt.

Lucas' Skript war immer noch sehr komplex und schwer zu visualisieren.

Da er spürte, daß vor allem der Vorstand von Fox die Konzepte, die er in seinem Drehbuch beschrieb, niemals völlig begreifen würde, brauchte Lucas als erstes einen Zeichner, der die Bilder, die er vor seinem geistigen Auge sah, zu Papier brachte.

Von der 1 Million Dollar, die er und Kurtz letztendlich für den noch embryonalen *Krieg der Sterne* aufwenden würden, sollten sich die paar tausend Dollar, die sie Ralf McQuarrie bezahlten, einem ehemaligen Designer der Boeing Corporation, als die cleverste Investition erweisen. McQuarrie hatte schon für Hal Barwood und Matthew Robbins gearbeitet, als diese einen Film namens *Star Dance* geplant hatten. Beeindruckt von dem, was er sah, bat Lucas McQuarrie, vier Schlüsselszenen aus der dritten Drehbuchfassung zu illustrieren – die Roboter C-3PO und R2-D2, wie sie eine Wüstenlandschaft auf Tatooine durchqueren; ein ›Lichtschwert‹-Duell zwischen Obi-Wan Kenobi und Darth Vader; Imperiale Sturmtruppen in voller Aktion mit explosiven Waffen und – vielleicht die Schlüsselszene des Films – den actionreichen Höhepunkt, den Angriff der Rebellen auf den mondähnlichen Todesstern des Imperiums.

Lucas' Vorstellungen waren weitestgehend in den Drehbüchern beschrieben, aber er hatte noch einige zusätzliche Ideen – beispielsweise sollte der Roboter C-3PO etwas von der Eleganz seines Vorgängers aus Fritz Langs *Metropolis* aufweisen, einem von Lucas' Lieblingsfilmen seiner Studentenzeit an der USC. Der zweite Roboter hingegen sollte ›niedlich‹ sein. Außerdem übergab er McQuarrie einen ganzen Stoß Science-Fiction-Magazine mit markierten Seiten. Hiervon abgesehen hatte McQuarrie freie Hand.

McQuarrie hatte sein Talent für technische Zeichnungen perfektioniert, indem er die Apollo-Missionen für die CBS-Nachrichten gezeichnet und einen Katalog von Boeing-Ersatzteilen angefertigt hatte. In *Star Wars* fand er seine wahre Berufung. Schon bald verfügte Lucas über eine ganze Reihe außergewöhnlich plastischer 55 x 25 cm großer Illustrationen.

Viel von McQuarries Arbeit sollte noch abgeändert werden – so hatte er beispielsweise Chewbacca als furchterregenden Riesen mit gemeinen Augen und Nosferatu-Zähnen gezeichnet, und Han Solo war ein bärtiger Bandit, im griechisch-römischen Stil gekleidet, mit einem schweren metallenen Hosenbeutel und Brustpanzer. Und doch fanden sich auch einige der vertrautesten Elemente dessen, was das *Star-Wars*-Universum werden sollte, in McQuarries ersten Entwürfen.

Einige waren von Anfang an von Lucas' Drehbuch vorgegeben worden. Die Anfangssequenz zeigte die Sturmtruppen, die sich durch die Außenwand des Rebellen-Raumschiffes schweißten, in dem sich Prinzessin Leia befand. »Uns wurde bewußt, daß die Luft entweichen würde«, berichtete McQuarrie. Also verpaßten sie den Soldaten »Atemmasken«, wie Lucas sie nannte. Von den ersten Zeichnungen an war Darth Vader aus demselben Grund maskiert. »George beschrieb ihn als eine Gestalt in einem luftdichten Gewand mit vielen schwarzen Bändern und wehendem Stoff«, erinnerte sich McQuarrie. »Darth Vader soll auftreten wie der Wind, irgendwie schleichend und doch groß und beeindruckend«, erklärte Lucas dem Zeichner.[*]

Letztendlich waren es McQuarries Entwürfe, die Fox davon überzeugen sollten, weitere Mittel lockerzumachen. Vorher regten sie jedoch Lucas an, die Designarbeit voranzutreiben. Er engagierte weitere Künstler – Colin Cantwell, einen Veteran von Kubricks *2001*, und Alex Tavoularis, Bruder von Coppolas Lieblingsdesigner Dean Tavoularis –, um Raumschiffmodelle zu bauen und entsprechende Zeichnungen für die Storyboards des Films anzufertigen.

[*] Diese ersten Entwürfe finden sich in dem Bildband ›The Art of Star Wars – Eine neue Hoffnung‹, der auch das komplette Drehbuch enthält. Bastei-Verlag, Band 21900 (*Anm. des Lektors*)

Lucas hatte eine sehr genaue Vorstellung von dem, was er wollte. Ihm war aufgefallen, wie schmutzig die Apolloraketen nach ihrer Rückkehr aus dem All gewesen waren. Vor seinem geistigen Auge sah er seinen Winkel des Weltraums als schmutzigen, bewohnten Ort. Die Technologie mochte zwar höher entwickelt sein, aber das hieß nicht, daß sie nicht kaputtgehen oder rosten konnte oder von Zeit zu Zeit einen Besuch bei einem interplanetarischen Äquivalent einer Autowaschanlage nötig hatte. In seinen Gesprächen mit McQuarrie, Cantwell und seinen anderen Designern hatte Lucas darum gebeten, sich von der Vision tadelloser glänzender Raumschiffe im Stil von *2001* freizumachen. Sein Schlüsselsatz lautete ›gebrauchte Schiffe‹.

Außerdem wollte Lucas, daß sein *Star-Wars*-Universum ›echt‹ klang. Von einem seiner Mentoren auf der USC, Ken Mura, war Kurtz ein brillanter frischgebackener Toningenieur empfohlen worden, Ben Burtt. Lucas lernte Burtt in den ersten sechs Monaten der Dreharbeiten nicht kennen. Statt dessen leitete Kurtz die Anweisung an ihn weiter, daß er sich von den synthetisierten, elektronischen Klängen, die das Markenzeichen von *2001* und anderer Science-Fiction-Filme gewesen waren, lösen sollte.

Aber egal, wie einfallsreich Ton und künstlerisches Design auch sein mochten, die sich bald in den Büros von Lucasfilm stapeln sollten, Lucas und Kurtz wußten sehr wohl, daß ihr Film mit seinen Spezialeffekte stehen oder fallen würde.

Seit dem Nachlassen von Hollywoods Interesse an Fantasy- und Science-Fiction-Streifen in den Sechzigern waren Experten auf diesem Gebiet dünn gesät. Ray Harryhausen, Meister der Stop-Motion-Technik in Filmen wie *Jason und die Argonauten* und *Eine Million Jahre vor unserer Zeit*, der nach Europa übergesiedelt war, Jim Danforth und Hollywoods anerkannter ›FX‹-Meister Douglas Trumbull, der für die eleganten Raumschiffe in *2001* verantwortlich zeichnete, später bei *Lautlos im Weltraum* Regie geführt hatte und inzwischen Präsident seiner eigenen Gesellschaft war, der Future General Corporation, waren die einzigen, die auf den ersten Blick in Frage kamen. Und doch fürchtete Lucas, daß wenn er mit einem von ihnen arbeitete, er nicht den Einfluß würde geltend machen können, den er anstrebte. Von Natur aus bestimmend, war seine größte Sorge, daß *Star Wars* nicht seinen Vorstellungen entsprechen würde. »Ich wollte nicht, daß man mir nach fünf Monaten einen *Special effect* übergab und sagte: ›Da haben Sie ihren Spezialeffekt, Sir‹«, sagte Lucas. »Ich wollte Mitspracherecht haben – entweder macht man es selbst, oder man hat nichts mehr zu melden.«

Lucas und Kurtz lernten Danforth und Trumbull kennen und machten keinen Hehl aus dem Schwierigkeitsgrad der Aufgabe, die ihnen bevorstand – oder auch von dem Einsatz, den sie verlangen würden. Die Effekte, die Lucas beschrieb, waren allem bisher Dagewesenen weit voraus, sogar allem, was Trumbull bislang gemacht hatte. Und doch schreckte die Altmeister Lucas' Philosophie der Einmischung mehr als die Herausforderung, die *Krieg der Sterne* darstellte. »Die Idee des Films gefiel mir, Science Fiction mit einer witzigen Note, aber ich wollte mir die Schwierigkeiten einer Zusammenarbeit mit Lucas nicht antun«, gestand Danforth später. »Er war sehr offen zu mir, sagte geradeheraus: ›Ich weiß nicht, wie wir den ganzen Kram hinkriegen sollen, vielleicht verdunkeln wir das Studio und werfen Modelle in Richtung Kamera, aber was wir auch tun, ich werde dabeisein‹. So kann ich nicht arbeiten, und darum lehnte ich das Angebot ab.«

Darüber, ob Lucas Trumbull ablehnte oder Trumbull Lucas, wurde lange spekuliert. Lucas behauptete jedenfalls, das ersteres zuträfe. »Wenn man Trumbull für *Special effect*s engagiert, beherrscht er die *Special effect*s«, erklärte er. »Das machte mich nervös. Ich wollte anmerken dürfen, daß dies oder jenes so oder so aussehen solle.« Fest steht jedenfalls, daß Trumbull kurz darauf einen Vertrag mit Steven Spielberg und Columbia unterzeichnete, für den UFO-Film *Unheimliche Begeg-*

nung der dritten Art, und daß Kurtz und Lucas sehr typisch auf das Problem, das sich ihnen stellte, reagierten. Wenn es keine Fachleute für Spezialeffekte in Hollywood gab, die willens oder fähig waren, das zu liefern, was ihnen vorschwebte, würden sie eben selbst eine entsprechende Gesellschaft gründen – von der Pike auf.

John Dykstra denkt immer noch mit einem Lächeln an seine erste Begegnung mit George Lucas und Gary Kurtz zurück. Sie beinhaltete ›einiges Gestikulieren‹.

Im Sommer 1975 entsprach Dykstras Äußeres – groß, stämmig und bärtig – exakt dem, was er war: ein Überlebender der Rock 'n' Roll-Ära. Einige seiner frühesten experimentellen Fotografien hatte er für Jim Morrison und die Doors ausgeführt. Seitdem hatte er sich jedoch den Ruf eines talentierten Aufsteigers in der Spezialeffekt-Branche erworben. Er war Trumbulls Zauberlehrling bei *Lautlos im Weltraum* und *Andromeda – Tödlicher Staub aus dem All* gewesen und hatte an der Berkeley-Universität an einem bahnbrechenden computergesteuerten Kameraprojekt gearbeitet.

Kurtz und Lucas zeigten ihm einen frühen Entwurf des *Star-Wars*-Skripts. Es war gespickt mit Sätzen wie »dann griffen sie den Todesstern an«. »Es war nicht besonders gut ausgearbeitet«, erinnerte sich Dykstra.

Lucas beschrieb ihm das, was ihm vorschwebte. So sehr er die Effekte in *2001* und *Lautlos im Weltraum* auch bewundert hatte, das Raumschiff war in beiden Filmen ein schwerfälliges, statisches Objekt gewesen. Lucas träumte davon, ein Weltraumgefecht zu filmen, das die Atmosphäre der klassischen Aufnahmen von Luftgefechten im Zweiten Weltkrieg wiedergab.

Er wollte, daß sein Raumschiff in der Lage war, Ausweichmanöver und Sturzflüge durchzuführen – und er wollte, daß es dem Publikum vorkam, als säße es im Cockpit.

Dykstra wußte gleich, daß der Schlüssel hierzu in der

Entwicklung einer neuen Technik lag, bei der weniger die Modelle als vielmehr die Kamera in Bewegung war – ein Verfahren, das auch Trumbull und andere bereits in kleinem Maßstab angewandt hatten. Wenn die Kamera ruckte, sich neigte und schwenkte, entstand der Eindruck, daß das Modell sich bewegte. Da einzelne, zusammensetzbare Aufnahmen von den zahlreichen Elementen des Films gemacht werden mußten – wie Gemälde von Planeten und anderen Raumschiffen –, würden die Bewegungen der Kamera mit mikroskopischer Präzision mehrmals wiederholt werden müssen. Hierzu mußte eine computergesteuerte Kamera entwickelt werden, deren Bewegungen elektronisch gesteuert wurden.

Tatsächlich wußte Dykstra, daß die Technologie noch Jahre von ihrer Perfektionierung entfernt war. »In meiner Naivität sagte ich natürlich, daß es machbar wäre«, erzählte er. »Es war ein einziges Vabanquespiel, und wenn mir bewußt gewesen wäre, was auf dem Spiel stand, hätte ich vielleicht mehr Bammel gehabt. Aber so machte ich mir keine größeren Sorgen.«

Ohne Charlie Lippincott wären Gary Kurtz und George Lucas vielleicht nie zusammengekommen.

Vier Jahre zuvor war er Publizist bei MGM gewesen, als Kurtz ihn angerufen und zum Lunch eingeladen hatte. Lippincott kannte Kurtz seit seinen Tagen an der USC.

Ihre Wege hatten sich wieder gekreuzt, als Kurtz bei MGM *Chandler* produziert hatte. Kurtz war sehr offen zu Lippincott gewesen. »Francis hat mich angerufen und gemeint, ich solle mit diesem Kerl zusammenarbeiten, den du noch von der Studienzeit kennst«, sagte er. »Ich möchte deine ehrliche Meinung dazu hören.« Kurtz' größte Sorge war die, daß der Regisseur nicht sehr kommunikativ war. »Er ist wirklich *sehr* still«, meinte Kurtz gegenüber Lippincott.

Lippincott kannte Lucas' Talent schon lange. Er erinnerte sich, an der USC in einer Vorlesung von Jerry Lewis neben ihm gesessen und später am Straßenrand vor dem Computerlabor des Campus bei den Dreharbeiten zu *THX 1138* zugesehen zu haben. »Klein, mit Bürstenhaarschnitt und sehr ernst« sah er aus wie sein *Alter ego* Terry ›The Toad‹ in *American Graffiti*. Kurz darauf hatte Lucas sich an Lippincott gewandt, der damals schon so etwas wie eine Legende der Filmvermarktung gewesen war, damit er *THX 1138* dem Vorstand von Warner Brothers anbot. (Diese Episode hatte Lippincott einen ersten Eindruck von Lucas' Sparsamkeit verschafft. Er hatte ihm nur 100 Dollar für eine Reihe von Filmsequenzen unter der Erde gegeben, die das Konzept seines Films veranschaulichen sollten. »Den Rest kannst du behalten«, hatte er Lippincott erklärt. »Überflüssig zu erwähnen, daß ich die 100 Dollar für das Filmmaterial gebraucht habe.«)

Später hatte Lucas den Marketingexperten aufgefordert, sich ihm und Coppola bei ihrem Zoetrope-Traum anzuschließen.

Lippincott war so klug gewesen, das Angebot auszuschlagen, und hatte sich statt dessen für eine Stelle bei MGM entschieden, wo er zu Hollywoods erstem ›Underground-Publizisten‹ avancierte, spezialisiert auf Werbung in den damals überaus erfolgreichen Gegenkultur-Magazinen, die in ganz Amerika wie Pilze aus dem Boden schossen.

In seiner Zeit bei MGM hatte Lippincott an zwei Science-Fiction-Filmen mitgearbeitet: *Westworld*, Michael Crichtons Vision eines futuristischen Disneyland, in dem einiges schiefgeht, und Cornell Wildes apokalyptische Geschichte von einem tödlichen Virus, das die Welt heimsucht – *No Blade of Grass*.

Lucasfilm hatte ein Büro auf dem Universal-Gelände beibehalten, wo man, obwohl *Krieg der Sterne* abgelehnt worden war, bereit war, eine Idee für die Fortsetzung von *American Graffiti* sowie für einen anderen Film namens *Radioland Murders – Wahnsinn auf Sendung* zu entwickeln. Lippincott schaute einen Tag, nachdem er bei Universal als Publizist für einen Streifen angefangen hatte, der sich als Alfred Hitchcocks letzter erweisen sollte – *Familiengrab* –, bei Lucas vorbei. Schon bald drehte sich die Unterhaltung um die Pläne des Regisseurs nach *Graffiti*.

Lippincott wurde ein großer Fan von *Star Wars*. Wie George Lucas hatte er immer betont, daß sein junges Leben sich drastisch verändert hatte, als er zum ersten Mal *Flash Gordon* sah. Er war sechs Jahre alt gewesen und wuchs in Oswego, Illinois auf, wo es noch nicht einmal ein richtiges Kino gab – der Film, den er sah, wurde an die Wand der örtlichen Bibliothek projiziert. Das Skript von *Star Wars* weckte in ihm das Kind, das er gewesen war.

»Ich las das Skript über das Wochenende und rief George am Montag an«, erinnerte er sich. »Ich sagte ihm, daß ich liebend gern daran mitwirken würde.« Lucas hatte immer fest daran geglaubt, daß Lippincott eines Tages ein Studio leiten würde. Nachdem er sich die alte Hippiemähne geschnitten hatte und nur noch gestärkte Hemden und Krawatte trug, wirkte er ganz wie der eingefleischte Geschäftsmann. »Du bist inzwischen eine Nummer zu groß für uns«, scherzten Lucas und Kurtz. Lippincott aber sagte, daß *Krieg der Sterne* größer als sie alle werden konnte. Bald stand auch er auf der Gehaltsliste.

An einem Freitagnachmittag im Sommer 1975 war Jim Nelson im Schneideraum seiner Filmüberarbeitungsgesellschaft in der Larchmont beschäftigt, als die stocksteife Gestalt von Gary Kurtz unangemeldet hereinmarschierte.

Nelsons Freundschaft mit Kurtz reichte weiter als ein Jahrzehnt zurück, bis in die Zeit, da sie zusammen an Roger Cormans Billigwestern mit Monte Hellman und Jack Nicholson gearbeitet hatten. Nelson war außerdem zusammen mit Kurtz an der Überarbeitung von *American Graffiti* beteiligt. Damals hatte Kurtz auch das erste

Mal erwähnt, daß er und Lucas möglicherweise ein Science-Fiction-Projekt realisieren würden. Er hatte Nelson gefragt, ob dieser interessiert wäre, ihm bei der Produktion des Films zu helfen.

»Gary kam rein und sagte: ›Kannst du am Montag anfangen?‹«, erzählte Nelson. »Ich antwortete: ›Danke der Nachfrage, aber ich stecke mitten in der Arbeit an einem Film.‹« Aber Kurtz' Überzeugungskraft war beträchtlich. Nelson konnte Kurtz überreden, ihm vierzehn Tage Zeit zu lassen, die vier Filme fertigzustellen, mit deren Überarbeitung er beauftragt war. Zwei Montage später als ursprünglich geplant tauchte er in dem Lagerhaus auf, das Kurtz als Basis für die anfängliche Special-effects-Arbeit angemietet hatte.

Das 4500 qm große Lagerhaus befand sich auf einem düsteren Industriegelände in der Nähe des Flughafens Van Nuys in Los Angeles. Der fensterlose Backsteinbau war umgeben von einem Dorf schmuckloser Lagerhäuser und Fluggesellschaften.

In den zwei Wochen seit seinem ersten Gespräch mit Kurtz hatte John Dykstra angefangen, das Gebäude zu präparieren.

Der Anblick, der sich Nelson bot, ließ auf den ersten Blick nichts von der High-Tech-Zukunft bei der Filmproduktion in Hollywood ahnen. »Es war nur ein riesiger Haufen Holz, und überall wurde gehämmert«, sagte Nelson. Eine Tochterfirma von Lucasfilm Ltd. war gegründet worden, um die technischen Entwicklungen zu übernehmen. Lucas hatte die Firma ›Industrial Light and Magic‹ getauft, kurz ILM. In den nächsten zwei Jahren sollte die Fabrik unzählige Spitznamen bekommen – wenige von ihnen schmeichelhaft.

Nelsons Aufgabe bestand darin, als Produktionsmanager und Co-Produzent zu fungieren. Er würde zusammen mit Kurtz den Fertigstellungsanteil des Budgets organisieren und die Arbeit bei ILM und an anderer Stelle überwachen.

Als er sich an die Arbeit machte, waren es Ralf McQuarries Zeichnungen, die in ihn ahnen ließen, daß hier etwas Einzigartiges entstand. »Ich hatte nie viel für Science Fiction übrig, aber nachdem ich Ralphs Arbeiten gesehen hatte, sagte ich mir, daß wenn sie den Film so hinkriegen könnten wie das, was an der Wand hing, sie ein Vermögen machen würden«, meinte Nelson.

Im November 1975 – ILM hatte seine Arbeit bereits aufgenommen – hatten Kurtz und Lucas schon fast die erste Million der *Graffiti*-Erträge in *Star Wars* investiert. Und plötzlich sah es aus, als müßten sie aufgeben, noch bevor eine einzige Einstellung gedreht worden war.

Fox war immer nervöser geworden wegen des Budgets. Lucas hatte Ladd ursprünglich versichert, daß der Film sich für 3,5 Millionen Dollar realisieren ließe, die Kosten für eine ›billige Komödie‹. »Ich glaube, George dachte, der Film ließe sich drehen wie *THX*, ohne richtigen Kameramann und im Stil eines Dokumentarfilms«, sagte Kurtz.

Inzwischen hatten die Schätzkosten jedoch die 10-Millionen-Dollar-Grenze überschritten.

Die Verhandlungen zur Festlegung der exakten Kosten liefen seit Monaten. Jeff Berg und Tom Pollock übernahmen die meisten Besprechungen, übertrugen Entwicklungen zurück an Parkhouse und die Lucasfilm-Büros auf dem Universal-Gelände.

Lucas und Kurtz waren froh, sich aus dem Geplänkel heraushalten zu können. Sie haßten das Hin und Her von Budgetverhandlungen. Gleich wie vernünftig, Schätzungen wurden immer geschönt – offenbar war dies eine Frage des Prinzips. »Sie gehen davon aus, daß reichlich Polster vorgesehen sind, und daß, wenn sie das Budget nicht kürzen, auf ihre Kosten Flüge nach Paris unternommen werden oder so was«, seufzte Kurtz.

Beide Männer betrachteten das endlose Gerangel schlicht als ein weiteres typisches Beispiel für ›schmutzige Machenschaften à la Hollywood‹. »Wenn man hungrig genug ist, macht man es, und wenn man sein Budget überschreitet, kürzen sie einem den eigenen Anteil, egal, ob der Film ein Erfolg ist oder nicht«, erzählte Kurtz. »Das war zwar nicht illegal, schien aber unfair.«

Als Ray Gosnell, der Produktionschef des Studios, das Skript das erste Mal durchblätterte, schätzte er *Krieg der Sterne* als einen Versuch ein, einen Film im Disney-Stil zu drehen. Seine Prioritäten lagen bei der Leitung zweier sehr unterschiedlicher, aber nicht minder bedeutungsvoller Studioprojekte, *Flammendes Inferno*, eine Co-Produktion mit Warners, und Mel Brooks' *Frankenstein Junior*. Vor allem die Arbeit mit Brooks war »immer sehr anstrengend«, wie er sich erinnerte.

Er betrachtete *Star Wars* nicht als wichtiges Projekt für sein Filmstudio. »Nachdem ich das Skript überflogen hatte, dachte ich mir, das wird ein Zeichentrickfilm, das sehe ich mir später genauer an.«

Nachdem er das Drehbuch jedoch gründlich durchgearbeitet und den studioeigenen ›Experten‹ für Spezialeffekte vorgelegt hatte, war die Reaktion eindeutig. »Sie sagten, das Budget wäre völlig unrealistisch und der Film somit nicht realisierbar«, erinnerte sich Kurtz. Fox schätzte, daß allein die Kosten für die Spezialeffekte sich auf 5 bis 6 Millionen Dollar belaufen würden.

Aber Kurtz erarbeitete sein eigenes Budget und kam zu dem Schluß, die Effekte bei ILM für die Hälfte – also etwa 2,5 Millionen Dollar – durchführen zu können. »Was sie bei ihrer Kostenberechnung nicht berücksichtigt hatten, war, daß sie jede Aufnahme als vollständige Einheit betrachteten. Wir wußten aber, daß es so nicht funktionieren würde. Wir wollten viele Aufnahmen kombinieren, indem wir ein Archiv von Bildern anlegten, die immer wieder von neuem benutzt werden konnten«, erklärte er.

Auf seiner Suche nach Möglichkeiten, die Kosten zu senken, reiste Kurtz nach Europa, um sich die dortigen Studioeinrichtungen anzusehen. In Los Angeles hatte er bereits alles abgegrast. Die besten Locations, Columbias ehemaliges Gelände in Sunset Gower, Selznicks altes Studio in Culver City und Warners Burbank waren entweder ausgebucht, reduzierten ihre Filmprojekte zugunsten der boomenden Fernsehindustrie oder waren zu klein für die großangelegte Operation, die Lucas und er inzwischen vorschwebte. Kurtz schätzte, das *Star Wars* neun oder zehn umfangreiche Klangbühnen sowie einen riesigen Hangar für das triumphale Finale des Films erfordern würde.

Kurtz reiste nach Rom, um sich dort umzusehen, bevor er nach England flog, um die Studios in den Vororten Londons zu besichtigen: Pinewood, Shepperton, Twickenham und Elstree. Die Pinewood Studios, in denen die Bond-Filme gedreht worden waren, schienen am geeignetsten. Die beeindruckende ›007‹-Klangbühne wäre ideal gewesen. Kurtz, der inzwischen auf jeden Penny achtete, mißfiel jedoch die Forderung des Studios, daß ein Teil der eigenen Mitarbeiter intern verpflichtet werden müßten. Twickenham und Shepperton erschienen ihm hingegen trotz der gigantischen H-Bühne zu klein.

Von allen vier Studios symbolisierte jenes in Elstree am lebhaftesten die prekäre Lage der britischen Filmindustrie. Das Studio, im schäbigen Vorort Borehamwood im Nordwesten Londons gelegen, war einst Epizentrum einer boomenden Industrie gewesen. In den zwanziger und dreißiger Jahren war es zum offiziellen Satelliten Hollywoods geworden, als MGM dort einen Komplex von neun Klangbühnen einrichtete. Seitdem war Elstrees Abstieg jedoch unaufhaltsam gewesen.

Als Kurtz in London eintraf, war das Studio geschlossen. Nachdem man *Mord im Orientexpreß* im Vorjahr abgedreht hatte, war das Studio dichtgemacht worden – scheinbar für immer. Der Inhaber des Elstree Studios, das Elektronikunternehmen EMI, hatte gehofft, das Gelände als bestes Bauland veräußern zu können. Opposition, unter anderem auch von den Filmverbänden, hatte den Plan jedoch vorerst durchkreuzt. Als das

Hickhack sich hinzog, hatte EMI beschlossen, den Komplex ›nackt‹ zu vermieten. Personal, Spezialausrüstung und Kulissen mußte der Kunde selbst stellen. Elstree lieferte lediglich die Räumlichkeiten und die grundlegendste Filmausrüstung. Das kam Kurtz sehr entgegen. *Krieg der Sterne* würde ohnehin Fachleute und spezielles Material erfordern. Es dauerte nicht lange, und er hatte sich mit EMI auf die Miete des gesamten Geländes für die Dauer von siebzehn Wochen geeinigt. Die Dreharbeiten sollten im März des folgenden Jahres beginnen. Elstrees einziger Nachteil war, daß eine große Bühne fehlte. Also buchte Kurtz vor seiner Rückkehr nach Los Angeles zusätzlich Sheppertons H-Bühne für den kommenden Frühling und Sommer.

Durch das, was er bei Elstree einsparte, konnte Kurtz das Budget von 13 Millionen Dollar, die die Produktion seiner Schätzung nach in Amerika kosten würde, deutlich zurückschrauben. Im Oktober hatten er und Lucas Alan Ladd jr. und seinen Abteilungsleitern ein formelles Budget vorgelegt.

Das Besprechungszimmer war mit Ralf McQuarries Zeichnungen geschmückt gewesen, und jeder der leitenden Angestellten hatte eine elegante schwarze Vinylmappe mit der Aufschrift *The Star Wars* bekommen. Auf dem Folder waren eine Zeichnung von Luke Skywalker und die eines schlanken Cowboys, der sein Lichtschwert schwenkte, abgebildet.

Die Akte selbst enthielt noch Dutzende von Charlie Lippincott ausgewählte eindrucksvolle Zeichnungen von McQuarrie – einen eleganten X-Flügeljäger, einen TIE-Jäger, einen riesigen Sandkriecher, den Todesstern und die beiden Roboter R2-D2 und C-3PO, der eine klein und einer Mülltonne nicht unähnlich, der andere eine etwas weniger feminine Version von Langs Modell aus *Metropolis*.

An diesem Punkt hatten Kurtz und Nelson ein Gesamtbudget von 10,5 Millionen Dollar errechnet. Als Ladd die Summe las, schüttelte er den Kopf. »Uns wurde gesagt, das wäre viel zuviel«, erinnerte sich Nelson.

Scheinbar aus der Luft heraus wurde eine alternative Summe von 8 Millionen Dollar aus dem Hut gezaubert. »Ich glaube, wenn wir da reingegangen wären und gesagt hätten, die Produktion würde 5 Millionen kosten, hätten sie gesagt: ›Unmöglich, 3,3 Millionen müssen reichen.‹ Das ist nun einmal die Mentalität der Studioleute«, meinte Nelson.

Nelson sollte seinen Wutausbruch hierauf noch bereuen.

»Ich sagte: ›Ich verstehe nicht, warum zum Teufel wir uns wegen 2 Millionen Dollar streiten; dieser Film wird 100 Millionen einspielen.‹ Alle lachten«, erinnerte er sich.

Als Nelson seine Ansicht verteidigte und auf McQuarries phantastische Zeichnungen verwies, unterbrach ihn Lucas mit rotem Gesicht. »Ich werde mich glücklich schätzen, wenn er 35 Millionen einspielt«, teilte er Ladd und seinen Leuten mit.

»Ich habe ihn in Verlegenheit gebracht«, erinnerte sich ein reuiger Nelson.

Das *Krieg-der-Sterne*-Team ging mit dem Eindruck, daß wenn es ihnen gelang, das Budget um 2 Millionen Dollar zu kürzen, Fox grünes Licht geben würde. Innerhalb einiger Wochen startete man versuchsweise mit einem Etat von exakt 7,887 Millionen Dollar. (Hollywood-Budgets boten oft Anlaß zu Insider-Witzen. Francis Coppola hatte das *THX*-Budget beispielsweise auf 777777,777 Dollar festgesetzt, weil die Sieben seine Glückszahl war.) Schon bald amüsierte man sich darüber, daß der Etat von *Star Wars* sich vorwärts wie rückwärts lesen ließ.

Als die Einzelheiten ausgearbeitet wurden, erkannte Kurtz jedoch, daß die Summe schlicht unrealistisch war. Lucas wandte sich an Ladd und setzte ihm auseinander, daß sie unbedingt weitere 2 Millionen bräuchten, um den *Krieg der Sterne* zu realisieren.

Fox' Panik war verständlich. Was – zumindest auf dem Papier – als 3,5-Millionen-Projekt begonnen hatte, sollte das Studio nun dreimal soviel kosten. Der Widerstand spiegelte außerdem die Überzeugung wider, daß Science-Fiction-Filme einfach nicht kommerziell wären.

Natürlich hatte es Science Fiction auch schon vor Hollywood gegeben. George Melies hatte schon 1902 seine wunderbare *Reise zum Mond* unternommen. Aber abgesehen von einem Trend des Genres in den Fünfzigern, als sich *Die Dämonischen, Sie kamen aus dem Weltraum, Alarm im Weltall* und *Der Tag, an dem die Erde stillstand* Amerikas Paranoia wegen des Kalten Krieges und der kommunistischen Bedrohung zunutze gemacht hatten, hatte sich »Sci-Fi« einfach nicht mehr verkauft. Sogar der letzte Big-Budget-Vorstoß in den Weltraum, Kubricks *2001: Odyssee im Weltraum*, hatte mehrere Jahre gebraucht, um den Etat von 10 Millionen Dollar wieder einzuspielen.

»Science Fiction war absolut tot«, erinnerte sich Alan Ladd. »Die Marktforschung sagte, daß man Filme wie diese einfach nicht drehte.«

»Es gab heftige Kontroversen darüber, ob wir einen solchen Film überhaupt produzieren sollten«, sagte Ray Gosnell.

Lucas zufolge gab es unter den Vorstandsmitgliedern von Fox einige, die sich aus Protest weigerten, den Film beim Namen zu nennen. Als sie dann gezwungen waren, seine Existenz zu akzeptieren, bezeichneten sie ihn als ›diesen Science-Film‹.

Als das Hin und Her nicht abriß, beschlossen Lucas und Kurtz, den Spieß umzudrehen und selbst nach dem Vorbild Hollywoods mit härteren Bandagen zu kämpfen. Sie beauftragten Jeff Berg und Tom Pollock, Fox mitzuteilen, daß sie den Film machen würden, ob Fox nun mitzog oder nicht. Ladd wußte, daß Lucas seine *Graffiti*-Gewinne sicher angelegt hatte und durchaus fähig wäre, seine Drohung wahrzumachen. »Es war ein Bluff – wir hätten die Kosten niemals aufbringen können«, lächelte Kurtz. »Aber es hing alles in der Schwebe. Wir mußten einfach handeln. Bei Fox wurden sie immer nervöser, und es stand zu befürchten, daß sie ausstiegen.«

Ladd ging zu Stanfill und bat den Vorstand, das Budget von ursprünglich 7,8 Millionen Dollar auf 10 Millionen aufzustocken. Ladd hatte seine Position innerhalb des Studios inzwischen gefestigt, indem er zwei seiner ältesten und loyalsten Mitarbeiter eingestellt hatte. Der gebürtige Brite Gareth Wigan, ein ehemaliger Agent, und Jay Kanter, der einst als Nachfolger des phantastischen Lew Wasserman von Universal gehandelt worden war, agierten im Studio als seine Augen und Ohren. Ladd bedrohte bereits die Gleichstellung der Troika, die gleich unter Stanfill rangierte: er selbst, Marketingchef David Raphiel und Bill Immerman, Leiter der Abteilung Finanzen und Geschäftsverhandlungen.

Sein Instinkt bezüglich *Star Wars* überzeugte ihn davon, daß es ein größerer Fehler wäre, den Film zu verlieren, als 10 Millionen für seine Realisierung zu riskieren. »Er hatte großes Vertrauen in den Film, weil er so großes Vertrauen in George hatte«, sagte Wigan.

Anfang Dezember 1975 erhielten Lucas und Kurtz den Anruf, auf den sie gewartet hatten. Der Vorstand hatte ihren Bluff geschluckt. *Krieg der Sterne* war im Geschäft. Nach zweieinhalb Jahren fügten sich die Teile des Puzzles endlich zusammen. Alles, was jetzt noch ausstand, waren die endgültigen Vertragsverhandlungen.

Zur Überraschung der Juristen von Fox war Lucas bereit, die Konditionen des Vertragsentwurfes mit Ladd aus dem Jahre 1973 anzuerkennen. Bestandteil dieses Vorvertrages war es gewesen, daß alle Nebenbereiche wie Merchandising und Fortsetzungsrechte erst im endgültigen Vertrag geregelt würden. Lucas und Kurtz wollten lediglich über diese noch offenen Punkte verhandeln.

»George hat die Vereinbarungen eines Vorvertrages nie gebrochen«, sagte Charlie Lippincott, der zusammen mit Pollock, Berg, Kurtz und anderen Vorschläge bezüglich verschiedener Klauseln machte, die in den Vertrag aufgenommen werden sollten.

Trotz der gefestigteren Verhandlungsposition, die

American Graffiti Lucas und Kurtz verschafft hatte, verlangten sie keine Anhebung von Lucas' ursprünglich auf 50000 Dollar festgelegtem Honorar für das Skript oder die 100000 Dollar für die Regie. Kurtz erklärte sich ebenfalls mit den 50000 Dollar als Produzent einverstanden. Wie vereinbart sollten 40 Prozent der Nettogewinne des Films an die Star Wars Corporation fließen. Weit wichtiger waren es Lucas und seinem Team aber, die Rechte, sprich die Kontrolle über *Star Wars* zu behalten – vornehmlich in bezug auf das Merchandising, den Soundtrack und die Fortsetzungsrechte. Sie erklärten sich bereit, ihre Honorarforderungen nicht zu erhöhen, wenn Fox im Gegenzug einwilligte, ihnen die Mehrheitskontrolle an den Nebenrechten des Film zu überlassen. Faktisch tauschte die Star Wars Corporation Cash gegen Kontrolle.

Fox betrachtete dieses Opfer nicht als solches. In der damaligen Zeit waren Musik- und Merchandisingrechte für die Filmindustrie praktisch bedeutungslos. Provisionen bezüglich dieser Nebenerträge wurden oft als ›Müll‹ bezeichnet. Sogar jene, die von Lucas' Träumen in Sachen Comics und Tassen gehört hatten, hielten diese Visionen für ebenso weit hergeholt wie die Geschichte von Luke Skywalker. Fox erfüllte ihnen ihren Wunsch gern, zögerte jedoch, ihnen die Rechte an einer Fortsetzung zu überlassen. Ihr Widerstreben war Jeff Bergs Ansicht nach nicht ungewöhnlich, aber Lucas blieb hart. Letztendlich handelte Lucas die Rechte an zukünftigen *Star-Wars*-Filmen persönlich mit Alan Ladd jr. aus.

Der endgültige Vertrag strotzte von komplizierten Formulierungen und zukünftigen Vereinbarungen. Im kalten Hier und Jetzt der Verhandlungen betrachteten die Juristen von Fox jedoch den Umstand, daß sie sich George Lucas' Dienste für viel weniger als die 500000 Dollar gesichert hatten, die er als gefragter Regisseur durchaus hätte verlangen können, als großen Sieg.

Ihr vorübergehender Triumph sollte sich jedoch langfristig als großer Verlust erweisen. Mit der Zeit sollte der Vertrag Lucas und seinen Partnern Unsummen einbringen, die manch einem bei Fox auf den Magen schlugen. Lippincott betrachtet Andy Rigrod, einen von Pollocks Kollegen bei Pollock, Rigrod & Bloom als den eigentlichen, unbesungenen Helden der Transaktion. »Das war einer der am brillantesten aufgesetzten Filmverträge, die ich je gelesen habe«, sagte er. »Nicht vom Standpunkt des Studios, sondern von dem eines Filmemachers aus, der bekam, was er wollte.«

Es sollte Jahre dauern, ehe Fox die ganze Tragweite der Klauseln bewußt werden würde. Nie wieder sollten sie Fortsetzungs-, Merchandising- und Soundtrackrechte so leichtfertig abtreten.

»Sogar damals war es üblich, sich Fortsetzungsrechte zu sichern. Das war ein Riesenfehler«, meinte Gareth Wigan hierzu.

KAPITEL 4

EIN INTERGALAKTISCHES
›VOM WINDE VERWEHT‹

Ende 1975 konnte der letzte Neuzugang bei Lucasfilm eine beeindruckende Visitenkarte vorweisen:

Charles Lippincott
Vice-President Advertising, Publicity,
Promotion and Merchandising,
Star Wars Corporation,
PO Box 8669, Universal City, California

Als erfahrener Medienmanager kannte er sich in den ersten drei der vier Disziplinen bestens aus. Nach einer spontan einberufenen Besprechung mit George Lucas wußte er, daß er etwas über die vierte Sparte würde lernen müssen – und das schnell.

Lippincott war ebenso wie Lucas und Kurtz ein Comic-Fan. Nachdem er *Star Wars* noch einmal gelesen hatte, hatte er dessen Potential als farbenprächtiges Fantasy-Magazin erkannt. Als er eines Morgens Lucas im Foyer des Universal-Gebäudes begegnete, erzählte er ihm von seiner Idee. Die folgenden drei Stunden lauschte Lippincott seinem neuen Kollegen, wie er ihm seine unendlich ehrgeizigeren Träume für *Star Wars* auseinandersetzte.

Begeistert und jungenhaft erzählte ihm Lucas, daß er beabsichtige, zwei Läden im Stil seines New Yorker Supersnipe-Shops zu eröffnen, den einen in Westwood Village, den zweiten in San Francisco. Neben *Star-Wars*-Comics sollte dort eine ganze Palette filmbezogenes Spielzeug verkauft werden. Er sprach von R2-D2-Tassen und aufziehbaren C-3PO-Spielzeugrobotern, Raumschiffmodellen und Lichtschwertern.

»Der Gedanke war der, *Star-Wars*-Geschäfte einzurichten, in denen allerlei filmbezogene Artikel verkauft wurden, die wir selbst produzierten«, erinnerte sich Lippincott.

So aufregend das Projekt klingen mochte, fand Lippincott es anfangs doch etwas phantastisch. »Es war völlig naiv, ein echter Kindertraum«, sagte er. Am Ende ihrer Unterhaltung hatte er jedoch erkannt, wie ernst es Lucas mit seinen Plänen war. »Das war mein erster Eindruck von Lucas' Denkweise. Ich hielt es für eine großartige Idee.«

Fox erklärte sich bereit, Lippincott in die Produktion aufzunehmen, unter der üblichen Bedingung, daß er bei zwei weiteren ihrer Filme als Publizist und Produzent agierte. Der eine, eine Buddy-Holly-Verfilmung, sollte als erster Film seit einem Jahrzehnt von Fox abgebrochen werden; der zweite, ein Film von Roger Corman, geriet ebenfalls in Schwierigkeiten, nachdem Lippincott gerade erst eine Woche am Set war. Im November 1975 konnte auch er sich voll und ganz *Star Wars* widmen. Die Spielwarenfabrikanten würden warten müssen, bis Cantwell und seine Kollegen die endgültigen Modelle fertiggestellt hatten. Bewaffnet mit Ralf McQuarries Zeichnungen konzentrierte sich Lippincott als erstes auf die Comic- und Büchermärkte.

Tom Pollock wollte die Rechte wie damals üblich meistbietend veräußern. Lippincott vertrat jedoch von Anfang an die Meinung, daß der *Star-Wars*-Markt mit der Präzision von Luke Skywalkers Angriff auf den Todesstern angegangen werden solle. Anstatt sich nach dem höchsten Gebot zu richten, sollten sie nach dem besten Science-Fiction-Herausgeber Ausschau halten.

König des Comic-Dschungels war nach wie vor der berühmte Marvel-Verlag, Herausgeber von *Die Spinne* und *Die phantastischen Vier*. Es erforderte Lippincotts ganzes Geschick, überhaupt bis zum Geschäftsführer Stan Lee vorzudringen. Sein erster Vorstoß bei Lee stieß auf ein glattes Nein. »Stans Reaktion war: ›Mann, ich bin nicht wirklich interessiert. Warum kommen Sie nicht wieder, wenn der Film abgedreht ist?‹«, erinnerte sich Lippincott.

Auf Lucas' Kontakte über dessen Supersnipe-Shop bauend, startete Lippincott einen zweiten Versuch über den früheren Marvel-Herausgeber Roy Thomas, der inzwischen Verleger der beliebten *Conan-der-Barbar*-Comics war. Nachdem er Lucas' Skript gelesen hatte, erklärte Thomas sich bereit, eine Begegnung mit Lee zu arrangieren, wenn ihm gestattet wurde, die *Star-Wars*-*Comics* zu verlegen. Als er sich mit Lee zusammensetzte, gab Lippincott zu, daß die Sache gewagt war. »Damals hatte noch kein Film-Comic mehr als ein oder zwei Ausgaben gebracht. Ich hingegen stellte mir mehrere Folgen vor Erscheinen des Films vor und noch einige hinterher«, erklärte er.

Lee demonstrierte, daß er ein harter Verhandlungspartner war, indem er einen Deal anbot, bei dem Lippincott und Lucas erst nach 100000 verkauften Heften Tantiemen ausbezahlt würden. »Er hat mich übers Ohr gehauen«, lächelte Lippincott. Unter dem Druck, den Ball des *Star-Wars*-Merchandising ins Rollen zu bringen, und sich des Vorschubs bewußt, den Marvel der Story innerhalb des Sci-Fi-Marktes leisten würde, stimmte Lippincott zu. Das einzige Zugeständnis, das Lee ihm einräumte, war, daß weitere Rechte neuverhandelt werden würden.

Während die Comic-Freaks Kurtz und Lucas begeistert waren, die *Star-Wars*-Geschichte an den führenden Comic-Herausgeber veräußert zu haben, war die Reaktion bei 20th Century Fox in Los Angeles typisch für das Jahr, das folgen sollte. »Sie hielten mich für den größten Dummkopf der Welt. Es hieß: ›Wen interessiert denn ein Comic-Heftchen?‹«

Die Reaktionen waren ähnlich, als Tom Pollock, Lucas' und Lippincotts Anweisungen folgend, einen Buchvertrag mit Judy-Lynn Del Rey von Ballantines aushandelte. Die Ehefrau des Science-Fiction-Veteranen Lester Del Rey galt als New Yorks gewieftester Science-Fiction-Herausgeber. Ihre Reaktion auf das Skript von *Star Wars* war gnadenlos ehrlich. »Es war eine interessante Geschichte, aber nichts, was einen wirklich vom

Hocker riß«, erinnerte sie sich später. »Kurz, wer brauchte so was?«

Aber wieder einmal war sich Lippincott sehr bewußt, wie vorteilhaft es war, den Namen *Star Wars* vor Erscheinen des Films auf dem Science-Fiction-Markt zu plazieren. Der Vorschuß von Del Rey war so niedrig, daß es schon peinlich war, wie sie später gestand. Und doch verließen Tom Pollock und Lippincott das Verlagshaus mit einem Vertrag, in dem sie sich verpflichtete, eine Romanform, die vom aufsteigenden Schriftsteller Alan Dean Foster geschrieben werden sollte, sowie eine Fortsetzung und ein Buch über die Entstehung von *Krieg der Sterne* zu veröffentlichen. Jedes der drei Bücher sollte unter dem neuen Del-Rey-Logo erscheinen, das sie Ende 1976 herausbringen wollte.

In einem Büro der Goldwyn Studios in Hollywood durchlebte George Lucas ganz eigenen Frust. Er hatte bereits mit dem Casting angefangen, bevor das Budget bewilligt worden war. Besonders ging es ihm darum, die richtigen Darsteller für das zentrale Trio des Films zu finden – Luke Skywalker, Prinzessin Leia und Han Solo, die inzwischen das Gros der menschlichen Geschichte im Herzen der Saga verkörperten.

Lucas sah sie als Liebende, die in eine Dreiecksgeschichte verstrickt waren – *Krieg der Sterne* als intergalaktisches *Vom Winde verweht*. Manchmal erwies sich seine Suche als ebenso aufreibend wie die legendäre Suche nach der richtigen Scarlett. »Ich sah mir sechs Monate lang alle fünf bis zehn Minuten einen anderen Schauspieler an«, berichtete er.

Um sich die Qual zu ersparen, mit jedem einzelnen Schauspieler Konversation machen zu müssen – etwas, was ihm überhaupt nicht lag –, teilte er sich die Bürokosten mit einem weiteren der neuen Garde von Filmhochschulabsolventen, Brian De Palma, der gerade seinen neuen Horrorstreifen *Carrie – Des Satans jüngste*

Tochter castete. Manche von den Schauspielern, die vorsprachen, hatten den Eindruck, daß Lucas nur De Palmas Handlanger war.

Lucas bestand darauf, ausschließlich unbekannte Schauspieler zu engagieren. Er wollte den Zauber von *American Graffiti* wiederholen, das mit Fred Roos' Hilfe eine beachtliche Anzahl neuer Stars hervorgebracht hatte. Roos, der inzwischen mit Coppola an *Apocalypse Now* arbeitete, wurde wieder zu Rate gezogen.

Lucas fand anfangs wenig, was ihn begeisterte. Eine Zeitlang erwog er, die Rolle des Han Solo mit Glynn Turman zu besetzen und die der Leia mit einer eurasischen Schauspielerin. Er sah jedoch letztendlich davon ab, da er Schwierigkeiten befürchtete, wenn es, wie beabsichtigt, zwischen Solo und Leia aus rassischen Gründen die Fetzen flogen. »Er wollte kein *Rat mal, wer zum Essen kommt*«, meinte Gary Kurtz. Und Lucas wollte auch kein *American Graffiti* auf dem Mars.

Der Regisseur hatte den Kontakt zu einigen aus der *Graffiti*-Gang gehalten und wurde mit Bitten um eine Rolle bombardiert. Cindy Williams, die ihren Erfolg als Laurie genutzt hatte, um eine Rolle in der Komödie *Laverne and Shirley* zu ergattern, bedrängte ihn, es mit ihr als Leia zu versuchen. (Sie sollte es noch bereuen, als sie nach der Ablehnung die am meisten gefürchteten Worte »Wir suchen« eine junge Cindy Williams« zu hören bekam.) Richard Dreyfuss, der seinen Erfolg als Sprungbrett zum Star des inzwischen größten Hits seit Jahren genutzt hatte – Spielbergs *Der weiße Hai* –, lag Lucas ebenfalls in den Ohren, Probeaufnahmen von ihm als Han Solo zu machen. Als Lucas' Suche sich endlos hinzog, konnte er letztlich doch nicht widerstehen, einen der unbekannten Helden aus *American Graffiti* zu verpflichten.

Jeden Tag, wenn Lucas bei Goldwyn eintraf, bot sich ihm dasselbe vertraute Bild: Harrison Ford in verwaschenen Jeans, einen Zimmermannsgürtel um die Taille und einen Ausdruck beinahe tödlicher Verachtung auf dem Gesicht.

Ford kniete auf dem Boden und zimmerte eine elegante Tür für die Büros, die Zoetrope ganz in der Nähe bezogen hatte, während Coppola und Roos an der Vorproduktion von *Apocalypse Now* arbeiteten. Ford, inzwischen dreiunddreißig, lebte schon seit über einem Jahrzehnt am Rande von Hollywood. Nach zwei katastrophalen Jobs innerhalb des bröckelnden Studiosystems bei Columbia und Universal hatte er sein Geschick für Holzarbeiten entdeckt und damit seine sporadischen Gagen als Nebendarsteller aufgepeppt. Nachdem er in *American Graffiti* den Raser Bob Falfa gespielt hatte, hatte er für Roos und Coppola in *Der Dialog* gespielt, der für einen Oscar nominiert worden war. Anschließend war er jedoch wieder in vergleichsweise obskure Fernsehrollen verfallen, darunter in *Dynasty*, einer Grenzsaga von James Michener mit Sarah Miles, und Folgen von *Rauchende Colts* und *Kung Fu*.

Mürrisch und sehr stolz, war Ford in Wut geraten, als sein alter Freund Roos ihn gebeten hatte, eine Tür zu zimmern, während Lucas *Star Wars* castete. »Ich zimmere keine blöde Tür, solange Lucas da ist«, hatte er seinem Freund mitgeteilt. Er empfand es als demütigend, draußen vor dem Büro zu knien, während alle anderen in Hollywood vorsprechen durften. Noch elender fühlte er sich, als Dreyfuss, mit dem er schon auf dem Set von *Graffiti* aneinandergeraten war, ihn in seinem schmutzigen Overall schuften sah. »Ich kam mir so groß vor wie eine Erbse«, erinnerte er sich später.

Ford erkannte nicht, daß Roos ihn absichtlich dort plaziert hatte. »Ich betete jeden Tag. Ich dachte immer wieder: ›George, er ist gleich dort, vor deiner Nase.‹ Ich wußte instinktiv, was er konnte; ich kannte ihn viel besser als George«, sagte Roos, ein enger Freund von Ford und dessen Frau Mary.

Schließlich gab Lucas seinen Widerstand auf. »Harrison war draußen vor der Tür und arbeitete die ganze Zeit, hämmerte an irgend etwas herum. Irgendwann zur Mittagszeit oder so sagte ich ›Würdest du hiervon etwas vorlesen? Ich brauche jemanden als Gegenpart für die vielen Charaktere.‹ Er war einverstanden«, erinnerte sich Lucas. Er erkannte sofort, daß Ford wie geschaffen war für den Part des Han Solo, so wie er ihn in seinem Skript beschrieben hatte: »Ein tougher Weltraumpilot in James-Dean-Manier, ein Cowboy in einem Raumschiff: einfach, sentimental und von sich überzeugt.«

»Harrison war um Längen besser als alle anderen«, sagte Lucas. »Nachdem er ein oder zwei Minuten auf der Leinwand war, vermittelte er einem das Gefühl, gelebt zu haben. Der Eindruck wurde teilweise von seinem schroffen Äußeren bewirkt, aber auch von der Schläue und Intelligenz, die er ausstrahlte.«

Lucas hoffte, für die Rolle der Prinzessin Leia – einen Part, den er als entscheidend für den Erfolg des Films betrachtete – eine Schauspielerin zu finden, die etwas von Fords Komplexität aufwies. Und doch, so angenehm das Defilee der Schönen auch gewesen sein mochte, er war frustriert. Lucas' ursprüngliche Vorstellung war die einer typischen ›Hollywood-Blondine‹ gewesen. Keine der jungen Schönheitsköniginnen, die bei ihm vorsprachen, vermochte die Anforderungen des Films zu erfüllen – er brauchte jemanden, der gleichzeitig sexy *und* spritzig war. »Manchen der Mädchen hätte man niemals zugetraut, eine Waffe auch nur zu halten, geschweige denn, sie abzufeuern«, lachte Kurtz.

Weniger glamouröse junge Schauspielerinnen wie Amy Irving und Jodie Foster wurden in Betracht gezogen. Marcia hatte Foster empfohlen, die mit dreizehn Jahren schon so etwas wie ein alter Hase war und gerade in New York in ihrem dritten großen Film *Alice lebt hier nicht mehr* spielte. Es wurden Probeaufnahmen von Foster gemacht, erwogen und letztendlich aufgrund ihres Alters verworfen.

Nur die einstmalige Penthouse-Schönheit Terri Nunn hatte die richtige Mischung von Schönheit und Power gehabt, aber leider mangelte es ihr an ›hoheitsvoller‹ Präsenz. Wie sich herausstellte, fand sich die Lösung inmitten der königlichen Kreise Hollywoods. Fred Roos war überzeugt davon, daß Carrie Fisher, die frühreife achtzehnjährige Tochter von Eddie Fisher und Debbie Reynolds, die zuvor schon vorgesprochen hatte, die richtige Besetzung war. Lucas hatte sie wegen ihrer etwas mürrischen Art und ihres Babyspecks abgelehnt.

»Sie war die einzige, die jung genug aussah und trotzdem eine starke Leinwandpräsenz hatte. Und man konnte ihr hoheitsvolles Auftreten abkaufen, da sie es gewohnt war, andere herumzukommandieren«, meinte Kurtz. Außerdem knisterte es zwischen ihr und Ford, so wie es der Film verlangte. »Die beiden würden sich blendend verstehen, da sie dieselbe feindselige Weltanschauung haben«, lächelte Fred Roos. Die Ford-Fisher-Kombination funktionierte am besten mit einem jungenhaften Schauspieler namens Mark Hamill in der Rolle des Luke.

Mit zweiundzwanzig las sich Hamills Lebenslauf wie ein A bis Z zeitgenössischen Fernsehens. Er war der Sohn eines Marinekapitäns, war teilweise in Japan aufgewachsen und hatte bereits in 140 Fernsehfilmen mitgewirkt, darunter *Die Bill Cosby Show, Die Partridge Familie, FBI* und eine ABS-Serie namens *The Texas Wheelers.* Wie Ford sah er jünger aus und besaß das, was Lucas als naive kindliche Ausstrahlung bezeichnete.

Hamill war von einem Schauspielerfreund – Robert Englund – überredet worden, bei Lucas vorzusprechen. Englund, der später als Freddie Krueger in Wes Cravens *Nightmare – Mörderische Träume* zu schaurigem Ruhm gelangen sollte, war als Luke abgelehnt worden, hatte jedoch im Gefühl gehabt, daß Hamill genau Lucas' Erwartungen entsprechen könnte. Englunds Warnung, daß Lucas derjenige sein würde, der beim Vorsprechen schweigend dasaß, war überflüssig. Hamill hatte vor vier Jahren erfolglos für *American Graffiti* vorgesprochen.

Hamill wurde im November in den Goldwyn Studios vorstellig. Ein paar knappe Worte: »Hi, ich bin Mark Hamill und habe vier Schwestern und zwei Brüder«, und schon war alles vorbei. Hamill war überzeugt davon, nie wieder von Lucas zu hören. Die Mühe sollte jedoch nicht vergeblich gewesen sein. Fred Roos, der sich still im Hintergrund gehalten hatte, fragte Hamill, ob er vielleicht an einer Rolle in *Apocalypse Now* interessiert wäre.

Zu Hamills Verwunderung landete im Februar 1976 ein Umschlag in seinem Briefkasten, der sechs Seiten von Lucas' Skript enthielt, das immer noch den Titel *The Star Wars* trug, sowie die Aufforderungen, sich zu Probeaufnahmen erneut in den Goldwyn Studios einzufinden. Roos, der Coppola nicht hatte bewegen können, Hamill für ihren Film zu engagieren, hatte sich für ihn eingesetzt, damit er neben Fischer und Ford gecastet wurde.

Lucas reduzierte seine Auswahl auf zwei Trios. Dem ersten gehörten Ford, Fisher und Hamill an, dem zweiten Terri Nunn, der New Yorker Bühnenschauspieler Christopher Walken als Han Solo und der Fernsehstar Will Selzer als Luke. Das eine Trio bot Jugend und den sardonischen Zynismus, den Ford ganz selbstverständlich verbreitete, während die anderen drei eine reifere Gruppe bildeten, der Walkens bedrohliche Ausstrahlung durchaus Würze verlieh. Letztendlich siegte die Jugend.

Lucas' einzige Sorge war Carrie Fischers Gewicht. Schließlich informierte man ihre Agentin, daß Carrie vor Beginn der Dreharbeiten 10 Pfund abnehmen müsse. »Wir schickten sie auf eine Gesundheitsfarm«, sagte Kurtz.

Während des Castings hatte Ladd sein Möglichstes getan, Lucas zu überreden, wenigstens einen bekannten Namen zu verpflichten.

Als der März unaufhaltsam näherrückte, gab Lucas schließlich nach. Von all seinen Charakteren schien Obi-Wan Kenobi am ehesten geeignet, von ein wenig Bekanntheit zu profitieren. Lucas hatte mit dem Gedanken gespielt, den japanischen Star Toshiro Mifune unter

Vertrag zu nehmen, ein ironisches Augenzwinkern an Obi-Wan und das Samurai-Erbe in *Krieg der Sterne*. Als er jedoch erfuhr, daß Alec Guinness in Hollywood war, wo er gerade einen Film beendete, sah er interessante, völlig neue Möglichkeiten für diesen Part.

Genau wie Olivier, der ebenfalls eine unangenehme Hollywood-Phase im Zwielicht seiner Karriere durchlebte, sah auch Guinness sich den harten, finanziellen Realitäten des Lebens gegenüber. Trotz seiner wunderbaren Bereicherungen der Geschichte des britischen Films und obwohl er der wohl talentierteste Kinoschauspieler seiner Generation war, konnte er es sich nicht leisten, auf die fetten Gehaltsschecks aus Amerika zu verzichten. (Zu seinem Ärger bekam er von den endlosen Fernsehwiederholungen von Klassikern im Guinness-Tonus, darunter Komödien wie *Das Glück kam über Nacht* und *Ladykillers*, keinerlei Tantiemen ausgezahlt.

»Ich bekomme keinen Penny. Ich ärgere mich wahnsinnig, jedesmal wenn die Filme gezeigt werden.«) Wenn *Der Clan*, ein Film, in dem Olivier nackt mit Lesley-Anne Down herumtollte, der Tiefpunkt in der Karriere des Kolosses des englischen Kinofilms darstellte, so war *Eine Leiche zum Dessert*, von dem großartigen Produzenten Ray Stark für Columbia realisiert, der Tiefpunkt von Guinness' bisheriger Leinwandkarriere. »Es war ein alberner Film«, sagte er gequält.

Er erinnerte sich, daß er am vorletzten Tag der Dreharbeiten ein Skript und einen Brief von Lucas auf seinem Garderobentisch fand. Guinness zeigte anfangs wenig Interesse. »Ich dachte: ›Meine Güte, Science Fiction, das kann ich mir nicht auch noch antun.‹« Außerdem gefiel ihm nicht, daß ihm das Skript ohne Vorankündigung zugesandt worden war. Da er jedoch nichts Besseres zu tun hatte, begann er, noch in seiner Garderobe, das Drehbuch zu lesen. Guinness fand Lucas' blumiges, atemloses Sci-Fi-Gelaber peinlich. Trotzdem las er weiter ... und weiter ... »Ich fing an zu lesen, und obgleich die Lektüre in vieler Hinsicht quälend war, konnte ich nicht aufhören«, sagte er. »Und das ist ein sicheres Zeichen.«

Neugierig geworden, kehrte Guinness zurück ans Set. »Erzähl mir etwas über George Lucas«, forderte er einige Kollegen auf. »Ein verdammt guter Regisseur«, lautete die Antwort.

An seinem letzten Tag in Amerika arrangierte der neugierige Guinness ein Treffen mit dem Gegenstand solcher Achtung. Seine Neugier wuchs noch, als er den verschlossenen Mann kennenlernte, der sich hinter diesem Ruf verbarg. »Er war sehr still, *sehr* schüchtern.« Und doch war Lucas in seiner Begeisterung für sein *Star-Wars*-Drehbuch und Obi-Wan Kenobi wiederum selbstsicher und überzeugend. Der Obi-Wan, den er Guinness beschrieb, war eine etwas wirre Mischung aus einem Samurai-Krieger und Merlin, Dr. Dolittle und Ben Gunn aus ›Die Schatzinsel‹. In der Lage, mit Menschen, Robotern und Aliens aus Lucas' intergalaktischer Menagerie gleichermaßen zu kommunizieren, war Obi-Wan weitestgehend der Quell von Lucas' metaphysischer Weisheit. Als Guinness in L.A. sein Flugzeug bestieg, war ihm ganz schwindlig. »Wir vereinbarten, uns in etwa einem Monat näher darüber zu unterhalten«, erinnerte er sich mit gewölbter Braue.

Die Anfangsmonate des ILM-Projektes galten der Entwicklung und Zusammenstellung der technischen Ausrüstungen, die notwendig sein würden, die Aufnahmen zu liefern, die Lucas vorschwebten – keine leichte Aufgabe. Dykstra engagierte nur zwei anerkannte Veteranen der Filmindustrie, Richard Edlund und Dick Alexander. Die Probleme, die sich ihm stellten, waren ebenso theoretischer wie praktischer Art. Filmset-Erfahrung fiel da nicht groß ins Gewicht.

Dykstras Philosophie bestand darin, eine Gemeinschaft von gleichdenkenden einfallsreichen Künstlern zu schaffen. Als die Kunde des neuen *Star-Wars*-Teams sich in den Filmhochschulen und unabhängigen Filmgesellschaften in Kalifornien verbreitete, rannten ihm Freiwillige die Türen ein. Die Mischung von Kunststudenten und Kameradesignern, die er engagierte, hatte wenig mit einem herkömmlichen Filmteam gemein. Sofern es einen Dresscode gab, lautete er ›Lange Haare und Levi's‹.

»In den ersten sechs Monaten entwarfen wir völlig neue Linsen und bauten Kameras«, erklärte Dykstra. In anderen Abteilungen wurde dazu noch an völlig neuen Entwicklungen gearbeitet – von den Bereichen Computersteuerung bis hin zum optischen Druck. Wer keine Ahnung von Ingenieurwesen, Computertechnologie, Chemie und elektronischem Design hatte, konnte gar nicht verstehen, was vorging. »Vom Standpunkt jener, die sich bei uns umsahen, war das Ganze ein einziges Chaos.«

Dykstra, noch Anfang Zwanzig und dickköpfig, hatte darüber hinaus keine Lust, Fremden lang und breit zu erklären, woran sie arbeiteten. Später gab er zu, daß seine Standardantwort lautete: »Ich habe jetzt keine Zeit, Ihnen das zu erklären, aber keine Bange, das wird schon.«

»In Anbetracht meines Alters und der Umstände konnte ich wohl gar nicht anders, als ein Riesenego zu entwickeln«, gestand er rückblickend.

Lucas und Kurtz hatten gehofft, mit einer Reihe von Aufnahmen, die sich als Hintergrundprojektionen eigneten, nach London zu reisen. Als sie sich jedoch anschickten, nach England zu fliegen, wurde deutlich, daß das Filmmaterial noch lange nicht fertig war. In letzter Sekunde wurde beschlossen, den Film mit der ›Bluescreen-Methode‹ zu drehen, bei der man vor nacktem blauem Hintergrund filmt und die Spezialeffekte hinterher einfügt. Damals waren Kurtz und Lucas schrecklich frustriert wegen der Verzögerung. »Rückblickend war es ganz gut so«, meinte Kurtz.

Jim Nelson oblag die undankbare Aufgabe, die Arbeit von ILM zu überwachen. »Nichts von alledem war je zuvor versucht worden, und so war die Fabrik ein einziges riesiges Versuchslabor«, erinnerte er sich. »Es wurde größer und größer und immer verrückter.«

Als weitere Mitarbeiter und Ausrüstungsgegenstände eintrafen, wurde an der Front des Gebäudes ein zweites Stockwerk angebaut. Inzwischen war klar, daß Nelson in Los Angeles bleiben mußte, um das Treiben von ILM im Auge zu behalten. Außerdem sollte es zu seinen Aufgaben gehören, Dykstra und sein Team von den neugierigen Fox-Leuten abzuschirmen. Kurtz und Lucas hatten das Lagerhaus aus eigener Tasche finanziert, bis Fox im Dezember 1975 grünes Licht signalisiert hatte. Als dem Studio Rechnungen über beträchtliche Summen vorgelegt wurden, die in Van Nuys ausgegeben worden, begannen sich die Buchhalter dafür zu interessieren, wofür das Geld verwendet wurde.

Jeden Freitag mußte Nelson die Ausgaben für Ray Gosnells Assistenten John Rogers aufschlüsseln. Außerdem informierte er Fox regelmäßig über den jeweils neuesten Stand der Gesamtkostenberechnung – das Budget stieg unaufhaltsam an. »Natürlich stieg es Woche für Woche.«

Wenn Nelson unsicher war, was einige der Ausgaben betraf, schien Rogers nicht minder verblüfft. »›Warum haben Sie letzte Woche 200 Dollar für Papierwaren ausgegeben?‹ fragte er beispielsweise, ohne näher darauf einzugehen, daß ich 160000 Dollar für irgendeinen obskuren Gegenstand bezahlt hatte, von dem niemand so genau wußte, worum es sich eigentlich handelte.« Irgendwann beanstandete Rogers die Beträge, die für schwarzen Samt ausgegeben worden waren. Er verstand nicht, daß der Stoff für Weltraumhintergründe gebraucht wurde. »Ich sagte ihm, wir würden Kostüme daraus nähen«, lachte Nelson.

In London legten Kurtz und Lucas in Sachen Besetzung letzte Hand an. Der dreiundsechzigjährige Peter Cushing, Meister des Makabren in der Rolle des Van Helsing in Hammers beliebtem *Dracula*-Streifen aus den

Sechzigern, hatte sich einverstanden erklärt, den bösen Herrscher des Imperiums, den Grand Moff Tarkin, zu spielen.

Phil Brown war als Owen Lars gecastet worden, Shelagh Fraser sollte die Rolle der einzigen erwachsenen Frau spielen – Tante Beru. Eine Reihe junger Schauspieler, darunter die Schauspielerin Koo Stark, waren als Teenagerfreunde von Luke gecastet worden. Stark, die gerade in einem Softporno mit dem Titel *Emily* mitgespielt hatte, war für die Szene vorgesehen, die in einer Pool-Halle in der Stadt Anchorhead auf dem Planeten Tatooine spielte und die in der tunesischen Wüste gedreht werden sollte.

Fünf Schlüsselrollen waren immer noch nicht besetzt. Während die Gespräche mit dem zögernden Alec Guinness weitergeführt wurden, hielt Lucas Ausschau nach Schauspielern, die die beiden Roboter, Chewbacca sowie Darth Vader verkörpern sollten. Genaugenommen suchte er nach einer Varieté-Truppe. Castingagenten wölbten die Brauen, wenn er nach zwei Zwergen fragte, die einen ein Meter zwanzig großen Roboter animieren sollten, nach einem zwei Meter zehn großen Riesen für den Part eines haarigen Affen, einem Pantomime-Künstler für die Rolle eines vergoldeten Androiden und nach einem Muskelpaket als Besetzung für einen gefährlichen intergalaktischen Bösewicht. Da die britische Filmindustrie jedoch wieder einmal in einer inzwischen beinahe üblichen Krise steckte, herrschte kein Mangel an Freiwilligen.

Dave Prowse, zwei Meter großer und einhundertzwanzig Kilo schwerer Fitneßstudiobetreiber, meldete sich als einer der ersten bei Lucas. Prowse hatte seine sportlichen Fähigkeiten, sein gutes Aussehen und seinen beeindruckenden Körperbau erfolgreich eingesetzt, um Karriere zu machen. Sein Lebenslauf wies ihn als dreimaligen britischen Schwergewichtsmeister der Gewichtheber aus, er war einige Zeit professioneller Baumstammwerfer gewesen und in *Casino Royale* als Frankensteins Monster und in dem Horrorstreifen *Zir-*

kus der Vampire von Hammer als ›Stärkster Mann der Welt‹ aufgetreten. Lucas interessierte sich jedoch am meisten für seinen Auftritt als Julian in Kubricks *Uhrwerk Orange*.

Prowses erster Eindruck von Lucas in kariertem Hemd, Jeans und Turnschuhen – seine Standardbekleidung für das nächste Jahr – entsprach dem jedes neuen britischen Mitgliedes der Besetzung und der technischen Crew. Verglichen mit den eher pompösen Regisseuren, die sie von englischen Sets her gewöhnt waren, wirkte Lucas hoffnungslos fehlbesetzt als Leiter der größten Filmproduktion des Landes in diesem Jahr.

»George sah einfach aus wie ein junger Student«, erinnerte sich Prowse. Lucas hätte dies nicht gleichgültiger sein können. Der Mann vom Lande, ebenso beredt und enthusiastisch wie körperlich imposant, entsprach genau dem, was er suchte. Er bot ihm an, unter zwei Rollen zu wählen: der des Darth Vader und der des Chewbacca. Lucas hatte ihm sein Weltraummärchen umrissen, die Charaktere jedoch nicht genauer beschrieben.

»Was ist Chewbacca?« wollte Prowse wissen.

»Ein haariger Gorilla, der den ganzen Film über auf der Seite der Guten steht«, entgegnete Lucas.

»Und wer ist dieser Darth Vader?«

»Der große Bösewicht des Films.«

Prowse, der lange genug im Geschäft war, um zu wissen, daß der Bösewicht größere Chancen barg, und der nicht wußte, daß Darth Vader im Film eine Maske tragen sollte, entschied sich für letzteren. »Ich spiele den Bösewicht.«

»Warum?« fragte Lucas.

»Weil die Leute sich an ihn erinnern werden.«

Prowses Entscheidung veranlaßte Lucas, einen 215 Zentimeter großen Londoner Krankenhauspförtner namens Peter Mayhew als Chewbacca zu verpflichten. Auch im Rahmen der sonderbaren Standards des *Star-Wars*-Zirkus war Mayhews Eintritt ins Showbusineß ungewöhnlich gewesen. Im vergangenen Jahr war der

zweiunddreißigjährige Londoner in einem Zeitungs-
artikel über Menschen mit außergewöhnlich großen
Füßen erwähnt worden. Ein Casting-Agent, der gerade
an Ray Harryhausens *Sindbad und das Auge des Tigers*
arbeitete, las den Artikel, machte Mayhew ausfindig
und bot ihm die Rolle eines Minotaurus in dem Stop-
Motion-Streifen an.

Im darauffolgenden Frühjahr wurden Mitglieder der
Sindbad-Crew von Kurtz für die Dreharbeiten von
Krieg der Sterne in Elstree engagiert. Mayhew, freundlich
und beliebt, wurde von ihnen empfohlen.

»Sie setzten sich kurz nach Ostern mit mir in Verbindung. Man hatte Lucas von mir erzählt, und ich bekam
einen Anruf von einer der Produktionssekretärinnen«,
erinnerte er sich.

Mayhew traf sich mit Lucas und Kurtz, und sie zeigten ihm Ralf Quarries Zeichnungen von Chewbacca.
»Er wurde als gewaltiges, haariges, zweieinhalb Meter
großes Monster mit dem Körper eines Bären und einem
Hundekopf beschrieben. Er war Han Solos Kumpel. Er
konnte sehr liebenswert sein, aber auch sehr böse werden«, berichtete er. Mayhew verpflichtete sich zu etwas,
das sich als sechs Jahre während Qual in einem ent-
setzlich warmen Kostüm aus Angorawolle und Yak-
Haar erweisen sollte.

Jetzt fehlten Lucas nur noch seine Roboter. Kabarett-
künstler Kenny Baker, mit 110 Zentimeter offiziell klein-
ster Mann Englands, war vom Londoner Promoter
Jimmy Jacobs überredet worden, den Produktionsleiter
Robert Watts aufzusuchen. Wenn Lucas und Kurtz sich
mit anderen Rollenbesetzungen schwergetan hatten,
zweifelten sie keine Sekunde an Bakers Eignung. Sie
trafen sich mit ihm in den Büros der Lee Lighting Company in Harlesden. Ihr Hauptanliegen war es, einfach
einen Schauspieler zu finden, der in ihr Modell von
R2-D2 hineinpaßte.

»Nach etwa zwei Minuten sagten sie: ›Das wird
gehen.‹ Ich hatte die richtige Größe für das Robotermodell«, meinte Baker.

Aber ganz so einfach war das nicht. Baker und sein ebenfalls kleinwüchsiger Partner Jack Purvis (125 Zentimeter groß) traten gemeinsam als The Minitones auf, und so interessant Lucas' Film auch klingen mochte, verblaßte sein Reiz neben dem Angebot, das ihnen gerade unterbreitet worden war: in der Talentshow *Opportunity Knocks* von Hughie Green aufzutreten. »Jack und ich glaubten, daß wir uns in Kabarettkreisen einen Namen machen würden, wenn wir dort gewannen. Bekannt waren wir ja bereits. Außerdem wollte ich nicht unbedingt in einem Robotermodell stecken, wenn sich mir im Gegenzug die Chance einer Kabarett-Tournee für gutes Geld bot. Außerdem wäre mein Partner Jack arbeitslos geworden, wenn ich angenommen hätte. Also lehnte ich das Rollenangebot ab«, erzählte er.

Lucas ließ jedoch nicht locker. Da die Zeit drängte, handelten Watts und Kurtz einen Deal mit Baker aus. Wenn er sich einverstanden erklärte, R2-D2 zu spielen, würden sie für die Dauer der Dreharbeiten auch Purvis beschäftigen. (Purvis spielte schließlich in Tunesien einen Jawa und in der Cantina-Szene ein gottesanbeterinnenähnliches Wesen.)

Lucas hatte sich den zweiten Roboter, C-3PO, als spitzzüngigen Amerikaner mit Bronx-Akzent vorgestellt. Er beabsichtigte, die Stimme in Kalifornien zu synchronisieren und hatte sich bereits eine Reihe von Pantomimekünstlern und Artisten angesehen, als der schmale, etwas kränklich wirkende Shakespeare-Schauspieler Anthony Daniels sich in dem Büro am Soho Square vorstellte. Ein anderer Marcel-Marceau-Klon beendete gerade seine Verkörperung eines aufgezogenen Roboters, dessen Schwungwerk ausläuft, als Daniels hereinkam. Da er nicht recht wußte, was er tun sollte, setzte der äußerlich und von seinem Auftreten her pedantische Schauspieler sich hin und schwieg höflich. Nachdem noch einige andere Künstler sich vorgestellt hatten, saß Lucas nachdenklich da und machte sich Notizen. »Er neigt dazu, in Katatonie zu verfallen, was keine osteuropäische Provinz ist, sondern ein

Zustand der Sprachlosigkeit. Wir saßen also beide in lastendem Schweigen da, und keinem von uns fiel etwas ein, was er sagen könnte«, erinnerte sich Daniels.

Als Daniels schließlich spürte, daß es ›unfein‹ war, noch länger zu schweigen, begann er Fragen zu stellen. Dann schlenderte er durch den Raum und betrachtete Ralf McQuarries Zeichnungen an den Wänden. Er war tief beeindruckt von der Schönheit des goldfarbenen Roboters.

Zum ersten Mal kam Leben in den Regisseur. Daniels, der eine klassische Theaterausbildung hatte und gerade in einer erfolgreichen Produktion von Tom Stoppards *Rosenkranz & Güldenstern* im Westend auftrat, wurde aufgefordert, seine Daten zu hinterlassen.

Daniels wurde der Tortur eines zweiten Vorstellungsgesprächs unterzogen. Nach einer erneuten Schweigephase fragte er Lucas ungeduldig, ob er den goldfarbenen Roboter spielen dürfe. »Sicher«, antwortete der Regisseur mit einem Lächeln. Es sollte lange dauern, bis er seine Idee eines Roboters mit Bronx-Akzent aufgeben sollte. Letztendlich würde er jedoch zugeben, daß Daniels zu den perfektesten Besetzungen gehörte, die er je vorgenommen hatte.

»Anthony Daniels *war* C-3PO«, sagte Gary Kurtz.

Sofern Lucas, wie er später behauptete, Schauspieler gewählt hatte, deren Persönlichkeit der seiner Phantasiefiguren am ehesten entsprachen, hatten Harrison Ford und Carrie Fischer sich in Los Angeles bald ebenfalls als Volltreffer erwiesen. Eine der ersten Szenen Fords in *Krieg der Sterne* war eine Sequenz, in der er mit Luke und Obi-Wan Kenobi über das Honorar für das Durchbrechen einer imperialen Blockade verhandelte. Ford selbst erwies sich als ebenso zäher Verhandlungspartner und stritt länger und hartnäckiger als jeder andere um seine Gage.

Diesen Zug an ihm hatte Lucas bereits bei *American Graffiti* zu spüren bekommen, wo der Schauspieler ihn und Fred Roos soweit gebracht hatte, die Standardgage von 485 Dollar die Woche auf 500 Dollar anzuheben.

Ford hatte Roos mit Telefonaten im Stil von »Ich habe eine Frau und zwei Kinder zu ernähren« bombardiert.

Diesmal lautete sein Argument, daß er wirklich knapp bei Kasse sein würde, wenn er nach England reiste. Er könnte leicht mehr als die 1000 Dollar wöchentlich, die sie ihm anboten, mit seinen Schreinerarbeiten verdienen. Wie sehr er Lucas und Roos aber bedrängte, in diesem Punkt blieben sie hart. »Ich habe als Han Solo weniger verdient als mit meiner Schreinerarbeit«, gestand er später, als finanzielle Sorgen längst der Vergangenheit angehörten. Ford rächte sich jedoch für Lucas' Unnachgiebigkeit. Anders als Hamill und Fisher weigerte er sich, einen Vertrag zu unterschreiben, der ihn zu möglichen weiteren Folgen verpflichtete.

Während Ford die Dreistigkeit Han Solos demonstriert hatte, hatte Carrie Fisher das hoheitsvolle und doch energische Auftreten an den Tag gelegt, das Lucas von seiner Prinzessin erwartete. Das Budget war so knapp, daß Jim Nelson die Schauspieler und Crewmitglieder fragte, ob es ihnen etwas ausmachen würde, in der Economy-Class von Los Angeles zu den Dreharbeiten nach London zu fliegen. Kurtz und Lucas waren mit gutem Beispiel vorangegangen und hatten sich hierzu bereit erklärt. Hamill und Ford hatten sich widerspruchslos angeschlossen.

Nelson war im Lucasfilm-Büro, als Carrie dort die Reisemodalitäten besprach. Fishers Mutter, Debbie Reynolds, hatte irgendwie Wind von der Sparmaßnahme bekommen und Nelson über seine persönliche Durchwahlnummer angerufen.

»Wie können Sie es wagen, meine Tochter zweiter Klasse nach England zu schicken«, schimpfte sie.

»Alle reisen zweiter Klasse, sogar der Regisseur und der Produzent«, entgegnete Nelson.

»Meine Tochter nicht. Ich beschwere mich wegen Vertragsbruch bei der Schauspielergewerkschaft über Sie.«

»Carrie saß in meinem Büro und konnte mithören, wie ihre Mutter mir die Hölle heiß machte«, erinnerte sich Nelson.

Fisher trat an den Schreibtisch und griff nach dem Hörer. »Dürfte ich bitte mit meiner Mutter sprechen?« fragte sie Nelson, der nur zu gern übergab.

Der Wortwechsel war sehr knapp. »Mom, ich möchte wie alle anderen zweiter Klasse fliegen, also verpiß dich, ja?«

Dann legte sie auf.

KAPITEL 5

›SCHNELLER, INTENSIVER‹

Jahrhundertelang war das Chott el-Djerid, ein ausgetrockneter Salzsee in der tunesischen Sahara und einer der ödesten Flecken dieser Erde, lediglich von Schlangen und Skorpionen bevölkert gewesen, und der endlos weite, flimmernde Horizont wurde nur gelegentlich von der Silhouette einer vorbeiziehenden Beduinenkarawane unterbrochen.

Am 26. März 1976 bot sich George Lucas und Gary Kurtz jedoch ein Anblick, der an ein Wunder grenzte. Einen Tag, nachdem sie ihr Camp in der sengenden Hitze aufgeschlagen hatten, regnete es zum ersten Mal seit fünfzig Jahren in diesem Winkel der Wüste. Während die Wassermassen die knochentrockene Landschaft in einen schlammigen Sumpf verwandelten und so die geplanten Aufnahmen zunichte machten, mögen die beiden Männer geglaubt haben, die Natur spiele verrückt. Tatsächlich aber waren sie Zeugen eines ersten Vorzeichens dessen, was noch kommen sollte.

In den nächsten zwölf Monaten sollten die Dreharbeiten zu *Star Wars* sie jeder nur erdenklichen Prüfung unterziehen. Es sollte finanzielle, physische, technische und klimatische Krisen geben. Der Lohn sollte ihre kühnsten Träume übertreffen, aber vorher drohten sie körperlich und seelisch an den Strapazen zu zerbrechen.

Der Beginn der eigentlichen Dreharbeiten wurde in Hollywood kaum zur Kenntnis genommen. Nur die offizielle Bekanntmachung von Lucas' Besetzung erregte damals Interesse. Am Morgen des 24. März brachte *Variety* hierüber einen kurzen Artikel:

ALEC GUINNESS ÜBERNIMMT
HAUPTROLLE IN ›WARS‹

Seit ihrem gemeinsamen Lunch in Los Angeles hatten Guinness und Lucas viel miteinander geredet. Guinness, der nicht daran interessiert war, einen alten Spinner zu spielen, aber tief beeindruckt war von dem jungen Regisseur, hatte vorgeschlagen, aus Obi-Wan Kenobi einen weniger exzentrischen und dafür nobleren Charakter zu machen. Die Idee gefiel Lucas, weil er glaubte, daß sie den Abgrund zwischen der Güte Obi-Wans und der Schlechtigkeit Vaders noch vertiefen würde. Guinness verkaufte sich nicht billig. Während Hamill, Ford und Fisher sich mit Gagen von 1000 Dollar die Woche einverstanden erklärt hatten, kam zu Guinness' fünfstelligem Scheck noch eine 2,5 prozentige Gewinnbeteiligung hinzu. Wie sich später herausstellte, wurde dies – um Lichtjahre – die höchste Gage seiner langen und beeindruckenden Karriere.

Kurtz und Lucas hatten elf Tage für die Dreharbeiten in Nordafrika veranschlagt. Aufgrund des Zeitdrucks hatte Lucas eine riesige Frachtmaschine vom Typ Lockheed Hercules C130 gechartert, um die Unmengen an Ton-, Bild- und Beleuchtungsausrüstung zurück nach Elstree zu transportieren. Der Vertrag mit der Chartergesellschaft lautete dahingehend, daß die Produktion 10000 Dollar für jede Stunde zahlen sollte, die das Flugzeug auf dem Flughafen bereitstand.

Lucas, Kurtz und Robert Watts hatten Tunesien als Location für den Wüstenplaneten Tatooine, Luke Skywalkers Heimat, ausgewählt, nicht zuletzt wegen der faszinierend primitiven Architektur und der Kooperationsbereitschaft der dortigen Regierungsstellen. Die Beamten, die froh gewesen waren, daß das Skript nichts enthielt, was die vorrangig islamische Bevölkerung vor den Kopf stoßen könnte, hatten die Dreharbeiten in bislang unbekannten Gegenden des Landes genehmigt.

Neben dem Chott el-Djerid, den sie als Schauplatz der Farm ausgewählt hatte, auf der Luke mit seiner Tante Beru und seinem Onkel Owen Lars lebt, hatten Robert Watts und seine Location-Manager noch vier weitere Hauptdrehorte in Tunesien ausgesucht. Eine

Siedlung mit weißen Kuppeldächern auf der Insel Djerba, bei der es sich um das legendäre ›Land der Lotusesser‹ aus Homers *Odyssee* handeln sollte, war als Set für das Umland des Mos-Eisley-Raumhafens ausgesucht worden, wo Luke und Obi-Wan Han Solo und sein Raumschiff, den ›Millenium Falken‹*, anheuern sollten. In Matama waren sonderbare unterirdische, höhlenartige Behausungen, die die einheimischen Berber gegraben hatten, um sich vor Sandstürmen zu schützen, als unterirdische Räumlichkeiten der Lars-Familie ausgewählt worden. Ein abgelegener Canyon jenseits des Chott el-Djerid sollte als Schauplatz für Lukes Begegnung mit Obi-Wan dienen, während die Ankunft von R2-D2 und C-3PO auf dem Planeten in einem sandigen Wüstenabschnitt vor den Toren Tozeurs gefilmt werden sollte.

Der Regen, der über den Chott el-Djerid niederging, kostete die Crew gleich zu Anfang einen ganzen Tag, und dazu fielen noch zwei Lastwagen aus, die vorübergehend im salzigen Schlamm festsaßen. Die Arbeitstage wurden bald auf jede Stunde brauchbaren Tageslichts ausgedehnt.

Lucas' größtes Problem ergab sich, als er versuchte, die Technologie einzusetzen, die nach Nordafrika eingeflogen worden war. Ein beträchtlicher Batzen des 10-Millionen-Dollar-Budgets war darauf verwendet worden, Ralf McQuarries Zeichnungen zum Leben zu erwecken. Der angesehene britische Produktionsdesigner John Barry hatte einige der größten englischen Talente damit beauftragt, die klapprigen Fortbewegungsmittel Tatooines zu bauen, von einem riesigen, 21 Meter langen ›Sandkriecher‹, in dem zwergenhafte Jawas R2-D2 und C-3PO durch die Wüste transportieren, bis hin zu verschiedenen Robotern und Lukes ›Landflitzer‹, einem eleganten Hovercraft im Stil eines Sportwagens.

* In der deutschen Synchronfassung wurde – zumindest im ersten Teil der *Star-Wars*-Trilogie – der ›Rasende Falke‹ daraus. (*Anm. des Lektors*)

Unglücklicherweise wurde der Sandkriecher noch vor seinem Einsatz eines Nachts von heftigen Saharawinden zerstört. Kurtz fragte die Crew, ob sie am Samstag freimachen und statt dessen am Sonntag arbeiten könne. Alle waren einverstanden. Als wäre der Verlust des Sandkriechers noch nicht schlimm genug, funktionierte Lukes Landflitzer nicht richtig. Auch erwies es sich als äußerst schwierig, das Gefährt so zu filmen, daß Stützen und Räder unsichtbar waren.

Lucas' größte Probleme sollten jedoch seine geliebten Roboter aufwerfen. Kenny Baker fand R2-D2 praktisch unmöglich zu manövrieren. Baker mußte sich in die ›Tonne‹ zwängen und von innen Schalter bedienen, die die Lichter und Bewegungsabläufe regelten. Während das gerade noch machbar war, erwiesen sich fließende Bewegungen als illusorisch.

»Der Roboter war sehr schwer von der Stelle zu bewegen, weil er an die 70 Pfund wog«, erinnerte er sich. Baker, ein geschickter Rollschuhläufer, hatte vorgeschlagen, den Roboter mit Rollen auszustatten, aber dieser Zusatz brachte nicht viel. »Jedesmal, wenn ich den linken Fuß vorsetzte, ruckte der rechte zurück. Dann überlegten sie, Sperräder einzubauen, so daß der Roboter nur noch vorwärts rollen konnte.« Das funktionierte allerdings nur bis zu einem gewissen Grad, weil ich jedes Bein nur jeweils einige Zentimeter weit bewegen konnte und nur sehr langsam vorankam.«

Erst als er endgültig die Geduld mit dem Apparat verlor, stieß Baker auf die Lösung. »Irgendwann schüttelte ich das Ding vor lauter Wut und Frust, und der Roboter wankte von einer Seite auf die andere«, erzählte er. »Als eins der Beine in der Luft hing, ging mir auf, daß ich den Roboter fortbewegen konnte, indem ich das Gewicht abwechselnd von einem Fuß auf den anderen verlagerte. Das war die einzige Möglichkeit, das Ding in die Gänge zu bekommen.«

Lucas gab es schließlich auf, den Schauspieler in der Wüste einzusetzen, und ließ den leeren Roboter an einem Draht von seiner Crew durch den Sand ziehen.

Diese Methode erwies sich jedoch als beinahe ebenso schwierig, da R2-D2 immer wieder umkippte.

Bakers Frust war jedoch nichts im Vergleich zu den Qualen, die Anthony Daniels als ›Blechmensch‹ in der brütenden Wüstenhitze durchmachte. Daniels' Folter hatte bereits in London begonnen. Die Kostümdesigner hatten ihn nackt ausgezogen, seinen Körper mit Vaseline eingerieben, seine Genitalien mit Plastikfolie überzogen und ihn anschließend von Kopf bis Fuß eingegipst. Später war er in einen Latexanzug gesteckt worden und hatte daraufhin während einer ganzen Vorstellung von *Rosenkranz & Güldenstern* unter entsetzlichem Juckreiz gelitten. Schließlich war dann das goldene Kostüm aus Fiberglasteilen zusammengesetzt worden (man hatte befürchtet, Plastik könnte bei Wüstentemperaturen schmelzen). Der langwierige Prozeß, die Einzelteile miteinander zu verbinden, klagte Daniels, war »so nervenaufreibend, wie sich mit Rubiks Zauberwürfel zu beschäftigen«. Meist dauerte das ›Ankleiden‹ mindestens zwei Stunden. Das Endergebnis war unleugbar umwerfend. Die tunesische Crew schnappte hörbar nach Luft, als sie Ralf McQuarries lebendig gewordene Zeichnung das erste Mal sah.

»Als ich das Zelt verließ, kam ich mir vor wie ein Gott«, berichtete Daniels. »Alle erstarrten förmlich. Im grellen Sonnenlicht der Wüste stand dieser umwerfende goldene Mensch.«

Jeder Stolz, den er in diesem Augenblick empfunden haben mochte, war jedoch nur kurzlebig. Das Kostüm war schwer, die Fiberglasfasern reizten seine Haut, und die einzelnen Platten zwickten und stachen ihn. Außerdem war er auf die Hilfe eines Crewmitgliedes angewiesen, wenn er etwas trinken wollte oder sich erleichtern mußte. Obwohl zwei örtliche Helfer damit betraut worden waren, ihn mit Schirmen vor der Sonne zu schützen, war Daniels ständig schweißgebadet, so daß er durchschnittlich vier Pfund pro Tag an Gewicht verlor.

Am Ende des ersten Tages im Roboterkostüm hätte

der Schauspieler beinahe aufgegeben. »An diesem ersten Tag in der Wüste habe ich das Kostüm von sieben Uhr morgens bis sieben Uhr abends getragen. Am Ende war ich richtig hysterisch.« Daniels beschrieb die Erfahrung als »Leben in einer Keksdose, ohne menschlichen Kontakt – eine Art Isolationsfolter«.

Wie vorauszusehen gewesen war, wurden Schauspieler und Crewmitglieder vom traditionellen Feind jener heimgesucht, die sich in die Sahara vorwagen: Dysenterie. Anthony Waye, ein erfahrener britischer Regieassistent, führte während der ersten Tage der *Star-Wars*-Dreharbeiten Tagebuch. »Kann das schmutzige Hotel nicht ertragen«, lautete eine seiner ersten Eintragungen. Schauspieler und Techniker schoben die Epidemie einmütig auf die Frühstückseier. »Dysenterie wurde zum Ei-Syndrom. Zum Frühstück aßen alle gekochte Eier, weil das zu den Speisen gehörte, die uns an einem Ort, in dem Dysenterie umging, noch am sichersten erschien. Der Koch hatte einen riesigen Kessel mit Eiern, die er wahllos ins Wasser tat und herausholte, so daß man ein Ei vorgesetzt bekam, das entweder steinhart war oder noch völlig roh – niemals irgendwo dazwischen«, erzählte Waye.

Bunny Alsup erwischte es gleich am ersten Tag. Die schlimmste Erkrankung befiel jedoch Stuart Freeborn. Er war in Tunesien, um Kostüme und Maske für die in der Wüste ansässigen ›Sandleute‹ und die Jawas zu überwachen, und erkrankte aufgrund des starken Temperaturabfalls nachts in der Wüste an einer Lungenentzündung. Er wurde nach London zurückgeflogen, wo er zwei Wochen im Krankenhaus lag.

Es war schwer zu bestimmen, wer der schlimmste Feind der Produktion war – die Natur oder die Technik. Letztere hätte Kenny Baker eines Tages beinahe das Licht ausgeblasen. Für eine Szene auf der Lars-Farm, dem Zuhause von Luke Skywalker, war Baker wieder einmal ins Innere von R2-D2 gestiegen. Außerdem wurden für die Szene, in der Luke und sein Onkel von den Jawas zwei Droiden kaufen, mehrere ferngesteuerte

Roboter eingesetzt. (Bakers Bühnenpartner Jack Purvis, Gary Kurtz' zwei Töchter Tiffany und Melissa sowie fünf tunesische Kinder spielten die Jawas).

»Es war die Szene, in der wir zeigen, was wir können. Ich rumpelte in meiner eigenen niedlichen Art durch die Wüste, als Jack plötzlich rief: ›Paß auf, Ken, ein Roboter steuert auf dich zu‹«, berichtete er. Noch ehe er reagieren konnte, kam es zur Kollision, und Baker segelte mitsamt seinem Roboter zu Boden. »Es war nicht eben die M1, ich meine, man rechnet einfach nicht damit, mitten in der Wüste gerammt zu werden. Dieser andere Roboter prallte mit etwa zwanzig Meilen pro Stunde gegen mich und warf mich seitlich um. Er war außer Kontrolle geraten.«

Außer Kontrolle geratene Roboter sollten noch regelmäßig eine Bedrohung für Bakers Leib und Leben darstellen. »Niemand hatte sie richtig in der Gewalt«, lachte er. »Die Wellen der Sender gerieten mit irgendwelchen anderen Frequenzen durcheinander, und manchmal spielten sie ein wenig verrückt.«

Doch es gab auch Erfolgreiches in der Wüste. Mark Hamill und Alec Guinness entwickelten eine Sympathie zueinander, die sich positiv auf die Aufnahmen auswirkte. Sir Alec und seine Frau hatten Hamill aufgrund seines verspielten Humors gleich am ersten Drehtag ins Herz geschlossen. Lady Guinness, die ihren Mann auf seinen Reisen begleitete, vertrieb sich die Langeweile, indem sie die tunesische Landschaft malte. Sie baute ihre Staffelei in der Nähe einer reichverzierten Moschee auf und begann mit einem ersten Entwurf. Nach wenigen Minuten stürzte ein zorniger Einheimischer herbei, packte ihre Skizze und zerriß sie. Guinness und seine Frau, die nicht wußten, daß es im ganzen Land verboten war, religiöse Gebäude zu fotografieren oder zu zeichnen, baten Hamill um eine Erklärung.

»Was hat sie denn Schlimmes getan?« wollte Guinness wissen.

»Wahrscheinlich war er nur ein ortsansässiger Kunstkritiker«, erwiderte Hamill zu Guinness' Entzücken.

Von allen erinnerungswürdigen Eindrücken bei der Produktion von *Star Wars* beeindruckte keiner Bunny Alsup so sehr wie Sir Alecs Vorbereitung auf seine erste Szene als Obi-Wan. Lucas, Kurtz und die Crew sahen verdattert zu, wie der große Ritter der Bühne sich auf den Boden legte.

»Er legte sich hin und rollte sich im Sand, damit sein Kostüm staubig und schmutzig aussah«, lächelte Alsup.

Hamill hatte vor Drehbeginn nur wenige Anweisungen von Lucas erhalten, aber das war an sich nicht weiter verwunderlich, da er das Kerntrio vornehmlich engagiert hatte, damit es sich selbst spielte. Den einzigen Hinweis auf die gewünschte Spielweise bekam Hamill, als er bei einem frühen Take versuchte, seinen verschlossenen, leise sprechenden Regisseur zu imitieren. »Ich spielte so, wie ich glaubte, daß George in der Szene reagieren würde«, sagte Hamill, der Kritik erwartet hatte. Statt dessen meinte Lucas: »Cut. Perfekt.«

»Ich war völlig verdattert. Ich dachte: ›Ach so, ich verstehe, natürlich, Luke ist George.‹« Für den Rest des Films war Hamill ebenso erleichtert wie verunsichert. »Es kam mir vor, als würde ich George spielen.«

Trotz der anfänglichen Schwierigkeiten konnte die bereitstehende Hercules sich termingerecht nach 12 Tagen in den nordafrikanischen Himmel erheben. Für Lucas gab es jedoch genug, was ihn in seinem Pessimismus bestärkte. Er verließ Tunesien in dem Bewußtsein, daß viele seiner Aufnahmen von R2-D2 und dem Landflitzer eine einzige Katastrophe waren. Ein riesiger ›Bantha‹, ein zottiges mammutähnliches Wesen, auf dem die Sandleute ritten, war ebenfalls unbenutzbar gewesen.

Er wußte, das all diese Szenen noch einmal gedreht werden mußten, vermutlich in Kalifornien.

Jetzt schon hinter dem Zeitplan zurück und ernsthaft an der Technologie seines Films zweifelnd, war Lucas, als er Tunesien verließ, besorgter als bei seiner Ankunft.

Kurz nachdem er die Maschine bestiegen hatte, schrieb er Marcia eine Postkarte, auf der stand: »Bist du sicher, daß Orson Welles auch so angefangen hat?«

In den Wochen vor Drehbeginn waren in den hangarähnlichen Klangbühnen in Elstree eine Reihe spektakulärer Sets entstanden. Unter John Barry waren zwei der Klangbühnen in Weltraumstationen verwandelt worden – die eine stellte den Mos-Eisley-Raumhafen auf Tatooine dar, die andere eine Station des Todessterns. Anderenorts wanden sich die Flure und Kontrollräume des Todessterns um das Gelände.

Die Bühne in Shepperton war für das triumphale Finale des Films vorbereitet worden, bei dem Leia, Luke, Han Solo und Chewbacca für ihren Heldenmut belohnt werden sollten.

Trotz aller Erfahrung, derer sich die Schauspieler rühmen konnten, hatten sie doch nur eine begrenzte Vorstellung von Lucas' revolutionärer innovativer Konzeption des Filmemachens. Nachdem die Pläne, Hintergrundprojektionen zu verwenden, hatten aufgegeben werden müssen, wurden die Szenen vor einem einfachen blauen Hintergrund gefilmt. Cushing, Guinness und ihre amerikanischen Kollegen mußten ihre Dialoge ins Nichts sprechen oder das Wort an markierte Stellen oder bestimmte Punkte in einiger Entfernung richten. Raumschiffe, Planeten, der Weltraum voller Sterne und andere Spezialeffekte würden später hinzugefügt werden, versicherte Lucas ihnen.

Diese neue Methode verwirrte viele, und einige der Schauspieler waren überzeugt davon, an einer Produktion mitzuwirken, aus der niemals etwas werden könnte. »Wir hatten keinen Schimmer, was los war«, sagte Peter Mayhew, der gemeinsam mit Harrison Ford überzeugende intergalaktische Reisen an Bord ihres Raumschiffs, des Millenium Falken, spielen mußte. »Wenn sie sagten, das Raumschiff würde ein Asteroidenfeld durchfliegen, wußte niemand, wie das auszusehen hatte. Wir wurden angewiesen, dies oder jenes zu tun, hier oder dort zu stehen. Es fiel uns wirklich schwer zu begreifen, was das alles bedeuten sollte.«

»Man kann Dinge in einen Film einbringen, für die es im richtigen Leben eine Entsprechung gibt«, klagte Carrie Fisher später. »Also, bei einem solchen Film kann man das nicht. Ich mußte beispielsweise auf dem Set sagen: ›Bitte sprengt meinen Planeten nicht in die Luft‹, und dabei starrte ich nur auf eine Tafel mit einem X drauf, die von einem Regieassistenten hochgehalten wurde, der es kaum erwarten konnte, daß endlich Pause war.«

Fisher und Ford, der Philosophie studiert hatte, bevor er vom College geflogen war, redeten ihren Kollegen häufig gut zu und meinten, sie müßten das aufbringen, was Kierkegaard als ›den großen Sprung des Glaubens‹ bezeichnet hatte. Daneben gaben sie zu, daß *Star Wars* schlicht großes Vorstellungsvermögen erforderte.

Wenn die Schauspieler verwirrt waren, waren es die Techniker angesichts dieser innovativen Methode des Amerikaners noch viel mehr.

»Für uns war es eine völlig neue Art des Filmemachens. Man kann wohl ohne Übertreibung behaupten, daß das der erste Film war, der einen völlig neuen Drehstil verwendete«, erinnerte sich Anthony Waye. Waye stammte so wie viele seiner Kollegen noch aus der kostenbewußten Welt des billigen *Carry On* und der Norman-Wilson-Filme der Sechziger. Außerdem gehörten sie einer Branche an, in der Regeln und Vorschriften punktgenau eingehalten wurden.

»Diese Filme waren extrem durchorganisiert. Man fing an einem bestimmten Punkt an und hörte an einem ebenso vorausbestimmten Punkt auf, termingerecht und innerhalb des Budgets, ohne Filmmaterial zu verschwenden.«

Parallel zum Quecksilber – 1976 sollte Englands heißester Sommer des Jahrhunderts werden – stieg die Temperatur auch innerhalb des Teams. Die Beziehung zwischen Lucas und seiner britischen Crew waren, nachdem er aus Tunesien nach Elstree zurückgekehrt war, gespannt gewesen – vorrangig wegen der strikten von der britischen Filmgewerkschaft vorgegebenen Regeln. Und da die Gewerkschaften eine der erfolgreichsten Phasen ihrer Geschichte durchlebten, konnten sich nur wenige Arbeitgeber erlauben, die strengen Vorgaben zu mißachten.

Lucas und Kurtz waren außer sich gewesen, als sie erfahren hatten, daß sie keine Minute länger als bis 17 Uhr 30 arbeiten durften, dem in Stein gemeißelten ›Feierabend‹ in allen britischen Studios. Die Gewerkschaften gestatteten zwar Überstunden, jedoch nur, wenn eine Mehrheit der Gewerkschaftsmitglieder sich dafür aussprach. Als Lucas sich offiziell an die Gewerkschaft wandte und darum bat, daß seine Leute täglich zwei Stunden länger als bis 17 Uhr 30 arbeiten dürften, entschieden die Mitglieder mit großer Mehrheit dagegen.

Schon wenige Tage nach seiner Ankunft in London war er noch weiter hinter dem Zeitplan zurück. Es kam oft vor, daß Lucas' Leute den aufwendigen Prozeß, eine Einstellung vorzubereiten und die Schauspieler zurechtzumachen, abschlossen, um dann festzustellen, daß die Zeit zum Filmen nicht mehr ausreichte, so daß die ganze Litanei am nächsten Morgen wiederholt werden mußte.

Lucas beklagte sich, daß er halbe Drehtage verlor, nur weil seine Crew nicht bereit war, eine Dreiviertelstunde länger zu arbeiten.

Lucas' Introvertiertheit verschärfte die Probleme noch. »George hatte alles, was er wollte, im Kopf; er hatte dieses phantastische Bild des fertigen Produkts vor Augen. Das Problem war nur, daß von uns anderen keiner wußte, wie das aussah. Ich kann mich nicht einmal erinnern, daß er es uns erklärt hätte«, erinnerte sich Anthony Waye.

»Wir fanden sie merkwürdig, und ich vermute, daß sie uns im Gegenzug für einen Haufen Idioten hielten. Aber es war eine neue Art, Filme zu drehen, und wir waren nur nicht daran gewöhnt«, erzählte Ronnie Taylor, damaliger Kameraassistent.

Sogar die Neulinge spürten, daß sie auf einem Pulverfaß saßen.

»George war so angespannt, so überenthusiastisch. Er wollte, daß alles exakt so gemacht wurde, wie er es haben wollte. Alle beugten sich seinem Willen mehr oder minder unzufrieden«, berichtete Peter Mayhew. »Das Konservative und das Moderne prallten aufeinander, und das Ergebnis war unausweichlich.«

Niemand verkörperte den Abgrund zwischen der alten Schule der Gentlemen-Filmemacher und den nüchternen neuen Technokraten Hollywoods besser als Lucas' Chef-Kinematograph Gilbert ›Gil‹ Taylor. Kurtz und Lucas hatten ursprünglich den berühmten Geoffrey Unsworth, Kubricks Kameramann bei *2001*, verpflichtet. Unsworth war jedoch in letzter Minute von dem Vertrag zurückgetreten, um mit Vincente Minnelli in Rom *Nina* zu drehen. Taylor, ein Veteran aus Kubricks *Dr. Seltsam oder Wie ich lernte, die Bombe zu lieben* und *Yeah! Yeah! Yeah!* von Richard Lester schien ein idealer Ersatz zu sein. Schon bald nach Drehbeginn stellte sich jedoch heraus, daß die unverrückbare Kraft von Lucas' Vision auf ein ebenso unverrückbares Hindernis prallte. Der temperamentvolle Taylor, der Ehrerbietung gewohnt war, mochte Lucas' Einmischung nicht. In Tunesien widersprach er Lucas bezüglich der notwendigen Beleuchtungsstärke. Während andere ihre Meinung für sich behielten, machte Taylor keinen Hehl daraus, was er von Lucas und seinen abstrusen neuen Filmmethoden hielt.

»Er kam in seinem E-Type-Jaguar zum Set gefahren. Er war ein echter Gentleman-Farmer-Typ«, erinnerte sich Kenny Baker. »Er fluchte und schimpfte, aber immer in seinem schrecklichen bäuerlichen Sussex-Akzent. Einer seiner Standardsprüche war: ›Der Haufen weiß doch gar nicht, was zum Teufel er da macht‹.«

Die Spannung stieg, als Taylor sich weigerte, die Softfocus-Linsen zu verwenden, dank derer Lucas dem

Film den gedämpften Effekt verleihen wollte, der ihm vorschwebte. Der Regisseur reagierte, indem er die Beleuchtung veränderte, die schlimmste Beleidigung für jeden Kameramann. Taylor flippte aus.

»Gil war noch von der alten Schule und konnte ein wenig streitsüchtig sein«, meinte Anthony Waye nicht ohne Verständnis.

Lucas gelangte zu der Überzeugung, daß er selbst oder Gary Kurtz Taylor würde feuern müssen. Ihm war jedoch bewußt, das dieser Schritt sehr riskant wäre. Taylor genoß nicht nur das Ansehen aller Mitglieder der britischen Crew, sein Rauswurf konnte darüber hinaus auch Konsequenzen von seiten der Geldgeber nach sich ziehen. Und so folgte ein spannungsgeladener Waffenstillstand für den Rest der Dreharbeiten. Kurtz tat alles in seiner Macht Stehende, um Taylor zu beschwichtigen, dessen Klagen manchmal durchaus gerechtfertigt waren. »Ich mußte ihn immer wieder beruhigen«, erzählte Kurtz. Mehr als einmal, unter anderem auch bei der Triumphszene, übernahm Kurtz selbst die Kamera.

Aber Lucas geriet noch mit anderen aneinander. John Barry ärgerte sich über die Art, wie der Regisseur seine Kostümbildner und Kulissenbauer behandelte. Zu beschäftigt, um detailliert zu erklären, was ihm vorschwebte, brachte er den Designer regelmäßig mit minimalsten Anweisungen auf die Palme. »George betrachtete die Leute, die er engagierte, als Handlanger, die nur dazu da waren, das umzusetzen, was er wollte. Er sah sie nicht als Talente mit eigenen kreativen Ideen«, erklärte Kurtz. »John und er gerieten deswegen immer wieder aneinander. George sagte beispielsweise: ›Ich möchte, daß Sie von diesem Belüftungsrohr zehn Zentimeter abschneiden‹, worauf John erwiderte: ›Sagen Sie mir, was Ihnen vorschwebt, und ich kümmere mich um die Einzelheiten. Sie können mir sagen, was Sie wollen, aber sagen Sie mir nicht, wie ich meine Arbeit zu tun habe.‹ Letztendlich sah auch George ein, daß das der beste Weg war.«

Die Konflikte hinterließen beim Regisseur ihre Spuren. Gemeinsam mit Marcia hatte Lucas ein komfortables Cottage in Hampstead gemietet, bekam aber nicht viel davon zu sehen. Meist stand er um 4 Uhr 30 in der Früh auf und verließ um 6 Uhr das Haus, um pünktlich um 7 Uhr im Studio zu sein, wo eine Stunde später die Dreharbeiten begannen. Nach Feierabend um 17 Uhr 30 fuhr er dann zum Produktionsbüro in Elstree, um die Arbeiten für den nächsten Drehtag zu planen. Normalerweise fuhr er um 20 Uhr nach Hause und arbeitete dort weiter, bis er gegen 22 Uhr einschlief. Dieses Rhythmus behielt er während der siebzig Tage dauernden Dreharbeiten in London bei.

Beinahe unausweichlich machten Lucas, der schon als Kind kränklich gewesen war, Erkältungs- und Grippebazillen zu schaffen. Er hustete auf dem *Star-Wars*-Set ständig. »George war permanent krank«, sagte Dave Prowse. Hinzu kam, daß bei den Lucas eingebrochen und ihre ganze Fernsehausrüstung gestohlen worden war.

In seinem geschwächten Zustand zog Lucas sich noch weiter in sein Schneckenhaus zurück. Und während die transatlantischen Beziehungen sich rapide verschlechterten, konnte auch ein gelegentliches Hoch unter den Schauspielern die *entente cordiale* nicht wiederherstellen. Fisher, Ford und Hamill vertrieben sich die Langeweile mit Witzen. So machten Fisher und Ford sich beispielsweise einen Spaß daraus, in bekannten Liedtexten das Wort ›You‹ durch ›Jew‹ zu ersetzen und sangen ›Jew Light Up My Life‹ und ›Jew Made Me Love You‹. Ein britischer Regieassistent, der nicht wußte, daß beide Halbjuden waren, beschwerte sich, daß die beiden Antisemiten wären.

Auch machte sich das Trio hinter Dave Prowses Rücken über den Briten lustig. Prowse sprach die apokalyptischen Monologe Darth Vaders mit volltönendem westbritischen Akzent. Fisher gab später zu, daß sie sich bei jeder Szene, die sie mit ihm zusammen spielte, ein Kichern verkneifen mußte. »Er hatte den Akzent eines Farmers aus Devon. Unter uns haben wir ihn nur Darth Farmer genannt!«

Nur wenige der Briten fanden die Amerikaner komisch, was die Distanz noch vergrößerte. »Das einzige, was uns den Spaß ein wenig verdarb, war die beinahe einhellige Meinung der britischen Crew, daß wir nicht richtig im Kopf wären«, beklagte Harrison Ford sich später.

Inmitten des Sturms entwickelte sich Alec Guinness zum Fels in der Brandung. Er blieb Lucas' einflußreichster Fürsprecher auf dem Set.

Guinness hatte schon mehr als genug schwierige Produktionen erlebt und ließ den Zynismus der britischen Crew nicht durchgehen. »Die Leute grummelten ein wenig. Sie sagten: ›Das Ganze ist völlig irre, oder?‹, worauf ich entgegnete: ›Ganz und gar nicht‹«, erinnerte er sich. »Ich hatte großes Vertrauen in Georges Fähigkeit, seine Vision umzusetzen. Ich fand, daß George nicht engagierter hätte sein können.«

So wie er selbst bei seiner Schauspielerei Schlichtheit anstrebte, erkannte Guinness in Lucas das gleiche Bestreben. Anstatt sich von der distanzierten, verschlossenen Art des Regisseurs irritieren zu lassen, begrüßte Guinness diese Haltung. »Er war sehr still bei allem, was er tat, sehr diskret. Ich glaube, die englische Crew war ein wenig verunsichert. Aber ich für meinen Teil mochte diese Art und setzte großes Vertrauen in sie«, sagte er.

»So wie alle Meisterregisseure wollte Lucas während des tatsächlichen Drehs nicht viel sagen. Er spürte einfach, wenn man sich unbehaglich fühlte, kam herüber und flüsterte einem etwas ins Ohr«, erzählte Guinness. »Gute Schauspieler mögen es nicht, wenn man ihnen sagt, wie sie spielen sollen, und sie werden nervös, wenn man ihnen das Gefühl gibt, nur Teil der Arbeit eines anderen zu sein.«

Im Privatleben ebenso weise wie in seiner Rolle als Obi-Wan, half Guinness außerdem, eine Brücke über die aufgewühlten transatlantischen Wasser zu bauen, und wurde zum ›Seelsorger‹ der britischen Crew und der jungen amerikanischen Schauspieler. Als Mark Hamill der Humor verließ, sprach der kluge alte Hase ein paar Worte weltlicher Weisheit zu ihm.

»Niemand glaubt, daß ich schauspielere. Ich leite nur die komischen Szenen für die Roboter ein«, beklagte sich ein verzweifelter Hamill eines Tages bei Guinness.

»Nimm es philosophisch«, beschwichtige ihn Guinness. »In diesem Busineß macht sowieso nichts einen Sinn.« Die beiden Männer blieben noch Jahre nach Beendigung der Dreharbeiten in Briefkontakt. Aber niemand profitierte mehr von Guinness' Meisterschaft in gutem Benehmen als Harrison Ford. Bei den Dreharbeiten zu *American Graffiti* hatte Lucas ihn als undiszipliniert empfunden. »Als er in *Graffiti* spielte, war er noch etwas rebellisch«, erinnerte er sich. Einmal wurde Ford sogar verhaftet, weil er in einem frisierten Chevrolet durch die Straßen von Petaluma gerast war.

In Elstree bemerkte Lucas, daß Ford sehr auf die völlig andere Haltung der britischen Schauspieler achtete. »Ich glaube, die Erfahrung der *Star-Wars*-Filme, vor allem des ersten Teils, und die Zusammenarbeit mit verschiedenen englischen Schauspielern, insbesondere aber mit Alec Guinness, haben ihn schauspielerisch geprägt«, meinte Lucas später. »Er begann zu begreifen, daß Schauspielerei ein richtiger Beruf ist, und das bedeutet, sich auf dem Set auch professionell zu benehmen. Amerikanische Schauspieler unterscheiden sich sehr von europäischen und gehen ihren Job ganz anders an. Ich glaube, der Umgang mit vielen sehr professionellen Schauspielern, die ihre Arbeit taten, keinen Ärger machten, sich nicht bitten ließen und ihre Hausaufgaben machten, bevor sie vor die Kamera traten, kam für ihn im richtigen Augenblick. Von da an wurde er zu einem sehr guten und professionellen Schauspieler. Er disziplinierte sein Talent in einer völlig neuen Art und Weise.«

Guinness half außerdem, die angegriffenen Nerven von Anthony Daniels zu beruhigen. Der machte keinen

Hehl daraus, wie sehr ihm die tägliche Verwandlung in C-3PO zusetzte. Nach der Tortur in Tunesien ergaben sich in Elstree erneut Probleme. Da er sein Kostüm zwischen den Takes nicht ablegen konnte, mußte Daniels entweder stillstehen wie eine Statue oder sich in seiner schweren Metallhülle gegen improvisierte Stützen lehnen. Die Arbeiter in Elstree hielten ihn regelmäßig für ein Sci-Fi-Dekorationsstück der Amerikaner. »Sie lehnten sich gegen mich, als wäre ich ein Laternenpfahl; Gott sei Dank gab es in dem Film keine Hunde«, klagte er. »Sie rissen Streichhölzer an mir an und redeten über ihr Sexleben, ohne zu ahnen, daß ich in dem Kostüm steckte und jedes Wort hören konnte.«

Die Demütigung leid, bestand Daniels darauf, daß man ihm in seinen Drehpausen zumindest C-3POs Kopf abnahm.

Auch die Beziehung zwischen ihm und Kenny Baker war schwierig. Baker spielte inzwischen nur noch in etwa zehn Prozent der Szenen mit.

Die restliche Zeit wurde der Roboter geschoben, gezogen oder ferngesteuert – im allgemeinen mit verheerenden Resultaten.

»Wir hatten immer noch keinen Weg gefunden, wie ich mich bei den Verfolgungsszenen schnell genug hätte bewegen können. Letztendlich benutzten sie bei den schnellen Szenen eine Fernbedienung, während ich bei den Nahaufnahmen von R2-D2 agierte und dem Dialog entsprechend reagierte«, erzählte er.

Baker wußte, daß R2-D2s elektronische ›Stimme‹ – eine Folge von Quietsch- und Pfeiftönen – nachträglich eingefügt werden würde, so daß er keinen Sinn darin sah, das Skript auswendig zu lernen. Er beschränkte sich darauf, auf das zu reagieren, was Daniels und Lucas zu ihm sagten. Daniels fiel es auch so schon schwer genug, mit einem reglosen Gegenpart zu spielen. Als die Spannungen zwischen ihnen sich vertieften, wurden die beiden zu bissigen Parodien von Laurel und Hardy.

»Milde ausgedrückt war er ein wenig sauer auf

mich«, erinnerte sich Baker. »Er mußte auf einen Partner reagieren, der nicht antwortete. Aber ich konnte nichts dafür. Er stöhnte: ›Du lernst nicht einmal deinen Text, worauf ich sagte: ›Anthony, es wird auch dann nicht besser, wenn ich den Text lerne. Ich weigere mich, den blöden Text zu pfeifen, und mich sieht sowieso niemand.‹«

»Er war sehr gut, aber zuweilen ein wenig unleidlich«, sagte Baker über seinen Gegenpart.

(Daniels Ärger auf seinen Partner wird zusätzlich dadurch angestachelt worden sein, daß während er jeden Morgen in der Maske saß, Baker in seinem Haus in der Nähe von Bushey ausschlafen konnte. Die für die Transportkoordination zuständige Pat Carr konnte Baker auch kurzfristig zum Set rufen. »Pat wußte, daß ich zu Hause in Bereitschaft war. Sie rief an, und ich war innerhalb von fünf Minuten da. Ich stieg in meinen Roboter, und schon konnte es losgehen«, erinnerte sich Baker.)

Da Lucas bezüglich das Akzents immer noch zögerte, war Daniels wegen seiner Leistung verunsichert. Für einen unbekannten Bühnenschauspieler war Alec Guinness jemand, dem man mit Ehrfurcht begegnete. Trotz seiner Deprimiertheit war er oft zu schüchtern, auch nur das Wort an den berühmten Mann zu richten. Als hindurchsickerte, daß Guinness sehr beeindruckt wäre von seinen Leistungen unter diesen äußerst schwierigen Umständen, war Daniels überglücklich. »Ich glaube fast, ohne Sir Alec hätte ich *Star Wars* nicht durchgestanden«, sagte er später. »Ich war kreuzunglücklich in diesem Kostüm. Manchmal dachte ich: ›Vielleicht mache ich mich zum Narren.‹ Dann erfuhr ich über meine Agentur, daß Alec Guinness sich sehr positiv über meine Darstellung geäußert hätte. Und wenn er meine Leistung okay fand, mußte sie auch okay sein.«

Kenny Baker sah Guinness' Anwesenheit ebenfalls als beruhigendes Zeichen. »Anfangs hielten wir alle das Ganze für einen Haufen Müll. Aber dann sagte ich mir, daß Alec Guinness nicht in einem Haufen Müll mitwirken würde und offenbar mehr wußte als wir.« Das war natürlich nicht der Fall.

Sogar Alan Ladds Loyalität wurde auf eine harte Probe gestellt, als er einen ersten Zusammenschnitt von Aufnahmen zu sehen bekam. Ladd war nach London geflogen, um sich über Lucas' Fortschritte zu informieren. Kurtz und Lucas haßten das alte System, tägliche Berichte zu schicken, um sich dann von schlechtgelaunten Verantwortlichen, die 5000 Meilen von der Front entfernt waren, in Stücke reißen zu lassen. Statt dessen schickten sie nach eigenem Gutdünken in Abständen Zusammenschnitte von Aufnahmen über den Atlantik. »Wir legten sporadisch Szenen zusammen, die wir Fox schickten«, erklärte Kurtz.

Laddie verging das Lächeln, als er die ersten Sequenzen sah, in denen Luke die Farm verließ, um einen Abend in der Pool-Billard-Halle von Anchorhead zu verbringen. »Er meinte, es wäre wie *American Graffiti* im Weltraum«, sagte Gary Kurtz später. »Er war kreuzunglücklich, und das kann ich ihm nicht verdenken. Er fürchtete inzwischen, daß er einen großen Fehler gemacht hatte.«

Lucas prüfte die Sequenz sehr eingehend und beschloß, sie fallenzulassen, womit Koo Starks Beitrag zur *Star-Wars*-Legende im Abfalleimer des Schneideraums landete.

Solche kurzfristigen Änderungen der Geschichte waren natürlich nicht selten. Nur wenige Filme, die je gedreht wurden, entsprechen exakt der Skriptvorlage. Alec Guinness reagierte jedoch sehr pikiert, als er erfuhr, daß auch er Opfer einer Kehrtwendung im Skript werden sollte. Am Ende der Dreharbeiten in Tunesien hatten Lucas und Kurtz begonnen, sich Sorgen wegen Obi-Wan Kenobis Rolle in den späteren Stadien des Filmes zu machen. Das Drehbuch sah vor, daß er bei einem Duell mit Darth Vader verletzt und von

Leia, Luke und Han gerettet wurde, die ihn im Millenium Falken in Sicherheit brachten. Wie immer fürchtete Lucas, daß dies das Tempo der Handlung bremsen würde. »Sie hätten einen Großteil des Films einen Krüppel mit sich herumgeschleppt«, erklärte Kurtz. Das Drehbuch wurde umgeschrieben, und in der neuen Version sollte Obi-Wan bei dem Zweikampf ums Leben kommen und als körperloser ›spiritueller Führer‹ wiederauftauchen. »Das funktionierte viel besser. Er wurde zur Verkörperung der theologischen ›Macht‹, die im Mittelpunkt des Films stand«, erklärte Kurtz.

Als die Änderung bei Guinness' Agent Julian Belfrage von London Management einging, drohte er, seinen Klienten von der Produktion abzuziehen. Lucas und Kurtz gelang es jedoch, ihm die Vorteile der Änderungen plausibel zu machen. Kurtz gab zu, daß das ein Fehler war. »Wir hätten viel früher daran denken müssen«, sagte er.

Im großen und ganzen hatte Lucas nur sehr wenig Kontakt zu den Schauspielern.

Wie schon bei *THX* und *Graffiti* war er zu sehr in seiner eigenen Welt versunken, um seine Gedanken mit anderen zu teilen.

»Alle Darsteller beklagten sich bei mir, daß sie nicht wüßten, ob sie ihre Sache gut machten, weil George nie mit ihnen redete«, berichtete Kurtz.

Das gleiche Problem hatte der Produzent bereits bei *American Graffiti* beobachtet. »Ich erinnere mich, daß Richard Dreyfuss George einmal fragte, ob er überhaupt noch in dem Film mitspiele. Alle Schauspieler sind unsicher und brauchen Bestätigung. Die Arbeit eines Regisseurs besteht zum großen Teil darin, dazusein und Zuversicht zu verbreiten. Das ist einer der Gründe, weshalb George die Regie aufgegeben hat. Er mag den Umgang mit Menschen nicht, er ist ihm verhaßt.«

Im Laufe der Zeit gewöhnten sich die Schauspieler daran, daß sie von Lucas nur minimale Anweisungen zu erwarten hatten. »Seine konkreteste Anweisung an mich lautete ›Schneller, intensiver‹«, erinnerte sich Mark Hamill.

Ford, der einzige Schauspieler, der schon einmal mit Lucas zusammengearbeitet hatte, verstand den Regisseur und seine Methoden. Er hatte gelernt, die Stärke seiner Persönlichkeit einzusetzen, um sich auf dem Set von *American Graffiti* gegen Lucas durchzusetzen. Damals hatte der Regisseur von ihm verlangt, sich für die Rolle des Falfa einen Bürstenhaarschnitt zuzulegen. Ford hatte Lucas jedoch dazu überreden können, ihm seine zottige Mähne zu lassen, wenn er sie unter einem riesigen weißen Stetson verbarg. Bei der Kostümprobe in London war er entsetzt gewesen von Han Solos lächerlich altmodischer, beinahe pantomimischer Aufmachung. »Ich habe George ausgeredet, Han Solo einen hohen rosafarbenen Peter-Pan-Kragen zu verpassen«, lächelte er später.

Auch wußte er, daß Lucas für einen Spaß hin und wieder durchaus empfänglich war.

Bei der Besprechung nach dem ersten Hauptdrehtag hatte Lucas seine Freunde Willard Huyck und Gloria Katz gebeten, seinem Skript den richtigen Schliff zu verleihen. Vor allem seine Dialoge waren hölzern und oft humorlos. »Die Huycks wurden ganz am Schluß hinzugezogen und bauten mehr Humor in das Drehbuch ein. Sie waren wirklich gut«, erinnerte sich Kurtz. »Sofern die Dialoge den Darstellern sonderbar erschienen waren, nahmen sie sich noch merkwürdiger aus, als Darstellern und Crew die ersten Skripts ausgehändigt wurden.« (Bunny Alsups Lieblingsschreibmaschine war extra nach England und Tunesien eingeflogen worden, damit sie täglich Skriptseiten tippen konnte. Als jemand die Schreibmaschine fallen ließ, mußte sie statt dessen ein französisches Modell benutzen, mit ›accents‹ und allem).

Fast alle hatten Schwierigkeiten mit dem gestelzten Sci-Fi-Psychogelaber. Textzeilen zu vergleichen, wurde bald Gegenstand trockenen Humors. Als er eines Morgens auf der Fahrt zu einem Set in Tunesien das Skript gelesen hatte, hatte Anthony Daniels sich lachend an Mark Hamill gewandt.

»Wie kannst du nur so etwas sagen?« fragte er.

Da er wußte, daß Daniels seinen eigenen neuen Text noch nicht gesehen hatte, entgegnete Hamill: »Das findest du schlecht? Dann sieh dir doch deinen eigenen Text an. ›Verwünscht sei meine Blechhülle. Ich war nicht schnell genug.‹ Wie kannst du etwas Derartiges von dir geben?«

»Weil ich eine Maske trage und keiner meiner Freunde weiß, daß ich da drin stecke«, erwiderte der Brite.

»Es war nicht gerade Noël Coward, soviel steht fest«, meinte Hamill mit einem gequälten Lächeln.

Carrie Fisher gefiel folgender Satz ihres Parts – an Grand Moff Tarkin gerichtet – am wenigsten: »Ich habe Euren fauligen Gestank schon erkannt, als ich an Bord gebracht wurde.«

Es blieb Harrison Ford überlassen, sich im Namen der Darsteller zu beschweren. Ford trieb es bei Lucas so weit wie nur möglich mit seinen improvisierten Einlagen. Trotzdem gelang es zuweilen nicht einmal ihm, den Regisseur zu überzeugen. Verzweifelt protestierte Ford eines Tages: »Diesen Mist kann man tippen, George, aber man kann ihn nicht sagen.«

Sogar Lucas' sonst so unbeweglichen Züge verzogen sich zum Anflug eines Lächelns.

Für die jüngsten und verwundbarsten Mitglieder der Besetzung erwies sich die Erfahrung jedoch oft als nahezu unerträglich. Manchmal wußte Carrie Fisher nicht, ob sie lachen oder weinen sollte.

Fisher war extrem unsicher, was ihr Aussehen betraf, trotz aller Komplimente, die sie bekam. Lucas' Freund Matthew Robbins hatte Fisher sogar für einen Film über Models haben wollen, wegen ihrer ›umwerfenden Figur‹, wie er meinte. Sie selbst bezeichnete sich jedoch als ›Das Pillsbury-Teigmädchen‹ und war verletzt gewesen wegen ihres erzwungenen Aufenthalts auf einer Gesundheitsfarm. Ihre Paranoia war bei ihrer Ankunft in London so extrem gewesen, daß sie damit gerechnet hatte, eine andere Schauspielerin anzutreffen, die sie ersetzen sollte, falls sie den ›Wiegetest‹ nicht bestand.

Lucas, der seine Charaktere nicht erotisch präsentieren wollte, tat sein Möglichstes, die Aufmerksamkeit von den körperlichen Attributen seiner Filmheldin abzulenken. Ihr Haar wurde zu einem nordischen Knoten geflochten und hochgesteckt, und sie sollte ein bodenlanges, hochgeschlossenes weißes Kleid tragen. Als er potentiell ablenkende Bewegungen unter dem Kleid wahrnahm, ging er noch weiter.

»Ich mußte dieses weiße Kleid anziehen und konnte darunter keinen BH tragen. Da meine Brüste wippten, wurden sie für den Rest der Dreharbeiten mit Pflaster gehalten«, erzählte Fisher.

»Wir hatten keine andere Wahl. Sie hatte große Brüste und trug keinen BH. So hätte sie auf dem Set nicht herumlaufen können; das hätte lächerlich ausgesehen«, erklärte ein leicht verlegener Gary Kurtz.

Unerfahren und unsicher, war sie Gegenstand von Lucas' gelegentlicher Kleinlichkeit: »Lucas mußte mir immer wieder einschärfen: ›Halt dich gerade, sei eine Prinzessin!‹ Und ich benahm mich wie eine jüdische Prinzessin, zog die Schultern hoch, kaute Kaugummi.«

Als Charlie Lippincott zu Beginn der Produktion von Los Angeles nach Elstree reiste, teilte er sich auf der Fahrt in die Stadt einen Wagen mit Carrie Fisher. Sie fing an, unkontrolliert zu schluchzen. »Sie weinte im Wagen. Sie war wirklich überzeugt, daß sie schlecht war und nicht in den Film gehörte. Sie war sehr verzweifelt«, sagte er.

Fisher erklärte, daß Lucas sie auf dem Set praktisch ignorierte. »Ich weiß nicht, ob er mich überhaupt leiden kann«, klagte sie Lippincott ihr Leid.

Nachdem er Fisher gut zugeredet und sie an ihrem Hotel abgesetzt hatte, rief Lippincott Lucas zu Hause an. Seine Reaktion auf Lippincotts Beschreibung seiner Fahrt nach London mit Fisher fiel sehr knapp aus. »Er sagte: ›Und?‹« erinnerte sich Lippincott. »Worauf ich entgegnete: ›Ich glaube, es ist dringend nötig, daß die sie einmal beiseitenimmst und mit ihr redest.‹«

»Oh«, war alles, was Lucas dazu einfiel.

Lippincott erklärte dem Regisseur, daß die Schauspielerin einen ›Vertrauensbeweis‹ brauche.

»Meinst du wirklich, daß ich das tun sollte?« fragte Lucas.

»Ich bitte dich darum«, erwiderte Lippincott.

»Na dann, meinetwegen.«

Lippincott hatte bei den Dreharbeiten zu seinem letzten Film vor *Star Wars* schon Ähnliches erlebt. Lucas schien Alfred Hitchcocks unrühmliche Ansicht zu teilen, daß man Schauspieler ›wie Vieh behandeln muß‹.

»Vermutlich redete er mehr mit den Schauspielern als Hitch, weil er nicht abseits saß wie Hitch«, erklärte Lippincott, Publizist des verstorbenen Regisseurs bei *Familiengrab*. »Aber er erwartete einfach nicht, sich ausführlich mit Darstellern auseinandersetzen zu müssen. Fisher hatte an diesem Punkt wirklich etwas Händchenhalten nötig.«

Fishers Verunsicherung sollte sie bald in die dunkelste Phase ihres Lebens stürzen. An den Wochenenden nahm sie Kokain und gelegentlich LSD. Anfang der Woche bereitete sie sich mit dem Antidepressivum Percodan auf die Arbeit am Set vor. Es sollte Jahre dauern, bis sie ihr Drogenproblem überwand.

»Schon bei *Star Wars* hatte sie ein Drogenproblem«, erzählte Peter Mayhew. »Gewöhnlich nach einem freien Wochenende. Ich erinnere mich, daß sie an einem Montagmorgen ins Studio kam und niemanden kennen wollte.«

Die größte Unterstützung erfuhr sie von ihren gutaussehenden Landsleuten. Das Trio – sie alle wohnten in der Londoner Innenstadt – verbrachte ganze Nächte in In-Restaurants, vor allem dem Hard Rock Café. Die privaten Beziehungen von Fisher, Ford und Hamill spiegelten ziemlich genau jene in *Krieg der Sterne* wieder. Hamill gab später zu, daß er sehr in seine Partnerin ›verknallt‹ gewesen sei. Fisher hingegen hatte sich auf den ersten Blick in den großgewachsenen, gutaussehenden Ford mit seiner lakonischen Art verguckt.

»Wenn man Ford ansieht, muß man ihm einfach zuhören. Er sieht aus, als hätte er eine Waffe bei sich, auch wenn das nicht der Fall ist. Er ist wie ein unglaublich attraktives männliches Tier – buchstäblich. Dieser Schreiner-Hengst«, sagte sie. »Einen solchen Eindruck hat nie wieder jemand auf mich gemacht. Ich wußte, daß er ein Star werden würde – jemand vom Kaliber Tracys oder Bogarts.«

Das Trio wurde unzertrennlich – vor allem Ford und Fisher. »Wenn jemand Harrison suchte und nicht finden konnte, hieß es: ›Hast du es schon in Fishers Garderobe versucht?‹«, berichtete Dave Prowse.

Bis zu seinem Besuch bei den Kostümbildnern Bermans war Prowse davon ausgegangen, daß sein Gesicht in *Star Wars* zu sehen sein würde. Statt dessen mußte er zu seiner Enttäuschung feststellen, daß er ein raffiniertes schwarzes Kostüm tragen sollte – teils Samurai, teils Reiter der Apokalypse – und dazu ein wallendes Cape, einen polierten Helm im Stil der Nazisturmtrupps und eine umgearbeitete Gasmaske aus dem Zweiten Weltkrieg.

»Daß ich maskiert spielen sollte, erfuhr ich erst bei Bermans Leuten«, erinnerte er sich.

Prowse fiel es – so wie den anderen maskierten Darstellern – oft schwer, das Geschehen genau zu verfolgen, da sein Sichtfeld eingeschränkt war. Während des entscheidenden Duells zwischen Vader und Obi-Wan versetzte er Lucas in Angst und Schrecken, als er Alec Guinness unabsichtlich zu Boden stieß.

»Wir hatten die Szene geprobt, immer wenn wir eine halbe Stunde oder so Luft gehabt hatten«, erzählte Prowse. »Es passierte bei der Szene, in der wir wild aufeinander eindreschen wie in den guten alten Errol-Flynn-Zeiten.« An einer Stelle rangen die beiden mit

Lichtschwertern bewaffneten Männer miteinander und stießen sich dann gegenseitig zurück. »Ich wurde von der Action wirklich mitgerissen und stieß etwas zu kräftig zu, so daß Guinness zu Fall kam«, gestand Prowse. Als der zerbrechlich wirkende Guinness auf dem Boden lag, gerieten Kurtz, Lucas und die anderen regelrecht in Panik. »Alle rannten zu ihm, um ihm aufzuhelfen.«

Aufgrund des Tempos, des Maßstabs und der surrealistischen Natur dessen, was von den Schauspielern verlangt wurde, waren Unfälle unvermeidbar. In einer Szene war der Boden wegen des filmischen Effekts mit Salz bestreut worden. Hiervon hatte jedoch niemand die Darsteller unterrichtet, die in dieser Sequenz als Sturmtrupp über das Set laufen sollten. »Sie landeten alle auf dem Kreuz wie beim ersten Tag des Schlußverkaufs bei Harrod's«, lachte Anthony Daniels. »Sie büßten völlig ihre Würde ein.« Daniels zufolge kamen auch einige vom Sturmtrupp nicht mit der Pyrotechnik klar. »Sie zuckten bei Explosionen unverhältnismäßig zusammen und wirkten wie die letzten Feiglinge!« Aber es gab vieles, das einen wirklich zusammenzucken lassen konnte.

»Manchmal waren die Explosionen überdosiert, so daß beinahe das ganze Set in die Luft flog«, meinte Kenny Baker.

Aber das wahnsinnige Tempo führte auch zu unerwarteten komischen Einlagen. Beim Dreh der Szene, in der Chewbacca auf einen Roboter in Mausgröße trifft, kam Lucas die Idee, den alten Witz vom Elefanten und der Maus umzukehren.

Er wies Mayhew an zu brüllen und ließ den Maus-Roboter panisch kehrtmachen. Die spontane Szene funktionierte wunderbar.

Niemand war für die Atmosphäre der Improvisation besser geeignet als Harrison Ford.

Anders als der comicbesessene Lucas interessierte Ford sich nicht sonderlich für Science Fiction. Schon als kleiner Junge daheim in Chicago hatte er Mickey Mouse und Donald Duck Flash Gordon und Superman vorgezogen.

»Ich ging nicht in die Buck-Rogers-Vormittagsvorstellungen. Ich weiß nicht das geringste über Science Fiction«, erklärte er später. »Es war einfach eine simple, sehr menschliche Geschichte. Ich meine, ich brauchte mich nicht science-fiction-mäßig zu benehmen.«

Statt dessen benutzte er seinen eigenen trockenen Humor, um Solos sardonische Seite rüberzubringen. Ford erschien häufig zu einer Szene auf dem Set und kündigte an, daß er bei einem Take zu improvisieren beabsichtige.

»Brich ab, wenn ich wirklich schlecht bin«, sagte er zu Lucas.

Er dachte sich zwei von Solos besten Momenten aus – der erste, als er um Worte verlegen einen Kommunikator zerschießt, und dann später, als er einen scharfschießenden Luke mit den Worten »Prima, Junge. Aber werd nicht übermütig!« ganz beiläufig zur Vorsicht ermahnt.

Lucas blieb jedoch eine distanzierte, manchmal deprimierende Gestalt. »Es gefiel ihm im Studio nicht, er mochte die Crew nicht, es gefiel ihm nicht, weit weg von Mill Valley zu sein, und ihm schmeckte das Essen nicht«, meinte Kurtz, dem im Gegensatz zu Lucas London sehr ans Herz wuchs. »Ich glaube, er hatte keine schöne Zeit in London.«

Lucas bemühte sich nicht sonderlich, seine Enttäuschung zu verbergen. Im Juni gehörte der Kritiker der *Los Angeles Times*, Charles Champlin, zu den wenigen handverlesenen Journalisten, die eingeladen wurden, sich auf dem Set umzusehen. Ladd und Ashley Boone waren der Ansicht gewesen, daß ein wenig Werbung – zusammen mit appetitanregenden Einzelaufnahmen von R2-D2 und C-3PO, Chewbacca, einigen Angehörigen der Sturmtruppen sowie Luke und Obi-Wan – die Wogen bei Fox glätten und das Interesse des Publikums wecken würde. Champlin traf Lucas jedoch in philosophischer Laune an. Er gab zu, daß er sich inzwischen fragte, ob es nicht besser gewesen wäre, *Krieg der Sterne* in der Schublade zu lassen, nachdem *American Graffiti* zum Volltreffer geworden war. »Tatsache ist, daß ich von meinen Einkünften aus *Graffiti* ein bescheidenes, aber sorgenfreies Leben hätte führen können, ohne jemals wieder einen Cent verdienen zu müssen«, gestand er.

Lucas war einfach nicht gerüstet für den tagtäglichen Kampf, den eine Produktion in dieser Größenordnung mit sich brachte. »Wenn das Budget 2 oder 3 Millionen Dollar übersteigt, treten plötzlich andere Gesetze in Kraft. Man verliert den persönlichen Touch, die persönliche Beziehung zu jedem Aspekt des Films – es sei denn, man heißt Kubrick und kann sich alle Zeit nehmen, die nötig ist, sich persönlich um sämtliche Details zu kümmern«, sagte er.

Er wünschte, er wäre wieder in Kalifornien oder New York und würde an kleinen experimentellen Filme oder in der Galerie arbeiten. »Ich glaube nicht, daß ich jemals wieder etwas so Gewaltiges machen werde. Meine Natur ist für solche Unternehmungen einfach nicht geschaffen«, seufzte er. »Ich bin lieber Kapitän als General.«

Als die letzten Drehtage näherrückten, kam Lucas sich vor wie der Kapitän eines rasch sinkenden Schiffes. Da Rey Gosnell von Fox die finanziellen Daumenschrauben noch fester anzog, wußten er und Kurtz, daß sie in der letzten Drehwoche drei Einheiten würden einsetzen müssen. Die entscheidende Anfangssequenz, in der Darth Vader und seine Sturmtruppen Prinzessin Leias Raumschiff entern, stand noch aus. Als sie eines Abends John Barrys ausgeklügelte Sets besichtigten, erkannten sie, daß es noch ein letztes Hindernis zu überwinden galt.

Barry war bei seiner Arbeit extrem sparsam gewesen. Wann immer möglich, wurden Bauten in mehreren Szenen verwendet. Die gerundete Computerkonsole, in der beim Filmhöhepunkt die computergesteuerte Entfernungsanzeige für den Todesstern im Basislager der Rebellen untergebracht war, war zur Decke eines Raumschiffes ausgebaut worden.

»John hat uns auf diese Weise eine Menge gespart«, meinte Kurtz.

Als sie jedoch durch die Flure des Todessterns gingen, erkannten Lucas und Kurtz, daß Barry an dieser Stelle die Sparsamkeit übertrieben hatte. »Es gab nicht genügend Flure«, sagte Kurtz.

Der Produzent mußte erneut Ladd telefonisch um Geld bitten. »Ich mußte Laddie um 50000 Dollar zusätzlich für zwei weitere Korridore bitten.«

In diesem Punkt zeigte sich Ladd noch großzügig, aber schon bald reagierten die Buchhalter von Fox weniger verständnisvoll. Der Anruf kam aus Los Angeles – man teilte ihnen mit, sie hätten noch genau sieben Tage, den Film fertigzustellen.

Wieder einmal waren Kurtz und Lucas wütend wegen dieses weiteren für Hollywood typischen Machtkampfes. Kurtz hatte ausgerechnet, daß es billiger wäre, das Set für zwei weitere normale Arbeitswochen zu behalten, als eine Woche lang drei verschiedene Kamerateams Überstunden machen zu lassen. »Das ist nicht der Punkt, es ist eine Frage des Prinzips«, erklärte ihm Gosnell.

Die letzten Szenen wurden in halsbrecherischem Tempo gedreht. Lucas' Erfahrung als mittelloser Filmemacher an der USC half ihm, sich der Krisensituation anzupassen. Die älteren britischen Crewmitglieder lächelten zynisch, wenn sie seine schwitzende, bärtige Gestalt auf einem Fahrrad von einer Klangbühne zur nächsten rasen sahen.

Lucas' einziger Trost war der, daß endlich ein Ende der Tortur absehbar war. Er hatte sich bereits geschworen, nie wieder Regie zu führen.

Gary Kurtz war ebenso wie seinem Freund und Kollegen inzwischen klar, daß dieser sich für diese Aufgabe einfach nicht eignete. »Wenn er mit einigen wenigen guten Freunden zusammen ist, ist er sehr umgänglich, aber er haßt größere Menschenansammlungen«, erklärte Kurtz. Auch erkannte er, wie sehr die ständigen Sorgen Lucas gesundheitlich zu schaffen machten. »Er war so erschöpft davon, sich wegen der unzähligen Details zu sorgen. Er fürchtete, daß wenn er irgend etwas delegierte, es schiefgehen würde«, meinte Gary Kurtz. »Er hatte deswegen beinahe einen Nervenzusammenbruch.«

Die transatlantischen Vettern verließen Elstree müde, entmutigt und zweifelnd, ob die Monate der Zusammenarbeit sich gelohnt hatten. Trotz aller Versicherungen, daß der Film durch die Spezialeffekte völlig verändert würde, hatten die meisten Darsteller das Gefühl, einen Flop gelandet zu haben.

»Wir dachten alle, der Film wäre Mist«, gestand Anthony Daniels.

»Sie verstanden es nicht. Sie glaubten, wir würden einen wirklich albernen Streifen drehen«, bemerkte Gary Kurtz.

Bei der Drehschlußfeier faßte ein Streich, den das britische ›Lager‹ Kurtz spielte, die unbehagliche, siebzehnwöchige Allianz zusammen. Dem Produzenten mit dem Amish-Bart wurde ein Geschenk in einer großen Kiste überreicht. Als er sie öffnete, fand er eine zweite kleinere Kiste. Wie bei einer russischen Holzpuppe schrumpfte das Päckchen immer mehr zusammen, bis es schließlich nur noch Streichholzschachtelgröße hatte. Als er schließlich sah, was das Geschenk war, versteinerten seine Züge.

»Er öffnete die Schachtel und fand darin einen kleinen Schnauzbart«, erzählte Dave Prowse. »Kurtz konnte nicht darüber lachen.«

KAPITEL 6

IN DER KRISE

Ende des Sommers 1976 kehrte Lucas nach San Anselmo zurück, erleichtert, wieder in einer Umgebung zu sein, wo er wenigstens seine Lieblings-Fernsehshows sehen konnte und einen anständigen Hamburger bekam. Er flog sogar zur Feier des Tages mit Marcia zu einem Kurzurlaub nach Hawaii. Als sie am Strand ihres Lieblingshotels lagen, dem Mauna Lea Hotel in Maui, wusch das Plätschern der Wellen die unangenehmen Erinnerungen der vergangenen Monate fort. Die Idylle sollte jedoch nur von kurzer Dauer sein.

Sein erster Schock war die Feststellung, daß die ersten Schneidearbeiten eine einzige Katastrophe waren. Die Sammlung von Einzelaufnahmen und Szenen, die er sich im Parkhouse ansah, hatte keinerlei Ähnlichkeit mit dem, was ihm in England vorgeschwebt hatte. »Wir mußten noch einmal ganz von vorn anfangen«, sagte er.

Die Rekonstruktion erforderte zusätzliche drei Monate Arbeit. Dabei wußte er, daß Fox den Film Weihnachten anlaufen lassen mußte. Diese Aufgabe war nicht einmal für den Mann zu schaffen, der sich gern als ›Meistercutter‹ bezeichnete. Er engagierte Marcia, die gerade an *Carrie – Des Satans jüngste Tochter* von Brian De Palma arbeitete und bald mit der Arbeit an Martin Scorseses *New York, New York* beginnen würde, und noch zwei weitere Cutter – Richard Chew und Paul Hirsch –, damit sie ihm halfen, den Film zu retten. Gemeinsam arbeiteten die drei praktisch rund um die Uhr, um nach Lucas' Anweisungen, die er jedem speziell notiert hatte, Filmsequenzen wieder zusammenzusetzen.

Aber bei ILM erwartete ihn noch Schlimmeres.

Während ihres Frühlings und Sommers in England war Kurtz und Lucas versichert worden, daß die Spezialeffekte rechtzeitig abgeschlossen sein würden, um im Herbst und Winter in den fertigen Film eingebaut zu werden. Lucas hatte sich mit dem Gedanken getröstet, daß *Star Wars* zum Leben erwachen würde, wenn ihm erst eine Sammlung verschiedener Raumschiffe und pyrotechnischer Effekte zur Verfügung standen. Die fertigen Effekte würden ihm und seinem ganzen bedrückten Team neuen Auftrieb geben.

Alan Ladd jr. hatte noch während Lucas in Elstree war, gespürt, daß etwas nicht stimmte. Ray Gosnell, der Technik-Mittelsmann von Fox, der fast einmal wöchentlich das Lagerhaus in Van Nuys aufsuchte, war immer ›hochrot im Gesicht‹, wenn er von dort zurückkam. Dykstras nachlässiges Management bedeutete, daß es keine festen Arbeitszeiten und keine Kleiderordnung gab – und offenbar keinen Funken Disziplin im ganzen Lagerhaus.

An einem besonders heißen Sommertag, als die Temperatur im Inneren des nichtklimatisierten Gebäudes bei über 38 Grad Celsius lag, wurde die Notrutsche einer Boeing 747 aufgeblasen, mit Mazola-Bratöl eingeschmiert und am Dachrand befestigt. Unten war ein aufblasbarer Swimmingpool aufgestellt worden. Die meisten Mitarbeiter hatten sich bis auf die Unterwäsche entkleidet und amüsierten sich auf der improvisierten Rutsche.

Sie hatten gerade mit dem Spaß angefangen, als eine Limousine mit zwei hohen Tieren von Fox vorfuhr. »Wir waren im Begriff, mit unserer Arbeit die ganze Filmindustrie zu revolutionieren – aber in diesem Moment müssen wir die schlimmsten Befürchtungen bestätigt haben, daß wir nur ein Haufen ausgeflippter Spinner waren«, sagte John Erland vom ILM-Team.

Ein anderes Mal beharrte ein ILM-Mitarbeiter darauf, bei einem Gespräch mit Vertretern der Fox Studios eine Fischkopfmaske zu tragen. Bei einer weiteren Gelegenheit fuhr eine Limousine voller Fox-Vertreter vor, die zu ihrer Verblüffung das angebliche Superhirn Dykstra dabei antrafen, wie er einen Gabelstapler bediente.

Seine Mähne im Kris-Kristofferson-Stil im Wind flatternd, hob er einen Kühlschrank hoch in die Luft. »Der Kühlschrank hatte den Geist aufgegeben, darum hielten wir eine Art Trauerfeier ab«, erklärte Dykstra kopfschüttelnd. Geplant war, den Kühlschrank von möglichst weit oben fallen zu lassen, »um zu sehen, was passiert«.

Und doch verteidigte Dykstra seine Leute wie eine Löwenmutter. Die Temperatur im Inneren das Lagerhauses erreichte manchmal über 45 Grad. »Wir arbeiteten also gewöhnlich abends, wenn die Temperatur nur bei 32 Grad lag«, sagte er. »Es ging selten jemand vor Mitternacht. Oft wurde es 3 oder 4 Uhr. Die Arbeitswoche hatte im Durchschnitt an die sechzig Stunden.«

Erst als Lucas und Kurtz das Lagerhaus im versmogten San Francisco Valley betraten, wurde ihnen das ganze Ausmaß des Problems bewußt.

Dykstra und sein Team hatten eine Reihe phantastisch aussehender Ausrüstungsgegenstände zusammengetragen, darunter eine beeindruckende computergesteuerte Kamera auf einem Kran, die in der Lage war, die komplizierten Korkenzieherbewegungen zu vollziehen, die Lucas verlangt hatte. Die Kamera war nach ihrem Erfinder ›Dykstraflex‹ getauft worden.

Colin Cantwell und sein Team hatten darüber hinaus eine ganze Sammlung erstaunlicher Modelle zusammengebaut. Der X-Flügeljäger der Rebellen, der Imperiale TIE-Jäger, Han Solos Millenium Falke und ein gigantischer Imperialer Sternenzerstörer waren kleine Wunderwerke der Modellbaukunst. Mit Ralf Quarries Matte Paintings und anderen optischen Entwicklungen war eine umfangreiche Sammlung einzelner Elemente entstanden, die zu fertigen Aufnahmen zusammengestellt werden konnten. Als Lucas jedoch darum bat, Filmmaterial zu sehen, das mit den ILM-Arbeiten entstanden war, war er entsetzt.

Im Vorführraum des Lagerhauses, einem schäbigen Kabuff mit verwanzten Sofas und dem Geruch aromatisierten Zigarettenrauchs in der Luft, sah er sich eine kleine Auswahl von Aufnahmen der Modelle an. Alle bis auf eine – die von der Rettungskapsel, in der R2-D2 und C-3PO zu Anfang des Films von Prinzessin Leias Raumschiff fliehen – waren unbrauchbar. »Sie hatten ein Jahr und 1 Million Dollar gebraucht, um eine einzige akzeptable Aufnahme hervorzubringen«, schäumte Lucas später.

»Damals wurde uns klar, daß wir den Film niemals rechtzeitig würden fertigstellen können«, sagte Kurtz.

Lucas war am Boden zerstört. Seine ausdrücklichen Anweisungen an Dykstra hatten gelautet, daß die Aufnahmen für *Star Wars* absoluten Vorrang vor der Entwicklung neuer Technologien hatten. »Mir kam es vor, als wäre John besessen von der Forschungsarbeit, und als hätte er hierüber die praktische Seite, nämlich Spezialeffekte für den Film zu drehen, völlig vergessen«, stöhnte er.

Dykstra seinerseits war der Meinung, daß Lucas völlig unrealistisch gewesen war. Wie viele Regisseure hatte er keine Ahnung von den praktischen Schwierigkeiten im Zusammenhang mit der Realisierung seiner Visionen. Lucas' introvertierte Ich-weiß-alles-besser-Haltung machte in seinen Augen alles nur noch schlimmer. »Die Kommunikation zwischen mir und dem Regisseur war ein einziger Krampf«, erzählte er später. Rückblickend verstand Dykstra den Zorn seines Auftraggebers jedoch. »In unserer Werkstatt in dem Lagerhaus in Van Nuys arbeiteten neun Wahnsinnige, die das Geld mit vollen Händen ausgaben, ohne daß konkretes Filmmaterial dabei herausgekommen wäre«, sagte Dykstra. »Ich glaube, ich an Georges Stelle hätte mich auch am liebsten umgebracht.«

Dykstra entsprach nun einmal nicht Lucas' Vorstellung von einem Angestellten. Oft erschien er bei Besprechungen in knappen Shorts, das Haar, wie er es formulierte, ›bis zum Hintern‹. »Vielleicht suchte er jemanden, der manipulierbarer war«, sagte Dykstra. »George war bestimmt der Ansicht, daß wenn wir disziplinierter und ordentlicher gekleidet gewesen wären, er ein besseres Resultat erzielt hätte. Vielleicht hatte er sogar recht. Aber dafür hatte er den Falschen angeheuert – meine Art war die einzige, die ich kannte.«

Lucas verließ Los Angeles zutiefst enttäuscht. Auf dem Flug zurück nach San Francisco traten plötzlich Schmerzen in seiner Brust auf. Gleich nach der Landung fuhr er zum Marin General Hospital, wo Bluthochdruck und Überarbeitung diagnostiziert wurden. Während er im Bett lag, war er nicht der einzige, der sich fragte, ob der Traum vom *Krieg der Sterne* ausgeträumt war.

Lucas wurde aus dem Krankenhaus entlassen, jedoch mit der Auflage, den Streßpegel in seinem Leben zu reduzieren. In Gedanken hatte er bereits den festen Entschluß gefaßt, nie wieder als Regisseur zu arbeiten. »Es ist wie ein Fünfzehn-Runden-Boxkampf im Schwergewicht, jeden Tag mit einem anderen Gegner«, sagte er später. »Ich hasse es, ständig wütend zu sein – und bei der Realisierung dieses Films war ich sehr oft wütend.« Aber so verbittert und zornig er sein mochte, er wußte, daß er noch einige knappe Monate hatte, *Star Wars* zu retten – und vielleicht auch seine Karriere als Filmemacher. Anstatt kürzer zu treten, legte er noch einen Gang zu.

Während Marcia, Chew und Hirsch ihre Schneidearbeit fortsetzten, wurde Lucas Stammpassagier des PSA-Fluges zwischen San Francisco und Los Angeles. Mehrere Abende in der Woche quartierte er sich in einem billigen Hotel in der Nähe der ILM-Fabrik ein, wo er fortan persönlich die Arbeit an den Spezialeffekten überwachte. John Dykstra blieb vor Ort und leitete die filmische Arbeit, wurde jedoch auf Distanz gehalten. Jetzt war Lucas der Boß. Seine kühle, berechnende und manchmal distanzierte Art hätte in keinem krasseren Kontrast zu Dykstras Philosophie des Schalten- und Waltenlassens stehen können. Dem ILM-Team, das dem charismatischen Dykstra treu ergeben blieb, fiel es schwer, sich mit dem Wechsel abzufinden. Wie gewöhnlich war Lucas' Perfektionismus nicht mit Diplomatie gepaart. Oft erschien er am Wochenanfang, um sich die Arbeit anzusehen, die am Wochenende erledigt worden war. Er schlenderte schweigend und kopfschüttelnd durch die Halle. Die Anspannung, die seinen Besuchen vorausging, veranlaßte Erland bald zu der Bemerkung: »Noch viele von diesen Montagen ertrage ich nicht.«

In der Fabrik waren dauerhafte Freundschaften geschlossen worden. Lucas' Ankunft dämpfte die gute Laune. »Dykstras Crew war eine große glückliche Familie. Alle gingen zusammen zelten und angeln«, erzählte Jim Nelson. »Es ging nur nicht ganz so locker zu, wenn er in der Nähe war.«

Während er durch die Büros wandelte, sagte Lucas kein Wort, ganz in Gedanken vertieft. »Er ging auf dem Flur einfach wortlos an einem vorbei. Er lebte in seiner eigenen Welt. Er ist kein warmherziger, freundlicher Typ«, erinnerte sich Nelson. Stieß er jedoch auf etwas, das ihm mißfiel, vergeudete er keine Zeit und geizte auch nicht mit Worten. »George ist sehr kritisch, und wenn ihm etwas nicht gefiel, sprach er es sofort an. Er sagte rundheraus ›Das finde ich Scheiße.‹«

Manchmal schickte er auch einen Boten, sein Mißfallen auszurichten. Peterson und Erland wollten Dykstra den Großteil des großen Schlußgefechtes auf dem ILM-Parkplatz drehen lassen, vor einem gigantischen, 480 Quadratmeter großen Modell des Todessterns im Hintergrund, das von unzähligen Metern 3M-Tape zusammengehalten wurde. Die Crew verbrachte Stunden damit, das Modell zusammenzuschustern, um dann von Marcia Lucas – die herübergeschickt worden war, um das Modell in Augenschein zu nehmen – zu hören, daß der Maßstab noch stärker verkleinert werden sollte.

Die angespannte Atmosphäre verschärfte sich noch bei einer unangekündigten Ansicht einiger Szenen mit einfachen Effekten, die in Elstree gedreht worden waren. Das Filmmaterial war ungeschliffen und unverständlich. Es waren weder Musik noch Klangeffekte hinzugefügt worden. Der Anblick von Fisher, Ford und Hamill in der Gefängnisbefreiungssequenz und dazu der Klang von Darth Vaders bizarrem, gedämpften bäuerlichen Akzent wirkten auf die sieben oder acht Crewmitglieder, die den Film sahen, ernüchternd. Der Künstler Harrison Ellenshaw, der an den Matte Paintings arbeitete, hatte Zweifel geäußert, seit er das Storyboard mit Chewbacca gesehen hatte. »*King Kong* war gerade von den Kritikern niedergemacht worden, und hier war wieder die Rede von einem großen affenartigen Wesen. Ich hielt das für einen Riesenfehler«, erinnerte er sich.

Pete Kuran zufolge, einem weiteren ILM-Mitarbeiter, der an diesem Abend im Vorführraum zugegen war, waren hinterher alle sprachlos. »Die Reaktion war so etwas wie ein ungläubiges ›Häh?‹. Hinterher glaubte keiner von uns mehr daran, daß der Film ein Erfolg werden würde«, sagte er.

Kurtz und Lucas stellten sich der Realität, daß *Krieg der Sterne* bis Weihnachten nicht fertiggestellt sein würde. Ladd, der gehofft hatte, den Film mitten im Weihnachtsgeschäft herauszubringen, setzte einen neuen Premierentermin für den kommenden Sommer fest. Als die Kosten und die Gerüchte um die Tollhaus-Atmosphäre bei ILM zunahmen, begann die Produktion unweigerlich ungewollte Aufmerksamkeit bei Fox zu erregen. In den ersten Monaten der Dreharbeiten hatte Fox *Star Wars* gegenüber das Prinzip ›Aus den Augen, aus dem Sinn‹ angewandt. Bei den allmonatlichen Besprechungen des Vorstands- oder Direktorenkomitees, an denen sie teilzunehmen hatten, wurden Ladd, Kanter und Wigan nur selten nach dem Film gefragt.

»Es war kein wichtiges Projekt«, erinnerte sich Wigan später. »Es spielten keine Stars mit, und der Film wurde in England gedreht. Das Ganze war also weit weg. Wahrscheinlich war das auch gut so.«

Angesichts des verschobenen Termins wendete sich das Blatt jedoch.

»Es gab großes Gezeter und ehrliche Sorge«, meinte Wigan.

Die Bedenken waren gerechtfertigt. Da bislang noch kein Science-Fiction-Film mehr als 15 Millionen Dollar eingespielt hatte, und *Star Wars* schon vor den Werbe- und Druckkosten 11 Millionen Dollar kosten sollte, waren die Konsequenzen klar.

»In jenen Tagen war der internationale Markt noch sehr eingeschränkt. Man bezog ihn in die Kalkulation gar nicht mit ein. Der einzige Markt, der zählte, war das heimische Kino, und da wir gerade erst anfingen, an Privatsender zu verkaufen, gab es noch kein Kabelfernsehen«, erzählte Gareth Wigan. »Man betrachtete den Film damals als Verlustgeschäft.«

Hinzu kam das Problem, daß niemand bei Fox die Komplexität der Technologie zu verstehen schien, auf der *Star Wars* basierte. Gareth Wigan erinnerte sich an mehrere Treffen mit Ray Gosnell und den Produktionsleuten von Fox.

»Sie sagten: ›Diese Sequenz hat sechzehn verschiedene Elemente‹. Und ich erinnere mich, daß ich zu Gosnell sagte: ›Ray, was ist ein Element?‹, worauf er erwiderte: ›Ich weiß es selbst nicht genau, aber ...‹«

Gosnell suchte einmal wöchentlich ILM auf. Er gab zu, daß die neue Technologie ihn verblüffte – so wie die meisten Menschen. »Niemand verstand etwas von Postproduktion«, meinte er. »Wenn man ILM fragte: ›Na, was habt ihr gestern so geschafft?‹, bekam man als Antwort, daß die Kamera zwölf Umdrehungen vollzogen hätte – fertig war jedoch nichts. Man kann einem Vorstandsmitglied nicht begreiflich machen, was das bedeutet.«

Bei einem Treffen mit Ladd schlug Gosnell ein Kodiersystem für die Aufnahmen vor, die fertig, halbfertig – oder noch nicht einmal das – waren. »Eine Aufnahme war vielleicht nur ein Fünfzehntel dessen, was sie sein würde, wenn die Sterne oder was auch immer eingebaut waren«, erklärte er. »Das Ganze war zum damaligen Zeitpunkt einfach unmöglich. Heute ist das ganz alltäglich, jeder weiß darüber Bescheid. Damals war es, als würde man sein Geld auf die Straße tragen und verbrennen.«

Als das Unbehagen des Studios wuchs, trug Lucas nicht eben dazu bei, die Wogen zu glätten, als er um mehr Geld bat. Er war immer noch sehr unzufrieden mit einer Anzahl von Sequenzen mit einfachen Effekten, die er in London und Tunesien gefilmt hatte. Die Mos-Eisley-Cantina – im Stil einer Weltraumversion von *Dantes Inferno* konzipiert – erinnerte mehr an eine Szene aus *Trixis Wunderland*. Nach Stuart Freeborns vorzeitigem Abschied hatte Lucas nur eine Szene in der Hand, in der Luke, Obi-Wan, Chewbacca und Han Solo mit einer mausähnlichen Lady, einem Mann mit einem Walroßkopf und einem Wesen, das an ein Schwein erinnerte, gezeigt wurden. Ebenso unzufrieden war er mit den Aufnahmen von Luke in seinem Landflitzer und R2-D2. Kenny Bakers Schwierigkeiten, den Droiden fortzubewegen, sowie die ganz allgemeine Unzuverlässigkeit der ferngesteuerten Modelle hatten dazu geführt, daß er keine Aufnahmen besaß, in denen R2-D2 sich mehr als ein paar Meter am Stück von der Stelle bewegte. Er und Kurtz waren gezwungen, Alan Ladd jr. um weitere 100000 Dollar zu bitten, um diese Sequenzen fertigzustellen.

Ladd hatte Lucas und Kurtz vor den immer negativeren Nachrichten, die sein Büro erreichten, abgeschirmt. »Man versucht ihnen ein Gefühl von Freiheit zu vermitteln«, erklärte er später. »Man kann nicht mitten während der Realisierung von *Star Wars* zu George Lucas gehen und sagen: ›Einige Vorstandsmitglieder mögen deinen Film nicht.‹ Das würde dem, was er zu erreichen versucht, in keiner Weise dienlich sein.«

Lucas wußte Ladds ungewöhnliche Zurückhaltung – sogar in Krisenzeiten – zu schätzen. »Es gefiel mir, daß er mich in Ruhe ließ«, sagte er später. Jetzt stand ihm jedoch die schlimmste Krisensituation bevor. Und genau die sollte Ladd Gelegenheit geben, zu demonstrieren, was für ein anständiger Kerl er war.

Ladd wußte, daß manch einer aus dem Fox-Vorstand den ›Science-Film‹ verabscheute. Trotzdem hatte er einige Asse im Ärmel. Im August 1976 war er zum Präsidenten der Filmabteilung von Fox befördert worden. Die Geste erfolgte aus Anerkennung für die wachsende Zahl berühmter Filmemacher, die Ladds familiäre Atmosphäre anlockte.

Jedoch sollte keiner aus dieser begabten Familie letztendlich so tief in Ladds Schuld stehen wie George Lucas. Was immer er bei sich auch denken mochte, nach außen hin war sein Vertrauen in *Star Wars* immer unerschütterlich geblieben. »Für ihn bestand nie ein Zweifel; er glaubte wirklich blind daran«, erinnerte sich Johnny Friedkin, damals Mitarbeiter der Werbe- und Marketingabteilung von Fox.

Bei Fox machte man sich bereits über Ladds scheinbar unerschütterlichen Glauben an *Star Wars* lustig. »Er sagte immer wieder: ›Das wird der größte, umsatzstärkste Film aller Zeiten‹, worauf wir sagten: ›Wann hat man den eigentlich aus der Klapsmühle entlassen?‹«, erzählte Friedkin.

»Er zog die Sache bis zum Ende durch. Natürlich muß man berücksichtigen, daß wenn der Film ein Flop gewesen wäre, ihn das seinen Job gekostet hätte«, meinte Ray Gosnell.

Bislang hatte Ladd jedoch noch nicht gewagt, seine Meinung dem Vorstand gegenüber zu äußern.

In einer Szene, die einem der Western seines Vaters würdig gewesen wäre, stellte sich Ladd dem vierzehnköpfigen Vorstand: ein einsamer Cowboy, allein gegen einen gemeinen Lynchmob. Als sie wissen wollten, warum das *Star-Wars*-Budget so hoffnungslos außer Kontrolle geraten war, schwieg er eine Weile und antwortete dann: ›Weil es sich möglicherweise um das größte Filmereignis aller Zeiten handelt.‹« Hierauf stand er auf und ging.

Ladd konnte Lucas bald mitteilen, daß ihm zusätzliche 20000 Dollar zur Verfügung standen, um den Film zu beenden.

Mehr würde Fox nicht lockermachen. Das mußte genügen, um *Krieg der Sterne* fertigzustellen.

»Wir wußten nicht genau, was los war, wir vertrauten einfach auf George Lucas' Genie – und das zu Recht, wie sich gezeigt hat«, erinnerte sich Gareth Wigan. »Was sollten wir auch sonst tun? Wir hatten keine andere Wahl.«

Im Laufe des Winters warfen Lucas und Kurtz durch reine Willenskraft das Ruder herum. Sie führten ein neues, strengeres Management ein, mit Nelson und dem neueingestellten George Mather als eisernen Wächtern. Kurtz war entsetzt gewesen von einigen Praktiken. Kamerateams filmten Modelle und saßen dann stundenlang herum und warteten auf die Ergebnisse aus dem Fotolabor, bevor sie weitermachten. »Sie erstellten ein kompliziertes Set, drehten und schickten das Filmmaterial ins Labor. Dann saßen sie tatenlos herum und warteten darauf, daß das Material aus dem Labor zurückkam. Das Ganze war unglaublich«, sagte er. »Tatsache ist, daß das Management von ILM schlecht war.« Kurtz bestand darauf, daß die Teams zügig von einer Einstellung zur nächsten überwechselten. Es mußte selten wegen irgendwelcher Schwierigkeiten mit dem entwickelten Filmmaterial neu gedreht werden.

Als er und Lucas die Sache in die Hand nahmen, erkannte Kurtz auch, daß die Anwendung des Bluescreen statt einer Hintergrundprojektion ein Segen gewesen war. »Damals waren wir frustriert, diese Methode anwenden zu müssen, aber das änderte unser Konzept der Realisierung. Wie sich herausstellte, konnten wir hierdurch verschiedenen Aufnahmen mehrmals verwenden, was sonst nicht möglich gewesen wäre«, erklärte er.

Für viele war Gary Kurtz der unbesungene Held von

Star Wars. Er war so praktisch veranlagt, daß es an Genialität grenzte.

»Gary ist ein wandelnder Computer. Der Mann hat mehr im Kopf als die Hälfte der Computer in Silicon Valley«, meinte Jim Nelson.

Außerdem besaß er die Fähigkeit, mit allen Aspekten einer Filmproduktion klarzukommen – bis hin zur Reparatur der kompliziertesten Kamera. »Ich habe immer gesagt, er ist der einzige Produzent, den man zu einer Location schicken kann, der in der Lage ist, eine Nagra- oder Paraflex-Kamera zu reparieren. Er weiß eben über alles Bescheid.«

Als Johnny Friedkin von Fox ein Problem mit Einzelaufnahmen aus dem Film hatte, regelte Kurtz dies persönlich im Labor.

»Der Typ rief mich an und fragte, warum ich diesen Kerl zu ihm geschickt hätte. Ich sagte: ›Weil er mehr weiß als ich‹«, meinte Friedkin.

Was Kurtz betraf, bestand seine Aufgabe allein darin, Lucas zu ermöglichen, seine Vision umzusetzen. »Wenn George wüßte, was Gary hinter den Kulissen alles für ihn getan hat, würde er ihm auf Knien danken. Er kümmerte sich einfach um alles – *alles*. Oder er schaffte jemanden herbei, der das Problem lösen konnte. Es wurde alles von George ferngehalten, damit er kreativ sein konnte«, sagte Jim Nelson.

Als ILM schließlich bereit war, konnte Lucas seinem kreativen Genie freien Lauf lassen. Lucas wußte, daß der Erfolg des Films von der Glaubwürdigkeit seiner Raumschiffe abhing. Vor allem zwei Sequenzen – der lange Vorbeiflug eines riesigen Imperialen Sternenzerstörers ganz am Anfang des Films und der abschließende Angriff auf den Todesstern – würden seiner Meinung nach über Erfolg oder Mißerfolg von *Star Wars* entscheiden. Um seinem Team eine Vorstellung dessen zu vermitteln, was er wollte, stellte Lucas eine Montage von Aufnahmen aus Filmen über den Ersten und Zweiten Weltkrieg zusammen, Filmen wie *Der blaue Max*, *Kampfgeschwader 633* und *Tora! Tora! Tora!*.

Später sollten die ausgeklügelten visuellen Storyboards als eine weitere *Star-Wars*-Innovation anerkannt werden. Damals schien es Lucas jedoch lediglich die einzige Möglichkeit zu sein, seine Botschaft rüberzubringen.

Wenn es einen Wendepunkt bei ILM gab, dann an Weihnachten, als dort der fertiggestellte Trailer vorgeführt wurde, den Fox in den Kinos zeigen wollte. Als die Ouvertüre der Mars-Suite aus Holsts ›Die Planeten‹ ertönte, ließen die Mitarbeiter alles stehen und liegen und liefen zum Vorführraum. Am Ende des Trailers ertönte lautes Jubelgeschrei. Die Verzweiflung, mit der die Vorführung der grobgeschnittenen Gefängnissequenz quittiert worden war, wich Euphorie. Das Bewußtsein, daß sie keineswegs an einem ›Traumschloß‹ arbeiteten, gab der demoralisierten Crew neuen Auftrieb. »Immer wenn die Leute schlecht drauf waren, zeigten wir ihnen den Trailer, um sie wieder aufzumuntern«, erinnerte sich Lorne Peterson von ILM. Industrial Light and Magic hatte endlich die Kurve gekriegt.

Das Bewußtsein, daß ihre revolutionierende Art des Filmemachens tatsächlich funktionierte, wirkte wie ein Adrenalinstoß. »Wieder ein Novum«, riefen Kollegen einander zu. »Es war wieder etwas geschafft worden, das vorher noch niemand versucht hatte. Das ging jeden Tag so und war richtig aufregend«, erinnerte sich Richard Edlund. In Parkhouse erwartete Lucas dann noch mehr Erfreuliches im Schneideraum, als er den Film vertonte. Der Einfallsreichtum des Toningenieurs Ben Burtt hatte bemerkenswerte Resultate hervorgebracht.

Burtt sammelte Laute so wie Lucas als Kind Comic-Heftchen gesammelt hatte. Mit einem Kassettenrecorder bewaffnet, hatte er ganze Tage auf dem LAX-Airport in Los Angeles verbracht, bei der Flugzeugbaugesellschaft Northrup Aircraft, auf Militärbasen und Kunstflug-Shows. Auf diese Art hatte er verschiedene Klänge von Jet-Triebwerken aufgenommen, die sich für den Millenium Falken eigneten. Außerdem hatte er den

Klang des Goodyear-Kleinluftschiffes verlangsamt, als Grundklang für die Imperialen Sternenzerstörer.

An der USC hatte er das Surren von Kinoprojektoren aufgenommen, mit dem statischen Knistern seines Fernsehers vermischt und so einen unheimlichen, pulsierenden Klang für die Lichtschwerter geschaffen. Der Sound der Laser war geschaffen worden, indem ein langes Stahlkabel angeschlagen wurde, das mit einem hohen Radioturm verbunden war. (Sein Vater war auf einem Spaziergang mit ihm unbeabsichtigt gegen ein solches Kabel gelaufen!) Darüber hinaus hatte der kreative junge Mann alles mögliche verwendet, vom Klang seines Küchenmixers und Kühlschranks bis hin zu verschiedenen Tierstimmen aus dem Zoo von Los Angeles.

Burtt hatte Stimmen für die wichtigsten nichtmenschlichen Figuren entwickelt. Chewbaccas ängstliches Gebrüll war eine Mischung aus den Lauten verschiedener Bären, eines Walrosses, eines Seehundes und eines Dachses. Für die Jawa-Sprache hatte er Aufnahmen in Zulu-Dialekt beschleunigt, während er für Greedo, den Alien-Kopfgeldjäger, den Han Solo in der Cantina-Szene außer Gefecht setzt, Larry Ward engagiert hatte, einen Linguistikexperten der Berkeley-Universität, der für ihn Quechua las, eine tote, uralte Inka-Sprache. Vielleicht am innovativsten war, daß er R2-D2s elektronisches Geplapper erzeugt hatte, indem er Trockeneis gegen Metallteile gerieben und in ein Wasserrohr geblasen hatte. (Lucas hatte die Idee, der Roboter solle klingen wie ein Tastentelefon, abgelehnt.)

Lucas mußte sich jedoch noch entscheiden, was die Stimmen von C-3PO und Darth Vader betraf. Anthony Daniels' Admiral-Crichton-Stimme hatte ihm gleich mißfallen, als er sie in Tunesien gehört hatte. Stur wie immer durchforstete er L.A. nach einer Alternative. Der Kabarettist und Stimmenimitator Stan Freeberger wurde herangezogen und sprach etwa ein Dutzend verschiedener Variationen. Und doch – je öfter Lucas sich die Sequenzen ansah, in denen der Brite in seinem

Kostüm umherzockelte, desto passender erschien ihm die Stimme.

Lucas konnte sich jedoch absolut nicht an den Akzent seines Filmbösewichtes gewöhnen. Dave Prowse sollte seine durch die Maske gedämpfte Stimme in Los Angeles nachsynchronisieren, aber Lucas neigte dazu, sich Carrie Fishers Ansicht anzuschließen, daß Prowses Stimme eher zu einem bodenständigen Darth Farmer paßte als zu einem Lord Vader, der Verkörperung des übelsten Bösewichts im Universum.

Lucas hatte irgendwann einmal erwogen, für die Synchronisation Orson Welles, den Helden des Dirty Dozen, zu engagieren. Schließlich entschied er sich jedoch für den distinguierten James Earl Jones, der in seiner Rolle in dem Erfolgsfilm *Die große weiße Hoffnung* von 1970 für den Oscar nominiert worden war und zu den wenigen Shakespeare-Spezialisten zählte. Jones' volltönender Bariton klang richtig bedrohlich, erst recht, wenn er durch einen elektronischen Filter gegeben und mit simuliertem schweren Atmen untermalt wurde. Jones bekam angeblich nur 10000 Dollar – ohne Nennung im Nachspann – für einen Auftrag, für den er auf der ganzen Welt bekannt werden würde.

Dave Prowse war verständlicherweise empört. »Eigentlich sollte ich meinen Part synchronisieren«, erzählte er. »Ich war in Los Angeles und frühstückte mit Gary Kurtz. Ich sagte: ›Komm schon, Gary, sag mir, warum ihr nicht meine Stimme für Darth Vader genommen habt.‹ Und er antwortete: ›Nun, Dave, wir konnten Darth Vader einfach nicht mit westbritischem Akzent sprechen lassen.‹«

Der Mann hinter der Maske hegte später einen noch unschöneren Verdacht. »Ich glaube, sie waren ganz schön ins Fettnäpfchen getreten, weil im ganzen Film kein einziger Schwarzer mitspielte«, sagte er. Prowse, der Jones dankbar war, daß dieser nie dem Gerücht Vorschub geleistet hatte, er hätte die Rolle des Darth Vader nicht nur gesprochen, sondern auch gespielt, war dennoch gnadenlos in seinem Urteil über dessen künstlerische Leistung. »James Earl Jones klang gräßlich, wie ein Tattergreis«, beklagte er sich.

Der Trailer mochte innerhalb von ILM funktioniert haben, als er aber vor Weihnachten in Tausenden von Kinos in ganz Amerika gezeigt wurde, reagierte das Publikum leicht verwirrt. Wie vorauszusehen gewesen war, war die Science-Fiction-Gemeinde entzückt von der Bildmontage von R2-D2 und C-3PO, von den Sturmtrupps und dem Lichtschwerter-Duell zwischen Obi-Wan Kenobi und Darth Vader. »Sie waren schon sechs Monate bevor der Film anlief ganz versessen darauf, ihn zu sehen«, sagte Lucas später. Andere hingegen waren sich da nicht so sicher. Manche stöhnten, als sie den Satz hörten: »Diesen Sommer in Ihrer Galaxis.« Andere lachten laut auf.

Friedkin, Chefpublizist Ashley Boone und die Mitarbeiter der Werbeabteilung fanden es wichtig, daß der Film angekündigt wurde, und meinten, der Trailer sollte trotzdem weiter gezeigt werden. Es war Alan Ladd, der den Trailer nach einem Anruf von Gene Wilder zurückzog. Der Schauspieler war in einem Kino in Westwood gewesen, und das Publikum hatte beim Anblick des umstürzenden R2-D2 angefangen zu kichern. »Gene sagte: ›Laddie, sie lachen über deinen Film‹«, erinnerte sich Johnny Friedkin. Als die Kunde dieses Gesprächs in Hollywood die Runde machte, zeigte Ladd zum ersten – und einzigen – Mal einen Anflug von Panik. »Laddie reagierte darauf ein bißchen hysterisch«, meinte Friedkin dazu.

Normalerweise erwartete der brillante junge ›Monstermacher‹ Rick Baker, daß man ihm sechs Wochen Zeit pro Phantasiewesen einräumte. Ende 1976 beauftragte ihn Lucas, in dieser Zeit anderthalb Dutzend zu erstellen.

Als Neujahr näherrückte und sein zusätzliches Budget rasch weniger wurde, verschärfte Lucas das Tempo noch mehr. Die Cantina-Szene bereitete ihm das meiste Kopfzerbrechen.

Baker, einer der wenigen, denen ihre Mitarbeit an De Laurentiis' *King Kong* Lob eingebracht hatte, arbeitete zusammen mit seinen Kollegen Jon Berg, Laine Liska, Doug Beswick, Tom St. Amand und Phil Tippett rund um die Uhr. Dann wurden ein Dutzend neuer Phantasiewesen sowie mehrere nicht zum Einsatz gekommene Modelle aus vorangegangenen Filmen, darunter ein Werwolf und ein Teufelskopf, die er vor Jahren angefertigt hatte, zu einer kleinen Klangbühne in La Brea gebracht, die Lucas für zwei Tage gemietet hatte. Alle sechs Monstermacher wurden überredet, die von ihnen entworfenen Latexmasken selbst überzuziehen und eine glubschäugige Swingband zu mimen. Die Hitze im Studio war so drückend, daß sie kaum noch Luft bekamen. »Wir haben geschwitzt wie blöde«, erinnerte sich Tippett. »Unter den Masken sammelte sich Flüssigkeit, so daß wir drohten, an unseren eigenen Körpersäften zu ersticken. Wir bekamen keine Luft und konnten auch nichts mehr sehen, weil die Augenlinsen beschlugen.«

Es war Gary Kurtz, der sie von ihren Qualen erlöste. Tippett und die anderen fühlten einen ›himmlischen Luftzug‹. Erst später sah er, wie Kurtz mit einer Rasierklinge ein Luftloch hinten in die Maske eines der anderen maskierten Musiker schnitt. »Ich flippte fast aus, als mir aufging, daß der Produzent nur wenige Zentimeter von meinem Hals entfernt mit einer scharfen Klinge herumhantiert hatte«, erinnerte sich Tippett.

Lucas schien ganz in seinem Element bei dieser Sequenz und drehte auf einer informellen Basis des ›Laßt uns Spaß haben‹. An anderer Stelle ließ er es jedoch erheblich an Humor mangeln.

Ein anderer ehemaliger Kommilitone von der USC war engagiert worden, um bei den Computergrafiken zu helfen, die für verschiedene Raumschiffcockpits und die abschließende Todessternsequenz gebraucht wurden, bei der der Planet Yavin langsam in Schußweite glitt. Zusammen mit dem Designer John Wash hatte O'Bannon gekämpft, um seine Aversion gegen die penible Genauigkeit bei der Erstellung von Computergrafiken zu überwinden.

O'Bannon fragte Lucas einmal, was passieren würde, wenn die Grafiken nicht funktionierten. »George musterte Dan ganz ruhig und erklärte ihm dann, daß er dann im Nachspann einblenden würde, daß die Szene fehlte, weil Dan O'Bannon Mist gebaut hätte«, erinnerte sich John Wash. Niemand wußte, ob das ein Scherz oder bitterer Ernst war.

Noch eine letzte Katastrophe stand dem Film bevor. Lucas hatte eine Location im Death Valley gefunden, wo er Szenen mit Lukes Landflitzer noch einmal drehen wollte. Inzwischen dem Zusammenbruch nahe, hatte er seine Freundin Carroll Ballard, ebenfalls Regisseurin, gebeten, ihn bei der Kameraarbeit zu unterstützen. Lucas war sehr erfreut gewesen von den neuen Fähigkeiten des Landflitzers. In Tunesien waren Stützen und Räder ebenso sichtbar gewesen wie die Fahrspuren, die er im Sand hinterließ. Um 5 Uhr früh am Morgen des Drehtages klingelte Lucas' Telefon. Gary Kurtz teilte ihm mit, daß Mark Hamill am vergangenen Abend auf dem Antelope Freeway in einen schweren Autounfall gehabt habe und im County General Hospital von Los Angeles liege.

Als Hamill am Morgen aufwachte, kam er sich vor wie in einer Szene aus *M*A*S*H*. »Neben mir lag ein Typ, der schrecklich stöhnte, und irgendein Arzt sagte: ›Wir müssen ihn als nächsten drannehmen, weil er schlimmer dran ist als Sie, obwohl es Sie auch böse erwischt hat‹«, erinnerte sich Hamill. »Er hielt mir einen Spiegel vor das Gesicht, und es sah aus wie ein Himbeerkuchen. Meine Nase war nicht mehr da.«

Hamill konnte sich nicht an den Unfall erinnern. »Ich kann mich nicht einmal daran erinnern, in den Wagen gestiegen zu sein.« Später erfuhr er, daß sein neuer

BMW von der Straße abgekommen und einen neun Meter hohen Abhang hinuntergerast war.

Kurtz teilte Lucas mit, daß Hamill noch mehrere Tage im Krankenhaus liegen würde. Seine Nase wurde mit Knorpel von seinem Ohr wiederhergestellt. (Wie sich herausstellte, befreite ihn der Unfall von seinem Vertrag, in der ABC-Fernsehkomödie *Eight is Enough* mitzuwirken, wovor er sich unbedingt hatte drücken wollen, falls *Krieg der Sterne* Erfolg hatte. ABC hatte gedroht, die Serie abzublasen und Hamill zu verklagen, wenn er einen Rückzieher machte.)

Im Death Valley änderte Lucas kurzfristig den Drehplan und benutzte für die Sequenzen mit Luke ein Double. Während er auf das Eintreffen des Doubles wartete, machte er neue Aufnahmen von den riesigen ›Banthas‹. Ein Elefant von Marine World, der gelernt hatte, sich den Rüssel ins Maul zu stecken, war vom künstlerischen Leiter Leon Erickson in ein raffiniertes Kostüm gesteckt worden. Lucas' bereits überstrapazierte Geduld riß endgültig, als der Elefant sich mehrmals hintereinander von dem ungewohnten Kostüm befreite. Von den Nahaufnahmen der Banthas war keine einzige brauchbar. Nur eine einzige Aufnahme aus der Ferne wurde letztendlich in den Film eingebaut.

Lucas erinnerte sich, daß ihm, während die Sonne auf das Death Valley herabbrannte und die surrealistische Szene sich vor ihm auftat, durch den Kopf ging, daß er am Ende war. »Ich wollte den verdammten Film endlich fertig haben.«

Als Charlie Lippincott im Februar 1977 auf der alljährlichen New Yorker Spielwarenmesse sein umfangreiches *Star-Wars*-Portfolio herumschleppte, erschienen Lucas' Träume von aufziehbaren C-3POs und Modellen des Millenium Falken noch phantastischer als sein Film.

Trotz der ausgehandelten Verträge mit Marvel Comics und dem Del-Rey-Verlag erwies sich die Spielwarenindustrie als weit härtere Nuß.

Lippincott war schon lange genug in Hollywood, um zu wissen, daß es äußert schwierig war, auf dem Spielzeugsektor Fuß zu fassen. Die meisten von Amerikas führenden Spielzeugherstellern – Mattel, Fisher Price, Aurora und Ideal – waren der Überzeugung, daß das Fernsehen viel lukrativere Lizenzen zu bieten hatte als das Kino. Serien wie *Der 6 Millionen Dollar Mann* und vor allem *Drei Engel für Charlie* waren Woche für Woche die absoluten Favoriten. Spielzeug mit der Abbildung der verheirateten Stars Lee Majors und Farrah Fawcett waren in den amerikanischen Spielzeugläden die absoluten Renner. Beide Industriezweige hatten auch ihre Höhepunkte erlebt. Shirley-Temple-Puppen, Charlie-Chaplin-Figuren, Gene-Autry-Gitarren, Marilyn-Monroe-Puppen aus Papier und Tarzan-Butterbrotdosen hatten in vergangenen Jahren einen guten Umsatz erzielt. Aber von den großen Studios war es nur Disney gelungen, eine langanhaltende Geschäftsverbindung mit Spielzeug- und T-Shirt-Fabrikanten zu unterhalten. Als Ingersoll-Waterbury 1933 die erste Mickey-Mouse-Uhr auf den Markt brachte, verkaufte Macys schon am ersten Tag 11000 Stück – obwohl sich das Land mitten in der Depression befand. Jede Generation war mit T-Shirts, Mützen oder Uhren großgeworden, auf denen Mickey Mouse prangte. Vier Jahrzehnte später wurden 8000 verschiedene Disney-Produkte unter 1600 verschiedenen Lizenzen weltweit produziert und brachten einen Umsatz von 2 Milliarden jährlich. Sofern Lucas eine bestimmte Vorstellung seines Merchandising gehabt hatte, als er Lippincott zwei Jahre zuvor seinen Traum von *Star-Wars*-Geschäften beschrieben hatte, dann war diese an Disney angelehnt gewesen. Lucas hatte sein Staunen bei seinen ersten Ausflügen nach Disneyland als kleiner Junge nie vergessen. Er betrachtete R2-D2 und C-3PO, Chewbacca und Darth Vader als die Erben von Mickey und Minnie, Donald und Pluto.

Lippincott mußte jedoch feststellen, daß die Spielwarenhersteller nicht seiner Meinung waren. Lippincott und Marc Pevers von Fox reisten zur größten Spielwarenmesse in einem gläsernen Turm Ecke 23. Straße und Broadway, in dem Bestreben, einen Fuß in die Tür der Spielzeugmacher zu setzen.

Lippincott brachten seine Bemühungen beinahe einen Rauswurf ein.

An ihrer Firmenpolitik festhaltend, auf jedem Sektor nur mit den Marktführern zusammenzuarbeiten, hatte Lippincott sich zuerst an Mattel gewandt, die Firma, die solche Verkaufsschlager wie die ›Hot Wheels‹-Spielzeugautos produziert hatte. Mattel erinnerte der Gedanke, sich mit 20th Century Fox zu verbünden, nur an Hollywoods großes Merchandising-Fiasko.

Mattel hatte in der Vergangenheit bereits einmal mit dem Studio zusammengearbeitet, beim Merchandising von Richard Fleischers spektakulärer Verfilmung von *Dr. Dolittle* im Jahre 1967. Als der Film sich als totaler Flop entpuppte, verbuchte nicht nur Fox, sondern auch Mattel einen Verlust von mehreren Millionen. Die Läden hatten die meisten der 300 Doctor-Dolittle-Produkte – Uhren, Armbanduhren, Mützen, Arztkoffer und Rex-Harrison-Puppen, die ›Hello, I'm Dr. Dolittle‹ sagten, wenn man an einer Schnur zog – zurückgeschickt. Der Wert der unverkauften Waren belief sich vorsichtigen Schätzungen zufolge auf etwa 200 Millionen Dollar. Die Katastrophe war nicht nur für Fox folgenreich gewesen, sondern für ganz Hollywood.

»Dieser verfluchte Doctor Dolittle hatte das Merchandising-Geschäft für ein Jahrzehnt kaputtgemacht«, meinte ein pensionierter Werbefachmann von Fox. »Ich wette, in Kalifornien gibt es immer noch Lagerhäuser von Mattel, die randvoll sind mit diesem ganzen Mist.«

Lippincott hätte liebend gern mit Mattel zusammengearbeitet, aber das Unternehmen zeigte ihm die kalte Schulter. Ein Vertreter der Gesellschaft blätterte in der Broschüre, die Lippincott vorbereitet hatte und in der Bilder der Hauptfiguren und Modelle abgebildet waren. Wenn die Firma Interesse zeigte, wollte Lippincott ihr auch Aufnahmen zeigen. »Aber sie waren nicht interessiert«, erinnerte er sich.

Anderenorts war der Empfang sogar noch eisiger. Ein großes Familienunternehmen mit Marktanteilen in Hongkong und den USA ging sogar soweit, Lippincott von seinem Messestand zu entfernen. Er hatte mit einem der beiden Söhne sprechen wollen, die das Unternehmen zusammen mit dem Vater leiteten; Marc Pevers hatte früher schon Geschäfte mit der Firma getätigt und Lippincott mit dem Sohn bekannt gemacht, dem er eine Ausgabe der *Star-Wars*-Broschüre überreichte.

»Er war ein großgewachsener Kerl Ende Zwanzig«, erinnerte sich Lippincott. »Er sagte sofort: ›Das interessiert mich nicht‹«, und als er Pevers fragte, ob Lippincott für Fox arbeite, wurde er richtig wütend. »Marc sagte nein, und der Kerl sagte: ›Verlassen Sie mein Büro, sofort.‹«

Lippincott und Pevers verbrachten eine frustrierende Woche auf der Spielwarenmesse. Letztendlich zeigte sich nur einer der großen Spielzeughersteller, Kenner, ein Tochterunternehmen von General Mills, ernsthaft daran interessiert, die Idee von *Star-Wars*-Spielzeug weiterzuverfolgen. Aber sogar dieses Gespräch verlief ›ergebnislos‹, wie Lippincott meinte.

Der Empfang, den man ihm überall bereitete, hätte nicht in krasserem Kontrast zu dem Ruhm stehen können, den er in der esoterischen Welt des Science-Fiction-Fans erlangte. Seit Ende des Sommers 1976, da er, Kurtz und Mark Hamill die World Science Fiction Convention in Kansas City besucht hatten, hatte Lippincott Menschenmassen an den aufsehenerregenden Stand der Gesellschaft mit dem interessanten Namen Star Wars Corporation gelockt. Ein glänzender C-3PO und ein riesiges Modell von Darth Vader flankierten den Eingang, während drinnen Gary Kurtz und Mark Hamill geduldig den Inhalt der Schaukästen erklärten, die Modelle von X-Flügeljägern, Droiden und dem Millenium Falken zeigten.

Lippincott war sich der Beliebtheit, derer sich die Science-Fiction-Messe seit Jahren erfreute, bewußt gewesen. Wie viele andere in Hollywood hatte er davon gehört, wie der Einzelgänger Gene Roddenberry, Erfinder von *Star Trek*, sich einen Namen in der sonderbaren Welt der Science Fiction gemacht hatte, vor allem an den amerikanischen Colleges und Universitäten. Der begrenzte Erfolg, den Roddenberrys ursprüngliche Fernsehserie verbucht hatte, bis sie 1968 von der NBC abgesetzt worden war, war nicht zuletzt dem Umstand zu verdanken gewesen, daß er beide Gruppen gezielt umworben hatte. Tatsächlich hätte es die entscheidende dritte Staffel, die *Star Trek* weltweit Ruhm und einen Kultstatus einbrachte, gar nicht gegeben, wenn Roddenberry sich nicht hätte einfallen lassen, einen massiven Studentenprotest unter dem Motto ›Rettet Star Trek‹ vor dem NBC-Hauptsitz in Burbank zu veranstalten sowie eine landesweite Briefkampagne von Seiten der noch embryonalen ›Trekkie‹-Bewegung zu starten. Lippincott wußte jedoch, daß die Filmindustrie die Messen nie ernst genommen hatte. Das gegenseitige Mißtrauen war entsprechend gewachsen nach einem Wortbruch, der zur Folge gehabt hatte, daß Kubricks *2001: Odyssee im Weltraum* 1969 nicht auf der Messe vorgestellt worden war.

»Es war noch nie ein Filmemacher dabeigewesen«, sagte er.

Als Darsteller und Crew jedoch aus England zurückkehrten, überredete Lippincott Kurtz und Lucas, ihn mit einer *Star-Wars*-Präsentation durch das Land reisen zu lassen. Marktforschungen, die auf den Daten anderer Science-Fiction-Filme beruhten, hatten ergeben, daß der Science-Fiction-Markt ganze 8 Millionen Dollar ausmachte, knapp die Hälfte dessen, was sie brauchten, um die Produktionskosten von Fox zu decken. »Ich wußte, daß der Film der Star war, daß er mit diesem Konzept verkauft werden mußte, daß ich ein entsprechendes Publikum motivieren mußte«, erzählte er.

Viele ›ernsthafte‹ Science-Fiction-Fans blickten zuerst verächtlich auf die Neulinge aus Hollywood herab. Und doch gelang es Lippincott, mit den Präsentationen den Winter über immer größeres Interesse zu wecken. »Die Leute bekamen etwas zu sehen, das sehr ungewöhnlich war. Normalerweise ließ sich niemand aus der Filmbranche auf Science-Fiction-Messen blicken.« Lippincott und Kurtz sprachen außerdem von Mensch zu Mensch mit Fans und Schriftstellern. »Wir haben ganz normal mit den Leuten geredet.« Es dauerte nicht lange, und ihr Stand war der beliebteste und aufsehenerregendste der ganzen Messe. »Sie fuhren wirklich drauf ab«, sagte er. Am Ende der Tournee war er überzeugt, Neugier auf den Film geweckt zu haben. »Die Fans fühlten sich akzeptiert, in etwas Großes miteinbezogen. Und das Gefühl, zu den Eingeweihten zu gehören, gefiel ihnen.«

Seine Basisarbeit sollte sich in den kommenden Monaten als entscheidend erweisen.

Lucas flog zurück nach London, dem Schauplatz solchen Unglücks, immer noch überzeugt, daß ein kleines Wunder nötig sein würde, damit der Film 15 Millionen Dollar einspielte. Und John Williams und das London Symphony Orchestra bewerkstelligten ein solches Wunder.

Der bei der US Air Force und in Juillard ausgebildete Williams hatte über zwanzig Jahre gebraucht, um sich als Komponist und Arrangeur von Kinofilmen einen Namen zu machen. Seine Lehrzeit, in der er Filme wie *Mod Squad* und *Wagon Train* musikalisch unterlegt und unter anderem für den Komponisten Jerry Goldsmith gespielt hatte, hatte ein Ende, als er 1969 die Musik zu Steve McQueens *Der Gauner* komponierte. Seither hatte er sich mit seinen Arrangements für *Anatevka*, die ihm den Oscar eingebracht hatten, sowie mit den ausgezeichneten Kompositionen für Irwin Allens Katastrophenfilme wie *Erdbeben* und *Die Höllenfahrt der Poseidon* seinen Ruf gefestigt. Wie alle anderen auch war Lucas darüber hinaus tief beeindruckt gewesen von Williams' spannungsgeladener, rhythmischer Musik zu Spielbergs *Der weiße Hai*. Nachdem Spielberg ihn mit Williams bekannt gemacht hatte, setzte Lucas dem Komponisten seine Idee auseinander, *Star Wars* mit einem anregenden Stück klassisch inspirierter Musik im Stil von Liszt oder Dvorak Leben einzuhauchen.

Williams hatte angeregt, sich auf den Einfluß des großen Hollywood-Komponisten Erich Korngold zu stützen, eine Idee, die dem cinephilen Lucas sofort zusagte.

Korngold hatte Errol Flynns klassische Abenteuerfilme *Robin Hood, Der Herr der sieben Meere* und *Unter Piratenflagge* musikalisch untermalt.

Williams war sehr methodisch in seiner Arbeitsweise. Er hatte sich geweigert, sich vorab Lucas' Drehbücher anzusehen, und statt dessen darauf bestanden, auf eine erste grobe Filmfassung zu warten. In San Francisco hatte er das getan, was er immer tat. »Ich sitze gern allein in einem dunklen Vorführraum, um mir den Film von Anfang bis Ende anzusehen«, erklärte er. »Keine Störungen; nur ich und meine Reaktion auf die rhythmischen Impulse.«

Hinterher stimmte Williams mit Lucas überein, daß sie auf jegliche elektronische Musik verzichten sollten. In Anbetracht der kalten, fremden Welt auf der Leinwand meinte Williams, daß der Film eine konventionelle, klassische symphonische Musik bräuchte, um das Publikum anzusprechen.

»Wenn man sich einen Film ansieht, der einem merkwürdig vorkommt, man jedoch dazu vertraute Klänge hört, verleiht dies dem Streifen ein warmes und menschliches Element«, erklärte er.

Lucas und Gary Kurtz durften anfangs nur kurze Passagen hören.

Erst in einem von Williams bevorzugten Aufnahmestudios, den Denham Studios in Buckinghamshire, bekamen sie den Soundtrack das erste Mal in seiner ganzen Länge zu hören. Als das Orchester die *Star-Wars*-Ouvertüre anspielte, ein anschwellendes Durcheinander von Kesselpauken und Blechinstrumenten, sträubten sich Lucas die Nackenhaare. Als Williams dann die Passagen spielte, die er für die Hauptakteure komponiert hatte, war Lucas ekstatisch. »Die Musik war ein Bestandteil des Films, der noch besser wurde als erwartet«, erzählte er hinterher begeistert.

Wenn Lucas' größter Wunsch gewesen war, von seinem Leid erlöst zu werden, sollte ihm dieser im Frühjahr erfüllt werden, als er erfuhr, daß Fox das Anlaufdatum für *Star Wars* erneut hinausgeschoben hatte. Inzwischen waren bei Fox viele davon überzeugt, daß das Studio in eine Katastrophe steuerte.

Die Erwartungen waren bescheiden, seit Alan Ladd sich im Januar zusammen mit Vertretern von Fox im Vorführraum des Parkhouse den Film angesehen hatte. Lucas hatte seinen privaten Vorführraum gewählt, wo Ray Gosnell, Johnny Friedkin, Ashley Boone und andere sich auf bequemen, gepolsterten Sesseln und Sofas niederließen.

»Das war riskant«, erinnerte sich Friedkin, der fürchtete, daß einige der von der Reise ermüdeten Herren einschlafen könnten. Die Filmversion, die sie zu sehen bekamen, war noch sehr roh. Der Höhepunkt des Films, das Gefecht mit dem Todesstern, war noch nicht fertig. Dort, wo Raumschiffe durch das Bild flitzen sollten, sahen die Leute von Fox nur Spitfires aus Lucas' Zusammenschnitt von Aufnahmen aus dem Zweiten Weltkrieg. Am Ende der Vorstellung war Alan Ladd jr. so enthusiastisch wie eh und je. »Im Bus auf der Rückfahrt zum Flughafen ging Laddie auf und ab und sagte ›Großartig, was?‹«, erinnerte sich Friedkin. Wie die meisten seiner Kollegen lächelte Friedkin den Präsidenten der Gesellschaft nur müde an und entgegnete: »Ja, wirklich toll.« Wenigstens war Ladd der Anblick schlafender Mitarbeiter erspart geblieben – die Wirkung, die die unfertige Fassung von *Star Wars* auf eine andere Gesandtschaft im Parkhouse gehabt hatte.

»Es war ein Raum, in dem man wirklich wunderbar

ein Nickerchen halten konnte – was die meisten von uns dann auch taten«, erinnerte sich Tim Deegan. »Mich hat die Vorführung eingeschläfert, und ich weiß, daß andere um mich herum ebenfalls schnarchten, da ich mehrmals aufwachte«, fügte er hinzu. »Die Vorführung war einschläfernd.«

Als das Licht wieder anging, dankte das verwirrte Team Lucas für die Gastfreundschaft und äußerte ein paar Platitüden wie »›Wie haben Sie das alles für das Geld auf den Schirm gekriegt?‹ Sie wissen schon, der übliche Mist, den die Leute zu Filmemachern sagen«, erzählte Deegan, der sich auf dem Rückflug nach San Francisco fragte, was er Ladd berichten sollte.

Als sie zu einer Telefonzelle gelangten, waren sich alle einig. »Alle standen parat, um Laddie zu versichern, daß es ein großartiger Film wäre«, lachte Deegan. Ihre Reaktion ging jedoch über reinen Selbsterhaltungstrieb hinaus. Inzwischen hatte sich Ladds Gespür dafür, welcher Film ein Kassenschlager werden würde und welcher nicht, als nahezu unfehlbar erwiesen. Ladd hatte *Das Omen* und *Frankenstein Junior* trotz der Zweifel, die in einigen Kreisen laut geworden waren, unbeirrt unterstützt. Und beide Filme waren 1974 die Renner des Studios geworden.

»Er irrte sich nie, lag immer richtig. Jeder verließ sich blind auf Ladds Urteil«, sagte Deegan. »Wir sagten uns, daß wenn Laddie hinter diesem Film stand, auch wir darauf vertrauen sollten, ob wir nun eingeschlafen waren oder nicht.«

Fox' Marktforscher hatten jedoch weniger Vertrauen in die Produktion. Eine Umfrage, die von einem Marketingleiter namens Alan Freeman durchgeführt worden war, hatte ergeben, daß das Hauptproblem der Filmtitel war. Die Marktforscher argumentierten, daß ein Film, in dessen Titel das Wort Krieg vorkam, bei Frauen nicht gut ankommen würde. »Der Marktanalyse zufolge hatte noch kein Film mit dem Wort ›Krieg‹ im Titel mehr als 8 Millionen Dollar eingespielt«, sagte Gareth Wigan.

Auch fürchteten einige, der Titel könnte irreführend sein und das Publikum eine Wiederholung der Auseinandersetzungen zwischen Bette Davis und Anne Baxter sein. »Wir dachten, *Star Wars* würde als eine Art *Alles über Eva* mißverstanden werden«, lächelte Johnny Friedkin.

»Wir forderten sie auf, sich Alternativen auszudenken – es kam nicht einziger Vorschlag«, lachte Gary Kurtz.

Lucas' Entschluß, das Büro auf dem Universal-Gelände beizubehalten, anstatt zu Fox umzusiedeln, schirmte ihn und sein Team von den Negativströmungen ab. Innerhalb der engen Büros von Lucasfilm erhielten sie sich einen embryonalen, bescheidenen Optimismus.

Charlie Lippincott war der Überzeugung, daß der Film eine Chance hatte, seit er an einem Montagmorgen im März bei seinem Lieblings-Zeitungsstand Ecke Hollywood und Cahuenga Boulevard gewesen war. Er kaufte regelmäßig seine Zeitungen, Zeitschriften und Comic-Heftchen an dem Stand, mit dessen Inhaber er sich längst angefreundet hatte.

Lippincott waren von Stan Lees Marketingabteilung in New York Vorabexemplare der ersten Ausgabe das neuen *Star-Wars*-Comics geschickt worden. Er war neugierig, wie die ansprechend aufgemachten Heftchen sich ›auf der Straße‹ verkauften. »Auf dem Boden vor der Comic-Abteilung des Standes lagen nur drei oder vier zerfledderte Exemplare der ersten Ausgabe«, erinnerte er sich.

»Ist das alles, was du da hast, Larry?« fragte er seinen Freund.

»Das ist alles, was noch übrig ist. Warum hast du mir nicht gesagt, daß die Hefte so gut laufen würden? Sind wir Freunde oder nicht?« zog der Verkäufer ihn auf.

Zurück in den Lucasfilm-Büros, begann Lippincott, alle größeren Comic-Läden in New York, Chicago und dem Mittleren Westen anzurufen. Überall bekam er dasselbe zu hören.

Das gewaltige Interesse bestätigte das, was er seit einem Gespräch mit Judy-Lynn Del Rey Wochen zuvor vermutet hatte.

Allen Dean Fosters Romanfassung von *Star Wars* verkaufte sich seit ihrer Publikation im November bestens. Del Rey war nicht sicher gewesen, ob die erste Auflage von 100000 Exemplaren auch innerhalb eines beliebten Genres nicht zu hoch gegriffen gewesen war. Aber das Buch hatte sich auch ohne besonders auffällige Displays in den Buchläden sehr gut verkauft, so daß bereits im Februar sämtliche Exemplare vergriffen waren.

»Sie konnten es nicht glauben«, sagte Lippincott.

Bei Lucasfilm spürte Lippincott einen Wendepunkt. »Das war der erste konkrete Hinweis. Damals wußten wir, daß der Film ein Erfolg werden würde.«

Amerikas Kinobetreiber hätten dem jedoch nicht vehementer widersprechen können. Ihrer Meinung nach war *Krieg der Sterne* zum Scheitern verurteilt.

Im Rahmen des damaligen Systems machten die Kinoketten Angebote für angekündigte Filme. In vielen amerikanischen Staaten wurden die Kinoketten von den Studios gezwungen, versiegelte ›Blindgebote‹ einzureichen. So waren sie gezwungen, vorab für Filme zu zahlen, die noch niemand gesehen hatte. Während dieses System den Studios die Wiedereinnahme eines Teils ihrer Investitionen sicherte, führte es dazu, daß die Kinoketten extrem vorsichtig waren, was den Ankauf von Filmen betraf, bei denen man nur mäßige Zuschauerzahlen erwartete. *Krieg der Sterne* war ein solcher Film.

Als Zuständiger für die kommerziellen Aspekte hatte Charlie Lippincott das Zaudern der Kinobetreiber schon im vergangenen Januar zu spüren bekommen. Er hatte sich zusammen mit leitenden Angestellten von Fox ›26 for 76‹ angesehen, eine einfallslos betitelte Übersicht der Filme, die das Studio in diesem Jahr herausbringen würde. »Die Stimmung reichte von Gähnen bis purer Langeweile«, erinnerte er sich. »Science Fiction gehörte nicht zu ihren Lieblingsthemen. Außerdem spielten in dem Film keine Stars mit.«

Die *Star-Wars*-Präsentation wurde überschattet von einem weiteren barnumesken Meisterwerk von Irwin Allen, dem unbestrittenen König des starträchtigen Katastrophenfilmmarktes. Bei der Vorstellung seines letzten Beitrags zu diesem Genre, *Flammendes Inferno* mit Steve McQueen, hatten die zigarrepaffenden Betreiber der größten amerikanischen Kinoketten ihn mit stehenden Ovationen belohnt.

Mehr als ein Jahr später waren sie immer noch nicht überzeugt, daß es sich lohnte, *Krieg der Sterne* zu zeigen. 1975 standen *Atemlos vor Angst*, ein Remake des Klassikers *Lohn der Angst* von William Friedkin; eine Adaptation von Peter ›Jaws‹ Benchleys Kassenschlager *Die Tiefe*; die Fortsetzung von *Der Exorzist: Exorzist II: Der Ketzer* – und *Ein ausgekochtes Schlitzohr* mit Burt Reynolds hoch im Kurs. Sofern Fox auf einen Kassenschlager spekulieren konnte, dann vermutlich mit *Jenseits von Mitternacht*, einer Adaptation von Sidney Sheldons Roman über den Zweiten Weltkrieg mit Marie-France Pisier, John Beck und Susan Sarandon.

Als die Presse die Einschätzung teilte, daß *Star Wars* unter ›ferner liefen‹ rangieren würde, wurde beschlossen, die Premiere vorzuverlegen. Das Datum wurde auf den 25. Mai gelegt, den Mittwoch vor dem traditionellen Sommerbeginn in Amerika, dem Memorial Day. »Wir sagten uns, daß wir den Film früh anlaufen lassen sollten, wenn wir überhaupt eine Chance haben wollten«, gestand Ashley Boone später.

Der Effekt war bescheiden. An ihren Geboten für *Krieg der Sterne* gemessen, fürchteten die Kinobetreiber ganz offensichtlich, einem Flop aufzusitzen. Fox bekam Vorabzahlungen von 1,5 Millionen Dollar, nur einen Bruchteil der 10 Millionen, die bei großen Filmen zu erwarten waren.

»Peinlich«, nannte Boone dies später.

»Die Leute fragen, warum *Star Wars* anfangs nur in vierzig Kinos anlief. Der Film lief nur in vierzig Kinos an, weil wir nur vierzig Kinos dazu bringen konnten, ihn zu zeigen, so erstaunlich das auch sein mag«, meinte Gareth Wigan.

Tatsächlich mag es nur einer Kombination von Glück und Hollywood-Klüngelei zu verdanken gewesen sein, daß *Krieg der Sterne* überhaupt in so vielen Filmtheatern gezeigt wurde.

Lippincott, Ladd, Boone und die Marketingstrategen von Fox waren überzeugt davon – vor allem in Anbetracht einiger Unterstützung seitens der Science-Fiction-Bruderschaft –, daß *Krieg der Sterne* eine groß angekündigte Premiere in einigen der renommiertesten Kinos brauchte. Das Avco-Filmtheater in Westwood am Rande des riesigen UCLA-Campus war ausgebucht; die Bemühungen, ein Kino auf dem Hollywood Boulevard zu bekommen, im Herzen der Kinomeile, waren gescheitert. »Sie konnten einfach kein Kino in Hollywood finden«, sagte Charlie Lippincott. Aber das Glück war auf ihrer Seite. Nur Wochen vor Anlaufen des Films erfuhr Ted Mann, neuer Inhaber des einstmaligen Graumann's Chinese Theater, daß Universals *Atemlos vor Angst* später als geplant anlaufen würde. Er war einverstanden, *Krieg der Sterne* zu zeigen, bis Friedkins Film freigegeben wurde. »Eigentlich sollte *Star Wars* dort nur einen Monat laufen«, erinnerte sich Lippincott.

An anderer Stelle war Fox jedoch gezwungen, die Regeln zu beugen. So bescheiden das Interesse an *Star Wars* war, so rege war die Nachfrage nach *Jenseits von Mitternacht*. In einem krassen Rechtsverstoß, für den das Studio später eine Geldstrafe von 25000 Dollar zahlen mußte, wurde eine kleine Zahl von Kinobetreibern vor die Wahl gestellt, entweder *Krieg der Sterne* zu buchen oder auch auf *Jenseits von Mitternacht* verzichten zu müssen. »Das war die Relation zwischen den beiden Filmen«, erzählte Wigan.

Als es darum ging, die endgültigen Kopien des Films zu bestellen, konnte Fox nicht anders, als extreme Zurückhaltung zu üben. So wurden nur zehn Kopien von *Star Wars* im vollen 70-mm-Format geordert. Sie sollten vorgemerkten Kinos in Los Angeles, New York und San Francisco vorbehalten werden. Da jede Kopie im Großleinwandformat 7000 Dollar kostete, sah Fox keine Veranlassung, mehr auszugeben. Jedes andere Kino würde sich mit dem 35-mm-Standardformat zufriedengeben müssen, das nur 1000 Dollar pro Kopie kostete.

Da jetzt auch noch die Zeit gegen sie war, wurde die Werbekampagne vollständig zurückgefahren. Seit der Trailer abgesetzt worden war, war abgesehen von den College- und Sci-Fi-Gemeinden nur wenig Werbung für den Film gemacht worden. Normalerweise wurde ein Film in Zeitschriften und Tageszeitungen angekündigt, mit Plakaten und Filmausschnitten. Da der Film jedoch noch nicht fertig war und man außerdem unschlüssig war bezüglich der Plakate, nachdem die Marktforscher davon abgeraten hatten, mit filmbezogener High-Tech zu werben, aus Angst, jene Zuschauer abzuschrecken, die keine Science-Fiction-Fans waren, sollte *Krieg der Sterne* ganz diskret anlaufen.

»Alles, was man bei einem normalen Film unternimmt, um ihn zu promoten, haben wir nicht gemacht«, gab Johnny Friedkin zu.

Lucas zog sich für den Endspurt bis zur Premiere am 25. Mai in die kokonartige Zuflucht seines Schneideraums zurück. Die endgültige Fassung mußte noch Fox vorgelegt und vom Studio abgesegnet werden, das – zumindest technisch gesehen – das Recht hatte, letzte Änderungen vorzunehmen. Inzwischen hatte Lucas die 120000 Meter Film in 123 Filmminuten umgewandelt, aber das war immer noch zu lang. Um die Chancen auf einen Kinoerfolg zu maximieren, durfte *Krieg der Sterne* höchstens zwei Stunden lang sein. Lucas überlegte lange und entschied letztlich, alle Sequenzen mit Lukes Jugendfreund, dem Rebellenpiloten Biggs Darklighter, herauszuschneiden. Garrick Hagons einzige Chance auf ewigen Ruhm war somit vertan. Außerdem wurde die

›Bist du sicher, daß Orson Wells auch so angefangen hat?‹
George Lucas bei den Dreharbeiten zu *Krieg der Sterne* in Tunesien.

›Die Staubstraße von Mos Eisley‹. Tunesien, April 1976.

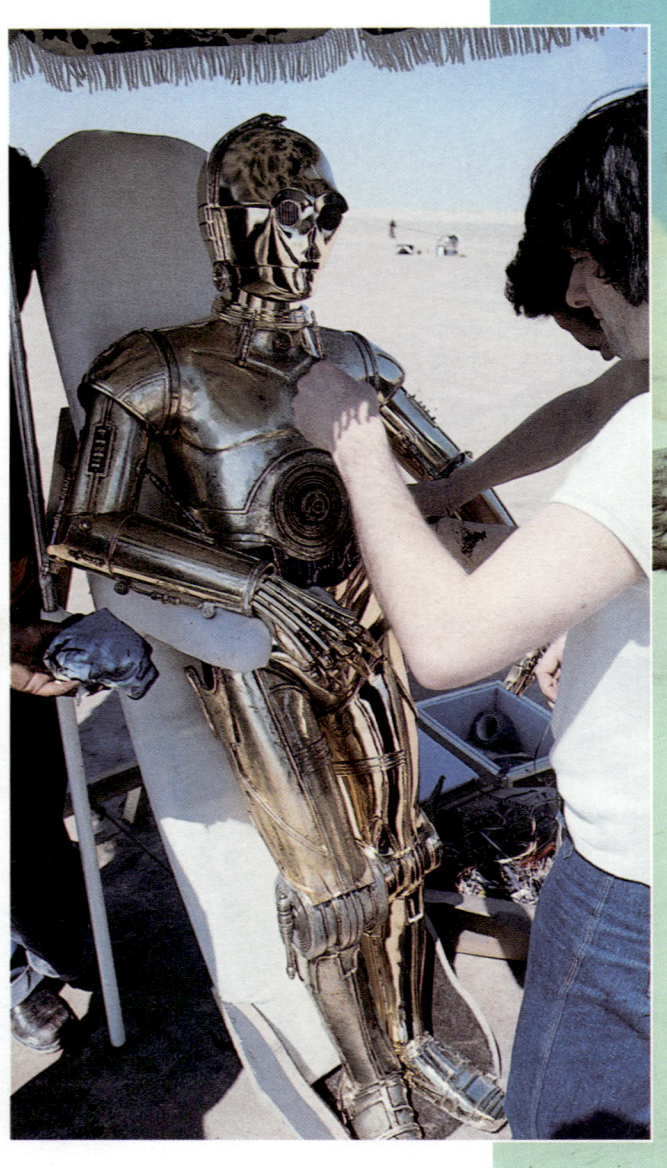

›Leben in einer Keksdose‹.
Anthony Daniels im Schatten
der Wüstensonne.

Noch mehr Robot-Ärger.
R2-D2 wird durch die tunesische Wüste geschleppt.

In der ›Star-Wars-Schlucht‹.
Lucas, Hamill und Guiness bei der Arbeit in Tunesien.

Der alte Mann der Wüste:
Alec Guinness unterhält Gary Kurtz' Töchter Melissa und Tiffany.

Mark Hamill auf dem Set mit Meredith Kurtz.

Junior Jawas. Melissa und Tiffany Kurtz spielen in der Sahara.

Dreharbeiten in der Mos-Eisley-Cantina. Elstree, Mai 1976.

›Fährt Ihr Landflitzer verbleit oder bleifrei, Sir?‹. Tunesien, April 1976.

Mark Hamill und Peter Mayhew als Chewbacca beim *Star-Wars*-Finale in Shepperton, Sommer 1976.

Oben: ›Na los, sei eine Prinzessin.‹
Carrie Fisher kämpft sich bei der
Premiere von
Das Imperium schlägt zurück
in London ein Lächeln ab.

Oben rechts: Auf dem Trophäen-
Trail. Mark Hamill nimmt einen der
zahllosen *Star-Wars*-Preise
entgegen.

Rechts: Han Solo bei einer
Zwischenlandung:
Harrison Ford während
einer Drehpause.

Links: Sklaven des Imperiums:
(von links) Harrison Ford, Dave
Prowse, Peter Mayhew, Carrie
Fisher, Kenny Baker und Mark
Hamill vor der Premiere von
Das Imperium schlägt zurück
in London.

Als der Krieg vorüber war: Lucas mit R2-D2 und C-3PO
bei den Festlichkeiten anläßlich des zehnjährigen Jubiläums
von Krieg der Sterne, 1987.

Konfrontation zwischen Han Solo und dem galaktischen Paten Jabba the Hutt, der ein Kopfgeld auf ihn ausgesetzt hatte, gestrichen. Lucas war tief enttäuscht gewesen von den Ergebnissen seiner ›Monstermacher‹ bei der Entwicklung der schleimigen Kreatur. Er fand, sie sähe ›widerwärtig‹ aus.

Lucas führte die letzten Änderungen in den Warner Goldwyn Hollywood Studios in Los Angeles aus, die damals als einzige über die notwendige Schneidetechnik verfügten. Marcia war bereits dort und arbeitete für Martin Scorsese an *New York, New York*. In den nächsten Wochen bekamen Lucas und seine Frau einander jedoch kaum zu Gesicht. Scorsese hatte die Schneideräume von 8 Uhr früh bis 20 Uhr gebucht; Lucas übernahm die Nachtschicht von 20 Uhr bis 8 Uhr. Sie wohnten beide in dem Apartment in Los Angeles, das sie von den Erträgen aus *American Graffiti* gekauft hatten. Hin und wieder hinterließ Marcia ihrem Mann eine Nachricht: »Können wir uns zum Frühstück treffen?«

Lucas stand seinem Film inzwischen zu nahe, um sich ernsthaft um die kontroversen Meinungen zu scheren, die er zu hören bekam. Innerhalb von ILM und Lucasfilm herrschte der Optimismus vor, daß der Film sich zu etwas wahrhaft Außergewöhnlichem entwickelt hatte. Im Zweifelsfall rechnete der Erschaffer des Streifens jedoch stets mit dem Schlimmsten. Unglücklicherweise mangelte es nicht an Ansichten, die seinem angeborenen Pessimismus Vorschub leisteten.

Lucas hatte einige Freunde eingeladen, sich den Film im Parkhouse anzusehen. Bill Huyck und Gloria Katz, John Milius, Hal Barwood, Matthew Robbins, Steven Spielberg, Brian De Palma und *Time*-Autor Jay Cocks waren dabei und aßen anschließend mit Lucas und Marcia zu Abend.

Spielberg kannte die pessimistische Ader seines Freundes bereits. »Oh, er beklagt sich immer. George hat auch *Graffiti* niedergemacht. Bevor ich mir den Film angesehen habe, sagte er: ›Verzeih mir.‹ Ich rechnete mit einem absoluten Flop«, erinnerte er sich.

In diesem Fall neigte jedoch mehr als einer dazu, *Krieg der Sterne* als Flop einzustufen. Am Ende der Vorführung herrschte Stille. Als seine Freunde den Raum verließen, sprachen sie eher ihr Beileid aus, als daß sie ihn beglückwünschten.

De Palma äußerte seine Kritik am deutlichsten und machte während des gemeinsamen Abendessens grausame Witze über die ›allmächtige Macht‹. Spielberg und Cocks zeigten sich kooperativer und unterbreiteten Lucas Verbesserungsvorschläge, die den Film vielleicht noch retten könnten. Lucas war während der ganzen Mahlzeit sehr ruhig und nickte nur höflich zu jeder Bemerkung. Er nahm das Angebot von Jay Cocks und De Palma an, den Text umzuschreiben, den Lucas am Anfang des Films eingefügt hatte, um den Hintergrund der Geschichte zu erklären.

Nachdem er sich von seinen Gästen verabschiedet hatte, legte Lucas sich mit der Überzeugung schlafen, mit *Star Wars* seine Karriere ruiniert zu haben. »Es ist nur ein alberner Film«, sagte er sich.

Wie vielleicht vorauszusehen gewesen war, hielt der Vorstand von Fox sogar noch weniger von dem fertigen Machwerk.

Ein großer Galaempfang war im Rahmen der Vorführung für die vierzehn Direktoren und ihre Ehefrauen bei Warner Goldwyn Hollywood organisiert worden. Wieder wurde vor dem Film darauf hingewiesen, daß einige Spezialeffekte noch hinzugefügt werden müßten.

Wenn schon die erfahrenen Filmleute von Fox die Patchwork-Fassung ungewöhnlich gefunden hatten, betrachteten sie die Vorstandsmitglieder, Industrie- und Wirtschaftsbosse aus Vorständen im ganzen Land als schlichtweg katastrophal.

»Einige der Direktoren schliefen ein – und auch eine der Sekretärinnen«, erinnerte sich Johnny Friedkin, der an diesem Abend ebenfalls mit im Vorführraum saß.

Friedkin, Gareth Wigan und andere leitende Angestellte von Fox beobachteten alle vierzehn Direktoren eingehend. »Drei fanden den Film brillant, absolut brillant, drei waren unentschlossen, und die anderen waren überzeugt davon, daß er eine Katastrophe war, eine einzige Katastrophe«, sagte Wigan.

Lucas zufolge kam einer der Vorstandsmitglieder anschließend widerstrebend zu ihm und teilte ihm mit, daß der Film seiner Ansicht nach wohl ›ganz gut‹ laufen werde. Gleich darauf machte er sein positives Urteil jedoch dadurch wieder zunichte, daß er gestand, von Filmen nichts zu verstehen.

Innerhalb weniger Tage registrierte die Wall Street einen plötzlichen Run auf die 20th-Century-Fox-Aktien. Die Nachfrage ließ den Aktienwert ansteigen, der sich knapp über 11 Dollar einpendelte.

Später hieß es dann, die Bewegung wäre durch Gerüchte in Hollywood entstanden, denen zufolge Century City einen neuen ›Wunderfilm‹ in petto habe. Später stellte sich heraus, daß die Direktoren anderer Studios – vor allem von Universal – zu den Käufern gehört hatten.

Die Realität jedoch war den leitenden Angestellten von Fox zufolge das krasse Gegenteil dessen, was sich als weise Voraussicht erweisen sollte. Nach der Vorführung zu Ehren des Vorstandes hatte sich in den Fluren amerikanischer Unternehmen herumgesprochen, daß 20th Century Fox davorstanden, einen Verlust von 11 Millionen Dollar einzufahren.

»Ich glaube, tatsächlich war es so, daß jemand glaubte, der Film würde eine Katastrophe werden und Fox den Bach runtergehen«, meinte Gareth Wigan. »Man hortete Anteile, um das Studio zu übernehmen, sobald es in der Krise steckte.«

KAPITEL 7

IN RICHTUNG HYPERRAUM

Am Donnerstag, dem 26. Mai 1977 genoß Tim Deegan von 20th Century Fox eine seltene Pause vom Wahnsinn Hollywoods. Zusammen mit seiner Freundin war er auf die hawaiianische Insel Maui in den Urlaub geflogen.

Deegan erinnerte sich, daß seine Freundin am Steuer saß, etwa auf der Hälfte der dreistündigen Fahrt hinauf auf den berühmten Mount Haleakala-Vulkan, als er begann, ihr spaßeshalber aus der Zeitung vorzulesen. Sein entspanntes Lächeln wich einem Ausdruck der Verwunderung, als er zum Börsenteil gelangte. Deegan, selbst Inhaber eines beträchtlichen Anteils Fox-Aktien, konnte nicht umhin, einen ungewöhnlichen Anstieg der Aktiennotierung an der Wall Street vom Vortag zu bemerken.

Visionen von Übernahme und Vorstandsputschs gingen ihm auf der ganzen Fahrt den spektakulären Berghang hinauf durch den Kopf. Als er beim Besucherzentrum oben auf dem 2100 Meter hohen Krater eine Telefonzelle entdeckte, siegte seine Neugier. »Ich wollte das Studio nicht anrufen. Ich hatte Urlaub. Also rief ich statt dessen Art Murphy von *Variety* an«, erinnerte er sich.

Murphy, einer von Hollywoods informiertesten Reportern, war von der Rückfrage seines Freundes ebenso verblüfft wie belustigt. »Wo steckst du? Auf dem Mond?« fragte er. »Gewissermaßen«, entgegnete der Werbefachmann mit Blick auf die surreale, dampfende Granitlandschaft.

»*Star Wars* ist gestern angelaufen«, sagte Murphy, seinen Freund von dessen quälender Neugier erlösend. »Es war die umsatzstärkste Premiere aller Zeiten, und Hochrechnungen gehen davon aus, daß der Film zum erfolgreichsten Streifen wird, den es je gegeben hat.«

Gary Kurtz hatte gespürt, daß sich etwas Außergewöhnliches ankündigte, als er am Mittwoch, dem 25. Mai Gast in einer Radioshow in Washington war. Zusammen mit Charlie Lippincott hatte der Produzent den Morgen in New York verbracht und war Gast in der NBC-Fernsehsendung *Today* gewesen.

Am nächsten Tag würde er in Massachusetts sein, als Gast bei einer weiteren Frühstücksfernsehshow – *Good Morning Boston*.

Fragen und Antworten waren reine Routine gewesen, bis ein College-Student angerufen hatte. Der Anrufer sagte, er wäre kein Science-Fiction-Fan, aber *Star Wars* hätte ihm trotzdem gefallen. Dann fing er an, sehr detaillierte Fragen zu den Charakteren und der Geschichte zu stellen.

»Sie scheinen ja sehr gut Bescheid zu wissen«, sagte Kurtz zu dem Anrufer.

»Stimmt, ich habe mir den Film viermal angesehen«, erwiderte dieser.

Verwirrt wollte Kurtz wissen, wie das möglich sei, da der Film doch erst am Morgen angelaufen wäre.

»Ich habe mir alle Tagesvorstellungen angesehen«, antwortete der Student.

Schon bald sollten Kinomanager im ganzen Land gezwungen sein, ihre Einlaßregelungen zu ändern. »Bis dahin war es üblich, daß man kommen und gehen konnte, wann es einem beliebte«, erklärte Kurtz. »*Star Wars* zwang die Kinobetreiber, die Kinos nach jeder Vorstellung zu räumen, um Platz für die nächsten Zuschauer zu schaffen.«

Das war das erste, aber sicher nicht das letzte Mal, daß *Krieg der Sterne* die Kinoregeln neu diktierte.

Schon um 8 Uhr früh an diesem Morgen hatten sich vor den Kinos lange Schlangen für die erste Vorstellung um 10 Uhr gebildet, und der Andrang hatte unvermindert angehalten, bis die letzte Abendvorstellung ausverkauft gewesen war.

Donnerstag morgen schlugen die ersten Zahlen bei 20th Century Fox ein wie eine Bombe.

»Es war unglaublich«, erinnerte sich Gareth Wigan. »Die Zahlen waren verblüffend.«

Kinos in Orange County, Minneapolis, Denver und Sacramento hatten Tagesrekorde verbucht. Andere Kinos in Detroit und Phoenix verzeichneten die höchsten Einnahmen, die je ein Fox-Film gebracht hatte. Als die exakten Berechnungen vorlagen, stellte sich heraus, daß der Premierentag von *Star Wars* insgesamt 254309 Dollar eingespielt hatte – und das mit nur 32 Kinos. Die bisherigen Premierentag-Rekordhalter, *Flammendes Inferno* und *Meine Lieder – meine Träume*, waren haushoch überrundet worden. Und das alles an einem Mittwoch!

Hollywood-Drehbuchautor William Goldman faßte die Realität der Filmindustrie am treffendsten zusammen: ›Niemand weiß irgend etwas‹, schrieb er in seiner wöchentlichen Kolumne *Adventures in the Screen Trade*. Kein Film machte diese Weisheit so deutlich wie *Krieg der Sterne*.

Sofern es einen Wendepunkt gegeben hatte, was Alan Ladd und Lucasfilm betraf, dann war dies bei Lucas' und Coppolas berühmter Auseinandersetzung mit Ned Tanen gewesen. Die erste größere öffentliche Vorführung war Anfang Mai im Northpoint in San Francisco erfolgt.

Inzwischen war Lucas' Film vollständig. Die letzten Effekte waren von ILM geliefert und Ende April eingefügt worden. Als John Williams' bewegende Blechouvertüre das Filmtheater erfüllte, der Eröffnungstext die Story von *Episode IV: Eine neue Hoffnung* umriß und die Kamera auf Ralf McQuarries hervorragend dargestellten Planeten Tatooine schwenkte, wurde es still im Saal. Als dann das scheinbar endlose Grollen des riesigen Imperialen Sternenzerstörers verstummt war, hatte das Publikum spontan applaudiert. Diese Reaktion sollte sich in den kommenden Jahren noch mehrfach wiederholen. Zischen empfing jeden Auftritt von Darth Vader, Jubel ertönte, wenn Obi-Wan Kenobi in der Cantina-Sequenz dem glubschäugigen Bösewicht einen tödlichen Hieb mit dem Lichtschwert versetzte, und Applaus brandete auf, jedesmal wenn Luke seine vernichtende Sprengladung ins Herz des Todessterns abfeuerte. Wenn dann nach der Vorstellung die Lichter angingen, erscholl erneut tosender Beifall.

»Damals kam es nur sehr selten vor, daß das Publikum einem Kinofilm applaudierte, ganz gleich unter welchen Umständen«, sagte Gareth Wigan, der sich die Vorführung zusammen mit seinem Sohn angesehen hatte. »An diesem Morgen klatschte das Publikum, wenn ich mich recht entsinne, zwölfmal.«

Hinterher blieben die Besucher im Saal, unsicher, was sie tun sollten. »Der Kinomanager kam herein und konnte die Leute nicht dazu bewegen, den Saal zu verlassen. Sie weigerten sich einfach zu gehen«, sagte Wigan.

Der Augenblick des Triumphes erwies sich als zuviel für Alan Ladd jr. »Laddie verließ die Vorführung weinend«, erinnerte sich Charlie Lippincott.

»Als das erste Raumschiff über die Leinwand glitt, fingen sie schon an zu applaudieren«, gab Ladd später zu. »Das hatte ich nicht erwartet, und es hat mich zu Tränen gerührt.«

Der Erfolg der Vorführung sickerte schon bald durch in Hollywoods Gerüchteküche. Lippincott erfuhr später, daß zwei leitende Angestellte von Columbia von einem Bekannten, der in besagtem Kino arbeitete, eingeschmuggelt worden waren. Beeindruckt von dem, was sie gesehen hatten, verbreiteten sie, daß *Krieg der Sterne* bei weitem nicht der Flop war, zu dem Gerüchte den Film im voraus abgestempelt hatten. »Es sprach sich in Windeseile herum«, sagte Lippincott.

Aber die Vorführung sollte sich noch in anderer Hinsicht als nützlich erweisen. Lippincott hatte ein fünfjähriges Mädchen bei den Szenen mit Darth Vader weinen sehen, vor allem bei einer Szene, in der er zu Anfang des Films einen Rebellenoffizier würgte. Er, Lucas und Kurtz beschlossen, Ladd zu bitten, die MPAA, die amerikanische Jugendschutzkommission, zu bitten, den Film erst ab zwölf freizugeben. Diese Geste war alles andere als altruistisch. Sie trug dazu bei, der Vorstellung entgegenzuwirken, *Krieg der Sterne* wäre ein ›Kinderfilm‹, was unweigerlich das Publikum im frühen Teenageralter abgeschreckt hätte.

Als die Erregung in Hollywood anhielt, zeigte die Presse wieder Interesse an Lucas. Das *Time*-Magazine erklärte, von Jay Cocks ermutigt, daß es möglicherweise eine Titelstory plane – eine unbezahlbare Werbung für jeden Film. (Niemand hatte vergessen, wie erfolgreich *Love Story* sieben Jahre zuvor geworden war, nachdem Ali McGraws All-American-Lächeln von der Titelseite des *Time*-Magazins gestrahlt hatte.) Nachdem Lucas jedoch einige knappe Stunden damit verbracht hatte, über die Entstehung von *Star Wars* zu berichten, fragte sich manch einer, ob er dem Film nicht eher geschadet als genutzt hatte. Während alle anderen sich an die Strategie gehalten hatten, jede Bezugnahme auf Science Fiction oder Kinderfilme zu vermeiden, hatte Lucas seinen Film so angepriesen, wie er selbst ihn sah. »Er sprach immer nur davon, daß der Film in seinen Augen das Kind in jedem von uns ansprechen würde«, erinnerte sich Gareth Wigan.

»Wir dachten, daß sobald man den Film als Kinderfilm anpries, ihn sich kein Erwachsener mehr ansehen würde. Das klingt so nach einer alten Samstagsmatinee. Und genau das schwebte George auch vor. Alle rauften sich die Haare und stöhnten: ›O mein Gott, es wäre besser gewesen, wenn wir ihn mit niemandem hätten sprechen lassen‹«, fügte er hinzu.

Da nur wenig Werbung geplant war, wurde bald offensichtlich, daß die Kritik umfangreicher als gewöhnlich ausfallen würde, wenn der Film ein breites Publikum fand. Ihr Urteil allein würde dem Film nicht entscheidend schaden können – man erinnerte sich noch zu gut daran, daß *Meine Lieder – meine Träume* trotz zahlreicher vernichtender Kritiken alle Rekorde gebrochen hatte – aber wenn *Star Wars* sich die Mundpropaganda sichern wollte, brauchte es die Macht des Lobes auf seiner Seite.

Johnny Friedkins Hauptsorge war gewesen, daß die bedeutendsten Kritiker, Charles Champlin von der *Los Angeles Times*, Jack Kroll von *Newsweek* und Vincent Canby von der *New York Times*, Ende Mai möglicherweise bei den Filmfestspielen in Cannes sein würden. »Wir wollten nicht, daß die Kritiken von einem Haufen zweitklassiger Schreiberlinge verfaßt wurden«, erinnerte er sich. Und so waren in New York und Los Angeles mehrere Pressevorführungen arrangiert worden. Wenn nötig, hatte Friedkin wichtige Kritiker nach Los Angeles einfliegen lassen, nur damit sie sich *Star Wars* ansahen, bevor sie nach Frankreich aufbrachen.

Bei der wichtigsten Pressevorführung im Astor Plaza in New York am Montag vor dem offiziellen Start von *Krieg der Sterne*, dem 23. Mai, spürte Friedkin zum ersten Mal, was sich anbahnen mochte.

»Es war der helle Wahnsinn, wirklich, das Publikum flippte regelrecht aus«, erinnerte sich Friedkin. Die Veranstalter waren angewiesen worden, den Zuschauerraum mit jungen Leuten zu füllen. Friedkin hatte seinen achtzehnjährigen Sohn eingeladen, der wiederum fünf Freunde mitgebracht hatte. »Sie saßen da wie gebannt, und am Ende des Films sagte er: ›Dad, du bist doch Vizepräsident, kannst du sie nicht überreden, den Film noch mal zu zeigen?‹«

Als Friedkin nach Los Angeles zurückkehrte, war er überzeugt davon, daß die Kritiken positiv ausfallen würden.

Jeder Publizist in Hollywood trug eine Liste der wichtigsten meinungsbildenden Zeitungen und Zeitschriften bei sich: *Time* und *Newsweek* sowie die *New York Times* und die *Los Angeles Times* rangierten ganz oben, *Variety* und der *Hollywood Reporter* etwas weiter unten, zusammen mit den verschiedenen städtischen

Tageszeitungen Amerikas. Am Dienstag trafen Vorab-
kopien der Kritiken nach und nach in den Werbebüros
ein. Friedkin und Boone verschwendeten keine Zeit
und deponierten vergrößerte Kopien auf Alan Ladds
und Dennis Stanfills Schreibtischen. Die Kritiken gehörten zu den besten, die sie alle je gelesen hatten.

Am 20. Mai gab *Variety* den Ton an. ›*Star Wars* ist ein
wunderbarer Film. George Lucas wollte das größtmög-
liche Fantasy-Abenteuer aus seinen Erinnerungen an
alte Serien und Abenteuerfilme zaubern, und das ist
ihm auf brillante Art gelungen‹, begann der Artikel.
›Wie ein frischer Luftzug weht *Star Wars* den Zynismus
fort, der in den vergangenen Jahren die Konzepte von
Mut, Hingabe und Ehre getrübt haben. Täuschen Sie
sich nicht – es handelt sich keineswegs um einen Kinderfilm mit allen damit einhergehenden abträglichen
Konnotationen. Bei diesem Film handelt es sich vielmehr um eine wunderbares Beispiel dafür, was nur die
Leinwand bewerkstelligen kann – und um eine Bestätigung dessen, was nur Hollywood auf die Leinwand
zaubern kann.‹ Im weiteren Text der Kritik schlich sich
ein Satz ein, der bald von allen Seiten aufgenommen
werden würde: ›Es ist die Art von Film, bei dem das
Publikum erst unterhalten wird, um sich dann hinterher rundum gut zu fühlen.‹ Schon bald sollten alle den
›Wohlfühlfaktor‹ hervorheben.

Charles Champlin seinerseits zeigte sich ebenfalls
begeistert. ›George Lucas hat sein ganzes Leben eine
doppelte Liebesbeziehung unterhalten, die eine mit
Comics, die zweite mit Kinofilmen. Jetzt hat er diese
Lieben in *Star Wars* vereint, dem verblüffendsten Fami-
lienfilm des Jahres, einem actionreichen und technisch
erstaunlichen Weltraumabenteuer ... *Star Wars* ist Buck
Rogers mit Doktortitel, aber ohne eine Spur von Neuro-
tik oder Zynismus, ein genialer, erheiternder Ausflug in
eine Welt der fernen Zukunft.‹

Sogar der Patrizier Jack Kroll von *Newsweek* mutierte
zum atemlosen Kind. ›*Star Wars* hat mich begeistert,
und es wird auch Sie begeistern, es sei denn, Sie ... also,

ich hoffe, das sind Sie nicht‹, begann er seine Kritik. ›Das ist die letzte Chance für Kids, Spaß zu haben, bevor sie einen Ödipus-Komplex entwickeln. Und wir hohläugigen Ödipusse können, wenn wir es nur versuchen, die Zeit zurückdrehen und Spaß haben wie in der Zeit vor unserem ewigen Schuldkomplex.‹

Die ersten Kommentare von seiten des ebenso angesehenen amerikanischen Wochenmagazins *Time* fielen mindestens genauso positiv aus. Das Magazin widmete ganze sechs Seiten einem Artikel mit der Überschrift ›*Star Wars*: Der beste Film des Jahres‹. *Time* hatte ursprünglich beabsichtigt, den Film auf die Titelseite zu bringen. Lucas kümmerte es nicht weiter, daß die Wahl von Menachim Begin in Israel seinem Film den Rang abgelaufen hatte. Keiner von den neuen Regisseuren – nicht einmal Coppola, Spielberg oder Scorsese – war in solchem Maße mit Lob überhäuft worden.

›*Star Wars* ist eine Kombination aus *Flash Gordon*, *Das zauberhafte Land*, den Abenteuerfilmen mit Errol Flynn aus den 30er und 40er Jahren und fast jedem Western, der je gezeigt wurde – ganz zu schweigen von *The Hardy Boys, Sir Gawain and the Green Knight* und *The Faerie Queene*‹, fuhr der *Time*-Kritiker fort. ›Das Ergebnis ist eine bemerkenswerte Mischung: eine unterschwellige Revue der Filmgeschichte, verpackt in einer mitreißenden, spannenden und abenteuerlichen Story, verknüpft mit einigen der raffiniertesten Spezialeffekte, die je für einen Film entwickelt wurden.‹

Als schließlich noch Vincent Canby in der *New York Times* in die Lobeshymnen einstimmte, und *Star Wars* als ›der ausgereifteste, teuerste und schönste Film, der je gedreht wurde‹ bezeichnete, hatte Lucas' Werk eine bemerkenswert einhellige Kritik von den einflußreichsten Kritikern des Landes für sich verbucht. Und der Richtung, die sie wiesen, folgten bald auch fast alle anderen Kritiker in Amerika.

Am Freitag beherrschte der überwältigende Erfolg des Premierentages die Schlagzeilen. *Variety* verkündete auf der Titelseite:

FOX' *STAR WARS*
AUF DEM WEG IN DEN HYPERRAUM:
REKORDEINNAHMEN
VON 255000 DOLLAR AM ERSTEN TAG

›Gestern gab es in der Filmindustrie nur ein Gesprächsthema: die umwerfende Premiere von George Lucas' *Star Wars*‹, begann der Artikel.

An diesem Morgen lief der Film in neun weiteren Kinos an. Ganz egal wo, die Menschenschlangen warteten bereits.

Bei Fox war die Euphorie eine Mischung aus Erleichterung und Schockiertheit. Viel von der vorausgegangenen Negativität war in abgemilderter Form in Alan Ladds Kreis gedrungen, und daß bei den Vorführungen manch einer eingeschlafen war, war als Beweis für eine weitere alten Hollywood-Weisheit interpretiert worden: ›Vorstände verstehen nichts vom Filmemachen.‹ Aber trotz allem Optimismus, den die Vorführung in Northpoint hatte aufkommen lassen, hatte niemand gewagt, die Flutwelle vorauszusagen, die am Mittwochmorgen über die Kinos hereingebrochen war.

»Wir wußten, daß wir einen erstaunlichen Film zustande gebracht hatten, aber wir konnten nicht wissen, wie die breite Masse reagieren würde«, sagte Gareth Wigan. Wie immer standen viele in der ersten Reihe, sich im Ruhm zu sonnen. »Wie heißt es noch gleich so schön? Ruhm hat tausend Väter, und Versagen ist ein Waisenkind«, lächelte Wigan. Jene, die eine Katastrophe vorausgesagt hatten, waren sogar noch schneller in ihrer Kehrtwende. In Anbetracht der Tausende von Frauen, die anstanden, um *Krieg der Sterne* zu sehen – und die sehr wohl wußten, daß der Krieg im Weltraum stattfand und nicht in der Bel-Air-Villa einer abgetakelten Filmdiva –, nahm der negative Marktforschungsbericht von Alan Freeman sich eher lächerlich aus. Er wurde vollständig aus den Fox-Akten getilgt. »Wenn ich mich recht erinnere, wurde jede Kopie zurückbeordert und im Reißwolf vernichtet«, erzählte Tim Deegan. »Die Angelegenheit war unsäglich peinlich.«

Für die weniger opportunistischen Mitglieder des Teams stand jedoch zweifelsohne fest, daß Lucas und seinen Fußsoldaten der Star Wars Corporation der Löwenanteil am allgemeinen Lob gebührte. »Wir unternahmen nichts von dem, was man bei gewöhnlichen Filmen unternimmt; dazu war keine Zeit«, gestand Johnny Friedkin. »Die Leute standen an, weil Gary und Charlie monatelang an jedem verdammten Wochenende auf irgendeiner Science-Fiction-Messe waren. Irgendwie ist es Gary und Charlie gelungen, Herz und Essenz des Films rüberzubringen. Die Leute fragen: ›Wie kam es zu den Menschenaufläufen am ersten Tag?‹ Nun, das war allein Gary und Charlie zu verdanken.«

»Das Ganze lag völlig außer Reichweite«, meinte Gareth Wigan. »In jenen Tagen gab es keine Meinungsforschungen oder Umfragen. Aber es gab eine unterschwellige Strömung.«

Im Büro kursierten Geschichten darüber, was die Leute alles angestellt hatten, um den Film zu sehen. »Eine Geschichte kannten wir alle und fanden sie großartig. Sie handelte von einem Jungen aus Boston, der per Anhalter nach New York gefahren war«, sagte Wigan. »Der Film lief auch in Boston, aber er wollte ihn im Großformat sehen, und in diesem Format wurde der Film nur in zwei Kinos in New York und in einem in Los Angeles gezeigt. Also fuhr der Junge von Boston aus per Anhalter einen ganzen Tag und eine ganze Nacht bis New York, um dann für die erste Vorstellung auf dem Times Square im Großformat am nächsten Abend anzustehen. Es war unglaublich. Und die Welle griff immer weiter um sich.«

Es bestand auch kein Zweifel daran, wem der Erfolg bei Fox intern zu verdanken war. Die Feierabenddrinks in Alan Ladd jr.s Büro flossen etwas großzügiger. Er wurde sogar überredet, eine Klausel seines Vertrages zu brechen (er hatte verlangt, sich niemals in der Öffentlichkeit äußern zu müssen) und der Presse seine ersten Interviews zu geben. Ladd lachte über den Kampf, den er hatte ausfechten müssen, um den Film bei Dennis Stanfill und seinen Direktoren durchzuboxen. »Wie faßt man für einen Vorstand die Geschichte dieses Films zusammen? Stellen Sie sich das vor: ›Also, sehen Sie, da ist ein blonder, gorillaähnlicher Wookie namens Chewbacca, der Kopilot dieses Piratenraumschiffes ist ...‹«

Er gab zu, daß die hektischen letzten Monate ihm arg zugesetzt hatten. Bis zum Morgen der Vorführung in Northpoint hatte er das Rauchen erfolgreich aufgegeben gehabt. »Als es vorbei war, ging ich raus in die Lobby und steckte mir eine Zigarette an; seitdem rauche ich wieder.«

Niemand bei Fox neidete ihm seine Augenblicke im Rampenlicht. »Wäre Laddie nicht gewesen, hätte Fox es niemals geschafft«, sagte Ray Gosnell. »Laddie hat gekämpft und gekämpft, und nur seiner Beharrlichkeit ist es zu verdanken, daß der Film fertig wurde. Er hat seinen Job riskiert – und das vom ersten Tag an«, berichtete Johnny Friedkin. »Jeder andere, der sich damit brüstet, der Erfolg wäre ihm zu verdanken, schmückt sich mit fremden Federn.«

Mark Hamill erfuhr als erster Darsteller von den erstaunlichen Szenen, die sich vor den Kinos abspielten. »Hi, Kleiner, bist du schon berühmt?« hatte Lucas ihn gefragt, als er ihn um 10 Uhr am Mittwochabend nach seinem Abendessen mit Marcia vom Schneideraum aus angerufen hatte. Wie für den Regisseur typisch, hatte er Hamill im selben Atemzug gefragt, ob er für eine letzte Synchronisationssequenz rüberkommen könne! Auf dem Weg quer durch Los Angeles fuhr Hamills Chauffeur ihn am Avco-Kino in Westwood vorbei. Er kam dem Vorschlag seines Chauffeurs, sich aus dem Fenster zu lehnen und zu rufen »Hi, ich bin's!«, während sie an den endlosen Schlangen vorbeiglitten, allerdings nicht nach.

Am nächsten Morgen saß Harrison Ford im Büro seiner Managerin Patricia McQueeney und hielt den Kopf in den von der Schreinerarbeit schwieligen Händen. Nachdem er Jahre nicht weitergekommen war, hatte er endlich den Durchbruch geschafft. Während die meisten Kritiker Lucas und seine Designer als Helden der Stunde gefeiert hatten, hatten sich einige wenige auch die Zeit genommen, das hintergründige Können wahrzunehmen, das hinter seiner Leistung steckte.

›Herausragend‹, lobte *Variety*. ›Ford besitzt die ganze Verwegenheit, die Arroganz und den Humor eines Jeff Bridges, aber er ist nicht nur ein guter Schauspieler, sondern sieht dazu noch besser aus‹, schrieb Ruth Batchelor in *Free Press*.

»Patricia, das ist ein Wunder«, sagte Ford zu McQueeney.

George Lucas brach zu seinem geplanten Urlaub mit Marcia auf Hawaii auf, endlich überzeugt, sich nicht lächerlich gemacht zu haben. Alan Ladd jr. wußte, wo er war, für den Fall, daß er ihn brauchte – das Gewohnheitstier Lucas hatte sich wie immer im Mauna Kea Hotel niedergelassen.

Bei Fox stellte sich die Frage, ob der Erfolg von *Star Wars* sich auch während des freien Wochenendes zum Memorial Day fortsetzen würde. Die extravaganten Kalkulationen im Anschluß an den ersten Tag basierten auf den phänomenalen Ergebnissen ausverkaufter Vorstellungen vom frühen Morgen bis zum späten Abend, jedoch nur in einer verhältnismäßig kleinen Anzahl von Kinos. Am Wochenende sollte der Film in neun weiteren Filmtheatern anlaufen. Erst nach den letzten Vorstellungen am Montagabend würden sie wissen, ob der Mittwoch nur ein einmaliges Ereignis gewesen war.

Als Alan Ladd jr. George Lucas am darauffolgenden

Dienstagmorgen anrief, hatten sie ihre Antwort. Diesmal war die Neuigkeit sogar noch spektakulärer. Auf Ladds Schreibtisch lag eine Ausgabe von *Variety*, und die Schlagzeile lautete: ›6-TAGE-REKORD; ERFOLGREICHSTER FILM SEIT *DER WEISSE HAI. Star Wars* hat am Ende des Memorial-Wochenendes bereits sensationelle 2556418 Dollar eingespielt‹, hieß es weiter.

Man brauchte nur einen Blick auf die aktuellen Zahlen zu werfen, um zu erkennen, daß *Star Wars* Spielbergs weißen Hai weit hinter sich lassen würde. *Der weiße Hai* war in über 100 Kinos gleichzeitig angelaufen. *Krieg der Sterne* wurde nur in den 40 Kinos gezeigt, die mutig – oder schwach – genug gewesen waren, das Risiko einzugehen. Allein an dem Feiertagssonntag hatte *Krieg der Sterne* 595000 Dollar eingespielt – durchschnittlich 13000 pro Kino, ein für jedes Kino sehr akzeptables Wochenergebnis. Der Film spielte durchschnittlich pro Kino täglich 10000 Dollar ein. Sogar auf dem Höhepunkt seines Erfolges vor zwei Jahren hatte *Der weiße Hai* ›nur‹ die Hälfte eingespielt. Die Statistiken waren nahezu unglaublich.

Wenn *Star Wars* seinen Höhenflug zu Beginn der Science-Fiction-Anhängerschaft zu verdanken hatte, war die Lichtgeschwindigkeit, mit der der Film sich an die Spitze katapultierte, jedoch noch auf etwas anderes zurückzuführen.

Als die Menschenmassen die Woche über stetig zunahmen, sandte Fox Leute aus, um das Chaos zu beseitigen, das die Kinogänger hinterließen. Die Bürgersteige vor den Kinos, in denen *Star Wars* lief, versanken unter Bergen von leeren Getränkedosen, Zeitungen, Hamburgerpapier und Zigarettenpackungen. Gleichzeitig sandten Zeitungsherausgeber Reporter aus, um zu ergründen, warum. Bald schon schaffte *Krieg der Sterne* den Sprung von der Landeszeitungsschlagzeile in die bundesweiten Nachrichten.

Beim Avco-Kino in Westwood hatte *Star Wars* alle hauseigenen Rekorde des Theaters mit 1000 Sitzplätzen gebrochen. Seit dem 25. Mai bildeten sich schon um 8

Uhr früh Schlangen von Menschen, die für die erste Vorstellung um 10 Uhr anstanden. Und der Andrang nahm in den sechzehn dreiviertel Stunden bis zur letzten von Avcos sieben Vorstellungen nicht ab. Die Menschen – Studenten und Geschäftsleute, Mütter mit ihren Babys und Kinder in Baseball-Klamotten – umklammerten braune Papiertüten mit Snacks, tauschten Meinungen über den Film aus und benahmen sich alles in allem vorbildlich. Im Saal taten sie das, was Zuschauer überall taten: Sie pfiffen und zischten, schrien und johlten, während die Action ihren Lauf nahm. »Sie gehen da rein und feiern eine Party, jubeln und applaudieren«, sagte der völlig verdatterte Manager Albert Szabo immer wieder. Szabo war ein Filmtheatermanager der alten Schule – bis hin zu seinem stets tadellosen Smoking mit Fliege. Nach dreißig Jahren im Geschäft hatte er geglaubt, schon alles gesehen zu haben.

»Ich erinnere mich an den Massenandrang in meinem Kino bei *Der Pate*, *That's Entertainment*, *Dr. Schiwago* und *2001: Odyssee im Weltraum*«, erzählte er der *Los Angeles Times*. »Aber so etwas habe ich noch nicht erlebt.«

Szabo hatte sechzig zusätzliche Aushilfskräfte engagiert, um den Massenansturm zu bewältigen. In der ersten Juniwoche war der Andrang sogar noch größer. »Am letzten Wochenende haben wir 5000 Leute nach Hause geschickt.« Und diese Szenen wiederholten sich in ganz Amerika. »Das ist kein Schneeball, das ist eine Lawine«, sagte Szabo.

Nirgends erfreute sich *Krieg der Sterne* jedoch größerer Beliebtheit als in der Wall Street. Am 23. Mai war gemunkelt worden, Fox würde vom Nashville-Tycoon Claude Cockrell jr. übernommen werden. Die Aktien waren damals mit 11,50 Dollar notiert worden. In den nächsten drei Wochen kauften und verkauften die Broker fast sechs Millionen Aktien – knapp die Hälfte des gesamten Aktienpakets der Gesellschaft. Inzwischen war der Preis pro Aktie auf 22,50 Dollar gestiegen, dem höchsten Stand seit Jahren.

›Niemand zweifelt daran, daß der Erfolg von *Star Wars* hinter dieser Hausse steht‹, schrieb das *Wall Street Journal*. Die Finanzwelt hatte begonnen, Fox' Umsätze hochzurechnen. Analytiker schätzten, daß allein der Filmverleih von *Star Wars* weltweit bis zu 150 Millionen Dollar einbringen würde (man veranschlagte bereits die Hälfte der 300 Millionen Dollar, die weltweit eingespielt werden sollten). Nachdem Fox seine 40 Millionen Filmverleihgebüren entrichtet und die Kosten für Realisierung, Marketing und Vervielfältigung des Films abgezogen hatte, blieben somit etwa 80 Millionen, die 60/40 mit Lucasfilm geteilt wurden. Und wenn bereits offensichtlich war, daß George Lucas sehr bald ein ungeheuer reicher Mann sein würde, stand ebenfalls außer Frage, daß sich auch für Fox das Blatt entscheidend gewendet hatte. ›Wenn der Film den Hochrechnungen gerecht wird, könnte er einigen Analytikern zufolge den finanziellen Hintergrund schaffen, um Fox in ein Unterhaltungskonglomerat im Stil von MCA oder Warner Communications zu verwandeln‹, hieß es im *Wall Street Journal*.

In amerikanischen Wirtschaftskreisen wurde Dennis Stanfill plötzlich als Finanz-Lazarus verehrt, als der Mann, der 20th Century Fox gerettet hatte. »Wann hätte ein Film je in diesem Maße die Phantasie der Öffentlichkeit angeregt?« sagte er bei einem seiner wenigen Interviews im Juni. »Wer den Film sieht, ist begeistert und will ein Stück davon besitzen.«

Plötzlich kehrte wieder Leben in das alte Studio ein, das in letzter Minute von der Art klassischer Spekulation gerettet worden war, für die Altmeister Darryl Zanuck berühmt gewesen war. »Es war ein großer Augenblick«, erinnerte sich Ray Gosnell. »Fox wurde vom Beinahe-Bankrott zurück an die Spitze der Filmstudios katapultiert.«

Wie in allen guten Hollywood-Geschichten war es tatsächlich noch knapper gewesen, als alle geglaubt hatten. Ironischerweise wußten nur wenige innerhalb des Studios, wie dicht Fox davorgestanden hatte, einen großen Batzen der Profite, die dank *Star Wars* bald eingehen würden, abzutreten.

Das mangelnde Vertrauen in Lucas' Film war so weit gegangen, daß die Gesellschaft beinahe einen Anteil an *Krieg der Sterne* und seinen Profiten an einen deutschen Unternehmer abgetreten hätte. Die weitverbreitete Praktik, potentielle Verluste zu begrenzen, indem man Anteile an wohlhabende Geschäftsleute veräußerte – die ihrerseits die Investition nutzten, um sie steuerlich geltend zu machen –, war jedoch von der IRS im Dezember 1976 verboten worden. Westdeutschland bot jedoch noch ein Schlupfloch, und Rechtsberater Donald Loze von Fox hatte darauf hingearbeitet, den Schaden zu begrenzen, für den Fall, daß der ›Science-Film‹ ein Flop wurde. Am 2. Mai hatte er mündlich mit seinem Interessenten vereinbart, diesem für 12 Millionen Dollar *Krieg der Sterne* zu verkaufen, im Rahmen eines 24,2-Millionen-Paketes, das außerdem noch *Jenseits von Mitternacht* und *Es brennt an allen Ecken* umfaßte. Der Vertrag hätte Fox deutschen Partnern, die lediglich ihre ›Produktionsdienste‹ eingebracht hätten, einen beträchtlichen Anteil an den Profiten gesichert, falls der Film erfolgreich war. Einen Tag später, am 3. Mai, rief Loze jedoch die Investitionsgesellschaft in Los Angeles an, die den Handel vermittelt hatte – Bel Aire Associates –, und teilte ihr mit, daß *Star Wars* aus dem Paket zurückgezogen würde. Der Anwalt erklärte der Investmentgesellschaft, daß aufgrund der Beteiligungen von Lucas und seiner Firma der Papierkram ›zu kompliziert‹ würde, um alles bis zum Filmstart am 25. Mai unter Dach und Fach zu bringen. Die Anteile an den anderen Filmen stünden jedoch weiterhin zum Verkauf. Die Kehrtwende bewahrte Fox davor, Profitanteile in Millionenhöhe abtreten zu müssen. Natürlich versuchten Bel Aire Associates später, das Studio gerichtlich zu belangen. Offenbar glaubten auch sie nicht an einen Zufall, daß der Handel geplatzt war, unmittelbar nachdem die Kunde von der Northpoint-Vorführung Hollywood erreicht hatte. Die Klage auf 25 Millionen Dollar Schadenersatz scheint jedoch abgewiesen worden zu sein. (Das mangelnde Vertrauen in das Science-Fiction-Genre war so groß, daß Columbia – zu seinem späteren Bedauern – den Verkauf eines beträchtlichen Anteils an seinem in Kürze anlaufenden Film *Unheimliche Begegnung der dritten Art* an ein deutsches Unternehmen durchzog.)

Lucas hatte mit *American Graffiti* schon einen Treffer gelandet, aber diesmal hatte er in fast jeder Beziehung voll ins Schwarze getroffen. Sein Film war maßgeschneidert für die Masse junger, gebildeter Kinogänger der Mittelklasse, die Hollywood 1972 als seinen Lebensnerv erkannt hatte.

Für die jungen Leute lag die Faszination in der schlichten, zum Träumen anregenden Freude, die ein Film verbreitete, der über alles hinausging, was sie je zuvor gesehen hatten. »Es hatte mindestens zwanzig Jahre keinen interessanten Science-Fiction-Film mehr gegeben, seit *Alarm im Weltall* 1955. Das bedeutete, daß es zwei Generationen von Kids gab, die gar nicht wußten, was Science Fiction eigentlich bedeutete«, meinte Gary Kurtz.

Für die Filmhochschulgeneration war *Star Wars* ein technischer Gewaltakt, voller wunderbarer Bilder, innovativer Schneidetechniken und offener Hommagen an die verschiedensten Genres von Western bis *Das zauberhafte Land*, Errol-Flynn-Abenteuerfilmen bis zu Leni Riefenstahls *Triumph des Willens*, wenn man nur genau hinsah. In diesem Sinne war *Krieg der Sterne* postmodernistisch, lange bevor dieser Begriff in den normalen Sprachgebrauch überging.

Aber *Star Wars* mag auf noch tiefgreifenderer Ebene seine größte Wirkung gehabt zu haben. Das Leid in Vietnam war schließlich in die Heimat gedrungen, und die Peinlichkeit von Watergate hatte Amerika gedemütigt. In der optimistischsten Nation der Welt hatte noch nie eine pessimistischere Atmosphäre geherrscht. In *Graffiti* hatte Lucas auf Nostalgie gesetzt. Jetzt bot er, wie der Filmtitel verhieß, neue Hoffnung.

Krieg der Sterne war der Beginn einer neuen Ära. ›Heute lautet die Botschaft der meisten Filme, daß das System korrupt ist, daß die ganze Sache stinkt. Wenn ein Film nach dem anderen dem Publikum ein schlechtes Gewissen einredet, ist es kein Wunder, daß die Leute das Kino ausgehöhlt verlassen, mit der dumpfen Überzeugung, daß man bei so viel Gewalt und Grausamkeit überall nichts erreichen kann‹, schrieb der angesehene Kritiker Roger Simon in jenem Sommer in der *Chicago Sun-Times* über die aktuelle Stimmungslage. ›Und das war nicht nur die Thematik der Filme, sondern auch der Popkultur der Siebziger. Ohnmacht, Angst, Zynismus und wahllose Grausamkeit. Man sagte uns, daß der Sieg unerreichbar wäre, daß wir höchstens hoffen konnten zu überleben. Nun, in *Star Wars* war das anders. Dort werden die bösen Jungs mit Todesstrahlen vernichtet, während die Guten mit einem Kuß auf die Wange und einem Orden belohnt werden. Es gibt wahnsinnig viel Action, aber es ist kein Blut zu sehen. Kein Sex. Nicht einmal das kurze Aufblitzen eines nackten Schenkels. Schwer zu glauben, daß die Leute den Film sehen wollen. Aber sie wollen ihn sehen. Also sind die 70er vielleicht vorbei, und die Filmära der 80er hat begonnen. Und das keine Minute zu früh.‹

Die Ironie lag natürlich darin, daß Lucas in seinem zukunftsweisenden Werk die Erinnerungen seiner eigenen – und Amerikas – Vergangenheit heraufbeschworen hatte. Der Ursprung von *Star Wars* lag im ›Adventure Theater‹ aus Lucas' Kindheit und der sinnlichen Spannung einer Samstagmorgenvorstellung. Vorangegangene Generationen hatten Charlie Chaplin und John Wayne bejubelt, den Wert von Frank Capras *Mr. Smith geht nach Washington* und *Ist das Leben nicht schön?* nachgeeifert. Heute buhten ihre Erben Darth Vader aus, feuerten lautstark Luke Skywalker an und verließen die

Kinos mit einem Lächeln auf den Lippen und auf dem Heimweg »Möge die Macht mit dir sein« vor sich hin murmelnd. *Krieg der Sterne* feierte ein goldenes, vergangenes Zeitalter, eine Ära von guten und bösen Jungs, von Heldentum und Hoffnung. Lucas hatte eine Geschichte geschrieben für eine Generation, die ohne Märchen aufwuchs. Wie der Historiker Les Keyser schrieb, wurde das Ansehen des Films zu »einem Fest, einem gesellschaftlichen Ereignis, einem kollektiven Traum, und die Menschen kamen wieder und wieder und brachten ihre Freunde und Familien mit.«

Oder wie Alan Ladd jr. es formulierte: »Er führte den Menschen vor, daß es völlig in Ordnung war, sich wieder rückhaltlos auf einen Film einzulassen, zu schreien, zu jubeln, zu applaudieren und sich einfach mitreißen zu lassen.«

Von den unzähligen Statistiken, die um das *Star-Wars*-Phänomen herum entstanden, war eine besonders vielsagend. Erstaunliche 5 Prozent der Kinogänger sahen sich den Film mindestens zweimal an.

Der weiße Hai hatte die Menschen in die Kinos zurückgeholt; *Krieg der Sterne* sorgte dafür, daß sie blieben. 1977, einem Jahr, das völlig von Lucas' Film beherrscht wurde, überstieg die Zahl der Kinobesucher zum ersten Mal seit 1963 wieder die 20-Millionen-Grenze pro Woche. Es sollte der Beginn einer dauerhaften Renaissance des Kinobesuches sein. In den folgenden zwei Dekaden sollte die Besucherzahl nur zweimal – und auch das nur knapp – wieder unter die 20-Millionen-Grenze abrutschen. Das Gefühl, daß eine neue Ära anbrach, war in ganz Hollywood spürbar.

Gareth Wigan ging eines Abends Anfang Juni am Mann's Chinese vorbei und sah die vertraute Gestalt von Irwin Allen in die Nacht hinausstolpern. Die beiden Männer begrüßten einander. Der 61jährige Produzent wirkte ganz benommen. »Ich verstehe es nicht. Ich verstehe es einfach nicht«, sagte er kopfschüttelnd. »Es gibt keine Stars, keine Liebesgeschichte ... was beklatschen sie eigentlich so begeistert?«

»Er war völlig verdattert«, erinnerte sich Wigan. Niemand hatte sich stärker als er engagiert, um 20th Century Fox vor dem Untergang zu bewahren. Und doch war für Allens Generation von Filmleuten das Ende eingeläutet. »Es war, als würde sich vor einem ein Generationswechsel vollziehen«, sagte Wigan. »Es war ergreifend; als hätte er in einer völlig neuen Welt den Anschluß verloren.«

Ganz ähnlich war der Eindruck bei einer Vorführung für die Veteranen der Filmindustrie an der Academy of Motion Pictures Arts & Sciences kurz nach der Premiere. Die Großen und Begabten Hollywoods kamen, um den Film, der beinahe täglich seine eigene Geschichte neu schrieb, kritisch unter die Lupe zu nehmen. Auch sie verließen das Kino mit großen staunenden Augen. »Die Leute waren völlig baff«, erinnerte sich Jonathan Dana, damals Vorsitzender von Atlantic Films. »Ihnen klappte reihenweise die Kinnlade herunter.«

Dana spürte einen Gezeitenwechsel in der Welt der Unterhaltung, wie er ihn seit zehn Jahren nicht mehr gefühlt hatte. Hinterher verglich er diesen Augenblick mit einem zweiten, der das Showbusineß bis in seine Grundfesten erschüttert hatte. »Es war wie damals, als die Beatles in der *Ed Sullivan Show* auftraten«, sagte er. »Hinterher war das Geschäft nie wieder dasselbe.«

KAPITEL 8

WOOKIE COOKIE

Als Alan Ladd jr. und sein Team das erste Mal vorgeschlagen hatten, daß die Schallplattenabteilung von
Century Fox John Williams' *Star-Wars*-Musik herausbringen sollte, hatte Firmenchef Alan Livingston sofort
abgewunken. »Er sagte, das wäre unsinnig, da Orche-
stermusik sich nicht verkaufen würde«, erinnerte sich
Gareth Wigan. Ladd und seine Kollegen blieben jedoch
am Ball, und letztendlich wurde ein Deal ausgehandelt,
demzufolge sie sich verpflichteten, für sämtliche Verluste aufzukommen, die 20th Century Records entstanden, falls die Schallplatte ein Ladenhüter wurde.

»Nach hartem Ringen, endlosen Diskussionen und
mit größtem Widerwillen seinerseits brachte die Plattenfirma schließlich 20000 Alben heraus«, erinnerte sich
Wigan.

Anfang Juni waren bereits 200000 Exemplare verkauft worden, und Williams' Musik wurde das erste
von einem Orchester gespielte Werk, das je in den natio-
nalen Musikcharts landete. Weitere 150000 Schallplatten wurden geprägt, um die Nachfrage zu decken.
Letztendlich sollte sich der Soundtrack von *Star Wars*
allein in Amerika mehr als eine Million Male verkaufen.

In dem Maße, da die Einnahmen aus dem Filmverleih
stiegen, wuchs auch Charlie Lippincotts Überzeugung,
daß Lucas keineswegs geträumt hatte, als er von speziellen *Star-Wars*-Läden gesprochen hatte. Es dauerte
nicht lange, und die Presse bombardierte ihn mit Fragen bezüglich dessen, was noch zu erwarten stünde.
»Der Merchandising-Profit allein könnte netto eine Million Dollar bringen«, teilte er den Reportern mit. »Und
das ist noch eine vorsichtige Schätzung.« Sehr vorsichtig in Anbetracht des Umfangs, in dem das *Star-Wars*-
Phänomen von den Kinos auf die Einkaufszentren
überschwappte.

Schon Wochen nach der Rekordpremiere war die düstere Gestalt von Darth Vader in den großen Einkaufszentren von Los Angeles den Menschen so vertraut wie Ronald McDonald. Eine einfallsreiche Kette hatte ihn engagiert – auf David Prowse verzichtend, sehr zum Ärger des britischen Schauspielers –, um eine *Star-Wars*-Woche zu begehen, im Laufe derer Darth Vader ›persönlich‹ auftrat. Tausende Besucher aßen ›Möge die Macht mit dir sein‹-Menüs – Alfalfasprossen, Gemüsesäfte und R2-D2-Plätzchen! Im Rahmen dieser Aktion machten die Läden das eigentliche Geschäft mit Souvenirs und verdienten reichlich am umfangreichsten Merchandising-Boom, den je ein Hollywood-Film nach sich gezogen hatte.

Es gab Produkte für jeden Geldbeutel – von Souvenirprogrammen für 1,50 Dollar bis hin zu Masken von Chewbacca, Darth Vader und C-3PO für 30 Dollar. Ein Super-8-Streifen mit Filmausschnitten war innerhalb kürzester Zeit ausverkauft.

Es dauerte nicht lange, und George Lucas mischte sich ein. Er behauptete, das ›Wookie-Cookie‹ wäre seine Idee gewesen.

Aber so wie jedes andere lizenzierte Stück durften auch die Kekse – zuckerfrei, um Kinderzähne zu schonen – erst verkauft werden, nachdem sie von Lucasfilm begutachtet und für gut befunden worden waren. Nachdem er auf eine der ergiebigsten Marketingadern der amerikanischen Geschichte gestoßen war, war Lucas nicht gewillt, sich die Erträge aus den billigeren Produkten durch die Lappen gehen zu lassen. »Wir versuchten möglichst sauber zu bleiben und billigen Ramsch zu vermeiden«, erzählte Charlie Lippincott dem *Hollywood Reporter*.

Lippincotts und Lucas' Kleinlichkeit belastete die Beziehungen zu Fox. Das Studio hatte mündlich das Angebot eines Schmuckfabrikanten angenommen, der 500000 Dollar für die Lizenz geboten hatte, *Star-Wars*-Broschen, -Ringe und -Anhänger herstellen zu dürfen. Als Lucas Wind von dem Deal bekam, legte er zum großen Ärger des Studios sein Veto ein. »Ich will keinen Mist mit dem *Star-Wars*-Label in jedem Ramschladen in Amerika«, war Lucas' letztes Wort gewesen.

Natürlich konnte Lucas es sich leisten, wählerisch zu sein. Erst jetzt begann 20th Century Fox, die Tragweite der Klauseln im *Star-Wars*-Vertrag zu begreifen. Lucas gehörten nie dagewesene fünfzig Prozent jedes Merchandising-Deals.

Und wie um Salz in die Wunde zu streuen, erklärte der Regisseur, daß er von Anfang an damit gerechnet hatte, mit *Star-Wars*-Produkten mehr zu verdienen als am eigentlichen Film.

»In gewisser Weise ist der Film auf Spielzeug ausgerichtet gewesen«, äußerte er der *Los Angeles Times* gegenüber, als das Fieber um sich griff. »Ich habe als Regisseur dieses Films nicht viel verdient. Wenn ich reich werde, dann durch die Spielwaren.«

Aber nicht nur Lucas konnte zufrieden sein. Auch jene Geschäftsleute, die darauf vertraut hatten, daß der Film ein Erfolg werden würde, rieben sich die Hände. In Bear, Delaware, war das Strahlen auf dem Gesicht von Harry Geissler ebenso unveränderlich wie die Darth-Vader-Drucke auf den qualitativ hochwertigen T-Shirts seiner Firma. Geissler hatte ein Vermögen mit den Rechten verdient, showbusineßbezogene Waren wie T-Shirts, Poster, Sticker und Gürtelschnallen herzustellen. Die Beliebtheit von Shirts mit Aufdruck von den Osmonds und Wonder Woman, den Tennisstars Björn Borg und Vitas Gerulaitis und vor allem Charlies Engeln hatten ihn zum Pionier in einem blühenden neuen Geschäftszweig gemacht. Geissler zahlte 100000 Dollar für die Exklusivrechte an den *Star-Wars*-Charakteren. Ende Juli hatte er seine Investition bereits doppelt wieder hereingeholt. Innerhalb eines Jahres verdiente er allein an seinen *Star-Wars*-Artikeln eine Million. Schon bald verhandelte Geissler, um sich die Rechte für die nicht minder lukrativen Märkte in Fernost und Europa zu sichern. »Manchmal schmeckt die Sauce noch besser als das Fleisch«, lächelte er.

Stan Lee und Marvel Comics standen ebenso glänzend da. Jene bei Fox, die Lippincotts Deal als ›Dummheit‹ bezeichnet hatten, mußten sich ihre peinliche Fehleinschätzung eingestehen, als Marvel seine ganzen Kapazitäten ausschöpfte, um mit der phänomenalen Nachfrage Schritt halten zu können. Originalexemplare der ersten beiden Ausgaben der *Star-Wars*-Serie wurden jetzt schon zum drei- bis sechsfachen Preis von ursprünglich 30 Cents gehandelt. Im August 1977 brachte die Gesellschaft die dritte Auflage der ersten drei Exemplare der *Star-Wars*-Comics. Der einzige Wermutstropfen war, daß die Grenze von 100000 Exemplaren, von denen ab Tantiemen an Lucasfilm gezahlt werden mußten, längst überschritten war. Auch standen Lee gemäß den Vereinbarungen, die mit Lippincott getroffen worden waren, für weitere Ausgaben neue Verhandlungen ins Haus, und diesmal sollte Lippincott die stärkere Position innehaben.

Auch Del Rey wurde von seinen Konkurrenten beneidet. Schon Wochen nach Einführung des neuen Verlagsnamens stand Judy-Lynn Del Reys Name auf sämtlichen Bestsellerlisten. Es dauerte nicht lange, und Buchhändler, die sich beklagt hatten, keinen Platz für die Lagerung der *Star Wars Blueprints* zu haben – eine Sammlung von Raumschiffzeichnungen –, orderten neue Ware. Del Rey pries Lippincott und Lucasfilm als Pioniere einer neuen Ära. ›Soll ich auf den Rest von Hollywood schimpfen? Besser nicht. Sagen wir einfach, daß die anderen von Lucasfilm lernen könnten, wie man Kopplungsgeschäfte tätigt‹, wurde sie vom Verlagsblatt *Publisher's Weekly* zitiert. Auch sie bekam die Chance, jenen, die an ihr gezweifelt hatten, eins auszuwischen. Sobald sie die Filmausschnitte gesehen hatte, die Lippincott ihr aus Tunesien geschickt hatte, hatte sie ausgerufen: »Damit machen wir ein Riesengeschäft.« Ihr damaliger Herausgeber hatte ihr einen Blick zugeworfen, der soviel bedeutet hatte wie: »Geh auf der Autobahn spielen, hier arbeiten Erwachsene.«

Lucas wußte von Spielberg, daß *Der weiße Hai* das

Film-Merchandising ein wenig belebt hatte. Ein *Der-weiße-Hai*-Kaugummi hatte sich als Dauerbrenner erwiesen, und als der Film nach einem Jahr abgesetzt worden war, waren mehr als 300000 Brettspiele verkauft worden. Aber das, was *Krieg der Sterne* bewirkte, gehörte einer anderen Dimension an.

Schon bald waren die Anrufe, die zu Tausenden bei Fox und Lucasfilm eingingen, nicht mehr zu bewältigen. Das *Star-Wars*-Büro zog vom Universal-Gelände in ein kleines Büro auf dem Riverside Drive im Norden Hollywoods. Zusätzliche fünf Mitarbeiter, vor allem Sekretärinnen, wurden eingestellt, um der Flut zu begegnen. Es wurde ein System entwickelt, mit dessen Hilfe Anrufe nach Wichtigkeit registriert wurden. Ein Stapel war mit dem Vermerk ›Sofort zurückrufen‹ versehen, ein zweiter mit ›Bei Gelegenheit zurückrufen‹ und ein dritter mit ›Nicht der Mühe wert‹. Während die Welle von Anrufen anhielt, machte Charlie Lippincott sich sehr gern die Mühe, zurückzurufen.

Der junge Mann, der ihn auf der Spielwarenmesse in New York vor einigen Monaten förmlich hinausgeworfen hatte, flehte ihn an, seiner Gesellschaft eine kleine Scheibe des *Star-Wars*-Kuchens abzugeben. Lippincott behauptet, er wäre bei seiner Antwort ›höflich‹ geblieben. Kurze Zeit später erfuhr er, daß die Firma pleite gegangen war.

Anders als dem glücklosen Firmenchef war der Wall Street die klaffende Lücke auf dem boomenden Merchandising-Markt nicht entgangen. Die Aktien von Mattel und Ideal erreichten Anfang Juni ihren höchsten Stand dieses Jahres, als Fox und Lucasfilm verlauten ließen, daß in Kürze ein Vertrag zur Herstellung von *Star-Wars*-Spielzeug unterzeichnet werden würde. Wie sich später herausstellen sollte, machte keins der beiden großen Unternehmen das Rennen. Auf der Februarmesse in New York hatte nur Kenner Interesse an der Produktion verschiedener *Star-Wars*-Spielsachen gezeigt. Im Anschluß war dann eine Kopie von Lucas' Skript nebst verschiedener Zeichnungen von McQuarrie an den Hauptsitz der Firma in Cincinnati gegangen. Dave Okada, Chefdesigner des Unternehmens, war ebenso wie die meisten anderen Designer skeptisch gewesen hinsichtlich der Fähigkeit filmbezogener Spielwaren, sich länger auf dem Markt zu halten. Er hatte das Dr.-Dolittle-Debakel bei Mattel miterlebt, wo er darüber hinaus an der Entwicklung eines Spielzeugastronauten – Matt Mason – beteiligt gewesen war – ein Projekt, das Millionen gekostet und sich dann als Flop erwiesen hatte.

Nach dem Vietnam-Fiasko, dem von Störfällen geprägten Mondlandungsprogramm der NASA und vor allem der mißglückten Apollo-13-Mission schwebte ein Fragezeichen über dem ganzen Markt für Kriegs- und Weltraumspielzeug.

»Es schien, als hätten die amerikanischen Mütter Angst, ihre Kinder könnten zu Astronauten heranwachsen«, sagte er. »Außerdem hatte Vietnam der Branche sehr geschadet. Für Mütter, die letztendlich bestimmten, welches Spielzeug gekauft wurde, war es nicht eben eine pazifistisch orientierte Spielzeuglinie.«

Nachdem er und der Geschäftsführer Bernie Loomis sich jedoch Cantwells Zeichnungen und McQuarries Entwürfe angesehen hatten – jede Kopie aus Sicherheitsgründen mit einer Rasierklinge mehrfach eingeritzt –, waren beide der Ansicht, daß es sich lohnen könnte, auf *Star Wars* zu setzen. Okada war beeindruckt von ›den ungewöhnlichen Entwürfen‹. Außerdem gefielen ihm die Namen. »Die X-Flügeljäger hatten nicht nur einen coolen Namen, sondern sahen dazu noch cool aus, und für einen Spielzeugfanatiker wie mich verhießen sie gleich viel Spaß.«

Im April setzten sich Okada und Loomis im Century Plaza Hotel in Century City mit Lucas zusammen und unterzeichneten einen Vertrag über die Produktion einer ganzen Palette von *Star-Wars*-Spielwaren. Kenner sollte in den kommenden sieben Jahren allein mit diesem Spielzeug einen Jahresumsatz von einer Milliarde erzielen.

Ende des Sommers zeigten sämtliche Geschäftsbarometer in Hollywood in dieselbe Richtung. »Obgleich es noch keine Hochrechnungen gibt, wieviel Geld das Merchandising von *Star Wars* einbringen wird, wird es sich um eine astronomische Summe handeln, möglicherweise um die höchste, die je ein Kinofilm erzielt hat«, hieß es in *Variety*.

Im Laufe der Sommerferien breitete die *Star-Wars*-Welle sich weiter im Land aus. Ende Juni wurde der Film in 460 Kinos gezeigt, Ende August bereits in 900. Im Mai waren die 70-mm-Kopien noch auf ein Minimum begrenzt worden; inzwischen wurden täglich zwei weitere Kopien angefertigt. Als das *Star-Wars*-Phänomen jede größere Stadt Amerikas erreichte, machte auch die Presse mobil. Ende Juni war Ted Mann vom Chinese Theatre gezwungen gewesen, *Krieg der Sterne* abzusetzen, um seinen vertraglichen Verpflichtungen nachzukommen, Friedkins *Atemlos vor Angst* zu bringen. Nach einem Monat hatte er mit Fox neuverhandelt, um *Star Wars* wieder in dem Kino zeigen zu können, in dem sein unglaublicher Siegeszug begonnen hatte – es war das erste Mal in der fünfzigjährigen Geschichte des Kinos, daß ein Film noch einmal gezeigt wurde, nachdem er bereits abgesetzt worden war.

Mann würdigte diesen Augenblick mit der höchsten Auszeichnung Hollywoods – als die Menschenschlangen am Morgen des 3. August in die Avenue of the Stars zurückkehrten, wurden sie Zeugen, wie Darth Vader, C-3PO und R2-D2 ihre Reifen- und Fußabdrücke im Zement der Hall of Fame verewigten. Die Nachricht wurde in fast allen Zeitungen des Landes gebracht.

Inzwischen stand fest, daß kein anderer Film *Star Wars* in bezug auf die Einnahmen den Rang ablaufen würde. Ein Konkurrenzfilm nach dem anderen war angelaufen und wieder aus den Kinos verschwunden. *Die Tiefe*, *Atemlos vor Angst* und *Exorcist II: Der Ketzer* verblaßten allesamt neben dem wachsenden Phänomen. Nur *Ein ausgekochtes Schlitzohr* konnte in diesem Sommer als echter Erfolg bezeichnet werden.

»Wir hatten wahnsinniges Glück, daß sonst nur wenig leichte Unterhaltung geboten wurde«, gab Gary Kurtz zu. »Es gab in diesem Sommer wenig Konkurrenz – jedweder Art.«

Während die Opposition schwand, brach *Krieg der Sterne* weiter einen Rekord nach dem anderen. Ende August hatten die Einnahmen aus dem Verkauf der Kinoeintrittskarten die 100-Millionen-Dollar-Grenze überschritten, schneller als jeder andere Film der Geschichte. Außerdem hatte der Film den größten Kassenschlager in der amerikanischen Filmgeschichte, *Der weiße Hai*, überrundet, und noch vor Jahresende sollten auch der Verleih-Rekord von *Der weiße Hai* geschlagen werden.

Aber unter allen bemerkenswerten Statistiken dieses Sommers versetzte eine die Amerikaner doch ganz besonders in Erstaunen. Nirgendwo war *Star Wars* so beliebt wie in San Francisco, wo Produzent und Regisseur beide schon gelebt hatten. Ende des Jahres überstieg die Zahl jener, die *Star Wars* dort gesehen hatten – 750000 Menschen –, die Einwohnerzahl der Stadt.

Nachdem man ihm bei einem Interview im eleganten Beverly Wilshire Hotel im Juni 1977 eine allzu vertraute Frage gestellt hatte, hatte Mark Hamill sich auf seinem Sofa zurückgelehnt und die Flasche Dom Perignon im Kühler vor sich angelächelt. »Wie *Star Wars* mein Leben verändert hat? Heute kann ich es mir leisten, Champagner zu bestellen, der 43 Dollar die Flasche kostet und dessen Namen ich nicht einmal aussprechen kann«, hatte er entgegnet. Es sollte jedoch nicht lange dauern, bis er wieder auf Champagner verzichten mußte. Wie die meisten berühmten Gesichter aus *Star Wars* mußte auch er feststellen, daß der Erfolg einen fragwürdigen Preis hatte.

Für Hamill, Carrie Fisher und Harrison Ford war der

25. Mai ein Wendepunkt in ihrem Leben gewesen. An diesem Morgen hatte ihr Leben sich bis zur Unkenntlichkeit verändert. Ihre Gesichter prangten von Seattle bis Saratoga auf T-Shirts, Gürtelschnallen, Butterbrotdosen und Reisetaschen. Außerdem hatte George Lucas ihnen allen den Weg zum Millionärsdasein geebnet.

Wie schon bei *American Graffiti* schüttete Lucas an jene, die ihm am meisten geholfen hatten, Prämien aus. Alec Guinness hatte sich vorab zweieinviertel Prozent der Profite gesichert – der klügste finanzielle Schachzug seiner Karriere, der ihm insgesamt an die 6 Millionen Dollar einbringen sollte. Lucas war der Meinung, daß auch seine drei Hauptdarsteller vom Erfolg von *Star Wars* profitieren sollten. Er überschrieb Hamill, Ford und Fisher je ein Viertel Prozent der Gewinne, ein Geschenk, das ihnen im Laufe der Zeit jeweils etwa 650000 Dollar einbrachte.

Aber früher oder später fragten sie sich alle, ob es das wert gewesen war.

Als das *Star-Wars*-Fieber ausbrach, war das Trio auf eine dreiwöchige Tournee im Stil einer Rock'n'Roll-Tour geschickt worden. Menschenmassen strömten zu jedem ihrer öffentlichen Auftritte, und bei den Pressekonferenzen kämpften Kamerateams um die besten Plätze. Das Trio gab sein Bestes, die Hintergründe des Phänomens zu beleuchten. »*Star Wars* ist ein alberner Film, aber meisterhaft gemacht«, war das Beste, was dem verblüfften und oft gelangweilten Ford einfiel. Ihre Erhebung ins Ikonentum erschien Freunden, die ihnen auf der Straße begegneten, beinahe unglaublich. Earl McGrath, ein Kunstsammler und ehemaliger Rock'n' Roll-Manager aus Los Angeles, hatte mit seinem alten Freund Ford ein Treffen vereinbart, während dieser sich im Rahmen der Tournee in New York aufhielt. Als er im todschicken Sherry Netherland Hotel in der Fifth Avenue eingetroffen war, hatte er den vornehmlich weiblichen Fans draußen keine große Aufmerksamkeit geschenkt. McGrath, der Ford vor Jahren, als er gerade ziemlich pleite gewesen war, finanziell geholfen hatte, seine kleine Schreinerei zu gründen, war ebenso belustigt wie verblüfft vom Benehmen seines Freundes, als sie auf dem Weg zum Restaurant das Hotel durch die Lobby verließen.

»Ich habe draußen einen Wagen«, versicherte ihm Ford.

»Aber wir brauchen doch gar keinen Wagen«, entgegnete McGrath verwirrt.

»O doch«, erwiderte sein Freund, nahm seinen Arm und zog ihn im Laufschritt hinter sich her durch die Menge. Der Han-Solo-Fanclub verfolgte sie bis zur wartenden Limousine.

»Alle drei empfanden wir unsere Auftritte als Beatles der Neuzeit als gekünstelt und peinlich«, sagte Fisher später. Inmitten des ganzen Wahnsinns ließen sie Dampf ab wie tollwütige Studenten. »Wir haben uns in meiner Suite im Sherry Netherland eine riesige Lebensmittelschlacht geliefert«, erinnerte sie sich. »Es war toll: Spinat in meinen Haaren, und die Hemden der Jungs voller Bier. Wir versuchten Ordnung zu machen, bevor George und Marcia Lucas kamen – als wären sie unsere Eltern und wir ungezogene Kinder –, aber es klebte noch Spinat am Kaminsims.«

Für Fisher war der surreale Zirkus kein so großer Schock. Immerhin war sie im Licht der Öffentlichkeit großgeworden. »Mir macht die viele Aufmerksamkeit nichts aus, ich bin im Dunstkreis eines Filmstars aufgewachsen«, lachte sie. Und doch war auch ihr bewußt, daß der Starruhm, den *Krieg der Sterne* ihr eingebracht hatte, anders war als der ihrer Eltern. Schon kurz nach Anlaufen von *Star Wars* lungerten männliche Fans vor ihrem Haus herum. Eines Abends saß sogar einer in ihrer Küche. Sie mußte einen Nachbarn rufen, den Bruder ihres damaligen Freundes Dan Aykroyd, damit er den Eindringling auf die Straße setzte. »Ich fühlte mich völlig hilflos«, gestand sie später. Die Unsicherheit verstärkte ihren Drogenkonsum, der inzwischen alltäglicher Bestandteil des Lebens war, das sie mit ihren Freunden wie John Belushi und anderen Mitgliedern der anarchischen Fernsehshow *Saturday Night Live* führte.

Daß sie nach *Star Wars* nur sehr wenige Filmangebote bekam, trug auch nicht dazu bei, ihre Stimmung zu heben. Abgesehen von einer Fernsehproduktion von *Kehr zurück, kleine Sheba* mit Sir Laurence Olivier und Joanne Woodward wurde Fisher nur für Gastauftritte in Shows wie *Saturday Night Live* gebucht.

Jahre später beim Drogenentzug versuchte eine Zimmergenossin in der Reha, sie einzuschüchtern, indem sie verkündete: »Ich war in San Quentin.«

»Na und? Ich war in *Star Wars*«, lautete Fishers ätzende Erwiderung.

Rückblickend profitierte Ford beruflich am meisten von seiner Rolle als Han Solo. Nach einer ›verdammt langen Nacht‹ war er plötzlich ein Star. *Krieg der Sterne* hatte den ersten Stempel auf seinen Paß gedrückt. In den folgenden Monaten flog er auf die Philippinen, um einen Part in *Apocalypse Now* zu spielen (er trug ein Namensschild mit dem Namen Col. G. Lucas!), reiste nach Jugoslawien, wo er bei *Der wilde Haufen von Navarone* mitwirkte, und von dort zurück nach England zum Set von *Das tödliche Dreieck*, einer Geschichte aus dem Zweiten Weltkrieg. Die Filme waren Teil seiner Bestrebungen, sich auch außerhalb des Cockpits des Millenium Falken zu etablieren. Aber auch er sollte bald seine Rolle als Han Solo bedauern. Als er nach Los Angeles zurückkehrte, war seine dreizehnjährige Ehe zerbrochen, und es fiel ihm schwer, nicht *Star Wars* die Schuld daran zu geben.

Seine Frau Mary, die er auf dem College in Wisconsin kennengelernt hatte, hatte sich bei ihren wenigen öffentlichen Auftritten an der Seite Han Solos sichtlich unwohl gefühlt. Freunde fragten sich sogar, ob sie die Ehe mit einem schlechtverdienenden Schreiner und Schauspieler nicht vorgezogen hatte.

»Man konnte sich Mary einfach nicht in Hollywood vorstellen«, sagte ein alter Freund der Familie, Walter Beakel. »Sie hat Harrison sehr unterstützt, aber mit dem ewigen Kampf ums Überleben war sie besser zurechtgekommen als mit dem Erfolg.«

Innerhalb eines Jahres nachdem *Star Wars* eingeschlagen hatte wie eine Bombe, hatte Ford eine Mietwohnung in West Hollywood bezogen, nur eine kurze Autofahrt von seinen beiden Söhnen Ben und Willard entfernt. »Der Erfolg hat uns immer weiter voneinander entfernt, und das werde ich ihm nie verzeihen«, sagte er später über das Ende seiner Ehe.

Hamill war von den dreien wohl am wenigsten darauf vorbereitet, mit dem plötzlichen Ruhm fertig zu werden. Bei seinem schweren Autounfall hatte nicht nur sein Gesicht, sondern auch sein Selbstvertrauen gelitten. »Alles, was das Leben zu bieten hatte, waren Peter Lorres alte Rollen«, scherzte er später. Die einzige Rolle, die ihm nach *Krieg der Sterne* angeboten worden war, war die in dem schwachen Road Movie *Zwei heiße Typen auf dem Highway* von Hal Barwood und Matthew Robbins. Ansonsten waren die Skripts, die seinem Agenten geschickt wurden, allesamt ›Müll‹, wie er zugab. »Viele Studios scheinen sich aufgrund meiner Assoziation mit *Star Wars* zu scheuen, mich zu engagieren«, klagte er damals.

Hamills langjährige Beziehung zu der Zahnpflegerin Marilou York ging in die Brüche, als Luke Skywalker ihn zum berühmtesten Pin-up Amerikas machte. Hamill hatte seine Einnahmen darauf verwandt, sich ein Strandhaus in Malibu zu kaufen. Wenn er morgens aus dem Fenster sah, standen draußen unweigerlich weibliche Fans – Charlies Engel, wie er sie nannte –, die hofften, einen Blick auf ihn zu erhaschen. »Sie wurden zu meiner Leibwache«, gestand er. Im Alter von fünfundzwanzig Jahren konnte er der Versuchung einfach nicht widerstehen. Bald schon verschleuderte er sein Geld in den Nepplokalen und Casinos von Las Vegas. »Ich mußte Groupies und den Ruhm auskosten«, gestand er. »Ich fuhr nach Las Vegas und ging mit achtunddreißigjährigen Showgirls aus. Ich wollte all diese Frauen haben.«

Den Großteil des Jahres nach dem Anlaufen von *Star Wars* erging sich Hamill in Selbstmitleid. Erst das Eingreifen einer alten Freundin, der Schauspielerin Diana Hyland, machte seiner selbstzerstörerischen Phase ein Ende, wie er später zugab. Hyland, mit der zusammen er früher für das Fernsehen gearbeitet hatte, hatte ihn deprimiert und trinkend erlebt und ihm vorgeworfen, sich gehen zu lassen. Ein paar Tage später erfuhr Hamill von ihrem Tod. »Ich war so sehr mit mir selbst beschäftigt, daß ich gar nicht gemerkt hatte, daß sie krank war, schon gar nicht, wie ernst ihr Zustand war.«

Francis Coppola hatte Lucas als erster vor den Gefahren des Ruhmes gewarnt. Coppola war wie eine Art Halbgott des Kinos gefeiert worden, nachdem *Der Pate* 1972 in die Kinos gekommen war. Es war, wie er sagte, »nicht anders als der Schock des Todes – man befindet sich in einer Übergangsphase, und wenn es vorbei ist, ist man ein anderer Mensch«. Wenn es eins gab, wozu George und Marcia nach *Star Wars* entschlossen waren, dann war das, Coppolas Prophezeiungen zum Trotz sie selbst zu bleiben. Als die Kinokasseneinnahmen die 200-Millionen-Dollar-Grenze überschritten, wuchs Lucas' Anteil an den Verleiheinnahmen entsprechend. Letztendlich sollten sich seine Gewinne nach Abzug der Steuern auf etwa 20 Millionen Dollar belaufen.

Und doch war die einzige Extravaganz, die er sich leistete, ein Ferrari, und dazu noch ein gebrauchter. Er führte weiter ein sehr zurückgezogenes Leben in San Anselmo. »Ich bin sehr scheu; ich will gar nicht berühmt sein«, erzählte er dem *People*-Magazin, als dieses eine Reportage über ihn und Marcia schrieb. »Ich werde nervös, wenn mich jemand erkennt und sagt, daß mein Film ihm gefallen hat.«

Auf die Frage, was für Zukunftspläne sie hätten, hielten er und Marcia sich bei der Hand und sprachen davon, eine Familie zu gründen. »Wir wollen unser Privatleben ordnen und ein Baby bekommen. Das ist der Plan für den Rest des Jahres.« Marcia lächelte.

Sofern Lucas an die Gefahren des Ruhms erinnert

werden mußte, brauchte er nur sein Büro in Los Angeles zu betreten. »Irgendso ein Typ stürmte in unser Büro in Los Angeles, behauptete, ein Jedi-Ritter zu sein, und bedrohte eine Sekretärin mit dem Messer«, erinnerte sich Lucas. »Ein zweiter Irrer behauptete, er hätte *Star Wars* geschrieben, und kam, um seinen 100-Millionen-Dollar-Scheck abzuholen.«

Nicht einmal Alec Guinness blieb von dem Wahnsinn verschont. »Die Leute spinnen sich etwas zusammen«, sagte er. »Ich bekam einen Brief von einem Ehepaar irgendwo in Kalifornien, das Eheprobleme hatte und mich um Hilfe bat, so in dem Tenor: ›Würden Sie als Ben Kenobi herkommen, eine Woche bei uns wohnen und unsere Ehe wieder in Ordnung bringen?‹«

Guinness ließ sich später überreden, an einer Science-Fiction-Messe in San Francisco teilzunehmen. »Ich sollte Fragen beantworten, und das war an sich auch in Ordnung«, erklärte er. »Aber dann stand plötzlich ein Junge von zwölf oder dreizehn Jahren auf und sagte: ›Ich habe *Star Wars* 110 Mal gesehen‹. Ich sagte ihm, er solle im Anschluß an die Gesprächsrunde zu mir kommen, und das tat er auch, in Begleitung seiner Mutter.«

Guinness warnte den Jungen, daß er auf dem besten Wege zur Besessenheit wäre. »Ich sagte: ›Ich bitte dich, dir den Film nie wieder anzusehen. Das hat einen schlechten Einfluß auf dein Leben‹, woraufhin er in Tränen ausbrach.«

Für manche war Lucas' Phantasiewelt unendlich viel reizvoller als ihr reales Alltagsleben. »Die Leute waren auf der Suche nach etwas, das es in ihrem Leben nicht gab«, sagte Guinness.

»Es ist schon komisch, wie die Menschen den Bezug dazu verlieren, was real ist und was nicht«, meinte auch Gary Kurtz. »Sie leben in einer Phantasiewelt, weil sie mit ihrem eigenen Leben nicht klarkommen.«

Für Lucas war der Weg jedoch klar. Er hielt sich an seine Pläne, sich dauerhaft von Hollywood und dessen vielschichtigem Wahn zurückzuziehen.

In Frankreich hieß es lächelnd *Que la force soit avec toi*, in Holland *Moge de kracht met u zijn*, in Mexiko *Que la fuerza te acompane* und in Dänemark *Ma kraften vaere med dig*.

Wenn 1977 das Jahr gewesen war, in dem Amerika das *Star-Wars*-Fieber gepackt hatte, war 1978 das Jahr, in dem die ganze Welt seine Macht zu spüren bekam.

Seit Mai 1977 hatte Fox den Weg für den weltweiten Start des Films geebnet. Lucas hatte sich persönlich in Fremdsprachen synchronisierte Fassungen angesehen, um sicherzugehen, daß seine Dialoge in anderen Sprachen nicht zu albern klangen.

Aber nirgends grassierte das *Star-Wars*-Fieber mit solcher Gewalt wie in dem Land, in dem der Film gedreht worden war. Anfang 1978 spielten sich in London die gleichen Szenen ab wie in jeder amerikanischen Stadt im vorangegangenen Sommer. Die Schlangen standen in Wind und Regen vor dem Dominion am Leicester Square, um die Vorstellung um 10 Uhr 50 zu sehen – die einzige, die nicht bis März ausverkauft war. Die Kasseneinnahmen von 170000 Pfund waren die höchsten, die es in London je gegeben hatte. Das Taschenbuch des Lucas/Foster-Romans, der beim Sphere's Taschenbuchverlag erschienen war, hatte sich schon vor Weihnachten 700000 Male verkauft, zu 95 Pence das Stück.

Rekorde wurden reihenweise gebrochen, und der Merchandising-Wahn nahm seinen Lauf. Markennamen wie ICI und Letraset, Waddingtons und Walls wollten sich ihren Anteil der Marktnische sichern und überschwemmten die ahnungslose britische Öffentlichkeit mit *Star-Wars*-Tapeten, Prinzessin-Leia-Notizblöcken und -Puzzles und – unglaublich, aber wahr – sogar *Star-Wars*-Würstchen. Auch der angesehene Londoner Haarstylist Michael John konnte dem Goldrausch nicht widerstehen und bot seiner Kundschaft eine von *Star Wars* inspirierte Dauerwelle im Sphinx-Stil des einundzwanzigsten Jahrhunderts an – zum haarsträubenden Preis von 12 Pfund.

Die Szenen wiederholten sich auch jenseits des

Ärmelkanals, als *La guerre des étoiles* drei Monate später in Frankreich anlief. Inzwischen setzte Fox Imperiale Sturmtruppen und Darth-Vader-Doppelgänger ein, um bei den Premieren in den europäischen Großstädten für den Film zu werben.

Wie eine Armee von Eroberern zogen sie durch Spanien, Italien und Deutschland.

Auf den Philippinen war *Krieg der Sterne* im frühen Herbst 1977 das erste Mal außerhalb von Amerika gezeigt worden. Die dortigen Reaktionen hatten Fox ermutigt, auch in Asien einen Vorstoß zu wagen, obgleich amerikanische Filme dort bislang nur sehr mäßig abgeschnitten hatten. In Indien, das ausländischen Filmen gegenüber stets völlige Gleichgültigkeit bekundet hatte, stellte *Star Wars* neue Rekorde auf, als es im Januar anlief. Das Sterling-Kino in Bombay und das Safire in Madras waren achtundzwanzig bzw. vierundzwanzig Wochen lang bis auf den letzten Platz ausverkauft.

Es gab jedoch auch Gebiete, die immun zu sein schienen gegen die allgemeine Hysterie. In manchen Fällen tat sich der Film äußerst schwer. Im Mai 1978 zeigte Chile *Star Wars* die kalte Schulter. Die Einnahmen waren zwar nicht übel, erreichten aber nicht jene, die das Remake von *King Kong* und die Filmversion von *Jesus Christ Superstar* in Santiago erzielten. Nachdem sie ein ganzes Jahr darauf gewartet hatten, den Film zu sehen, um den soviel Aufhebens gemacht wurde, waren die Chilenen enttäuscht von dem, was ihre Kritiker als ›minderwertigen Comic-Streifen‹ bezeichneten. Der Film wurde nach sechswöchiger Laufzeit abgesetzt, so wie in Skandinavien, wo *Star Wars* das Publikum ebenfalls kalt ließ.

Erwartungsgemäß betrachtete das kommunistische Regime der Sowjetunion den Film als Beispiel eklatant subversiver Propaganda. Nicht nur die Darstellung des bösen Imperiums ärgerte die Zeitungen, wenngleich *Izvestia* behauptete, der Film wäre ein Versuch, in der restlichen Welt eine antisowjetische Stimmung zu verbreiten. Nein, der Kreml bedauerte vor allem, daß Hollywood offensichtlich ein Komplott schmiedete, um das SALT-Atomwaffenabkommen zu sabotieren!

Der Triumphzug von *Star Wars* setzte sich mit seinen Erfolgen bei der Oscarverleihung im April 1978 fort. Das bemerkenswerteste Jahr seit Bestehen von 20th Century Fox wurde von rekordbrechenden dreiunddreißig Nominierungen in diesem Jahr gekrönt. Während *Julia* und *Am Wendepunkt* sich dreiundzwanzig Oscars teilten, war *Krieg der Sterne* mit weiteren zehn Nominierungen dabei. Lucas war für die beste Regie und das beste Drehbuch nominiert, *Star Wars* als bester Film. Zu den weiteren Nominierten gehörten die vier Johns, Kostümdesigner John Mollo, Dykstra und sein Richard-Edlund-Team, Grant McCune, John Stears und Robert Blalack für die Spezialeffekte, Barry für das Design und Williams für die Filmmusik.

Lucas betrachtete das Highlight der amerikanischen Preisverleihungssaison als beleidigende und bedeutungslose Selbstbeweihräucherung Hollywoods, die nicht das geringste mit Filmemachen zu tun hatte, dafür aber alles mit eiskalter Geschäftemacherei. Dennoch schlüpfte er widerstrebend in einen Smoking, stieg in eine Limousine und stellte sich am Abend der Oscarverleihung den Blitzlichtern der Fotografen vor dem Dorothy Chandler Pavillion. Er war ebenso wegen Marcia dort, die zusammen mit Chew und Hirsch für den besten Schnitt nominiert war, wie um seiner selbst willen.

Die zuverlässigen Prognosen der Writer's Guild und Director's Guild hatten Lucas und Gary Kurtz vorab eine Vorstellung dessen gegeben, was sie erwartete. Wie erwartet, bekam ein weiterer Hollywood-Hasser – Woody Allen – den Oscar für das beste Drehbuch, den besten Film und die beste Regie für seinen Film *Der Stadtneurotiker*. Allen kam nicht einmal.

Aber *Star Wars* ging keineswegs leer aus.

Die vier Johns bekamen alle einen Oscar, ebenso wie Ben Burtt, der für seine Soundeffekte mit einem Sonderpreis ausgezeichnet wurde. Sogar Lucas verspürte ein wenig Stolz, als Marcia die Zahl der Oscars auf fünf erhöhte. Ihr Lächeln gehörte zu den strahlendsten an diesem ehrwürdig-steifen Abend.

Von dem Erfolg berauscht, beschloß Fox, den Film in diesem Sommer erneut in Amerika zu zeigen.

Innerhalb von fünf Wochen wurden noch einmal für 46 Millionen Dollar Eintrittskarten verkauft. (Der Film spielte weitere 23 Millionen Dollar ein, als er – was noch nie dagewesen war – 1979 ein drittes Mal gezeigt wurde.)

Fox hatte sich den potentiell größten Überseemarkt – Japan – bis August aufgespart, in der Hoffnung, von den im Sommer traditionell um zwanzig Prozent erhöhten Kinotarifen zu profitieren.

Im August flog Alan Ladd jr. auf den Rat seines Teams hin zur Premiere nach Tokyo. Zuerst war er überzeugt, einer Katastrophe beigewohnt zu haben. Das Publikum in dem riesigen kuppelförmigen Kino, das passend zum Film in einen gigantischen R2-D2 verwandelt worden war, verhielt sich während der Vorstellung mucksmäuschenstill. Als die letzten Akkorde von John Williams' Filmmusik verklangen, erhoben die Kinobesucher sich schweigend und verließen den Saal. Es dauerte eine Weile, bis Ladd beim anschließenden Dinner seinem Gastgeber Glauben schenkte, der ihm versicherte, daß dies in Japan als größtes Kompliment galt, das ein Publikum einem Film machen konnte. Schon bald belegten die Zahlen, daß er tatsächlich beruhigt sein konnte.

Innerhalb von zwei Monaten beliefen sich die Einnahmen aus dem Verleih an die japanischen Kinoketten auf 18,3 Millionen Dollar. Bis zum Ende seiner Laufzeit hatte der Film fast 21 Millionen eingespielt. Bis dahin hatten die Einnahmen aus ausländischen Märkten maximal 6 Millionen Dollar betragen, eine Rekordsumme, die *Die Höllenfahrt der Poseidon* in Japan eingespielt hatte.

Als *Star Wars* schließlich im November 1978 aus den

amerikanischen Kinos zurückgezogen wurde, hatte der Film den absoluten Rekord von 273 Millionen Dollar brutto eingespielt und 164 Millionen Dollar an Einnahmen aus dem Verleih an amerikanische und kanadische Kinos. Da die Verleihgebühren aus dem Ausland sich bereits auf 68 Millionen Dollar beliefen, hatte *Star Wars* seinen Inhabern 232 Millionen Dollar Gewinn eingebracht. Ende des Jahres sollten die weltweiten Bruttoeinnahmen sich auf insgesamt 430 Millionen Dollar belaufen.

Jahrzehnte hatten die Studios den ausländischen Markt als interessantes Nebengeschäft betrachtet. Ab sofort sollte er einen anderen Stellenwert einnehmen.

Um 20 Uhr am Sonntag, den 17. September 1978 strahlte der Fernsehsender ABC die erste Folge der bislang teuersten Fernsehserie aller Zeiten aus. *Kampfstern Galactica*, eine Weltraumsaga, die im siebten Jahrtausend unserer Zeitrechnung in einer fernen Galaxie angesiedelt war, war von Universal in Hollywood gedreht worden, mit einem Kostenaufwand von 1 Million Dollar pro Folge. Als Laser blitzten, gigantische Raumschiffe durch das All glitten und ein umwerfend attraktiver junger Held namens Starbuck Krieg gegen die Zylonen führte, Wesen halb Mensch, halb Maschine, sah es aus, als wäre die Serie jeden Cent wert. Zuschauer und Kritiker, denen einiges an der Serie merkwürdig vertraut vorkam, standen jedoch nicht allein.

Einige Wochen vor der Erstausstrahlung am 23. Juni verklagte 20th Century Fox Universal wegen eklatantem Plagiatismus an *Star Wars*. Wenn Science Fiction vor dem 25. Mai 1977 als tot gegolten hatte, war das Genre auf höchst spektakuläre Weise wiederauferstanden. Wie es schien, hatten jedes Studio und jeder Fernsehsender in Hollywood sich dem Run auf die Sterne angeschlossen.

Warners hatten 20 Millionen Dollar investiert, um die

Superman-Comics zu verfilmen. Marlon Brando hatte unglaubliche 2 Millionen Dollar für seine Rolle als Vater des Mannes aus Stahl in einer spektakulären Version der Story erhalten, die in England von den Salkind-Brüdern produziert wurde. Disney bereitete sich darauf vor, mit *Die Katze aus dem Weltraum* dem Genre seinen unverwechselbaren Stempel aufzudrücken. Außerdem verwandte Disney noch größere Summen auf die Realisierung eines Weltraumabenteuers im Jules-Verne-Stil, *Das Schwarze Loch.*

Paramount, dessen damalige Muttergesellschaft Gulf & Western ihre Pläne, neue Folgen von *Star Trek* zu senden, eingefroren hatte, entstaubte eiligst ein Relikt des Genres. Eins der einstmals abgelehnten Drehbücher wurde hastig in *Star Trek: Der Film* umfunktioniert. Dank *Star Wars* konnten Kirk, Spock und Co. wieder dorthin aufbrechen, wohin in Hollywood alle strebten. In der Zwischenzeit kramte das Studio die Klassiker von George Pal aus den fünfziger Jahren – *Der jüngste Tag* und *Krieg der Welten* – wieder hervor, um sich der neuen Welle anzuschließen.

Sogar der Präsident von Paramount Pictures, Michael Eisner, gab zu, daß seine Gesellschaft ohne Fox' Erfolg *Star Trek* wohl aller Wahrscheinlichkeit nach im Regal hätte stehen lassen. Er zuckte die Achseln: »Ich bezweifle, daß ohne *Star Wars* die Motivation bestanden hätte, die Fernsehserie *Star Trek* in einen Kinofilm umzuwandeln.« (Gene Roddenberry war bis zu seinem Tod im Oktober 1991 neidisch auf den Erfolg von *Star Wars* und beschränkte in seiner Autobiographie seine Äußerungen zum einflußreichsten Science-Fiction-Film aller Zeiten auf einen einzigen Satz.)

Von allen Studios schien Universal am halbherzigsten vorzugehen bei seiner Suche nach Filmen in der Art des einen, den die Zuständigen einst abgelehnt hatten. Ein Remake von *Der jüngste Tag* als Co-Produktion mit Paramount war im Gespräch, das Projekt wurde jedoch angesichts horrender Kosten für die Spezialeffekte aufgegeben.

Mit seltener Offenheit gab Ned Tanen zu, daß er es für wenig sinnvoll halte, zu reagieren, nachdem das Kind bereits in den Brunnen gefallen sei. »Ich bin nicht daran interessiert, *Star Wars* nachzueifern«, erklärte er. »Das wäre von vornherein zum Scheitern verurteilt. *Star Wars* ist ein unglaublicher Volltreffer – ein einzigartiges Phänomen.« Statt dessen konzentrierte das Studio sich darauf, die Faszination von *Krieg der Sterne* auf den Fernsehschirm zu bringen. Außerdem sicherte es sich die Rechte an der alten Buck-Rogers-Serie im Hinblick auf eine weitere neue Fernsehserie.

Wenn Nachahmung auch schmeichelhaft sein mochte, Ideenklau war es weniger – zumindest in Lucas' Augen. Lucas sollte nie Gelegenheit bekommen, sich gegen den schmerzlichsten und etwas lächerlichen Vorwurf das Plagiatismus zu wehren, der gegen ihn gerichtet wurde. Im Vorwort einer Kurzgeschichtensammlung, die posthum nach seinem Tod 1986 erschien, beklagte sich Frank Herbert, Autor des erfolgreichen Science-Fiction-Romans *Der Wüstenplanet*, daß *Krieg der Sterne* sich so reichlich aus seinem Roman bedient habe, daß er sechzehn exakte Übereinstimmungen festgestellt hätte.

In vielerlei Hinsicht war es nicht überraschend, daß die actionreichen Weltraumgefechte in *Kampfstern Galactica* einige Ähnlichkeit zum Rebellenangriff auf den Todesstern aufwiesen. Universal hatte keinen Geringeren als John Dykstra mit den Spezialeffekten betraut. Nachdem *Krieg der Sterne* im Frühjahr 1977 abgedreht gewesen war, war Dykstra in dem Lagerhaus in Van Nuys geblieben und hatte beinahe sofort mit den Vorbereitungsarbeiten für Universal begonnen.

Aber der Einfluß von *Star Wars* sollte damit nicht enden. Jim Nelson und noch viele andere ILM-Künstler wirkten an der Serie mit.

Ein komischer Zufall, daß einige von ihnen leer ausgegangen waren, als Lucas im Sommer seine Prämien ausgeteilt hatte.

Nelson hatte sich kurz vor Anlaufen des Films mit

Lucas zerstritten. Der ILM-Koordinator hatte fest damit gerechnet, als Co-Produzent im Nachspann genannt zu werden.

Lucas erklärte sich hiermit nicht einverstanden und bot ihm an, weiter unten unter den Technikern genannt zu werden. Er war einfach der Meinung, daß Nelson keinen ›künstlerischen Beitrag‹ geleistet habe. Nach einer hitzigen Auseinandersetzung, bei der er Lucas vorwarf, daß er ›keine Ahnung davon habe, was er im Rahmen der Produktion geleistet habe‹, zog Nelson seinen Namen ganz zurück. Obwohl Lucas ihn eindringlich bat, es sich noch einmal zu überlegen, war sein Name nirgends zu lesen, als *Star Wars* schließlich in die Kinos kam.

Nelsons Zorn war verständlich. Von der Arbeit bei ILM war sein braunes Haar ergraut. »Lucas-Grau, wie ich es nenne.« Er hatte seinen Managerposten bei einem gutgehenden Unternehmen quittiert und beträchtliche Gehaltseinbußen in Kauf genommen, nur auf das Versprechen einer Filmbeteiligung hin. »Ich habe einen Job mit einem Jahreseinkommen von 100000 Dollar aufgegeben, um für 25000 Dollar jährlich zu arbeiten. Außerdem mußte ich meine Krankenkassenbeiträge, Sozialabgaben, Rentenbeiträge und alles andere aus eigener Tasche zahlen. Mir blieben netto 224 Dollar die Woche.«

Er fragte sich, ob seine Direktheit ihn bei Lucas vielleicht in Mißkredit gebracht hatte. Es war durchaus kein Zufall, daß weder ihm noch John Dykstra nach Fertigstellung von *Star Wars* eine Verlängerung des Arbeitsverhältnisses angeboten wurde. Für rebellische Naturen war in Lucas' neuem Reich offenbar kein Platz.

»Ich mochte George. Aber es ist sehr schwierig, mit ihm zusammenzuarbeiten; man muß George in allem zustimmen, und stimmt man nicht mit George überein, kann George einen nicht leiden«, sagte Nelson. »Dykstra und ich widersprachen George ständig. Es sollte uns nicht zum Vorteil gereichen!«

»Der Grund, weshalb George gern mit jungen Leuten arbeitet, ist der, daß die noch wenig Erfahrung und

Macht haben«, äußerte Ben Burtt. »Mir gegenüber war er noch der unangefochtene Boß.«

Dykstra war tief verletzt gewesen von Lucas' angeblichem Kommentar, daß »Dykstras Effekte in *Star Wars* auf einer Skala von eins bis zehn bei fünf liegen«. »Obwohl George immer freundlich zu mir war und er mir auch zu meinem Oscar gratulierte, waren wir nie besonders gute Freunde, und dabei blieb es auch nach Beendigung des Filmes«, sagte er.

Als Dykstra gefragt wurde, ob er daran interessiert wäre, die Arbeit, die er bei ILM begonnen hatte, im Rahmen einer Fernsehserie für Universal fortzusetzen, zögerte er nicht, das Angebot anzunehmen. Nach *Star Wars* war seine Position in der Branche so gefestigt, daß er sogar einen Produzenten-Status herausschlagen konnte.

Lucas hatte schon früh Wind von der Serie bekommen und darum gebeten, sie sich vorab ansehen zu dürfen. Kampfstern-Produzent Glen Larson hatte Lucas eine frühe Folge übergeben in dem Bestreben, ihn zu besänftigen. Als Fox ihn verklagte, hob Larson anfangs den Umstand hervor, daß der Schöpfer von *Star Wars* in der Klageschrift nicht genannt wurde. Zu Lucas' Zorn behauptete er sogar, er hätte seine Serie »für gut befunden«.

›Ich habe die erste Folge seiner geplanten Serie gesehen, und ich bin der festen Überzeugung, daß Glen Larson und Universal Pictures versucht haben, das zu kopieren, was ich für *Star Wars* erfunden habe. Weiterhin denke ich, daß sie weiterhin versuchen, ihre Serie als eine Art Fernsehversion von *Star Wars* zu verkaufen‹, äußerte Lucas rundheraus in einem offenen Brief an *Variety*.

›Ich fürchte, diese Serie wird dem, was ich geschaffen habe, letztendlich schaden, und ich hoffe sehr, daß Fox Erfolg haben wird mit seinen Bemühungen, uns vor Schaden zu bewahren‹, fügte er hinzu.

Fox konnte die Ausstrahlung der Serie jedoch nicht verhindern.

Während *Kampfstern Galactica* zu einem der größten Fernsehhits jenes Winters wurde, nahm das Drama hinter den Kulissen seinen Lauf, in Form von Anhörungen, die sich Jahre hinziehen sollten.

KAPITEL 9

DOPPELT ODER NICHTS ...

George Lucas behauptete gern, daß er kein Spieler sei. »Ich bin ein schlechter Pokerspieler«, meinte er. »Ich kann nicht bluffen.«

Wenn ihm das in Hollywood ohnehin nur wenige abgekauft hatten, wurden es am Morgen des 24. Februar 1978 noch weniger.

Die Schlagzeile in *Variety* lautete: JETZT IST ES OFFI-ZIELL: 20TH CENTURY FOX DARF FORTSETZUNG VON STAR WARS DREHEN.

Für viele in der Filmindustrie war es neu, daß Fox die Fortsetzungsrechte bis dato nicht besessen hatte. Als sie jedoch weiterlasen, verblaßte ihre verspätete Bewunderung für das Verhandlungsgeschick, das Lucas 1975 an den Tag gelegt hatte, neben ihrem Erstaunen über die Chuzpe, die er jetzt besaß.

Lucas verkündete, daß Fox den zweiten Teil von *Krieg der Sterne* zwar unter dem Titel *Das Imperium schlägt zurück* vertreiben würde, er den Film jedoch ganz allein finanzieren werde. Der Schachzug, der sich hinter der Schlagzeile verbarg, war jedoch noch gewagter, als es den Anschein hatte.

Tatsächlich hatte Lucas sein gesamtes Vermögen aus *Krieg der Sterne* eingesetzt.

Hochrechnungen zufolge sollte die Fortsetzung Lucasfilm etwa 10 Millionen Dollar kosten.

Tatsächlich wußte Lucas jedoch bereits, daß das Budget beinahe doppelt so hoch ausfallen würde. Lucas hatte fast jeden Cent der 20 Millionen, die er persönlich an *Star Wars* verdient hatte, in Kreditform an Lucasfilm abgetreten, als Sicherheit für das Darlehen in Höhe von 18 Millionen Dollar, das Gary Kurtz und er für die Realisierung von *Das Imperium schlägt zurück* veranschlagt hatten.

War der Film erfolgreich, würde Lucasfilm ihm sein

Geld zurückzahlen; wenn nicht, würden die Banken sich an seinem Vermögen schadlos halten.

In einem Punkt praktizierte Lucas das, was er immer gepredigt hatte. Er verachtete die Konglomerate, die mit Filmen Geld machten und dieses dann in andere Kanäle lenkten. Dennis Stanfill und der Fox-Vorstand hatten ihre Einnahmen in Höhe von 150 Millionen Dollar darauf verwendet, in anderen Branchen zu investieren, beispielsweise in ein Abfüllunternehmen im mittleren Westen, einen Golfplatz in Pebble Beach und eine Ferienanlage im Wintersportgebiet von Colorado. Er hingegen steckte das Geld wieder in die Filmindustrie. Aber dieser Zug war noch in anderer Hinsicht riskant.

Seit seinem ersten Erfolg mit *American Graffiti* hatte Lucas davon geträumt, inmitten des friedlichen Marin County eine echte Alternative zu Hollywood aufzubauen.

Er verglich diesen Traum mit dem eines Rockmusikers, der in seinem Hinterhof sein eigenes Aufnahmestudio einrichtete.

Er hatte diskret angefangen, in einem abgelegenen Tal in der Nähe von San Rafael Land aufzukaufen. Das 7,6 Quadratkilometer große Gelände der Bulltail Ranch gehörte zu seinen bislang größten Akquisitionen. Er hatte das Land, nachdem die erste Welle der *Star-Wars*-Profite eingegangen war, 1978 für 2,7 Millionen Dollar erworben. Verhandlungen zum Erwerb von weiteren dreizehn angrenzenden Grundstücken liefen bereits. In seinen Mußestunden saß er über den Plänen des Wohnhauses im Ranchstil und der Produktionsgebäude, die er eines Tages dort zu bauen hoffte. Aber Lucas war klar, daß er für die Realisierung seiner Pläne eines eigenen Studios ›richtig Geld‹ brauchen würde. Er hatte Kosten von über 20 Millionen Dollar in den kommenden sechs Jahren veranschlagt. Da Lucasfilm in Los Angeles immer noch aus seinem Privatvermögen schöpfte, waren die etwa 20 Millionen, die er an *Star Wars* verdient hatte, nicht genug.

Er hatte früher schon etwas riskiert und gewonnen. Diesmal hatte er alles zu gewinnen – und alles zu verlieren.

Schon bevor *Krieg der Sterne* fertiggestellt gewesen war, war halbherzig von einer Fortsetzung gesprochen worden. In den letzten Wochen der Dreharbeiten in Elstree hatte Alan Ladd jr. Gary Kurtz vorgeschlagen, gleich einige zusätzliche Einstellungen zu drehen. »Gegen Ende der Dreharbeiten sagte Laddie: ›Was hältst du davon, Material für einen zweiten Film zu schießen?‹«, erzählte Kurtz. »Dem Prinzip treu, daß wenn es sich kostengünstig einrichten ließ, man über eine Fortsetzung reden könne.« Aber die Idee wurde bald wieder aufgegeben in Anbetracht des gewaltigen Drucks, unter dem er und Lucas standen, um *Krieg der Sterne* fertigzustellen.

Als er 1977 Mitte Juni nach Hawaii geflogen war, war es Ladd jedoch sehr ernst gewesen mit seinem Vorschlag. Er wußte aus seinen Gesprächen mit Lucas, daß *Star Wars* nur die Spitze eines gigantischen Eisberges war. Für Lucas stellte sich allerdings die Frage, wie er diese ganze Prozedur ein zweites Mal durchstehen sollte. Er hatte bereits beschlossen, die Regie aufzugeben, und wußte, daß er die Qualen, ein weiteres Drehbuch wie *Krieg der Sterne* zu schreiben, nicht auf sich nehmen konnte. Im stillen entschied er, einen Teil der Kontrolle abzutreten, obgleich er schon damals gewußt haben mußte, daß sich das in der Praxis niemals würde umsetzen lassen.

Lucas hatte den Deal für den Dreh von *Das Imperium schlägt zurück* ganz allein mit Tom Pollock als Rechtsbeistand ausgehandelt. Lucas machte keinen Hehl daraus, daß er tief in Bergs Schuld stand wegen seiner Ausarbeitung des ursprünglichen Vertrages mit Fox. Andererseits war er der Absicht, daß die Kanzlei mit ihren zehn Prozent an den Bruttoeinnahmen angemessen entlohnt worden war – ein Honorar, das sich inzwischen auf 4,5 Millionen Dollar belief. Trotzdem war niemand überrascht, daß ICM das etwas anders sah. Die Kanzlei beharrte darauf, daß wenn sie den *Star-Wars*-Vertrag aufgesetzt hätte, sie auch die Verhandlungen bezüglich der Fortsetzung führen sollte. Lucas brach wieder einmal mit einer Hollywood-Tradition und schickte die mächtigste Kanzlei der Filmbranche in die Wüste. Er wird nicht sonderlich überrascht gewesen sein, als sie ebenfalls einen Prozeß gegen ihn anstrengte.

Ende 1978 begann die Produktion bereits Formen anzunehmen. Lucas war entschlossen, die Fehler bei der Realisierung von *Star Wars* nicht zu wiederholen. Gil Taylor, John Dykstra und die rebellischen Elemente, die ihm bei *Krieg der Sterne* das Leben schwergemacht hatten, waren die ersten Opfer. Auf der anderen Seite waren zahlreiche Mitarbeiter des ursprünglichen ILM-Teams bereits in einem Komplex untergebracht worden, den er vierzehn Meilen von seiner Ranch entfernt in San Rafael erworben hatte. Das Rückgrat des Teams, das *Krieg der Sterne* vervollständigt hatte, umgänglichere Talente wie Dennis Muren und Joe Johnston, zogen nach Nordkalifornien, um die Operation zu leiten. Der undisziplinierte Wahnsinn, der in dem Van-Nuys-Lagerhaus geherrscht hatte, war endgültig abgehakt.

Die Wahl des Produzenten war ganz selbstverständlich auf Gary Kurtz gefallen. Gemeinsam mit Lucas hatte er Leigh Brackett, die hochangesehene Autorin von *Der große Schlaf* und *Rio Bravo*, gebeten, einen Entwurf der zweiten Story zu verfassen, die Lucas in seiner Geschichte von Luke Starkiller umrissen hatte.

Das Ringbuch voller Notizen, das Lucas Brackett überreicht hatte, bildete eine nach Szenen gegliederte Übersicht der Story, die sie in Drehbuchform bringen sollte. Luke, Leia und Han versteckten sich zu Anfang der Geschichte in einer Rebellenbasis auf dem Eisplaneten Hoth. Von einem Kundschafterdroiden Darth Vaders entdeckt, sollten sie sich ein spektakuläres

Boden- und Luftgefecht mit den Imperialen Streitkräften liefern, bevor sie den Planeten aufgaben. Während Han und Leia von Vader verfolgt wurden, sandte Obi-Wan Luke zum Sumpfplaneten Dagobah, wo er von Jedi-Meister Yoda in die Geheimnis der Macht eingeweiht werden sollte.

Im dritten Akt sollte Luke Leia und Han zur Hilfe eilen, um sie in einer Wolkenstadt über dem Planeten Bespin aus Vaders Klauen zu befreien.

Nachdem Brackett einen hervorragenden ersten Entwurf abgeliefert hatte, hatte Lucas erwartet, sie würde ihm, wie in der Branche üblich, eine oder zwei weitere Fassungen unterbreiten. Lucas ahnte nicht, daß Brackett an Krebs im Endstadium litt. Sie starb wenige Tage nachdem sie das Skript abgeliefert hatte.

Lucas war somit gezwungen, das Skript selbst zu überarbeiten. Nachdem er sich einige Zeit damit abgeplagt hatte, engagierte er einen vielversprechenden Drehbuchautoren aus Chicago, Lawrence Kasdan, um dem Drehbuch den letzten Schliff zu geben. Kasdan gelang es bald, den Charakteren mehr Tiefe zu verleihen, vor allem dem zentralen Trio Luke, Leia und Han Solo.

Als der Deal mit Fox bekanntgegeben worden war, war man ganz selbstverständlich davon ausgegangen, daß die drei amerikanischen Stars ihre alten Rollen spielen würden. So einfach war das jedoch nicht. Lucas hatte Carrie Fisher und Mark Hamill gleich zu Anfang für drei Folgen verpflichtet – eine bemerkenswerte Voraussicht. Beide empfanden ihren Status als Ikonen der Popkultur immer noch als recht unangenehm. Seit seiner Rolle in *Zwei heiße Typen auf dem Highway* von Barwood und Robbins hatte Hamill nur noch in *The Big Red One* gespielt, einem Kriegsdrama mit Lee Marvin, das nicht einmal in die Kinos gekommen war. Hinzu kam, daß er sich nur sehr langsam von seinen Gesichtsverletzungen erholt hatte und sich in Hollywood hartnäckig das Gerücht hielt, er wäre unwiderruflich entstellt. Wenigstens hatte er auf privater Ebene die Kurve gekriegt, sich mit Marilou York versöhnt und sie im Dezember 1978 geheiratet. Das Paar erwartet im Sommer 1979 das erste Kind.

Hamill gab zu, daß er sich von Lucas im Stich gelassen fühlte, als seine Karriere im Anschluß an *Krieg der Sterne* stagnierte. Der Regisseur hatte ihm nur halb im Scherz nahegelegt, in Rente zu gehen, solange er noch ganz oben war. »Niemand zwingt dich, irgendwelchen Mist anzunehmen, und wenn du dann eine Rolle bekommst, die dir zusagt, kannst du sagen: ›Die Rolle war so gut, daß sie mich bewogen hat, wieder zu arbeiten‹«, hatte er dem jungen Star geraten.

Hamill fiel es schwer, seinen Groll ob seines Schicksals zu verbergen. »Vor dreißig Jahren hätten die Studios unsere Karriere gefördert.«

Fisher, die immer noch nicht davon überzeugt war, schauspielerisch einen lohnenswerten Beitrag leisten zu können, hatte sich darauf konzentriert, ihr komisches Talent in *Saturday Night Live* weiterzuentwickeln. »Ich genoß diesen zweifelhaften Ruhm als Comicfigur für Kinder«, äußerte sie. »Das war meiner Karriere nicht eben förderlich.«

Am schwierigsten war es jedoch, den widerstrebenden Harrison Ford zu überreden, sich dem Team wieder anzuschließen.

Ford hatte seinen Erfolg als Han Solo ausgebaut und war inzwischen ein gefragter Schauspieler. Und doch waren *Helden von heute*, *Der wilde Haufen von Navarone* und sein letzter Film, *Ein Rabbi im Wilden Westen*, eine Westernkomödie mit Gene Wilder unter der Regie von Robert Aldrich, enttäuschend gewesen, *Das tödliche Dreieck* mit Lesley-Anne Down sogar eine einzige Katastrophe. Die Kritiken waren so vernichtend gewesen, daß Ford sich geweigert hatte, sich den Film überhaupt anzusehen.

Seine Hauptsorge war, daß man ihn auf die Figur des Han Solo festlegte. Als er mit Lucas und Kurtz das Skript besprach, machte er deutlich, daß er die Rolle ausbauen wolle.

»Er wollte schurkischer sein, mehr im Clark-Gable-Stil. Wie die meisten Schauspieler fürchtete er ernsthaft, auf eine Figur festgelegt zu werden«, sagte Kurtz.

Glücklicherweise erkannte Ford, daß Kasdans Drehbuch größere Energie und Menschlichkeit besaß als Lucas' *Star-Wars*-Skript. Und so verpflichtete er sich bald zu einem weiteren Weltraumabenteuer im Millenium Falken.

Jetzt fehlte nur noch ein wichtiger Aspekt amerikanischer Besetzungstaktik. Billy Dee Williams wurde für die Rolle des Lando Calrissian verpflichtet, einem alten Spielerfreund Solos, der im dritten Akt in der Wolkenstadt von Bespin in Erscheinung treten sollte. So energisch Lucas es damals auch geleugnet haben mag, inzwischen gibt Kurtz zu, daß das Auftreten des ersten schwarzen Schauspielers in *Star Wars* dazu dienen sollte, der Kritik entgegenzuwirken, die der Film sich von seiten des in Rassenfragen empfindlichen Amerika eingehandelt hatte.

Lucas war ›unterschwelliger Rassismus‹ vorgeworfen worden, weil er in seinem Film keinen einzigen farbigen Darsteller eingesetzt hatte. »Das war ein Fehler«, gab Kurtz zu.

Von den britischen Darstellern erwies sich Anthony Daniels als der schwierigste. Wie auch Dave Prowse war er wütend wegen der mangelnden Anerkennung, die ihm zuteil geworden war, sowie wegen der Verbreitung seiner Leinwandfigur in Amerika. Prowse reagierte mit der Souveränität eines Vader. Das Muskelpaket hatte einen Agenten in den Vereinigten Staaten engagiert, seine Fanpost persönlich beantwortet und im Fernsehen eine Art Kultstatus erlangt. »Ich war fest entschlossen, die Anerkennung zu bekommen, die mir gebührte«, sagte er.

Daniels seinerseits zeigte sich so widerborstig wie C-3PO. Am meisten hatten ihn die Gerüchte verletzt, C-3PO wäre gar nicht von einem Menschen gespielt worden. Daniels zufolge hätten *Star-Wars*-Publizisten irgendwann behauptet, C-3PO funktioniere rein mechanisch. »Sie haben meine Existenz geleugnet«, klagte er. Daniels griff Lucas sogar öffentlich an und beschuldigte ihn: »Er hat mir eine Tür geöffnet, nur um mir die nächste vor der Nase zuzuschlagen.« Der Regisseur steckte die Kritik weg, aber die Vorwürfe bestärkten ihn noch in seiner Antipathie gegenüber eigenwilligen Schauspielern.

Letztendlich wurde Daniels eine höhere Gage zugesagt sowie eine Gewinnbeteiligung an den Filmeinnahmen. Dieser Versuchung konnte er dann doch nicht widerstehen.

Kurtz' schwierigste Aufgabe bestand darin, einen Regisseur zu finden, der bereit war, das zu übernehmen, was viele als ultimativen vergifteten Kelch betrachteten. »Ein halbes Dutzend der größten Hollywood-Regisseure wollte nichts mit dem Film zu tun haben. Warum, war leicht nachvollziehbar«, erklärte Kurtz. »Es handelte sich um die Fortsetzung des umsatzstärksten Films aller Zeiten. Zum einen hätte man sie verantwortlich gemacht, wenn die Fortsetzung floppte. Zum zweiten würde die Anerkennung im Erfolgsfalle George gelten. Warum sich das antun – es sei denn, für das entsprechende Kleingeld? Warum eine völlig undankbare Aufgabe wie diese übernehmen?«

Schließlich wandte sich Kurtz an einen alten Freund, Irvin Kershner, den er in seinen Tagen des Dokumentarfilms nach seinem Studium an der USC kennengelernt hatte. Damals hatte Kershner einen Antidrogen-Dokumentarfilm gedreht, *Rauschgift*. Seit damals hatte er Karriere gemacht und nach seiner Arbeit für den US-Informationsdienst in Afrika und im Mittleren Osten bei *Die Augen der Laura Mars* mit Faye Dunaway Regie geführt. Kershner hatte als musikalisches Talent in seiner Kindheit in Philadelphia davon geträumt, eines Tages ein Strawinsky oder Prokofieff zu werden. Groß, intellektuell und mit Ziegenbärtchen betrachtete ihn Hollywood als denkbar ungeeignet als Regisseur der neuesten Symphonie der Weltraumoper, die die Phantasie der ganzen Welt angeregt hatte. Kurtz und Lucas waren jedoch beeindruckt gewesen von dem entschieden Hollywood-untypischen Regisseur. Jeder, der aus dem Effeff eine 1950 von Aldous Huxley geäußerte Vorhersage zitierte, derzufolge die Zukunft des Films im Bereich Fantasy lag, mußte ihnen einfach zusagen! Wie viele mittelalte Anhänger des Films hatte Kershner sich *Star Wars* zusammen mit seinem Sohn angesehen. Die mythischen Zwischentöne hatten ihm gefallen, und diese sah er jetzt mit der neuen Figur des Yoda vertieft.

»Kersh interessierte sich ebenso für Zen wie ich. Wir waren beide begeistert von der Figur des Yoda«, erzählte Kurtz. »Er sagte Dinge wie: ›Versuch es nicht, tu es‹, und dieses Konzept ist stark Zen. Wir fanden es beide großartig, solche Dinge auf unterhaltsame Art und Weise rüberbringen zu können.«

Lucas und Kurtz einigten sich darauf, die Produktion wieder in Elstree anzusiedeln. Was ihm an Ausstattung fehlte, machte Borehamwood mit erheblich niedrigeren Kosten und größerer Diskretion wieder wett. Die erste größere Auseinandersetzung kam, als Kurtz ein Budget von 18 Millionen Dollar veranschlagte – beinahe das Doppelte der Produktionskosten für *Krieg der Sterne*. Er sah keine Möglichkeit, den Film für einen nennenswert geringeren Betrag zu realisieren. In den drei Jahren seit *Star Wars* hatte die Inflation die Kosten sämtlichen Filmmaterials verdrei- oder sogar vervierfacht. Und kein Agent in der Unterhaltungsbranche würde seinem Kunden heute noch erlauben, kostenlos für Lucas zu arbeiten. »Das Problem war, daß nach unserem durchschlagenden Erfolg niemand bereit war, für einen Mindestlohn zu arbeiten. Alle verlangten Höchstsätze«, erklärte Kurtz. Schließlich bewilligte Lucas die 18 Millionen, die Kurtz brauchte. Er sollte ihn jedoch nie vergessen lassen, wessen Geld es war.

Die Bewohner des abgeschiedenen norwegischen Außenpostens Finse waren recht einsame Winter gewöhnt. Jedes Jahr waren etwa achtzig von ihnen – hauptsächlich Eisenbahnarbeiter, die während der heftigen Schneestürme die wichtige Strecke Oslo/Bergen offenhalten sollten – von Oktober bis März dort eingeschneit.

In den ersten Märzwochen 1979 verdoppelte sich die Zahl der Bewohner jedoch beinahe. Mehr als siebzig amerikanische, britische und norwegische Besucher kamen, jeweils zu zweit in einem Zimmer, im größten Gasthaus des Ortes, der Finse Ski Lodge, unter. Schon bald erlaubten ihnen ihre schwedischen Snowcats und leistungsstarken Helikopter, hoch oben auf dem Eisgletscher 1800 Meter oberhalb des Dorfes zwei Basiscamps einzurichten. Jedes war mit Notheizung, Licht und Lebensmitteln für mehrere Tage ausgestattet.

Die Technologie, über die sie verfügten, hätte manche Besatzungsarmee vor Neid erblassen lassen. Captain Robert Scott hätte sie ganz sicher zu schätzen gewußt, als er 1910, vor fast siebzig Jahren, von Finse aus, dem Trainingslager für seine unglückselige Expedition an den Südpol, aufbrach. Es dauerte jedoch nicht lange, bis Mutter Natur ihre Autorität wiederherstellte. Drei Jahre nach dem sintflutartigen Regen in Tunesien spielte das Wetter in den ersten Drehtagen erneut verrückt.

Kurtz und Kershner hatten das Team Ende Februar nach Finse begleitet, in der Hoffnung, das schlimmste Winterwetter wäre überstanden. Aber sie hatten kaum die Tonnen von Ausrüstung ausgeladen, die von London nach Oslo verschifft worden waren, und Carrie Fisher und Mark Hamill in der Skihütte willkommen geheißen, als heftige Schneestürme über den Ort hereinbrachen. Als wäre dies nicht genug, gingen Lawinen zu Tal, die sie völlig von der Außenwelt abschnitten.

Sofern es irgendwelche Zweifel am *Star-Wars*-Status gegeben hatte, wurden diese von den Reaktionen der Presse auf die Hiobsbotschaft ausgeräumt. Die ersten Drehtage an der ersten Folge waren den Medien kaum eine Randnotiz wert gewesen. Über den Drehbeginn der Fortsetzung wurde sofort von Bergen bis Bogotá berichtet. Kurze Zeit später versicherte der Sprecher des Filmteams, Alan Arnold, von der Finse Ski Lodge aus den Kindern auf der ganzen Welt, daß Luke und Prinzessin Leia wohlauf wären.

Gary Kurtz fiel es jedoch schwer, die Verzögerungen als werbewirksames Plus zu betrachten. Das Wetter trug nur dazu bei, die wachsenden Probleme zu verschärfen, mit denen seine Produktion zu kämpfen hatte, noch bevor eine einzige Einstellung gedreht worden war.

Kurtz und Co-Produzent Robert Watts hatten Finse im vergangenen Jahr ausgewählt. Die scheinbar endlose Ödnis war ihnen perfekt erschienen als Location für den Planeten Hoth, wo der erste Akt von *Das Imperium schlägt zurück* spielen sollte. Aber auch nachdem das Wetter aufgeklart war, erwiesen sich die Drehbedingungen als miserabel. Kershners Hauptaufgabe bestand darin, die Anfangssequenzen zu drehen, in denen Luke auf einem riesigen lamaähnlichen Tauntaun über die vereiste Tundra ritt und von einem Wampa-Schneeungeheuer angegriffen wurde. (Der Hieb des Ungeheuers sollte die immer noch sichtbaren Narben erklären, die Mark Hamill nach seinem Autounfall zurückbehalten hatte.)

Nachdem er gezwungen war, den Drehplan umzustellen, während sie in der Skihütte festsaßen, beschloß Kershner, zuerst die Szene zu drehen, in der Han den halberfrorenen Luke rettete und in den Kadaver seines Tauntauns wickelte, um ihn zu wärmen. Die Änderung zwang Harrison Ford, eine denkbar unbequeme Reise von London aus auf sich zu nehmen, wobei er den letzten Streckenabschnitt als Anhalter in einem Schneepflug zurücklegte. Er traf um Mitternacht völlig übermüdet in der Lodge ein, sechs Stunden vor seinem Einsatz am folgenden Morgen. Wie Hamill wagte er sich nur mit zwei langen Thermo-Unterhosen, vier Paar Socken und einem Walkie-talkie für den Notfall, das er unter seinem Kostüm verbarg, in die eisige Kälte hinaus.

Die ständige Bedrohung neuer Schneestürme und die beißenden Winde, die mit einer Geschwindigkeit von 40 Meilen pro Stunde über das Land fegten, machten auch die einfachsten Einstellungen für Kershner beinahe unmöglich. Oft schlug das Wetter ganz plötzlich um, so daß sie gezwungen waren, vorbereitete Sets aufzugeben und in die Basislager – Camp Kurtz und Camp Sharman (nach dem Produktionsleiter Bruce Sharman) – oder sogar bis nach Finse zu flüchten. Wenn die Stürme so heftig wurden, daß sie die gefürchtete ›Sichtweite Null‹ schufen, konnte der normalerweise halbstündige Marsch zurück zur Lodge auch schon mal anderthalb Stunden beanspruchen.

Trotz all ihrer Erfahrung hatte sich Kershner und Kurtz noch nie eine solche Herausforderung gestellt. »Die Kameraausrüstung mußte mit speziellem Leichtöl geschmiert werden, damit sie nicht einfror«, erinnerte sich der Regisseur. »Außerdem mußte man überaus vorsichtig mit dem Filmmaterial umgehen, da es leicht brüchig wurde.«

»Es war so windig und schneite so heftig, daß die Linse zugeweht wurde. Man konnte nur 20 bis 30 Sekunden am Stück drehen, dann war der Bildausschnitt dicht«, fügte er hinzu. »Und wenn man eine Kamera ohne Handschuhe anfaßte, blieben die Finger sofort am Metall haften. Man mußte die Haut mit einer Rasierklinge einschneiden, um sie ablösen zu können. Es war ein echtes Abenteuer.«

Trotz der Schwierigkeiten, mit denen sie drei Jahre zuvor zu kämpfen gehabt hatten, hatten Kurtz und Lucas erneut das Elstree-Gelände als Basis für die restlichen Dreharbeiten gewählt. Mit Hilfe der Gewinne aus *Krieg der Sterne* war dort eine neue Klangbühne entstanden, deren Kosten sich EMI und Lucasfilm geteilt hatten.

Lucas', Bracketts und Kasdans Story war in drei verschiedene Akte unterteilt worden – der erste spielte auf dem Eisplaneten Hoth, der zweite teils auf dem Sumpfplaneten Dagobah und an Bord des Millenium Falken auf der Flucht vor Darth Vader und der dritte in Bespin City, einer Stadt in den Wolken, wo Solo in Karbonit schockgefroren werden sollte, nachdem er von seinem Freund Lando Calrissian verraten worden war.

Anfangs hatte Kurtz noch mit dem Gedanken gespielt, die Dagobah-Szenen wieder in Tunesien zu drehen. Dann hatte er jedoch gemeinsam mit dem künstlerischen Direktor Norman Reynolds beschlossen, den sumpfigen Planeten auf Bühne drei in Elstree nachzubilden. Als die arktischen Stürme ihn am nördlichen Polarkreis festhielten, erschien ihm dieser Entschluß sehr vernünftig, zumal sie jetzt schon zeitlich in Verzug waren.

Kurtz' Schwierigkeiten hatten jedoch schon lange vor den Dreharbeiten in Norwegen begonnen.

Niemand vermochte hinterher mit Sicherheit zu sagen, ob eine weggeworfenen Zigarette oder ein Kurzschluß der Auslöser war, als am Abend des 24. Januar, fünf Wochen vor Drehbeginn, in Elstree auf Bühne 3 ein Feuer ausbrach. Außer Frage stand jedoch das Ausmaß der Katastrophe.

Der Alarm war schon sehr früh ausgelöst worden, aber die Feuerwehrzufahrten auf dem Studiogelände waren durch die Ausrüstung derart blockiert, daß die örtliche Feuerwehr sich außerstande sah, bis zum Brandherd vorzudringen. Sie konnten nur hilflos mit ansehen, wie die Flammen sich im ganzen Gebäude ausbreiteten. Am nächsten Morgen war von der Bühne nur noch eine schwelende Ruine übrig.

Da die Dreharbeiten schon wenige Wochen später beginnen sollten, war Kurtz gezwungen, sich nach zwei zusätzlichen Klangbühnen umzusehen. Zusätzlich behindert wurde er dadurch, daß Stanley Kubrick, der in Elstree *Shining* fertigstelle, aufgrund des Brandes in Verzug geriet. »Kubrick machte mich wahnsinnig. Er besetzte zwei Bühnen, die wir dringend ausbauen mußten«, erzählte Kurtz. »Ich sagte immer wieder: ›Stanley, ich muß diese Bühne haben.‹« Wenigstens stellte Kurtz den willkommenen Sündenbock für die mißlungenen Szenen in seinem ohnehin mangelhaften ›Meisterwerk‹.

Nach einem ersten Besuch in Elstree, um sein Team in London zusammenzustellen, kehrte Lucas zurück nach Marin County, wo er die Entstehung der Spezialeffekte des Films bei ILM überwachen konnte (er war außerdem verpflichtet, für Universal eine mißlungene Fortsetzung des Films fertigzustellen, der ihn groß gemacht hatte: *The Party is over...* Die Fortsetzung von *American Graffiti*). Nachdem es ihm gelungen war, in *Star Wars* eine glaubwürdige neue Welt zu schaffen, war Lucas fest entschlossen, die Illusion aufrechtzuerhalten. Jeder Effekt war ›eine kleine Zeitbombe‹, wie er sich sorgenvoll ausdrückte. Und derer gab es Tausende. »Wenn nur eine danebenging, konnte dies das Ende bedeuten.«

Trotzdem war die Problematik diesmal in vieler Hinsicht weniger akut. John Dykstras Pionierarbeit auf dem Gebiet der Kameratechnik bei *Krieg der Sterne* war wegweisend für die weitere fotografische Arbeit. Ralf McQuarries Genie stand ihnen erneut zur Verfügung, und Joe Johnston, der gegen Ende der Realisierung von *Star Wars* zum ILM-Team gestoßen war, hatte sich als brillanter, innovativer Modellbauer entpuppt. Sogar der Perfektionist Lucas war begeistert gewesen beim Anblick der neuesten Waffe des Imperiums, elefantenähnlichen Panzern, die als AT-ATs – All Terrain Amored Transport – bezeichnet wurden und im ersten Akt an der entscheidenden Schlacht auf dem Planeten Hoth mitwirken sollten.

Da Lucas sich vorwiegend in Amerika aufhielt, war *Das Imperium schlägt zurück* in großem Umfang Gary Kurtz' Film. Kershner war ursprünglich seine Wahl als Regisseur gewesen. Außerdem war er weitestgehend für die Einstellung der wichtigsten technischen Mitarbeiter verantwortlich gewesen, darunter Peter Schuzitsky, Kameramann von Ken Russells wunderbar schrägem Film *Lisztomania*, der Gil Taylor ablöste.

Aber auch aus der Ferne ließ Lucas niemanden im Zweifel darüber, wessen Geld die ganze Operation finanzierte. Kershner hatte sich von seiner schroffen Art vor den Kopf gestoßen gefühlt.

»Am allerersten Drehtag kam er zu uns und sagte: ›Ihr wißt, daß das mein eigenes Geld ist, und wir müssen sehr vorsichtig damit umgehen, also seht zu, daß ihr gute Arbeit abliefert‹«, erinnerte sich Kurtz. »Kersh war wütend; er fand, daß sie das alle unnötig unter Druck setzte. Kersh war kein Anfänger, für ihn machte es keinen Unterschied ob es Fox' Geld war oder Lucas'. Kersh fand Georges Kommentar unangemessen, vor allem am ersten Tag.«

Glücklicherweise hatte Lucas sie nicht nach Norwegen begleitet. »In gewisser Hinsicht war es ein Glück, daß er nicht da war, weil er Kersh nervös machte«, sagte Kurtz.

Nachdem er den vergifteten Kelch erst ergriffen hatte, war Kershner entschlossen, den Film nach seinen Vorstellungen zu realisieren. Als Regisseur waren seine Instinkte mehr auf die schauspielerischen Leistungen ausgerichtet, als es bei Lucas der Fall war. »Im ersten Teil waren die Situationen für sich so kraftvoll, daß man gar keine Zeit hatte, sich die Charaktere genauer anzusehen«, sagte er, als er Pressesprecher Alan Arnold zu Beginn der Dreharbeiten seine Strategie erläuterte. »Die Figuren standen ganz im Dienst der Geschichte. In der zweiten Folge stehen die Charaktere zwar immer noch im Dienste der Story, da der geschichtliche Fluß gewahrt werden muß, aber sie werden klarer umrissen sein. Zwischen ihnen gibt es Rivalität, Eifersucht und sexuelle Spannungen.«

Die Darsteller empfanden Kershner als das krasse Gegenteil des einsilbigen Lucas. George Lucas erledigte den Löwenanteils einer Arbeit in der Storyboard-Phase. Er kam mit einer klaren Vorstellung zum Set. Die gelegentlichen Anregungen der Schauspieler wurden zwar akzeptiert, jedoch keinesfalls ermutigt. Kershner hingegen arbeitete sich ganz systematisch durch jede Szene. Er war offen für Debatten und Diskussionen und viel improvisationsfreudiger als Lucas. Niemand paßte sich seinem Stil williger an als Harrison Ford.

Ford hatte aus seinen Erfahrungen außerhalb des *Star-Wars*-Universums viel gelernt. Er hatte bei den Dreharbeiten von *Ein Rabbi im Wilden Westen* unter dem bäuerlichen Robert Aldrich gelitten und war sich schlicht lächerlich vorgekommen bei seinem schwachen Text in Peter Hyams *Das tödliche Dreieck*.

»Harrison hat mit vielen von ihnen gearbeitet, um seine Position zu konsolidieren, um nach oben zu kommen«, berichtete sein Manager Pat McQueeney. »Wir gingen die Sache mit großen Hoffnungen an, aber er bekam immer wieder Schwierigkeiten. Eins, was er in dieser Zeit gelernt hat, ist, daß ein Schauspieler dem Regisseur ausgeliefert ist.«

Wenn Ford abseits von *Star Wars* eine Lektion gelernt hatte, dann die, daß man auf einem Filmset immer wachsam bleiben mußte.

»Die Spezialeffekte erfordern so große Aufmerksamkeit, daß man dazu neigt, die eigentliche Handlung zu vernachlässigen. Ich wollte nicht, daß das passierte, und Harrison machte mich immer wieder darauf aufmerksam, wenn es doch geschah«, erinnerte sich Kershner. »Wenn ich nach nur zwei Takes sagte: ›Okay, das ist großartig‹, meldete er sich sofort zu Wort und fragte: ›Was ist großartig? Die Spezialeffekte oder ich?‹ Und ich sagte dann: ›Harrison, ich würde nicht von großartig sprechen, wenn ich dich nicht meinte.‹ Darauf bedachte er mich mit seinem wunderbaren schiefen Blick, und wir konnten weitermachen.«

Der Anblick des Regisseurs und des Hauptdarstellers, wie sie wild gestikulierend und debattierend Kershners Wohnwagen ansteuerten, war bald allen vertraut.

»Er neigte wohl mehr als alle anderen dazu, sich mit

Kersh auf intellektuelle Debatten darüber einzulassen, warum dies oder jenes passierte«, sagte Kurtz. »Er liebte das. Zum Ende hin mußte ich ihn ein wenig bremsen.«

Das Musketier-Prinzip ›Einer für alle, alle für einen‹, das Fisher, Ford und Hamill bei *Krieg der Sterne* angewandt hatten, schien ebenfalls gelitten zu haben. Drei Jahre später schienen sich vor allem Fisher und Ford im Umgang miteinander sehr unwohl zu fühlen.

Die Story von *Das Imperium schlägt zurück* sah eine sexuelle Annäherung zwischen Solo und Leia vor – die Zeit der asexuellen Dialoge von *Krieg der Sterne* war vorbei. Statt dessen hatte Kasdan eine weniger neutrale und dafür mehr spielerische Beziehung eingefügt. Die ersten Geplänkel waren in den Szenen der Evakuierung der Rebellenbasis auf dem Eisplaneten Hoth angesiedelt.

Inmitten des Chaos sollte Solo Leia herausfordern, ihre wahren Gefühle für ihn zu offenbaren. Aus welchem Grund auch immer, die Spannungen zwischen Fisher und Ford wurden vor versammelter Mannschaft ausgetragen.

»Zwischen Harrison und Carrie ging es etwas hitziger zu als vorgesehen. Ich glaube, sie wollten ihre Probleme miteinander über die Schauspielerei vor der Kamera lösen, anstatt sie weiterhin für sich zu behalten«, sagte Peter Mayhew.

Mayhew erinnerte sich, daß vor allem Fisher dazu neigte, einfach das Set zu verlassen. »Die Spannung wuchs und wuchs, bis schließlich der eine oder andere von ihnen davonstürmte.«

Fisher war inzwischen eine, wie sich herausstellen sollte, recht stürmische Beziehung mit dem Sänger Paul Simon eingegangen. Wenn sie um 7 Uhr auf dem Set erschien, hatte sie oft nur wenige Stunden geschlafen. »Er war in New York und rief sie oft mitten in der Nacht an«, erzählte Kurtz. Manchmal verstand der Produzent Lucas' Frustration bei der Zusammenarbeit mit Schauspielern. »Dieser Teil war unangenehm«, gab er zu. »Es war, als würde man ein sinkendes Schiff zusammenhalten.«

Lucas' strikte Anweisung, die Darsteller über die Geschichte im dunkeln zu lassen, wirkte sich auch nicht eben beruhigend auf die blankliegenden Nerven aus. Die dramatischste Entwicklung in *Das Imperium schlägt zurück* sollte Darth Vaders Enthüllung sein, daß er Anakin Skywalker war, Lukes verschollener Vater. (Zu Dave Prowses Ärger sprach er in Elstree einen völlig anderen Dialog, um die Wahrheit dann erst bei der Premiere in Amerika zu erfahren.)

Beim Dreh einer der von Spezialeffekten abgesehen technisch kompliziertesten Szene, bei der Han Solo in die Karbonit-Gefrierkammer hinabgelassen wurde – die Sequenz wurde in der dritten Woche auf Bühne 5 gedreht –, kam es zum Eklat.

Es hatte Wochen gedauert, die riesige, erhabene Klangbühne – ein komplexes Netz von Metallstegen und Plattformen – aufzubauen. Das Gros der Dreharbeiten spielte sich sechs Meter über dem Studioboden ab, was in Anbetracht der schwachen Beleuchtung und der Dampfschwaden, auf denen Kershner bestand, nicht ganz ungefährlich war.

Eine vorangegangene Szene hatte Kershners und Hamills Nerven bereits aufs äußerste gespannt. Als Hamill und Prowse das Lichtschwerterduell zwischen Vader und Luke gespielt hatten, hatte der Regisseur den Gesichtsausdruck seines Stars bemängelt. Hamill, der unter der erdrückenden Hitze litt und sich um seine inzwischen hochschwangere Frau sorgte, war ausgerastet.

Als Kershner nur mit den Schultern gezuckt und gemeint hatte, Hamill würde verstehen, was er gemeint habe, wenn er den fertigen Film sah, war der Streit auf ein kindisches Niveau abgerutscht.

»Ich will den Film gar nicht sehen«, zischte Hamill.

»Ach, wirklich«, entgegnete der gewöhnlich so gelassene Kershner, bevor er brüllte: »Beleuchtung aus, Kamera aus, alles ausschalten.« Wenn Hamill schon nicht an dem Film interessiert wäre, wozu ihn dann überhaupt drehen, fragte er.

Sekunden später war beiden Männern anzusehen, wie peinlich ihnen die ganze Szene war.

Die angespannte Beziehung zwischen Fisher und Ford verstärkte die Nervosität noch. Die Szene, in der Solo tiefgefroren wurde, sollte endlich die anhaltende Frage ›Werden sie oder werden sie nicht?‹ beantworten. Solos Einfrieren – eine Rückversicherung, falls Ford sich nicht zu einer dritten Folge überreden ließ – war für sie der Augenblick der Wahrheit.

Wie ursprünglich im Skript vorgesehen, sollte Leia den Moment nutzen, um Solo zu sagen: »Ich liebe dich. Ich hatte bisher Angst, es dir zu sagen, aber es ist wahr.«

Darauf sollte Solo erwidern: »Ich komme zurück.«

Fords Instinkt sagte ihm, daß sich der Dialog noch verbessern ließe. Er hatte sich allein mit Kershner zusammengesetzt und dem Regisseur einen anderen Text für sich selbst und für Fisher vorgeschlagen.

Kershner war besorgt, weil Ford den Satz ›Ich komme zurück‹ streichen wollte. »Das käme beinahe einer vertraglichen Verpflichtung gleich«, meinte er.

Schließlich unterbreitete er Kershner folgenden Dialogvorschlag: Leia sollte sagen: »Ich liebe dich«, und Solo hierauf schlicht antworten: »Ich weiß.«

»Schön, akzeptabel und witzig«, versicherte er Kershner, der sich wieder einmal dem unzweifelhaften Improvisationstalent des Schauspielers beugte.

Fisher, die sich im Gegensatz zu Ford mit Improvisationen extrem schwertat, bekam einen Tobsuchtsanfall, als er sie über die Änderungen informierte. Man hörte, wie sie ihn in ihrer Garderobe ungehalten anschrie.

Später gestand sie: »Er war sehr böse auf mich. Und das zu Recht. Das hätte ich niemals tun dürfen.«

Dann machte sie Kershner Vorwürfe, weil er sie nicht über die Änderungen informiert hatte, bevor Ford es getan hatte. »Ich bin sehr wütend auf ihn geworden, und das hat unsere Beziehung nachhaltig beeinträchtigt«, klagte sie.

Fishers gelegentliche Wutausbrüche waren inzwischen nichts Ungewöhnliches mehr. »Wenn sie in Topform war, konnte sie sehr komisch sein, aber sie konnte auch eine richtige Meckerziege sein«, sagte Peter Mayhew dazu.

Das bestgehütete Geheimnis blieb unter Verschluß, auf einer Klangbühne abseits der Hauptaktivitäten in Elstree.

Über ein Jahr hatten Lucas, Kurtz und Kershner zusammen mit Stuart Freeborn an dem Modell für den Jedi-Meister Yoda gearbeitet. Lucas war ganz begeistert von der Idee, ihn als zwergenhaften, 800 Jahre alten verschrumpelten Kobold darzustellen anstatt als Superhelden. Inspiriert von einer Aufnahme des alten Albert Einstein und seinem eigenen Spiegelbild schuf der kahl gewordene Freeborn ein Wesen, das ihm in seiner Karriere das meiste Lob einbringen sollte. Sein Modell war ein schmatzender Methusalem, 65 Zentimeter hoch, mit großen Augen, Tränensäcken und seitlich abstehenden Hasenohren. Kershner, Kurtz und Lucas wußten auf den ersten Blick, daß sie den Star des Films vor sich hatten. Um der durch Drähte bewegten Puppe Leben einzuhauchen, engagierte Kurtz Frank Oz, den Vater der bekanntesten Muppet-Stimmen. Zusammen mit Ben Burtts knarrenden Toneffekten klang Oz' leicht krächzende Stimme einfach perfekt. Und doch erwies sich das Filmen von Yoda als das schwierigste Element des ganzen Films. Wie nicht anders zu erwarten, strapazierte es das bereits überschrittene Budget zusätzlich.

Das Set des Sumpfplaneten war das unangenehmste, auf dem alle Beteiligten je gearbeitet hatten. Eine ganze Klangbühne war knöcheltief mit Wasser gefüllt und mit Mineralöl besprüht worden. Die stinkende Brühe sonderte giftige Gase ab, und Oz und Kershner mußten Gasmasken tragen, um sich bei der Durchquerung des ›Morastes‹ nicht übergeben zu müssen. Aber das war noch nicht das Ende von Oz' Qualen. Der Puppenspieler mußte seine 185 Zentimeter in einen winzigen Bunker innerhalb des Phantasiehäuschens zwängen, das Norman Reynolds sich als Yodas Zuhause ausgedacht hatte. Um das Modell essen, blinzeln und die Stirn runzeln zu lassen, mußten Oz und mehrere Mitarbeiter unsichtbare Drähte ziehen, die mit Yodas Augäpfeln, Lidern, Wangen, Zunge, Lippen und Koboldohren verbunden waren. Gleichzeitig mußte sich Kershner, ebenfalls über 180 Zentimeter groß, auf das Set in Puppenhausgröße zwängen, um den Dreh zu leiten. Kershner beschrieb den Prozeß wie folgt: »Es war, als würde man mit Ketten um Hals, Hände und Füße in einen Wassertank getaucht, um aus vier Faden Tiefe Regie zu führen.« Die Angelegenheit war so schwierig, daß es durchschnittlich vier Stunden erforderte, zwei Dialogzeilen mit der Puppe zu drehen.

Wenigstens war Oz ein ausgesprochen humorvoller Mensch. Während einer Szene, in der Luke Yoda zu Beginn seiner Unterweisung erklärt, er ›folge seinen Gefühlen‹, ertönte auf dem Set plötzlich die unverwechselbare Stimme von Miss Piggy. »Gefühle? Soll ich dir zeigen, was Gefühle sind?« verkündete die bekannteste von Oz' Muppet-Figuren, die plötzlich mit einem lavendelfarbenen Kleid und Handschuhen bekleidet auf seinem Arm auftauchte. »Komm hinter diese Couch, und ich zeige dir, was Gefühle sind, du kleines Ferkel.«

Miss Piggy forderte weiterhin lautstark, daß jemand ihren Agenten anrief, und beschwerte sich lang und breit über die Arbeitsbedingungen. »Ich habe ja schon in vielen miesen Schuppen gearbeitet, aber das hier ist die Krönung.«

KAPITEL 10

›IHR RUINIERT MEINEN FILM‹

Am Morgen des Mittwoch, den 6. Juni, wandelte sich eine schwierige Produktion in eine tragische.

Während eines Gesprächs mit Robert Watts in seinem Büro in Elstree klagte John Barry plötzlich über Kopfschmerzen. Minuten später brach er zusammen und wurde ins Krankenhaus gebracht. Am nächsten Morgen verbreitete sich auf dem Set die Nachricht, daß er um zwei Uhr früh gestorben war. Die Ereignisse überstürzten sich, ›mit einer Plötzlichkeit, die, hätte sie jemand so in einem Filmstoff verarbeitet, als unglaubwürdige dramaturgische Effekthascherei abgetan worden wäre‹, schrieb *Variety* einige Tage später.

Der Verlust war ein weiterer erschütternder Schlag. Als die Produktion immer mehr in zeitlichen Verzug geraten war, war Barry hinzugezogen worden, um ein zweites Kamerateam zu leiten. Der sanftmütige und liebenswerte Regisseur hatte abgelehnt, als Lucas und Kurtz ihn das erste Mal angesprochen hatten. Nach Jahren des Wartens hatte er endlich die Chance bekommen, in einem anderen Science-Fiction-Streifen, *Saturn City*, sein Regiedebüt zu geben. Seine Freude war jedoch nur von kurzer Dauer gewesen. Nach wiederholten Auseinandersetzungen mit dem Produzenten Stanley Donen war Barry gefeuert worden. Barry war in der *Star-Wars*-Familie wiederaufgenommen worden wie ein verlorener Sohn.

Kurtz war beeindruckt von der Ruhe, mit der die Neuigkeit aufgenommen wurde, daß Barry an ansteckender Meningitis gestorben sei. »In jedem anderen Land hätte man Massenimpfungen verlangt oder Gott weiß was, aber die britische Crew bewahrte – trotzdem sie tief erschüttert war – Ruhe.«

Fünf Tage später wurde die Produktion aus Respekt für den Verstorbenen einen Tag lang unterbrochen.

Kurtz begleitete die Trauergäste zum Gedenkgottes-
dienst nach Chiswick. Als er am nächsten Tag wieder in
Elstree war, mußte er die Regie des zweiten Kamerateams übernehmen, bis Barrys Ersatzmann Harly Cok-
liss in London eintraf.

Die Schließung des Sets für einen Nachmittag kostete
Lucasfilm an die 50000 Dollar. Der Verlust war jedoch
gering gemessen an den Löchern, die der Brand in Studio 3 und die Eisstürme in Finse in das Budget gerissen
hatten. Im Juni schätzte Kurtz, daß die ursprünglich auf
20 Millionen veranschlagten Kosten sich letztendlich
um die 22 Millionen bewegen würden. Kurtz hatte
inzwischen ein wunderschönes Landhaus, Wallingford
House, in dem Dorf Little Padnor in der Nähe von
Chesham in Buckinghamshire bezogen. Seit *Krieg der
Sterne* war Kurtz bekennender Anglophiler. Er und
seine Frau Meredith hatten 200000 Pfund aus ihrem
Star-Wars-Gewinn aufgewandt, um das Haus zu erwerben, und weitere 250000 Pfund, um es zu renovieren.
Die meisten Abende verbrachte Kurtz in seinem luxu-
riösen Heim damit, ernste Gespräche mit Lucas zu
führen – unweigerlich über das Budget. Es war nicht
sein Geld, das auf dem Spiel stand, aber trotzdem
konnte Kurtz *Das Imperium schlägt zurück* einfach nicht
als so riskantes Unternehmen betrachten wie Lucas.
»Auch wenn er 30 Millionen in die Produktion steckte,
war das Risiko begrenzt. Es hätte schon ein miserabler
Film sein müssen, um die Kosten nicht wiedereinzu-
spielen«, sagte er. Wie um seine Einschätzung zu
bestätigen, nahm Anfang Mai 1979 *Das Imperium schlägt
zurück* bereits den Faden dort wieder auf, wo sein epo-
chaler Vorgänger aufgehört hatte. Am 10. Mai verkündete die Titelschlagzeile von *Variety* den neuesten Mei-
lenstein in der *Star-Wars*-Saga:

DAS IMPERIUM –
GARANTIERTE GEWINNE VON
26 MILLIONEN DOLLAR

Amerikas Kinobesitzer waren aufgefordert worden, ihre Gebote für die Fortsetzung des erfolgreichsten Films in der Geschichte abzugeben, ein ganzes Jahr bevor diese überhaupt anlaufen würde. Auch ohne die Kinos der Staaten, in denen ›Blindgebote‹ verboten waren, summierten sich die Gebote auf die noch nie dagewesene Summe von 26 Millionen Dollar. »Es braucht nicht viel, sich auszurechnen, daß der Film schon bei der Premiere Profit abwerfen wird«, erklärte Peter Myers von Fox.

Und doch mußte der Produzent frustriert mitansehen, wie die Kosten seines Films Ausmaße annahmen, die sich nicht einmal das phantasievollste Mitglied seines Teams hätte träumen lassen. An einem Punkt schlugen Leibwächter zu Buche, die angeheuert werden mußten, um Carrie Fisher zu schützen. Ihre Mutter hatte aus Las Vegas angerufen, wo sie gerade auftrat, und sie gewarnt, daß ein Komplott im Gange wäre, sie zu entführen.

Da sie nur noch wenige Tage zu drehen hatte, wollte niemand riskieren, die Warnung in den Wind zu schlagen. Die Leibwächter blieben bis zu ihrer Abreise in ihrem Haus in St. John's Wood und verkleideten sich auf der extravaganten Party, die sie eine Woche später in London schmiß, um das Ende ihres Aufenthaltes zu feiern, sogar als Ober.

Dann ging eine Drehwoche verloren, als Mark Hamill sich den Daumen verstauchte. Der Unfall hatte sich an dem Tag ereignet, da Hamill zum ersten Mal Vater geworden war. (Die Nachricht, daß Marilou einen Sohn, Nathan, geboren hatte, erschien zusammen mit einem Zitat von Hamill in der Presse: ›Jetzt habe ich also einen kleinen englischen Sohn. God save the Queen‹.) Hamill verletzte sich den Daumen beim Dreh einer gefährlichen Szene, in der er von der Wolkenstadt in den Millenium Falken fiel. Als sein Daumen dick angeschwollen war, hatte Hamill Lucas Vorwürfe gemacht, weil dieser für die Szene keinen Stuntman engagiert hatte, die kleine Gesellschaft, die sich in seiner Garderobe eingefunden hatte, um die Geburt seines Sohnes zu feiern, hinausgeworfen und war wütend vom Set gestürmt. Er ließ sich erst am darauffolgenden Montag wieder blicken.

Wenigstens in diesem speziellen Fall waren die Verluste durch eine Versicherung abgedeckt. Als hingegen ein ganzer Drehtag durch einen Unfall im Filmentwicklungslabor zunichte gemacht wurde, mußte Lucas selbst für den Schaden aufkommen.

Als die Kosten in die Höhe schossen, wurde Lucas erneut von Erinnerungen an Francis Coppola heimgesucht. Die Produktion von *Apocalypse Now* auf den Philippinen hatte Coppola finanziell und psychisch beinahe das Genick gebrochen. Das Budget, das mit 12 Millionen Dollar veranschlagt worden war, war auf horrende 33 Millionen angeschwollen. Coppola lief Gefahr, alles zu verlieren, wenn der Film floppte.

Marcia verstand seine Ängste wahrscheinlich besser als jeder andere. »George ist methodisch und ritualistisch. Er fühlt sich gern sicher und geborgen«, erinnerte sie sich. »Jede Art von Bedrohung macht ihn so nervös, daß er nicht mehr arbeiten kann.«

»Es war sehr frustrierend für George, daß er nicht vor Ort dabei war und auch nicht alles exakt so lief, wie er es sich vorgestellt hatte«, sagte Bunny Alsup.

Ende Juni war das Unvermeidbare eingetreten. Lucas hielt dem Druck nicht mehr stand. Jetzt, da die Arbeiten von ILM konkrete Formen annahmen und der finanzielle Druck jenseits des Atlantiks stieg, konnte er einfach nicht länger fernbleiben. Lucas' Rückkehr zum Set trug nicht eben dazu bei, blankliegende Nerven zu beruhigen. »Es war keine Hilfe, ihn dabeizuhaben. George machte sich permanent Geldsorgen. Er lamentierte ständig: ›Wir müssen endlich fertig werden, wir müssen endlich fertig werden‹«, erzählte Kurtz.

Kurtz gefiel es gar nicht, daß ihm vorgeworfen wurde, er würde Kershner für bestimmte Szenen zuviel Zeit einräumen. Niemand hatte mehr dafür getan, den zuweilen etwas schwerfälligen Regisseur anzutreiben.

»Wir haben ständig Druck auf Kersh ausgeübt. Mehrmals habe ich ihn angewiesen, Szenen abzuschließen, oder ich habe angeordnet, eine Szene abzubrechen, und die Regie selbst übernommen. Ich wußte, daß es wichtig war, das Tempo aufrechtzuerhalten und die wichtigen Sequenzen in den Kasten zu bekommen«, sagte Kurtz. Und so war es der Produzent, der bei den Szenen Regie führte, in denen Luke aus der Wampa-Höhle flieht und Solo ein Tauntaun aufschlitzt, um seinen Freund zu wärmen.

Es war jedoch ein grober Zusammenschnitt des noch unfertigen Films, der Lucas ausrasten ließ. Paul Hirsch hatte den Film im Laufe der Dreharbeiten systematisch geschnitten. Über sechzig Stunden Material waren auf grob zusammengefügte zwei Stunden reduziert worden. Als Lucas diese erste Rohfassung sah, ging er in die Luft. Zitternd vor Wut beschuldigte er Kurtz, Kershner und Hirsch der Sabotage. »›Ihr ruiniert meinen Film‹, schrie er«, berichtete Gary Kurtz.

Kershners Vorstellung häufigeren Verweilens war Lucas völlig fremd. »Paul hatte eine grobe Rohfassung zusammengestellt, die ziemlich langsam war. George gefiel das überhaupt nicht«, erinnerte sich Kurtz. Lucas schätzte gar nicht, daß das Tempo des Films von den intimeren Momenten zwischen Han und Leia gebremst wurde. »George hatte nichts übrig für Gefühlsduselei, er meinte, das würde nur die Action ausbremsen«, sagte Kurtz.

Lucas übernahm den Schneideraum und schloß sich zwei Tage lang dort ein. Die unmißverständliche Botschaft lautete, daß der ›Meistercutter‹ retten würde, was noch zu retten war.

Als er wieder herauskam, waren Regisseur und Cutter gleichermaßen entsetzt von dem, was er aus dem Film gemacht hatte.

»Es war gräßlich«, lachte Kurtz. »Der Film war in ganz knappe Szenen zerstückelt worden und rasant schnell.«

Als die drei heftig protestierten, regte Lucas sich noch

mehr auf. »Ich muß für die Finanzierung geradestehen«, erklärte er ihnen.

»Im Grunde ging es darum, seine Macht zu demonstrieren«, meinte Kurtz.

Letztendlich war es Hirsch, der Lucas zur Vernunft brachte. Als er sich wieder beruhigt hatte, gab er zu, daß er auf sich selbst nicht minder wütend gewesen sei als auf sein Team, dessen Loyalität außer Frage stand. »Schließlich sah er ein, daß das Ganze geschliffener sein mußte«, sagte Kurtz. »Ich glaube, er war damals von den Umständen überfordert.«

Das Imperium schlägt zurück war in keinster Weise mißlungen, vielmehr entwickelte es sich langsam zu etwas ganz Besonderem. Tage nach seinem Wutausbruch gab Lucas Regisseur und Produzent gegenüber zu, daß der Film, »sich wunderbar entwickelt«. Kershners Auge für Details und die Aufmerksamkeit, die er den Darstellern widmete, hatten zusammen mit Schuzitskys Können hinter der Kamera, vor allem in den ätherisch-blauen Dagobah-Sequenzen, dem Film seine ganz eigene, sympathische Persönlichkeit verliehen. »Kersh konnte einen manchmal wahnsinnig machen, aber ich glaube, letztendlich hat es sich ausgezahlt. Ich bewundere ihn sehr«, sagte Kurtz.

Aber die Probleme hatten damit noch lange kein Ende. Ganz im Gegenteil – es schien, als befände der Film sich auf direktem Kollisionskurs mit einer Katastrophe, zumindest was Lucas betraf. Mitte Juli war in bezug auf die Geldmittel das Ende der Fahnenstange erreicht. An einem Montagmorgen teilte die Bank of America in Kalifornien dem Manager von Lucasfilm, Charles Weber, der die komplizierte Darlehensstruktur des Films ausgearbeitet hatte, mit, daß sie nicht gewillt sei, den Kreditrahmen zu erweitern. Schlimmer noch, sie verlangte die Rückzahlung der 22 Millionen Dollar, die der Produktion bereits zur Verfügung gestellt worden waren. Weber stellte sich die unangenehme Situation,

Ende der Woche die Löhne in Höhe von insgesamt etwa 1 Million Dollar nicht zahlen zu können.

Aufgrund von Schätzungen, denen zufolge für die Fertigstellung von *Das Imperium schlägt zurück* weitere 3 Millionen Dollar notwendig sein würden, wurde eilig ein zusätzlicher Kredit mit der First National Bank of Boston ausgehandelt. Die Bank erklärte sich bereit, Lucasfilm ein Darlehen von insgesamt 25 Millionen Dollar zu gewähren, zu einem horrenden Zinssatz. Aber der Kreditvertrag war gerade unter Dach und Fach, als sich abzeichnete, daß weitere 3 Millionen Dollar gebraucht werden würden.

Diesmal schüttelte auch die Bostoner Bank den Kopf. Sie war nur dann bereit, den Kreditrahmen zu vergrößern, wenn eine große Gesellschaft – jemand wie beispielsweise 20th Century Fox – für den Betrag bürgte. Lucas begann sich der häßlichen Realität zu stellen. Er würde als Bettler zu Fox zurückkehren müssen. Unglücklicherweise hätte das Timing nicht schlechter sein können.

Ende Juni verblüffte Alan Ladd jr. ganz Hollywood mit seiner Ankündigung, als Präsident des Filmstudios 20th Century Fox zurückzutreten. Seit er das Ruder übernommen hatte, war Ladd zum erfolgreichsten und bestbezahlten Studioboß in der Geschichte Hollywoods avanciert. 1973, als er begonnen hatte, den Weg für sein ›Filmemacher-Studio‹ zu ebnen, hatten die Jahreseinnahmen der Filmabteilung etwa 150 Millionen Dollar betragen. 1978 war der Umsatz auf knapp 350 Millionen gestiegen.

Neben den wirtschaftlichen Erfolgen von *Krieg der Sterne* und dem Kassenschlager dieses Jahres, Ridley Scotts *Alien*, konnte er künstlerisch wertvolle Werke vorweisen wie Fred Zinnemans *Julia* mit Vanessa Redgrave und Jane Fonda, Herbert Ross' *Am Wendepunkt* mit Anne Bancroft und Shirley MacLaine und Bob Fosses *Hinter dem Rampenlicht* mit Roy Scheider und Jessica

Lange. Allein sein Gehalt bezeugte, wie hoch ihn das Studio schätzte, dessen Schicksal er innerhalb von nur sechs Jahren entscheidend beeinflußt hatte. Zusammen mit diversen Prämien beliefen sich seine Einkünfte 1978 auf die Rekordsumme von 1,944 Millionen Dollar. Und doch machte am 27. Juni in der Wall Street das Gerücht die Runde, daß er ausgeschieden sei. Als die Neuigkeit von offizieller Seite bestätigt wurde, sank die Notierung der Fox-Aktien innerhalb von nur zwei Tagen um 4 Dollar.

Ladd hatte in einer ersten Stellungnahme der Presse gegenüber erklärt, er wäre ›den Papierkram leid‹ und wolle seine eigenen Filme produzieren. Die Wahrheit sah jedoch anders aus,

Und wenn *Star Wars* entscheidend zu seinem Aufstieg beigetragen hatte, war es auch nicht ganz unschuldig an seinem Fall.

Nach dem Riesenerfolg von *Krieg der Sterne* hatte Ladds schon immer gespanntes Verhältnis zu Dennis Stanfill seinen Tiefpunkt erreicht. Der Graben zwischen dem Geldmenschen und dem Showmenschen war zu einem unüberbrückbaren Abgrund geworden.

Ladd hatte Stanfill die Einführung neuer Managementmethoden verübelt. Im Gegenzug hieß es, Stanfill würde Ladd sein Gehalt und seine einflußreiche Position in Hollywood neiden. Zum Eklat kam es, als Stanfill sich gegen Ladds Vorschlag aussprach, seine Mitarbeiter am Geldsegen, den *Star Wars* gebracht hatte, teilhaben zu lassen. Er selbst, Gareth Wigan und Jan Kanter hatten finanziell vom *Star-Wars*-Erfolg profitiert, und das Trio hatte dem Vorstand vorgeschlagen, daß die gesamte Abteilung für ihre Arbeit an *Krieg der Sterne* mit Prämien belohnt werden sollte.

»Wir drei – Gareth, Laddie und ich – bekamen einen Riesenhaufen Geld, und wir waren der Ansicht, daß die anderen, die ihren Beitrag geleistet hatten, ebenfalls von dem Erfolg profitieren sollten«, erzählte Kanter später. »Das Studio war schnell dabei, als es hieß, hohe Dividenden an die Aktieninhabern auszuschütten, und die

profitierten ohnehin schon an der beträchtlichen Wert-
steigerung ihrer Aktien.«

Stanfill war jedoch dagegen. Ladd ärgerte sich, daß er
Millionen für einen Film oder eine Werbekampagne
aufwenden konnte, ihm aber verboten wurde, seinen
hart arbeitenden Angestellten mit einer vergleichsweise
geringen Summe seine Anerkennung zu bekunden.

»Es erschien uns albern, daß Laddie über die gesamten Produktions- und Marketinggelder verfügen konnte
– immerhin über 150 Millionen Dollar jährlich –, ohne
daß irgend jemand seine Entscheidungen in Frage
stellte, und man ihm jetzt Steine in den Weg legte. Es
entbehrte einfach jeder Logik, daß er für 4 Millionen
Dollar Werbezeit kaufen konnte, ohne daß jemand hin-
terfragte, ob dies eine sinnvolle Investition war, und
ihm auf der anderen Seite nicht zugestanden wurde,
jemandem eine Gehaltserhöhung von 100, 200 oder 500
Dollar die Woche zu gewähren«, sagte Kanter.

Sogar als Ladd, Kanter und Wigan einen Teil ihrer
Prämie von insgesamt 1 Million Dollar an ihre Mitarbeiter weitergaben, weigerte sich der Vorstand, nachzu-
geben.

Auch ärgerte Ladd die mangelnde Anerkennung, die
man ihm dafür gezollt hatte, daß er so entscheidend
dazu beigetragen hatte, das Studio auf so spektakuläre
Weise aus seiner prekären Situation zu retten.

»Niemand vom Vorstand kam zu uns und sagte ›Das
habt ihr gut gemacht‹ oder ›Die Abteilung Film macht
85 Prozent der Gesellschaft aus, und wir wissen zu
schätzen, was Sie leisten‹«, erinnerte sich Ladd. »In dem
Jahr, als Fox sämtliche Rekorde der Filmindustrie brach,
kam niemand von den hohen Herren zu uns und sagte:
›Hey, verdammt gute Arbeit‹.«

Ignoranz sorgte dafür, daß der Abgrund zwischen
dem wirtschaftlichen und dem kreativen Zweig des
Unternehmens niemals überbrückt werden sollte. »Sie
benahmen sich beinahe so, als wären sie neidisch auf
uns. Viele auf Firmenseite dachten: ›Haben die nicht
Glück? Sie sehen sich nur die ganze Zeit Filme an,

gehen mit Filmstars essen und reisen herum‹«, sagte Ladd. »Was sie nicht mitbekommen, ist, wie Mel Brooks in mein Büro stürmt, wegen irgendeines Problems ausrastet und einen Stuhl quer durch den Raum schleudert.«

Stanfill befahl Ladd, Wigan und Kanter, sofort ihre Büros zu räumen. Sie bezogen eine Suite im Beverly Hilton Hotel, während die ganze unschöne Situation geregelt wurde. Stanfill erklärte einmal, daß Ladd andere Aufgaben bei Fox übernehmen würde. »Er wird im Wintersportgebiet Aspen Teller waschen«, scherzte ein Witzbold in Hollywood.

In der Zwischenzeit konnte Ladd nicht mit Lucas über seine Probleme mit *Das Imperium schlägt zurück* sprechen.

»Wenn ich nur mit ihm rede, habe ich einen Prozeß am Hals«, erzählte er Freunden.

So war Lucas gezwungen, statt dessen mit einem neuen Regime zu verhandeln, dem vorübergehend Sherry Lansing vorstand. Fox verlangte horrende fünfzehn Prozent Gewinnbeteiligung am Film. Nach einigem Tauziehen überredete Tom Pollock das Studio, statt dessen einem größeren Anteil an den Vertriebsrechten zuzustimmen. Der 3-Millionen-Dollar-Kredit kostete Lucas weit mehr als seinen Stolz. Jahre später behauptete er, immer noch unter dem Anteil an den Filmeinnahmen zu ›leiden‹, den Fox sich gesichert hatte. Das Imperium hatte zurückgeschlagen – und das schmerzhaft.

Als sich Lucas nach einem Sündenbock umsah, stand Gary Kurtz mitten in der Schußlinie.

Kurtz hatte Lucas endlich auch gute Nachrichten überbringen können. Einige Wochen zuvor waren sie mit Alec Guinness in dessen Lieblingsrestaurant im West End gewesen, *Neal's* in Covent Garden. Guinness war nicht begeistert gewesen, seine Rolle als Obi-Wan wiederaufzunehmen. Immerhin war der im ersten Teil umgekommen. Wozu ihn wiederauferstehen lassen? »Ich war absolut dagegen«, sagte Guinness.

Für Lucas war der älteste Darsteller aus *Star Wars* auch sein Talisman. Immerhin hatte seine hoheitsvolle Präsenz der Mystik in *Krieg der Sterne* erst Glaubwürdigkeit verliehen. Guinness litt seit einiger Zeit an ernsten Augenproblemen und blieb skeptisch. Am Ende des gemeinsamen Abendessens gab er aber doch nach, hauptsächlich aus seiner Verehrung für Lucas heraus.

Guinness' Sympathie für Lucas ging über das Vermögen hinaus, das er mit dessen Film verdient hatte. Bei einem anderen Abendessen mit dem ebenfalls zum Ritter geschlagenen Sir David Lean sprach Sir Alec Lucas das größte Kompliment aus, das er einem Regisseur machen konnte.

»David Lean fragte mich, was ich von ihm hielte, und ich sagte: ›Er hat das gleiche Auge wie du‹«, erinnerte er sich. Auf ihre Art waren der herrische Lean und der zurückhaltende Lucas einander ebenbürtig. »Er ist eine andere Art Regisseur«, sagte Guinness. »Bei ihm gab es kein Geraune im Stil von ›der Regisseur ist auf dem Set‹. Und doch besitzt er die gleiche Art von Präzision bei dem, was er sieht, ein untrügerisches Gefühl für visuelle Details.«

Guinness erklärte sich zu einem kleinen Beitrag bereit. »Ich machte zur Bedingung, daß es nur eine klitzekleine Nebenrolle wäre.« Zum Entzücken des stark gebeutelten Lucas erklärte er sich außerdem bereit, auf Gage zu verzichten. »Es war eine Gefälligkeit. Ich nahm kein Geld dafür, weil ich fand, daß George mir gegenüber sehr großzügig gewesen war und ich bereits genug durch ihn verdient hatte. Ich ging davon aus, daß es nur ein Tag Arbeit wäre, höchstens zwei, und das betrachte ich als Freundschaftsdienst«, fügte er hinzu.

An einem der letzten Drehtage traf Guinness um 8 Uhr 30 auf dem Set ein. Um 15 Uhr hatte er seine kurzen Szenen mit Luke und Yoda auf Dagobah und mit Luke auf Hoth abgedreht. Obwohl das grelle Schein-

werferlicht ihm nach seiner Operation Schmerzen bereitete und er sich zuweilen ein wenig unbehaglich zu
fühlen schien beim Dreh mit der verschrumpelten
Yoda-Puppe, verlieh Guinness auch dem zweiten Teil
von *Star Wars* hochgelobte Tiefe.

Lucas war auf dem Set, um den großen Mann zu
begrüßen. Beim Abendessen hatte Lucas genauso
gewirkt wie bei ihrer ersten gemeinsamen Mahlzeit in
Los Angeles, ›sehr einfach, sehr scheu, sehr direkt‹. In
Elstree registrierte Guinness jedoch vertraute – und
unwillkommene – Veränderungen an dem talentierten
Filmemacher. »Er hatte ein großes Gefolge um sich
herum, und das empfinde ich immer als etwas depri-
mierend«, sagte er.

Am Freitag, dem 31. August waren die Dreharbeiten so
gut wie abgeschlossen, und Darsteller und Crew ent-
spannten sich auf der offiziellen ›Drehschlußfeier‹.
Meredith Kurtz hatte die Verwandlung des Sumpfplaneten Dagobah in die surrealistischste Picknickland-
schaft, die sie alle je gesehen hatten, veranlaßt. Der
Gestank der unangenehm authentischen Sumpfgase
war vom Duft von Kerzen und Tigerlilien vertrieben
worden. Ein falscher Rasen war am Rand des urwald-
artigen Waldes ausgebreitet worden, und jeder Gast
bekam bei seinem Eintreffen einen Picknickkorb voller
Leckereien. Sich reichlich an der gut bestückten Bar
bedienend, machten sie es sich vor Yodas Häuschen
bequem, plauderten und tranken französischen Wein.
Trotz der budgetären Schwierigkeiten hatte Kurtz' Frau
an nichts gespart, um alle gebührend zu verabschieden.
›Nirgends ein Anflug von Knauserigkeit‹, schrieb Publizist Alan Arnold in sein Tagebuch.

Hinter der lächelnden Fassade wußte Gary Kurtz
jedoch, daß seine Tage innerhalb des Lucas-Imperiums
gezählt waren. In Lucas' Welt von Schwarz oder Weiß
bestand kein Zweifel daran, wer schuld war an der
gigantischen Überschreitung des veranschlagten Bud-

gets. »Es gab zahlreiche Probleme. Ich glaube, er hat mir die Schuld gegeben am vielem, was passiert ist«, sagte Kurtz. »Er machte mich für alles verantwortlich, was seiner Ansicht nach beim *Imperium* nicht stimmte, ob es sich nun um Geld handelte oder den Regisseur«, erinnerte sich Kurtz. »Es war ihm wirklich zutiefst zuwider, Fox anbetteln zu müssen.« Es war sieben Jahre her, daß Lucas ihn gefragt hatte, ob er *American Graffiti* produzieren wolle. Allen, die sie über die Jahre begleitet hatten, waren sie immer vorgekommen wie zwei Hälften eines Ganzen.

»Sie waren ein unglaubliches Team«, sagte Bunny Alsup, die mit der Firma durch dick und dünn gegangen war. Sie sah in Kurtz den Fels in der Brandung von Lucas' Berufsleben. »Ihm fiel alles schwer: Regie führen, schreiben. Gary war immer zur Stelle, half ihm, die Skripts fertigzustellen und alles. Sie sind beide sehr individuell und kreativ, und zusammen kennen sie einfach alle Aspekte des Films. Sie verstehen beide etwas vom Schneiden, vom Regieführen und vom Umgang mit der Kamera. Sie wissen beide alles. Das findet man nur selten«, sagte sie.

Und doch hatten die beiden Männer sich voneinander entfernt. Ihre unterschiedlichen Ansichten zu der Richtung, die *Star Wars* nun einschlagen sollte, beschleunigte den Entzweiungsprozeß zusätzlich. Trotz Lucas' Ängsten gab es bereits Pläne für einen dritten Film, den man provisorisch mit dem Titel *Die Rache des Jedi-Ritters* bedacht hatte. Weitere Risse entstanden, als das Duo das Ende dessen besprach, was Lucas inzwischen als letzten Teil der ersten Trilogie einer Filmreihe in neun Teilen betrachtete. Kurtz gefiel die Idee, die Trilogie so enden zu lassen, wie Lucas es in seinem ersten Entwurf geplant hatte – Leia wurde zur Königin ihres Volkes gekrönt, und die drei zentralen Figuren des Films gingen auseinander. »Es war ein bittersüßes Ende, der Abschluß eines Kapitels in ihrem Leben«, sagte er.

Lucas hatte jedoch alle ursprünglichen Geschichtsfäden durchtrennt, zugunsten einer Story, in der der Imperator eine Hauptrolle spielte. Er stellte sich vor, wie Luke und die größte Macht der Galaxie um die Seele Darth Vaders rangen.

»Ich fand, daß wenn er den Imperator hinzunahm, dies Darth Vaders Part als Hauptbösewicht zunichte machte«, sagte Kurtz.

Schon bald kristallisierte sich heraus, daß Lucas nicht beabsichtigte, den dritten Teil zusammen mit Kurtz zu produzieren. Kurtz, der schon in Verhandlungen wegen eines anderen Fantasy-Filmes stand – *Der Dunkle Kristall* von Frank Oz –, spürte, daß es an der Zeit war, sich anderweitig zu orientieren.

Kurtz zufolge haben er und Lucas sich nie richtig zusammengesetzt und das Ende ihrer Zusammenarbeit besprochen. »Es war alles etwas unschön, und unsere Beziehung war hinterher längere Zeit gespannt«, gestand Kurtz.

Es schien, als sollte er wie viele andere von Lucas' Mitarbeitern den Preis dafür zahlen, daß er dessen Ansichten nicht teilte. Kurtz war tief verletzt, als Lucas ihm später vorwarf, *Das Imperium schlägt zurück* hätte ihn überfordert.

»Ich glaube nicht, daß George Roboter wollte, die er fernsteuern konnte – aber er hatte diese Vorstellung, daß er eine Welt schuf, sie an einen anderen weitergab und dieser sie dann mehr oder weniger in der Art weiterentwickelte, wie er es gewollt hätte«, seufzte Kurtz.

Bunny Alsup beschloß, Kurtz in seine neue Gesellschaft Kinetographics zu folgen, die er in einem Schulgebäude in San Anselmo untergebracht hatte. Alsup gestand, daß sie an dem Tag, an dem sie gingen, geweint habe.

In den folgenden Jahren ärgerte sie sich maßlos darüber, wie man Kurtz' Beitrag zur *Star-Wars*-Geschichte innerhalb und außerhalb Hollywoods übergangen hatte.

»Es scheint, als hätte man seinen Namen aus der

Geschichte getilgt, wo er doch tatsächlich eine Schlüsselfigur darin war«, sagte sie. »Ich glaube, George wird keinen anderen *Star-Wars*-Film machen, bevor er nicht einen zweiten Gary gefunden hat.«

Ironischerweise hatte Lucas Angst, mit *Das Imperium schlägt zurück* sein ganzes Geld zu verlieren, ein Ende, noch bevor Kurtz Parkhouse verließ. Der Film mußte etwa ein Drittel der Einnahmen von *Krieg der Sterne* einspielen, damit Lucas seinen Bankkredit zurückzahlen konnte. Bei 26 Millionen Dollar Vorabeinnahmen war dieses Ziel bereits in greifbare Nähe gerückt. Anfang 1980 hatte das Merchandising noch einmal fast die gleiche Summe an Garantieabnahmen eingebracht.

Jeder Produzent von Merchandising-Artikeln auf der ganzen Welt träumte inzwischen davon, auf den *Star-Wars*-Zug aufzuspringen. Als alleiniger Inhaber der Musikrechte unterzeichnete Lucas einen Vertrag mit Robert Stigwood, der den *Imperium*-Soundtrack am Tag der Filmpremiere auf den Markt bringen sollte. Die Tinte auf dem Vertrag über 1 Million Dollar war bereits im Juni 1979 trocken, ein ganzes Jahr vor dem Premierentermin.

Kenners Spielzeugdesigner gehörten in den ILM-Ateliers schon richtig zur Familie. Noch während der Dreharbeiten von *Das Imperium schlägt zurück* gingen Spielsachen vom Band, die den neuen Fahrzeugen und Wesen nachempfunden waren.

Lucas gab sogar sein Einverständnis für die Entwicklung von Modellen, die im eigentlichen Film nicht zu sehen sein würden. Kenner brachte eine Auswahl verschiedener Fahrzeuge für Sturmtruppen und Rebellen heraus. »Er erlaubte uns, Produkte herzustellen, die vom *Star-Wars*-Universum ›inspiriert‹ waren. Das war sehr riskant, aber auch sehr weise«, sagte Chefdesigner Dave Okada.

Und wie weise. Lucasfilms Anteil an dem Milliardenumsatz, den Kenner allein mit *Star Wars* erzielte, belief sich auf etwa 10 Millionen Dollar jährlich.

An der Bücherfront lief das Geschäft ebenso gut. Ballantine/Del Rey hatten den Publizisten Alan Arnold beauftragt, ein Tagebuch über die Entstehung des Films zu schreiben, und Lucas hatte einer Romanfassung von Bracketts und Kasdans *Imperium*-Geschichte bereits zugestimmt. Beide Bücher waren für 420000 Dollar an das Verlagshaus Sphere in England verkauft worden, der höchste Betrag, den ein Herausgeber je allein für britische Rechte gezahlt hatte.

Am auffälligsten war inmitten all dieser Betriebsamkeit das Fehlen von Charlie Lippincott. Der Mann, der den Grundstein für das Merchandising-Geschäft von Lucasfilm gelegt hatte, hatte das Unternehmen 1978 verlassen – ein weiteres Opfer der wachsenden Bürokratie innerhalb von Lucas' Imperium.

Lippincotts Beitrag zum Erfolg von *Star Wars* war unschätzbar. Seine Aufgaben waren so breit gefächert gewesen, daß er unter anderem die Plattenhülle für den *Star-Wars*-Soundtrack entworfen und als Aufpasser für Mark Hamill auf einer Welttournee 1978 parallel zum Film fungiert hatte. »Lippincott war bei Hamill gewesen, als dieser von den australischen Zollbeamten wegen des Besitzes verdächtig aussehender Pflanzen verhaftet worden war. Nach einer unerfreulichen Stunde hatten die Zöllner sich schließlich davon überzeugen lassen, daß es sich lediglich um harmlose Tulpenzwiebeln handelte.(»Ich fragte: ›Wo hast du die Tulpenzwiebeln her?‹, und er sagte: ›Von der holländischen Königinmutter.‹«) Aber als das Imperium wuchs, wurde Lippincott immer mehr ins Abseits gedrängt. Als bekanntester Werbefachmann des Unternehmens war es ihm unsäglich peinlich, Gerüchte geleugnet zu haben, denen zufolge Irvin Kershner als Regisseur von *Das Imperium schlägt zurück* verpflichtet worden wäre. Auch war Lippincott gleich zu Anfang mit dem neuen Geschäftsführer von Lucasfilm, Charles Weber, aneinandergeraten. Lucas hatte den großgewachsenen Brillenträger und ehemaligen Investmentbanker in die Firma geholt, damit er die neuen Geschäftszweige überwachte.

»Er besaß Führungsqualitäten, und das war der Grund für seine Anstellung. Aber er hatte noch nie im Filmgeschäft gearbeitet«, sagte Lippincott. »Ich mochte ihn nicht.«

Als Weber einen neuen Merchandising-Chef einstellte, wußte Lippincott, daß es Zeit war, seinen Hut zu nehmen. »Ich bin aus freien Stücken gegangen, Punktum«, sagte er, aber Lucas zahlte ihm wenigstens eine Abfindung.

Schon während der Realisierung von *Das Imperium schlägt zurück* war Gary Kurtz beunruhigt gewesen von der Größe der sich immer weiter ausdehnenden Lucasfilm-Maschinerie. Webers Reisekosten gingen zu Lasten des *Imperium*-Budgets und trieben es noch weiter in die Höhe.

»Alles schien immer größere Ausmaße anzunehmen. Bei *Krieg der Sterne* waren wir nur zu sechst gewesen: George, Charlie Lippincott, Georges Sekretärin Bunny Alsup, Lucy Wilson, Ben Burtt und ich selbst. Es war nur natürlich, daß der Kreis etwas größer wurde, aber das Ganze nahm ungeahnte Proportionen an. Es wuchs und wuchs ohne Plan«, sagte Kurtz.

Lucasfilm, einstmals Arbeitsplatz einer kleinen glücklichen Familie, war zu einem weiteren gesichtslosen Hollywood-Unternehmen geworden. Lucasfilm hatte 1979 die Gebäude einer ehemaligen Legebatterie am Lankershim Boulevard in der Nähe der Universal Studios bezogen. George und Marcia Lucas hatten die architektonisch umwerfenden Umbauten in dem modernen, weitläufigen Komplex persönlich überwacht. Die großzügigen Büros waren einfach mit allem ausgestattet, von einer eigenen Tankstelle über einen Fitneßraum bis hin zu einer Küche und einer Videospielhalle. In dem Gebäude herrschte unleugbar eine kreative Atmosphäre. Steven Spielberg verbrachte seine Mittagspausen damit, Plätzchen zu backen oder an den ›Asteroids‹-Arcademaschinen zu spielen, und Castings fanden im riesigen, mit Pflanzen geschmückten Atrium statt.

Und doch war auch eine Atmosphäre wildgewordener Bürokratie spürbar. Horden von Mitarbeitern debattierten über die winzigsten Details jedes einzelnen *Star-Wars*-Produktes. Valerie Hoffman nahm an einem Meeting teil, bei dem das Konzept von Wookie-Pantoffeln analysiert wurde. »Es wurde endlos darüber diskutiert, ob bei Wookies auch die Zehen behaart waren und ob Wookies überhaupt Zehen hatten. Es hieß also: ›Valerie, recherchiere ein wenig und bring etwas über die Lebensweise der Wookies in Erfahrung‹«, sagte sie lachend.

Als für ein Buch weitere Wookie-Informationen benötigt wurden, wandte Hoffman sich mit einem ellenlangen Fragebogen direkt an Lucas. Der starrte sie entgeistert an, als sie ihn fragte, wie Chewbacca und seine Familie sich fortpflanzten.

»Das ist eine sehr intime Frage«, entgegnete er errötend.

»Er war *wirklich* verlegen«, sagte Hoffman.

Hoffman war nach *Star Wars* als Sekretärin eingestellt worden und arbeitete damals noch in einem Wohnwagen. »Von dem Augenblick an, da wir das neue Gebäude bezogen, wurden Kleidervorschriften eingeführt. Das Ganze nahm wirklich absurde Ausmaße an«, erinnerte sie sich.

Als sie das Unternehmen schließlich verlassen hatte, war die dienstälteste Mitarbeiterin von Lucasfilm froh gewesen, der Firma den Rücken zu kehren. »Tatsächlich war ich erleichtert, als Gary beschloß zu gehen«, sagte Bunny Alsup. Alsup hatte nicht gefallen, wie rasant das Lucasfilm-Imperium sich ausgedehnt hatte – vor allem in der ›Legebatterie‹. »Es wurde so riesig und unpersönlich wie die Universal Studios«, sagte sie. »Das Arbeitsklima veränderte sich. Für mich verlor es die familiäre Atmosphäre.«

Als Kurtz sich daran machte, sein eigenes Unternehmen zu gründen, legte Alsup ihm ans Herz, nicht denselben Fehler zu machen. »George hatte keine andere Wahl, weil *Star Wars* so erfolgreich war. Er mußte sich vergrößern, und dann mußte er all diese Leute einstellen, die keine Filmemacher waren und alles umkrempelten«, sagte sie. »Ich sagte immer wieder zu Gary: ›Bitte werde nicht so groß wie Lucasfilm.‹«

KAPITEL 11

›ADIEU, ›SIN CITY‹‹

In der zweiten Maihälfte 1980 brach in Illinois das System der gebührenfreien 800er-Nummern aufgrund der Überlastung eines einzigen Anschlusses zusammen. Anzeigen mit der Nummer 1-800-520-1980 waren in ganz Amerika erschienen. Den Anrufern war ein zweiminütiger Trailer von *Das Imperium schlägt zurück* versprochen worden. Die Nummer stimmte mit dem Tag überein – dem 20. Mai 1980 –, an dem die langerwartete Fortsetzung von *Krieg der Sterne* in mehr als 1340 Kinos anlief. Illinois hatte das Pech, die 520 als Vorwahl zu haben.

»Der Trailer lief auf zehn Leitungen, und die kamen mit dem Besetztzeichen nicht nach. Das Telefonsystem des ganzen Staates brach zusammen«, erklärte Craig Miller, damals Werbechef in der ›Legebatterie‹.

Miller und seine Kollegen entsprachen gern der Bitte der Telefongesellschaft, die Werbekampagne einzustellen und zehn weitere Leitungen freizuschalten, um die unaufhaltsame Flut von Anrufen zu bewältigen. Die Publicity, die dieser Zwischenfall ihnen verschaffte, war jeden Dollar wert, den sie nach Illinois überwiesen.

Miller hatte nicht mehr den geringsten Zweifel daran gehegt, daß das *Star-Wars*-Fieber erneut ausbrechen würde, seit er am Montag, dem 18. Mai am berühmten Egyptian Theater auf dem Hollywood Boulevard vorbeigefahren war. Drei Tage vor der Premiere kampierte dort bereits eine kleine Gruppe von Fans auf dem Bürgersteig. Es dauerte nicht lange, und Fernsehteams befragten den seltsamen Haufen. Unter den jungen Leuten war auch Terri Hardin, die gestand, *Krieg der Sterne* 178 Male gesehen zu haben, bevor der Film 1979 schließlich abgesetzt worden war. Während sie an der Spitze der Schlange stand, um sich Teil 2 anzusehen, faßte sie die Gefühle von Hunderten anderer zusammen, die landesweit in ihren Schlafsäcken der Premiere entgegenfieberten. »Wir warten auf unser Hoch«, sagte sie und lächelte in jede Kamera, die auf sie gerichtet war.

Während *Krieg der Sterne* sich heimlich, still und leise auf die Leinwände Amerikas gestohlen hatte, war die Werbekampagne, die *Das Imperium schlägt zurück* ankündigte, das Filmereignis des Jahres. Darth Vader starrte einem von der Titelseite des *Time*-Magazins an, Yodas verhutzelte Gestalt beherrschte das Cover von *People*, und die Fans konnten in speziell entworfenen neuen Luke-Skywalker-Outfits anstehen. Der Soundtrack zum Film lief schon einen ganzen Monat im voraus auf sämtlichen Radiostationen.

Fox hatte den gleichen Premierentag gewählt wie für *Krieg der Sterne*, um den Film in 127 Kinos anlaufen zu lassen – den Mittwoch vor dem Memorial Day. Innerhalb von nur zwei Tagen verbuchten 125 der Kinos neue Hausrekorde.

Lucasfilm und Fox brauchten sich aufgrund der vorangegangenen Publicity diesmal nicht allein auf Statistiken zu stützen. Große Premieren waren in London und Washington organisiert worden. Auf dem Odeon Leicester Square blitzten Paparazzi Fisher, Ford und Hamill bei ihrer Verbeugung vor Prinzessin Margaret.

Trotz aller Schwierigkeiten, die seine Entstehung begleitet hatten, enttäuschte *Das Imperium schlägt zurück* nur wenige Fans. Viel epischer in seiner Gesamtheit und menschlicher in seiner Sensibilität, zogen die meisten Teil 2 sogar dem Original vor. Kershner erntete großes Lob. ›Kershner hat nach einer langen, ehrenhaften und zu Unrecht übergangener Laufbahn endlich gezeigt, was er kann. Er hat ein zeitgenössisches Meisterwerk geschaffen‹, schrieb Michael Sragow vom *L.A. Herald Examiner*.

›Noch mehr als Kubricks zu sterile Weltraumodyssee ist *Das Imperium schlägt zurück* ein Science-Fiction-Epos, auf das Homer stolz wäre.‹

Sogar die First Lady der amerikanischen Kritiker,

Pauline Kael, war überzeugt. Kael war in ihrem Lob an *Krieg der Sterne* sehr zurückhaltend gewesen. Diesmal verließ sie das Kino jedoch in euphorischer Laune. »Keine Spur davon, daß diese spannende, jugendliche Saga einfallslos geworden wäre oder sich allein auf ihre phantastischen Spezialeffekte verlasse – kurz, daß sie Gefahr liefe, in Manierismus zu erstarren oder in reinem Milliarden-Dollar-Spektakel«, sagte sie. »Ich weiß nicht, ob ich sieben weitere *Star-Wars*-Abenteuer durchstehe (bei meinem Sohn habe ich da keinen Zweifel), aber ich kann es kaum erwarten, Teil 3 zu sehen.«

›Die Spezialeffekte sind nahezu verblüffend‹, schrieb Kenneth Turan in *New West*. ›Niemand versteht Orson Welles' berühmtes Zitat, daß Filmemachen die größte Spielzeugeisenbahn wäre, die ein Junge sich nur erträumen kann, besser als Lucas.‹

Kinopublikum-Bewertung von
Das Imperium schlägt zurück

Von den 536 befragten Personen waren in %:

Bewertung:

68	männlich	1+
32	weiblich	1
63	unter 25	1+
37	25 oder älter	1
37	interessiert an der Filmthematik/ dem Filmgenre	1+
11	vor allem an den Darstellern interessiert	1+
68	ungeduldig, den Film zu sehen	1+
9	zufällig in diesem Film	1
41	Fans dieses Genres	1+
10	regelmäßige Kinogänger	1

Sofern man sich bei Fox um etwas gesorgt hatte, dann, daß die Seifenblase des Science-Fiction-Booms geplatzt sein könnte. Weder Paramounts *Star Trek: Der Film* noch Disneys *Das Schwarze Loch* hatten auch nur annähernd die Summen eingespielt, die *Krieg der Sterne* im Jahr davor erzielt hatte. Aber schon nach einer knappen Woche hatte ihre Sorge ein Ende. Nach sechs Tagen hatte der Film bereits über 9 Millionen Dollar eingespielt. Fox standen bereits in Verhandlungen, um den Film Ende Juni in weiteren 575 Kinos anlaufen zu lassen. »Jeder möchte auf den Zug aufspringen«, prahlte Peter Myers. Das Déjà-vu-Erlebnis setzte sich den ganzen Sommer über fort. Nach neunzehn Tagen Laufzeit hatte *Das Imperium schlägt zurück* bereits 23 Millionen eingespielt; am Ende des ersten Monats waren es 31,3 Millionen. Als der Juli anbrach, war deutlich, daß der Film ein ebenso großer Erfolg werden würde wie *Krieg der Sterne*. Inzwischen lagen die wöchentlich eingespielten Einnahmen doppelt so hoch wie die des größten Konkurrenzfilmes, John Landis' *Die Blues Brothers*. Die anderen erfolgreichen Streifen des Sommers, *Fame – Wege zum Ruhm*, *Brubaker*, *Der Löwe zeigt die Krallen* und *Can't Stop the Music* wurden einfach von der *Imperium*-Welle überrollt. Als *Das Imperium schlägt zurück* Anfang Juli die 50-Millionen-Dollar-Grenze überschritt, verlangten die anderen Studios von Analytikern der Filmindustrie, vergleichende Statistiken aufzustellen – einmal unter Berücksichtigung von *Das Imperium schlägt zurück* und einmal ohne. ›Der Film müßte in einer eigenen Kategorie erfaßt werden‹, beklagte sich einer der Konkurrenten bei *Variety*.

Wenn Fox auf internationaler Ebene etwas von *Star Wars* gelernt hatte, dann, daß keine Zeit vergeudet werden sollte, den Film auch im Ausland anlaufen zu lassen. Schon bald mußte Japan seine Rekordlisten umschreiben, als *Das Imperium schlägt zurück* in den ersten Tagen in neun Städten knapp 4 Millionen Dollar einspielte. Im September verbuchte das Odeon an Londons Leicester Square in einer Woche einen höheren

Wochenumsatz als je zuvor. Im August lief der Film bereits in zehn Ländern und hatte weltweit weitere 30 Millionen Dollar eingespielt, so daß *Das Imperium schlägt zurück* alles in allem die 100-Millionen-Grenze überschritten hatte. Nur wenige Länder blieben immun. Darth Vader ließ Skandinavien auch diesmal kalt. Schweden beharrte darauf, daß der Film für Jugendliche unter 15 Jahren zu brutal wäre. Innerhalb kürzester Zeit hatte Teil 2 zu seinem Vorläufer aufgeholt – trotz der Intimität der Schneesequenzen.

Im Oktober posierte George Lucas stolz flankiert von zwei Reihen Caterpillar-Raupen, die das Tal oberhalb der Bull Pit Ranch ummodelten, für die Fotografen von *Fortune*. Überragt von den Hügeln des Marin County, blickte Lucas stolz auf seinen Besitz. Und dazu hatte er auch allen Grund.

Wie die amerikanische Bibel der Reichen und Berühmten schrieb, hatte er sich innerhalb des spektakulär kurzen Zeitraums von nur drei Jahren ein Privatvermögen von 100 Millionen Dollar erwirtschaftet. Außerdem war er Vorsitzender und alleiniger Inhaber von Lucasfilm Ltd. – ein Unternehmen mit 200 Angestellten und einem Nettoeinkommen von 1,5 Millionen Dollar wöchentlich. Nachdem *Das Imperium schlägt zurück* inzwischen über 170 Millionen Dollar eingespielt hatte, hatte er das Privatdarlehen an Lucasfilm zurückerhalten, während die Gesellschaft in aller Ruhe wartete, daß die 51 Millionen Dollar Gewinn aus dem Film eingingen.

Lucas erklärte, daß er, nachdem er das riskanteste Spiel seines Lebens gewonnen hatte, das Geld diesmal sicher anlegen werde – beispielsweise in Immobilien und langweiligen Kommunalobligationen. »Ich bin eine Kuponsammlernatur«, sagte er *Forbes*.

Seine Vorsicht sorgte bereits für Frust bei Charles Weber in der ›Legebatterie‹. Lucas hatte nur für zwei Filme grünes Licht gegeben, einen Fantasy-Zeichentrickfilm mit 3-Millionen-Dollar-Budget – *Twice Upon a Time* – der zusammen mit Alan Ladd jr. und seiner neuen Ladd Company produziert werden sollte, und *Jäger des verlorenen Schatzes* von Steven Spielberg. Beide Filme wurden jedoch von Studios finanziert, respektive Warner und Paramount.

»Ich sage Charlie immer wieder, daß Filmemachen ein riskantes Geschäft ist, in das nur ein Dummkopf investieren würde«, lächelte er.

Sofern Lucas je an der Richtigkeit seiner Entscheidung Zweifel gehegt hatte, sich nach Nordkalifornien zurückzuziehen, wurden diese ausgeräumt, nachdem *Das Imperium schlägt zurück* in den Kinos angelaufen war. Inzwischen frustrierten ihn die Machenschaften Hollywoods mehr denn je. Im Juni urteilte ein Bundesrichter gegen Fox bezüglich deren Plagiatvorwürfen *Kampfstern Galactica* betreffend. Der Richter meinte, beide Werke wären so verschieden wie ›Äpfel und Orangen‹. Und er faßte die unangenehme Realität für Lucas zusammen. Wenn Copyrightverstöße schon bei 5, 10 oder 15 Prozent Inhalt bestünden, hätten sich Hunderte von Filmen dieses geistigen Diebstahls an *Krieg der Sterne* schuldig gemacht.

In den zwei Jahren, die der Prozeß dauerte, bewies er aber zumindest zweierlei. Die einzigen Gewinner waren die drei Anwaltskanzleien, die von Fox und Universal Millionen kassierten, und Hollywood war genauso falsch und doppelzüngig, wie Lucas schon immer vermutet hatte. In Hunderten von Prozeßstunden traten unzählige Erkenntnisse zutage. Zum einen stellte sich heraus, daß Fox das ILM-Lagerhaus in Van Nuys ohne Zögern an Universal verpachtet hatte und Dykstra, Nelson und Co. dort für das Konkurrenzstudio arbeiteten. Fox hatte seinem Konkurrenten sogar eine Klangbühne für die Musikaufnahmen zu *Kampfstern Galactica* überlassen.

Dann kam ans Licht, daß mehrere hochrangige Universal-Angestellte zu jenen gehört hatten, die in großem Umfang Fox-Aktien erworben hatten, nachdem sie sich unbemerkt Zugang zu der heimlichen Vorpremieren-Vorführung von *Krieg der Sterne* verschafft hatten. Auch stellte Lucas Ned Tanen als denjenigen bloß, der innerhalb von Lew Wassermans Festung *Star Wars* abgelehnt hatte, als ihm das Skript angeboten worden war.

Sofern es jedoch einen Augenblick gab, der Lucas und alle Unbeteiligten dazu veranlaßte, den Kopf zu schütteln und zu murmeln ›So was gibt es nur in Hollywood‹, dann ereignete sich dieser nur einen Monat vor Prozeßende im Juli 1980.

Während Glen Larson von Fox' Anwälten vor Gericht auseinandergenommen wurde – er wurde als skrupelloser Opportunist bezeichnet, ›der sich, aus anderer Leute verdienstvoller Arbeit schöpfend, eine profitable Karriere aufgebaut hatte‹ und beschuldigt, *Zwei Banditen* in *Ein Jahr Galgenfrist* umgewandelt zu haben und *Coogans großer Bluff* in *McCloud* – hatte ihn gleichzeitig die Fernsehabteilung des Studios engagiert. »Wir sind der Überzeugung, den auf dem Fernsehsektor derzeit besten Produzenten von spannenden Unterhaltungsfilmen unter Vertrag genommen zu haben«, äußerte Harris Katleman, Vorsitzender von Fox Television, außerhalb des Gerichtssaales, kurz bevor der Richter sein Urteil fällte.

Lucas konnte jedoch ein wenig Trost daraus schöpfen, daß sein Rechtsstreit mit Jeff Berg von ICM drei Wochen zuvor zu seinen Gunsten ausgegangen war. Ein neutraler Schiedsmann hatte entschieden, daß es sein volles Recht gewesen wäre, den *Imperium*-Deal ganz allein auszuhandeln. Dieser Beschluß war ein harter Schlag für die große Anwaltskanzlei, deren Muttergesellschaft, Marvin Josephson Associates, die Wall Street davon überzeugen mußte, daß die Firma auch ohne die Einnahme einer Kommission von *Das Imperium schlägt zurück* keinen Schaden nehmen würde. An der Börse schien man dem jedoch keinen Glauben zu schenken – die Notierung der Josephson-Aktien sank am folgenden Tag um 3 Dollar.

Aber es war ein schaler Sieg gewesen. Lucas

schäumte immer noch wegen des dreistesten und lächerlichsten Hollywood-Wirbels überhaupt. Lucas war seit seinen *Graffiti*-Tagen Mitglied der Director's Guild of America, hatte sich jedoch nie sonderlich um deren kleinliche Regeln und Vorschriften geschert. Er betrachtete den Verein weitgehend als einen Haufen von Bürokraten. »Die Hollywood-Gewerkschaften sind von denselben Anwälten und Buchhaltern übernommen worden, die schon die Studios übernommen haben«, sagte er einmal.

Er traute seinen Augen nicht, als die DGA kurz nach Anlaufen von *Das Imperium schlägt zurück* erklärte, daß man ihm eine Geldbuße von 250000 Dollar aufbrummen würde, weil Irvin Kershner nicht im Vorspann des Films genannt worden war. Lucas und Kershner fanden die Begründung schlichtweg absurd. Bei Lucasfilm war es üblich, auch den Regisseur erst im Nachspann zu nennen. Immerhin hatte Lucas sich bei *Krieg der Sterne* selbst auch erst im Nachspann aufgeführt. Und doch urteilte die DGA, daß Lucas, indem er Lucasfilm im Vorspann nach 20th Century Fox nannte, seine ›persönliche‹ Nennung als Ausführender Produzent vorweggenommen habe. Die DGA urteilte, daß Kershner demnach ebenfalls an dieser Stelle hätte genannt werden müssen.

Lucas war sich nicht schlüssig, was ihn mehr ärgerte: die Arroganz oder die Beschränktheit der Entscheidung. »Ich heiße nicht George Lucasfilm, so wie William Fox nicht 20th Century Fox geheißen hat«, schäumte er. Aber es sollte noch schlimmer kommen. Als er – mit Kershners voller Unterstützung – Widerspruch einlegte und dieser abgelehnt wurde, bestand die DGA darauf, daß der Film aus allen Kinos zurückgezogen wurde, bis die Änderung im Vorspann erfolgt war.

Anstatt sich an einen Schiedsmann zu wenden, wählte der zornige Lucas gleich den Rechtsweg. Daraufhin teilte die DGA Kershner mit, daß ihm eine Geldbuße auferlegt würde, falls die Guild den Prozeß verlor

– er habe für eine Gesellschaft gearbeitet, die keinen gültigen Vertrag mit der Guild habe.

Lucas einigte sich schließlich außergerichtlich auf die Zahlung von 25000 Dollar. Wochen später zwang ihn die Writer's Guild ihrerseits, eine Geldbuße von 15000 Dollar zu zahlen, weil er Kasdan an unangemessener Stelle genannt habe.

Innerhalb seiner alttestamentarischen Moral war das der Tropfen, der das Faß zum Überlaufen brachte. »Man kommt billiger weg, wenn man die Great Lakes verseucht«, meinte Lucas wütend.

Er brauchte einige Monate, seine Truppen zusammenzustellen, aber im April des folgenden Jahres kehrte Lucas Hollywood endgültig den Rücken. *Daily Variety* gab die Neuigkeit bekannt: ›GEORGE LUCAS BRICHT BEZIEHUNG ZU HOLLYWOOD AB

Oft als Rätsel und nie als typischer Filmemacher Hollywoods betrachtet, hat George Lucas die letzten direkten Beziehung hier gelöst und ist aus der Director's Guild of America, der Writer's Guild of America und der Academy of Motion Picture Arts and Sciences ausgetreten.‹

Im weiteren Verlauf des Artikels wurde dargelegt, daß er parallel zu seinem Rücktritt aus den drei Pfeilern des Hollywood-Establishments sein letztes Büro in Los Angeles geschlossen habe. Letzteres war unvermeidbar geworden. Sogar von Nordkalifornien aus hatte Lucas erkannt, wie absurd die Entwicklungen in der ›Legebatterie‹ geworden waren. Die Reihen von BMWs und Mercedes auf dem firmeneigenen Parkplatz waren zu einem Symbol der Verschwendungssucht geworden. »Wir standen kurz davor, dem Botenjungen einen Porsche zur Verfügung zu stellen«, lachte Lucas später. Auseinandersetzungen mit Charles Weber bezüglich der Richtung, die die Gesellschaft einschlagen sollte, brachten das Faß zum Überlaufen. Weber hatte vorgeschlagen, 50 Millionen Dollar zu investieren, unter anderem in das marode Fahrzeugbauunternehmen DeLorean. Als er durchblicken ließ, die entstehende Skywalker Ranch wäre eine unnötige Geldverschwendung, brachte Lucas den Mut auf, ihn zu feuern. Der Großteil der Mitarbeiter wurden entlassen, und das Gebäude am Lankershim Boulevard wurde verkauft und später abgerissen.

Als er einige Wochen später in seinen neuen Büroräumen gleich neben ILM auf seinem neuen Gelände in San Rafael saß, klang Lucas mehr denn je wie sein Vater. Er bezeichnete Los Angeles zwar nicht direkt als ›Sin City – Stadt der Sünde‹ – aber viel fehlte nicht. »Dort unten kommen auf jeden ehrlichen, engagierten Filmemacher, der versucht, seinen Film zu realisieren, hundert schleimige Gebrauchtwagenverkäufer, die versuchen, einen übers Ohr zu hauen«, äußerte er in einem Interview der *New York Times*. »Ich habe noch nie einen Film in Hollywood gedreht – und jetzt werde ich das auch nicht mehr müssen«, lächelte er triumphierend.

Lucas verließ die Hauptstadt des Films, als diese wieder einmal in einer tiefen Krise steckte. Während ein Imperium langsam Gestalt annahm, schien es wieder einmal, als würde ein anderes untergehen. *Das Imperium schlägt zurück* war ein Ausnahmeerfolg in einem schlechten Jahr gewesen. Die Filmindustrie erlebte nun schon im zweiten Jahr einen allgemeinen Zuschauerrückgang. Sogar 20th Century Fox mußte Umsatzeinbußen verzeichnen. Abgesehen von *Das Imperium schlägt zurück* konnte das Studio nur wenig aufbieten, um seine Bilanz anzukurbeln. Als der Film im Herbst abgesetzt wurde, sanken die Nettoeinkünfte schlagartig um sechzig Prozent. So wie man sie in den Siebzigern als Retter der Filmindustrie gefeiert hatte, beschimpften einige Lucas und die Führer des ›neuen Hollywood‹ jetzt als die Schuldigen der Krise. Coppolas horrendes *Apocalypse-Now*-Budget war vom hoffnungslos überzogenen Etat von Michael Ciminos 36,5-Millionen-Dollar-Katastrophe *Heaven's Gate* und John Landis' viel zu teurer 30-Millionen-Dollar-Komödie *Die Blues Bro-*

thers noch übertroffen worden. (Als wäre er gekränkt, verwandte der Pate der neuen Ära 23 Millionen Dollar auf neue computererstellte Storyboards und andere Innovationen bei der Produktion von Zoetropes *Einer mit Herz*.) Die einstigen Genies waren zu Verschwendern geworden.

Noch schlimmer bewertete Hollywood, daß sie das sinkende Schiff verlassen hatten. Lucas und seine Ranch waren das sichtbarste Beispiel für den Exodus aus Los Angeles. Parallel hierzu plante Robert Redford, zum Sundance Institute of Film and Video in Provo Canyon, Utah, abzuwandern. Eine Schule neuer Regisseure, angeführt von Robert Benton, Martin Scorsese und Woody Allen, hatte New York eine Vorrangstellung verschafft, die es nicht mehr genossen hatte, seit die ersten kleinen Filmfabriken vor fünfundsechzig Jahren in den Orangenhainen Hollywoods entstanden waren. Die letzten Oscars für den besten Film waren an Filmemacher gegangen, die vom Big Apple aus operierten oder ursprünglich von dort stammten.

Manch einer fragte sich sogar, ob das Schicksal Hollywoods endgültig besiegelt war. »Ich wüßte einfach nicht, wie Hollywood wieder auf die Füße kommen sollte«, sagte Benton in einem Interview des *Time*-Magazins. »Denjenigen, der eine Lösung findet, empfehle ich für den Nobelpreis.«

Während ein neues Imperium Gestalt annahm, stand außer Frage, wer ein Herrscher war. Und ebenso klar war, wie er sich an der Spitze zu halten gedachte. Wie Steven Spielberg es treffend formulierte: »Lucas besitzt eine eigene Bank namens *Star Wars*.«

Lucas' Entschluß, sich von den Berufsverbänden zu lösen, löste bei dem gewöhnlich so unerschütterlichen Howard Kazanjian Panik aus.

»Genau davon träumt man, wenn man gerade den größten Film des Jahres plant«, sagte sein alter USC-Kumpel.

Gary Kurtz' Nachfolger, den Lucas wegen seiner strikten Führung bei *The Party is over... Die Fortsetzung von American Graffiti* und *Jäger des verlorenen Schatzes* schätzen gelernt hatte, hatte bereits mit der Arbeit an *Die Rückkehr der Jedi-Ritter** begonnen. Seine größte Sorge war nun, daß der Regisseur von Lucasfilm nach dem Austritt der Gesellschaft aus der Gewerkschaft auch kein DGA-Mitglied sein durfte. Dieses Problem bedeutete, daß sie den Regisseur, der ganz oben auf Lucas' Liste stand, nicht würden verpflichten können. Steven Spielberg und er hatten sich bei den Dreharbeiten zu *Jäger des verlorenen Schatzes* 1980 in Nordafrika und Elstree darüber unterhalten, daß er möglicherweise bei *Die Rückkehr der Jedi-Ritter* Regie führen sollte. Spielberg, ebenfalls in der *Boy's Own*-Kultur verwurzelt und mit der Fähigkeit gesegnet, in einem Tempo zu drehen, das sogar Lucas schwindelerregend fand, wäre die ideale Besetzung für den Posten gewesen. Vielleicht war es kein Zufall, daß Gary Kurtz' Ausstieg mit dem Anfang einer langen und phänomenal erfolgreichen Partnerschaft zwischen den zwei jungen Genies des Neuen Hollywood zusammenfiel. »George wollte, daß Steven beim dritten Teil Regie führte, und Steven war nicht abgeneigt«, sagte Gary Kurtz. Spielberg war jedoch zu sehr Hollywood-Insider, um das Risiko einzugehen, die DGA gegen sich aufzubringen.

Da Spielberg also ausfiel, war Lucas entschlossen, einen Regisseur zu finden, den er leichter würde kontrollieren können. Er wollte keinen zweiten Irvin Kershner, der wegen jeder Textzeile und Kameraeinstellung in intellektuelles Grübeln verfiel. Tatsächlich suchte er nach einem Stellvertreter.

»Ihm schwebte ein Regisseur vor, der zwar kreativ war, aber alles genauso machte, wie er selbst es wünschte«, sagte Gary Kurtz. »So etwas funktioniert nicht.«

*Ursprünglich war als Titel *Die Rache der Jedi-Ritter* geplant, bis Lucas entschied, daß sich Rachegedanken nicht mit der hehren Gesinnung eines Jedi vereinbaren ließen. (*Anmerkung des Lektors*)

Von allen Regisseuren, die er kennenlernte, entsprach Richard Marquand, ein Waliser, der in Cambridge studiert hatte, seinen Vorstellungen am ehesten. Marquand hatte zusammen mit Derek Jacobio, Trevor Nunn und David Frost am Theater gearbeitet. Über die BBC war er dann in die Sparte Dokumentarfilme gelangt und von dort nach Hollywood. Bisher waren *Legacy – Das Vermächtnis* mit Katherine Ross für Universal und *Die Nadel*, ein Spionagethriller, der im Zweiten Weltkrieg angesiedelt war und den er mit Donald Sutherland für United Artists gedreht hatte, die zwei Höhepunkte seiner Karriere.

Als Marquand sich bereit erklärte, mit seiner Familie für sechs Monate nach Marin County überzusiedeln – die Zeit, die Lucas für die Vorbereitungen zum Film veranschlagt hatte –, hatte er den Job. Von Juli bis Dezember 1981 arbeiteten er, Kazanjian und Lawrence Kasdan jeden Tag an der Erstellung des Storyboards. Wieder sollte der Film in drei zentrale Hauptakte gegliedert sein: einen Eröffnungsakt am Hof des schurkigen Jabba the Hutt und an Bord seines Schiffes auf dem Wüstenplaneten Tatooine, und einen zweiten und dritten Akt, die jeweils teils auf dem Planeten Endor, teils auf dem neuen Todesstern spielten. Während auf Elstrees neun Klangbühnen erneut der Millenium Falke und alle wichtigen Innendekore entstehen sollten, kamen Kazanjian und Lucas überein, die beiden wichtigsten Außenlocations in weniger großer Entfernung des Firmensitzes anzusiedeln.

Buttercup Valley in der Nähe von Yuma, Arizona, wurde wegen seiner kargen Sanddünen ausgewählt, die aussahen, als wären sie von einer anderen Welt, und ein Wald aus gigantischen Redwood-Bäumen in Crescent City an der Grenze zwischen Kalifornien und Oregon sollte die üppige Landschaft Endors darstellen.

Als in der kleinen verschlafenen Gemeinde Crescent City in Kalifornien der Frühling 1981 seinen Einzug hielt, schenkten die etwa 2500 Einwohner der kleinen Armee von Lastwagen und Bulldozern, die er mit sich brachte, keine große Beachtung. Die Lastwagen rollten durch die Stadt und verschwanden dann einen namenlosen unbefestigten Weg hinauf in die gewaltigen Redwood-Wälder oberhalb der Stadt und der klaren, kobaltblauen Wasser des Pazifiks.

Neben Fischen gründete die Wirtschaft der Gegend auf den Holzhandelsgesellschaften, denen ausgedehnte Landabschnitte entlang der atemberaubenden Küste gehörten. Der Anblick solch schweren Geräts war also dort nichts Ungewöhnliches. Crescent City hatte in seiner langen Geschichte jedoch noch kein Spektakel erlebt wie jenes, das sich hoch oben in den Bergen über dem Meer anbahnte. Auf seine Art machte es das schiere Ausmaß des *Star-Wars*-Phänomens deutlicher als alle vorausgegangenen Unternehmungen.

Die Dreharbeiten zur dritten Folge der Saga, *Die Rückkehr der Jedi-Ritter*, sollten erst in einem Jahr beginnen. Bislang war noch nicht einmal der erste Drehbuchentwurf eingegangen. Der Film selbst sollte erst in über zwei Jahren in die Kinos kommen. Aber oben in den Wäldern hatte Produzent Howard Kazanjian bereits damit angefangen, die Urlandschaft in großem Stil zu verändern, und das für nur zwei Wochen Dreharbeiten im kommenden Frühling. Zwischen den 300 Jahre alten Baumriesen entstand ein Netzwerk sauberer, ebener Straßen und Pfade. Dann wurden entlang der Wege an die 17000 Babyfarne gepflanzt. »Was war daran so verrückt? Wir wußten, daß wir dort die Szenen mit den Ewoks drehen worden. Sie mußten laufen und springen, und wir wollten nicht, daß sie mit ihren kleinen Füßen über Wurzeln und Ähnliches stolperten«, lächelte er. »Wir warteten ein volles Jahr, in dem die Farne heranwuchsen und die Landschaft wieder ganz natürlich aussah.«

Ähnliche Szenen spielten sich tausend Meilen entfernt ab, in den öden Weiten des Buttercup Valley außerhalb von Yuma in Arizona. Wie ein moderner Pharao nahmen Kazanjian und sein Produktionsleiter Louis Friedman einen Teil der Wüste von Arizona in Besitz. Die gewaltigen Kosten hätten sogar einen Ramses vor Neid erblassen lassen.

Lucasfilm hatte bei der Umweltbehörde das Buttercup Valley für sechs Monate gepachtet. Um die Location für den Dreh vorzubereiten, verbrachte ein Tanker die ersten drei Monate jeden Tag damit, Wasser aus einem nahe gelegenen Kanal zu pumpen, um die Dünen zu bewässern und in eine feste Straße zu verwandeln. Fast acht Millionen Liter Wasser wurden in den Sand gepumpt. In der Zwischenzeit begannen die Arbeiten an einem riesigen Sandschiff. Das Schiff war sechs Stockwerke hoch, 36 Meter breit und 45 Meter lang. Teilweise arbeiteten über 400 Menschen auf der Baustelle.

Kazanjian, Nachkomme einer armenischen Juwelierfamilie, genoß in Hollywood den Ruf, einer der härtesten und strengsten Bosse zu sein. Lucas gab zu, daß er ihn für *Jäger des verlorenen Schatzes* engagiert hatte, weil er jemanden gebraucht habe, ›der kein netter Kerl war‹. Eine Unternehmung dieses Ausmaßes hatte er jedoch bisher nicht geleitet.

Kazanjian erkannte den Umfang der Operation, als die ersten Rechnungen im Produktionsbüro eintrafen. »Die erste Rechnung belief sich auf 99000 Dollar für Holz. Als nächstes wurden 11000 Dollar für Nägel in Rechnung gestellt«, erinnerte er sich. Kazanjian sollte später erfahren, daß es sich um die größte Kulisse handelte, die zum damaligen Zeitpunkt je an einer Location errichtet worden war. Man schätzte, daß sogar der Rekord von *Cleopatra* gebrochen wurde.

Kazanjian hatte bei *Jäger des verlorenen Schatzes* ein so strenges Regiment geführt, daß der Film zur Verblüffung von Paramount vor dem vereinbarten Termin fertig geworden war, und das, ohne das Budget auszuschöpfen. Nach den finanziellen Alpträumen von *Krieg der Sterne* und *Das Imperium schlägt zurück* betraute Lucas seinen alten USC-Anhänger damit, Teil 3 zum Erfolg zu verhelfen. Er wußte, daß die Arbeit von ILM diesmal noch entscheidender sein würde als je zuvor.

Lucas hatte mindestens ein Drittel des veranschlagten 30-Millionen-Budgets für die Entwicklung der Monster eingeplant. Phantasiewesen aus *Krieg der Sterne* in der Cantina-Sequenz hatten unter dem Geldmangel gelitten. Es fiel ihm heute noch schwer, sich die bunt zusammengewürfelte Kuriositätensammlung anzusehen, mit der er und Gary Kurtz die Szene vollgepackt hatten. Bei *Das Imperium schlägt zurück* hatte er – klugerweise – keine Kosten gescheut, um einen glaubwürdigen Yoda zu produzieren. Diesmal war er fest entschlossen, die Landwand mit Phantasiewesen zu überfluten. Entscheidend für den ersten Akt würde Jabba the Hutt sein, der intergalaktische Pate, den er aus *Krieg der Sterne* herausgestrichen hatte. Sein Hof sollte bevölkert sein von einer Monstermenagerie, von einem insektenartigen Kriecher, den Lucas ›Salacious Crumb‹ getauft hatte, bis hin zu einem abstoßenden Riesenungeheuer, dem Luke zum Fraß vorgeworfen werden sollte – the Rancor.

Im Mittelpunkt des Films sollte jedoch eine neue Spezies stehen – die Ewoks. Lucas weigerte sich, irgend etwas zu streichen, was er als gute Idee betrachtete. Da Geld nun kein Thema mehr war, kramte er die Idee der Wookie-Sippe wieder hervor, die ursprünglich am Ende von *Krieg der Sterne* hatte in Erscheinung treten sollen. Inzwischen schwebten ihm allerdings Miniatur-Chewbaccas vor, pelzige, teddybärähnliche Wesen, die in Bäumen lebten und einen entschiedenen Beitrag zum Höhepunkt am Ende der Trilogie leisten sollten.

Kazanjian hatte erwogen, Rick Baker oder Hollywoods bekanntesten ›Monstermacher‹ Stan Winston zu engagieren, als Phil Tippett von ILM darum bat, bei der Auswahl berücksichtigt zu werden. Tippett hatte bei den zwei vorausgegangenen Folgen vor allem an den Stop-Motion-Elementen mitgearbeitet. Sein Einsatzeifer und seine Ideen hatten Lucas beeindruckt, und so wurde ihm die Chance eingeräumt, seinem pingeligen Boß sein Können zu beweisen, eine Erfahrung, die er später als ›Alptraum ohne Ende‹ bezeichnen sollte.

Ein ganzes Jahr vor Beginn der Dreharbeiten wurde ein Lagerhaus neben dem ILM-Gebäude in eine vollausgerüstete Modellfabrik umgewandelt, die Jim Hensons weltweit besten Einrichtung in London in nichts nachstand.

In *Krieg der Sterne* hatte Jabba the Hutt einen dünnen Schnauzbart gehabt und mit schottischem Akzent gesprochen, erinnerte sich Tippett. Zusammen mit ILM-Designer Nilo Rodis-Jamero, Joe Johnston und Lucas verbrachte Tippett nun über ein Jahr mit der Entwicklung eines glaubwürdigeren Schurken. Die Ähnlichkeiten mit Sidney Greenstreet, die später viele ansprachen, waren nicht zufällig. Das Quartett stellte sich Jabba als aufgeplusterte Version des korpulenten Bösewichts aus Humphrey Bogarts Filmen vor, ›eher lächerlich als furchterregend, eher wie ein Wesen aus *Alice im Wunderland* als wie ein Schleimmonster aus *Alien*.‹ Das riesige, schneckenartige Wesen, das sie schließlich hervorbrachten, war ursprünglich aus Ton modelliert. Da die Plastik jedoch zwei Tonnen wog, gab es keinen Ofen, in dem sie hätte gebrannt werden können. Also wurde bei ILM ein ganzer Raum in einen riesigen Ofen verwandelt.

Lucas war in seinem Perfektionismus so pingelig wie eh und je. Nur etwa sechzig von Hunderten Kreaturen, die in der sogenannten Monsterfabrik entstanden, wurden in den Film aufgenommen – obwohl in einige Modelle Hunderte von Arbeitsstunden investiert worden waren.

In der Planungsphase hatte Lucas neben den Ewoks als wichtigste neue Spezies eine Rasse großer Tiere mit stelzenartigen Beinen vorgeschwebt, die Yuzzums. Die Monsterfabrik verwandte endlose Stunden darauf, Prototypen zu entwerfen, straußenähnliche Modelle. Dutzende der aufwendigen sechs Meter großen Modelle, die auf Stelzen montiert werden sollten, wurden angefertigt. Kazanjian hatte sogar Wochen damit verbracht, professionelle Stelzengeher ausfindig zu machen, die diese Wesen bewegen sollten. Eine ganze Truppe solcher Artisten war in Venezuela ausgemacht worden. »Wir waren schon dabei, die Einzelheiten wie Verfügbarkeit, Visa etc. zu besprechen, als George kam und sagte: ›Vergeßt die Yuzzums.‹« Lucas war zu dem Schluß gekommen, daß die spindeldürren Yuzzums kameratechnisch nicht mit den zwergenhaften Ewoks harmonieren würden.*

Keiner der Beteiligten mochte sich damit abfinden, daß die ganze harte Arbeit völlig umsonst gewesen sein sollte. »Wir hatten tatsächlich ein Yuzzum im Film«, sagte Kazanjian. »In Jabbas Palast. Unter den achtzig Kreaturen, von denen wir Tonmodelle anfertigten, war einer als Tribut an die Yuzzums«, lächelte der Produzent.

Überall schien Lucas' altes Motto aus *Krieg der Sterne*, ›schneller, intensiver‹, Anwendung zu finden. Eine temporeiche Verfolgungsjagd durch die Wälder von Endor auf schnittigen Imperialen ›Düsenrädern‹ war Bestandteil des allerersten Skriptentwurfes. Die ILM-Veteranen Dennis Muren und Joe Johnston zogen verschiedene Möglichkeiten in Betracht – die Errichtung eines riesigen Oberleitungssystems, über das die Gefährte bewegt werden sollten, oder die Ausstattung eines Kameramanns mit einem Düsenantrieb im James-Bond-Stil, um hohe Geschwindigkeit zu simulieren.

Letztendlich wurden die Szenen auf relativ simple Art gefilmt, indem ein Kameramann mit einer fein ausbalancierten ›Steadicam‹-Kamera einfach durch den Wald ging, hinterher die Düsenräder und ihre Fahrer vor blauem Hintergrund aufnahm und abschließend

* Die Entwürfe finden sich in dem Bildband *The Art of Star Wars – Die Rückkehr der Jedi-Ritter*. Bastei-Verlag, Band 21902 (*Anmerkung des Lektors*)

beides im Labor miteinander verband. Der Film in der Kamera lief mit nur einem Drittel der normalen Geschwindigkeit. Wurde der Film später bei normaler Geschwindigkeit abgespielt, sah es aus, als wäre die Kamera am Kotflügel eines Grand-Prix-Rennwagens montiert gewesen.

George Lucas hatte endlich die größte elektrische Spielzeugeisenbahn bekommen, von der ein kleiner Junge träumen konnte. ILM verfügte inzwischen über die modernsten, ausgeklügeltsten Computer der ganzen Branche. Über 3 Millionen Dollar wurden jährlich in die Forschung gesteckt, mit dem Ziel, die Grenzen des Filmemachens immer weiter auszudehnen. Lucas konnte bei der abschließenden Weltraumschlacht seiner Phantasie freien Lauf lassen und allerlei Effekte ausprobieren, von denen sie bei der Entstehung von *Star Wars* nur hatten träumen können.

»Wenn man sich das Weltraumgefecht im ersten Teil ansieht, fällt auf, daß die Schiffe sich sehr langsam bewegen, man nicht mehr als zwei oder drei Schiffe auf einmal sieht und es an Kontinuität zwischen den Takes mangelt – die Schiffe fliegen nicht aus einem Bild heraus und ins nächste hinein«, sagte er. In *Krieg der Sterne* waren die kompliziertesten Aufnahmen aus höchstens einem Dutzend verschiedener Elemente zusammengesetzt worden. In *Die Rückkehr der Jedi-Ritter* bestand das Gewitter aus X- und Y-Flügeljägern, Imperialen Zerstörern und TIE-Jägern am Ende des Films aus bis zu siebenundsechzig übereinandergelagerten Aufnahmen. »Das Publikum verlangt extravagante Spezialeffekte«, sagte Joe Johnston. »Etwas, das sie für ihre fünf Dollar umhaut. Wir waren nie sicher, ob der Film als Träger für die Effekte diente oder die Story im Mittelpunkt stand.«

KAPITEL 12

DER VERLORENE IMPERATOR

Am 13. Januar 1982 rief George Lucas seine Frau in Kalifornien an und äußerte eine Bitte. »Marcia, könntest du mir einen Koffer mit warmen Kleidern schicken, ich glaube, ich werde eine ganze Weile hier sein.«

Er mochte sich zwar gesagt haben, daß er in der Lage wäre, seine Distanz zu halten, aber Realität war, daß *Star Wars* zur großen Besessenheit seines Lebens geworden war. Als die Dreharbeiten zu *Die Rückkehr der Jedi-Ritter* begannen, waren seine Prioritäten klar gesteckt. »Ich tue das nur, weil ich es angefangen habe und jetzt auch beenden muß«, erzählte er bald Besuchern auf dem Set in Elstree. »Ich will mein Leben wieder zurück.«

Lucas war vor Weihnachten nach London gereist und über die Feiertage nach Marin County zurückgekehrt – das Set war in dieser Zeit ohnehin geschlossen worden. Howard Kazanjian hatte bereits zwei Filme mit seinem alten Freund von der USC gedreht und glaubte seine Gewohnheiten zu kennen. »Wenn er nicht selbst Regie führt, kommt er gewöhnlich für die zwei ersten Drehwochen zum Set, sieht sich alles an, kommt zur Halbzeit noch mal und dann vielleicht ein drittes Mal in der letzten Woche vor Drehschluß. Bei *Jedi* war er jeden einzelnen Tag dabei«, erinnerte sich Kazanjian. »Er ist kein einziges Mal nach Hause gefahren. Er ist morgens um fünf mit mir zum Set gefahren und abends um sieben mit mir zurück.«

Lucas und Kazanjian wußten, daß sie ihrem Regisseur nicht die künstlerische Freiheit einräumen konnten, die Irvin Kershner genossen hatte. In Marquand fanden sie ein formbareres Talent. Der Regisseur erklärte sich einverstanden, Lucas während des Drehs eine aktive Rolle einzuräumen und ihm die meiste Fein- und Schneidearbeit nach Drehschluß zu überlassen.

Er löste die Situation auf recht elegante Art. »Ich habe das Ganze wie folgt betrachtet: *Star Wars* ist für mich eine Symphonie. Die Musik für den dritten Teil war da, aber sie brauchten einen Dirigenten, der kam, einen Tag probte und schon am nächsten Tag bereit war für Studioaufnahmen. Ich war dieser Dirigent, nur daß der Komponist noch am Leben war.«

Marquand war jedoch nicht völlig abgeneigt, zuweilen seine Meinung zu äußern.

Es war seine Idee gewesen, Yoda in den dritten Teil miteinzubeziehen. Ursprünglich sollte Luke laut Drehbuch nur von einer Unterhaltung erzählen, die er mit seinem Meister vor dessen Tod geführt hatte. »Ich bestand darauf, daß wir ihn zeigten. Ich fand, daß dieses Gespräch unbedingt gezeigt werden mußte«, meinte Marquand damals.

Sofern jedoch die Produktion ihren eigenen Yoda hatte, stand seitens der Schauspieler und der Crew außer Frage, wer dieser war. Ganz egal, wie sehr er sich auch bemühte, Lucas konnte nicht verhindern, daß er mit ›einer Million Fragen täglich‹ gelöchert wurde. Und ebensowenig konnte er widerstehen, gute Ratschläge zu erteilen. Als Marquand und Hamill eine Sequenz mit einem Lichtschwert probten, kam Lucas hinzu und machte dem Regisseur Vorhaltungen, weil dieser dem Schauspieler gestattete, das Schwert mit einer Hand zu führen. (Kershner hatte dies sehr zu Lucas' Verärgerung bereits Dave Prowse in *Das Imperium schlägt zurück* gestattet.) »Du hältst das Schwert wie ein Samurai-Schwert«, befahl er. Bei anderer Gelegenheit sah er Carrie Fisher in seltsam steifer Haltung auf dem Set von Jabba the Hutts Hof stehen. Fisher, die in dieser Szene als Mann verkleidet war, war von Marquand angewiesen worden, stramm zu stehen ›wie ein englischer Wachtposten‹. Lucas runzelte die Stirn und sagte: »Carrie, du stehst stocksteif da wie ein englischer Wachtposten. Du solltest verwegener wirken.«

Lucas erzählte später, daß er es gehaßt habe, immer wieder gefragt zu werden: »Können diese Wesen dies

oder jenes?«, »Was hat diese Figur für eine Vorge-
schichte?«

»Ganz egal, wieviel meiner Meinung nach alle über
Star Wars wissen, tatsächlich wissen sie gar nichts«,
stöhnte er einmal. »Ich habe Richard im letzten Jahr
eine Million Fragen beantwortet, alle Beteiligten über
alles Erdenkliche aufgeklärt, und doch, kaum waren
wir hier, wurde ich tagtäglich mit tausend Anfragen
bombardiert, die – und das ist keine Übertreibung – nur
ich allein beantworten kann.«

Natürlich hätte es ihm freigestanden, einfach zu
gehen. Tief im Innersten wußte er jedoch, daß er das
unmöglich tun konnte. »Es ist wie mit dem Heiraten.
Wie heißt es noch so schön? ›Man kann nicht mit ihnen
leben, aber auch nicht ohne sie‹«, sagte er irgendwann
mit einem dünnen Lächeln.

Gary Kurtz drehte auf einer angrenzenden Klangbühne in Elstree *Der Dunkle Kristall*. Er verbrachte
einige Zeit mit alten Freunden aus *Star-Wars*-Tagen und
beobachtete Lucas und Marquand bei der Arbeit. Lucas
hatte sich für die Filmversion entschieden, die einen
Keil zwischen ihn und seinen einstigen Produzenten
getrieben hatte. Die Geschichte drehte sich um Lukes
Beziehung zu Darth Vader und die Bemühungen des
Imperators, ihn endgültig auf ›die dunkle Seite der
Macht‹ zu ziehen. Marquand hatte den hervorragenden
Bühnenschauspieler Ian McDiarmid als Imperator
unter Vertrag genommen.

Kurtz war nicht überrascht von dem, was er sah –
oder von den Resultaten ein Jahr später. »George hat
Richard Marquand mehr oder weniger seinen Willen
aufgezwungen, und ich finde, daß das dem Film
geschadet hat«, sagte er.

Carrie Fisher war bei den Vorbesprechungen von
allen Schauspielern am vehementesten gewesen. Sie
hatte darauf bestanden, daß Leia diesmal als stärkere
Frau dargestellt wurde. Lucas hatte nachgegeben, sie
von ihrem erstickenden Sackleinen befreit und sie in ein
knappes Outfit gesteckt, das ihr von dem schwabbe-

ligen, sexistischen Jabba the Hutt aufgezwungen wurde.

Fishers Metallbikini zog die Blicke aller männlichen Crewmitglieder auf sich, zumal die Brustplatten häufig verrutschten. »Nach jedem Take mußte der Kostümbildner mein Outfit überprüfen«, erzählte sie. »Die Körbchen noch an Ort und Stelle? Mit den Titten alles okay?« Fisher lernte, darüber zu lachen. »Anfangs war es mir peinlich, daß Hunderte von Kerlen beim Anblick meines knappen Outfits Stielaugen bekamen. Von Würde keine Spur.«

Unter den wachsamen Augen Kazanjians und Lucas' wurden die Dreharbeiten in Elstree pünktlich und im Rahmen des vorgesehenen Budgets abgeschlossen. Die Ankunft des *Star-Wars*-Sets auf amerikanischem Boden brachte jedoch eigene Probleme mit sich. Harrison Ford mochte Elstree ja den Spitznamen ›Boring Wood‹ gegeben haben, aber das Schöne an Elstree war seine Abgeschiedenheit gewesen, die ein ungestörtes Arbeiten ermöglicht hatte. Während der letzten Wochen ihrer *Star-Wars*-Karrieren arbeiteten Harrison Ford, Carrie Fisher, Mark Hamill und die anderen offiziell an einem Horrorfilm namens *Blue Harvest*. Schaulustige wurden von stämmigen Männern empfangen, die T-Shirts mit der Aufschrift ›Blue Harvest: Horror ohne Grenzen‹ trugen. Auf den Anwesenheitslisten, auf denen Hamill als ›Martin‹ eingetragen war, bezeichneten Fremde Han Solo zum ersten Mal als ›Harry‹. Lucasfilm ging sogar so weit, zu verbreiten, die Dreharbeiten zu *Die Rückkehr der Jedi-Ritter* würden in Deutschland fortgesetzt. Aber die List war keine zwei Wochen erfolgreich. Nachdem die *Los Angeles Times* über die Umstände berichtet hatte, die Lucas sich machte, um heimlich in seinem Heimatstaat filmen zu können, fanden sich täglich Horden von Schaulustigen ein. Die Harrison-Ford-Fans waren am aufdringlichsten und schrien seinen Namen, wann immer er in den Suchern ihrer Teleobjektive auftauchte.

Die Geheimhaltung um das Skript wurde sogar noch weiter getrieben. Fisher, Ford und Hamill fanden das ganze Theater inzwischen unglaublich albern. Die größte Überraschung sollte diesmal sein, daß Leia Lukes Schwester war. Als die Szene gedreht wurde, bei der Luke Leia einweihte, wurde die Crew – einschließlich des Tontechnikers – aufgefordert, wegzuhören, erzählte Fisher.

Sie gestand, daß sie erleichtert war, selbst vorab in das Geheimnis eingeweiht worden zu sein. »Ich hätte vor laufender Kamera einen Lachkrampf bekommen, wenn Mark mir die Neuigkeit da erst mitgeteilt hätte«, sagte sie. »Das wäre gewesen, als hätte mir jemand eröffnet: ›Carrie, dein Dad ist nicht Eddie Fisher, sondern Hitler.‹«

Lucas' Sicherheitssystem konnte jedoch nicht verhindern, daß das eine oder andere durchsickerte. Anthony Daniels suchte sich ein stilles Fleckchen auf einer Lichtung, um ein Nickerchen zu machen, und dort hörte er zufällig mit, wie Ford und Fisher ihren bedeutendsten Dialog probten.

Lucas war den britischen Darstellern, die er 1976 engagiert hatte, treu geblieben. Nachdem er im Inneren R2-D2s vor der Welt verborgen geblieben war, durfte Kenny Baker nun Wicket spielen, den Ewok, der sich mit Leia anfreundet.

Am Morgen seiner ersten Szene fiel Baker jedoch wegen heftiger Magenkrämpfe aus. Die Erklärungen für sein Unwohlsein waren unterschiedlicher Natur. Howard Kazanjian glaubte, der kleinwüchsige Schauspieler hätte zu lange pudelnackt in der Sonne gelegen; andere meinten, er hätte einen verdorbenen Chili-Hotdog gegessen.

Für zu viele der Beteiligten schien *Die Rückkehr der Jedi-Ritter* ein Abenteuer zuviel zu sein; vor allem Harrison Ford war seiner Rolle schlicht entwachsen. Mit Hilfe von *Jäger des verlorenen Schatzes* und *Der Blade Runner* von Ridley Scott hatte er sein Repertoire erweitert, und er hielt bereits Ausschau nach einem Drehbuch, das ihn endgültig vom Fantasy-Genre fortbrachte. (Das sollte ein Jahr später mit *Der einzige Zeuge* geschehen, dem Film, der ihm eine Oscarnominierung einbringen und ihm den langersehnten Einstieg in ernsthaftere Rollen ermöglichen würde.)

Ford hatte hart darum gekämpft, daß Han Solo starb, um der Geschichte mehr Emotionalität zu verleihen. »Ich war der festen Überzeugung, daß Han Solo sterben sollte«, sagte er hinterher. »Ich sagte zu George: ›Er hat keinen Papa, keine Mama und keine Geschichte. Töten wir ihn und verleihen dem Ganzen dadurch etwas mehr Gewicht.‹«

Lucas war Fords ungewöhnliche Beiträge bei Story-Besprechungen gewohnt. Ford war längst zum führenden Mann in Lucas' Schauspielerriege geworden. Sein staubtrockener Humor war perfekt gewesen für die Rolle des liebenswerten Doktor Indiana Jones. Auch war er unter der Regie von Steven Spielberg, der ihn bei den Dreharbeiten zu *Jäger des verlorenen Schatzes* überaus erfolgreich ermutigt hatte, auf dem Set seine Spontaneität auszuleben, sehr viel selbstsicherer geworden. »Harrison hatte immer seine eigene Meinung zu allem. Harrison ist jemand, der alles, was passiert, in Frage stellt. Darum hat er sich auch so engagiert«, sagte Spielberg.

In diesem speziellen Fall mußte er jedoch trotz der Vehemenz, mit der er seine Argumente vorbrachte, seine Position in der *Star-Wars*-Hierarchie akzeptieren. »Das ist das einzige, wozu ich George nicht überreden konnte«, erklärte er noch während den Dreharbeiten achselzuckend.

Statt dessen wurde sein Beitrag auf simples Reagieren reduziert. Da er wenig mehr tun mußte, als auf Action und Effekte zu reagieren, gab er sich wenig Mühe, sein Unbehagen angesichts dessen zu verbergen, was er als sein sklavisches Ausgeliefertsein an George Lucas' dunkles Imperium betrachtete. »Massa George sagt, ich darf Ende fünfundachtzig gehen – als freier Mann«, sagte er halb scherzend auf dem Set.

Richard Marquand empfand Harrison als ebenso starke Persönlichkeit wie zuvor Kershner. »Er hat nicht viel Geduld mit Dummköpfen. Wenn man noch nicht weiß, was genau man an einem Tag tun will, verwirrt ihn das und macht ihn leicht nervös«, sagte er später.

Als *Time* auf dem Set eintraf, um Exklusivinterviews mit den Schauspielern zu führen, zeigte Ford sich desinteressiert. »Es gibt keinen Unterschied zwischen dieser Art Film und ›König Lear‹. Die Aufgabe des Schauspielers ist genau dieselbe: verkleiden und schauspielern«, gähnte er.

Er war jedoch nicht der einzige, der die Schauspielerei inmitten der Monsterfabrik von *Die Rückkehr der Jedi-Ritter* zunehmend lächerlich fand. »Filme, die von Spezialeffekten getragen werden, sind für Schauspieler sehr schwierig«, sagte Hamill, ihrer aller Gefühle zusammenfassend. »Ich meine, man muß beispielsweise einem riesigen Hummer in einem Fliegeranzug eine leidenschaftliche Rede halten.«

Für Hamill hatte sich *Star Wars* noch mehr als für die beiden anderen Hauptdarsteller als Sackgasse erwiesen. Auch ein positiv bewertetes Porträt von Mozart in *Amadeus* am Broadway hatte wenig dazu beigetragen, ihn für Casting-Direktoren interessanter zu machen. Er hatte Alan Parker bekniet, die Hauptrolle in *Midnight Express* spielen zu dürfen – vergeblich. »Man gibt mir nicht einmal Gelegenheit zu versagen«, klagte er.

In den folgenden Jahren sollte seine Bitterkeit noch zunehmen. Von allen führenden *Star-Wars*-Charakteren sollte es ihm am schwersten fallen, sich von den Ketten des Lucas-Imperiums zu befreien. Hamill sollte bei einem *Star-Wars*-Hörspiel im Radio und einer Reihe von Audio-Büchern den Skywalker sprechen. Auch sollte er an den CD-ROM-Spielen mitwirken, die Lucas später zusammen mit seiner LucasArts Company entwickelte. Bei den seltenen Gelegenheiten, da Lucas sich zu der Möglichkeit weiterer *Star-Wars*-Filme äußerte, sprach er von Hamill, der bereitstand, einen älteren, weiseren Luke zu spielen. »Vielleicht, wenn er alt genug ist?«

Über ein Jahrzehnt später mischte sich Resignation in

Hamills Zorn. »Am Ende, wenn alles gesagt und getan ist, wird man mir einen großen LUCASFILM-Stempel auf den Hintern drücken!«

Sich der Bedeutung des Augenblicks bewußt, hatten Kazanjian und Lucas grünes Licht gegeben für rauschende Drehschlußfeiern. Am Ende klaffte ein deutlicher Abgrund zwischen jenen, die froh waren, daß die Quälerei ein Ende hatte, und jenen, die von Herzen wünschten, daß das Leben im *Star-Wars*-Universum weiterging.

Carrie Fisher kam die Saga bald vor wie ein Zuckerschlecken, verglichen mit ihren privaten Problemen. Nach sieben stürmischen Jahren mit Paul Simon heiratete sie den Sänger schließlich. Nach nur elf Monaten ging die Ehe in die Brüche, und sie versank noch tiefer in ihrer Drogenabhängigkeit. Ihre Exzesse brachten sie schließlich in die Notaufnahme eines Krankenhauses, wo man ihr den Magen auspumpte. »Ich wollte immer auslöschen oder verwischen, was schmerzlich war«, gestand sie später. »Meine Idee war, den Schmerz zu vermindern und den Geist zu erweitern, aber letztendlich war es genau umgekehrt: Meine geistigen Fähigkeiten waren stark beeinträchtigt, und der Schmerz war schlimmer denn je.« Niemand litt inmitten der Prüfungen und Härten der *Star-Wars*-Ära mehr als sie. Ihr Sieg über die Drogen und ihre hierauf folgenden Erfolge als Autorin der schlüpfrigen, halb-autobiographischen Werke *Postcards From the Edge* und *Surrender the Pink* waren beeindruckender als alles, was Prinzessin Leia je geschafft hatte.

Andere, wie beispielsweise Peter Mayhew, behielten *Krieg der Sterne* jedoch in guter Erinnerung. »Nach jedem Drehschluß gab es eine Party. Es war sehr traurig, aber wenigstens hatten wir das Gefühl, an etwas teilgehabt zu haben, das für immer Teil der Kinogeschichte sein würde«, sagte er. Mayhew, Dave Prowse und Kenny Baker kehrten nach England und in relative Anonymität zurück.

Während Prowse sich wieder der Leitung seines Fitneßstudios widmete und nebenher als Darth Vader auftrat, kehrte Baker zurück in die Varieté-Branche. Mayhew seinerseits stieg auf dem Höhepunkt seiner Karriere aus. Zwei Jahrzehnte nachdem er bei *Krieg der Sterne* mitgewirkt hatte, arbeitete er in einer Holzmühle in Keighley, Yorkshire.

»Als sich nach einigen Jahren nichts ergeben hatte, beschloß ich auszusteigen«, sagte er. Wenigstens er gibt sich zufrieden mit seinen Erinnerungen und gelegentlichen Besuchen von Science-Fiction-Conventions, wo die Sympathie für seine Figur – und die Filmtrilogie – nie verblaßt ist. »Es hat nie wieder etwas Vergleichbares gegeben. Ich war einfach froh, daran teilgehabt zu haben.«

Für Lucas war es jedoch das Ende des wichtigsten Kapitels in seinem Leben. Er sprach davon, mehr Zeit mit der neuen Familie zu verbringen, die er und Marcia gegründet hatten, als sie in diesem Jahr ihre zweijährige Tochter Amanda adoptierten. »Das Leben verändert sich, wenn man eine Tochter hat«, sagte er. »Man kann ein Kind nicht einfach aufs Wartegleis stellen und sagen: ›Warte, ich muß nur noch einen Film drehen, sei schön brav.‹ Man weiß, daß sie nur einmal zwei Jahre sein wird. Sie ist wunderbar, und ich weiß, daß ich die Filmerei nicht vermissen werde.« Wenn er den Faden der *Star-Wars*-Saga wiederaufnahm, dann nur, indem er seiner Familie seine Filme zeigte. »Wenn ich das nicht auf die Reihe kriege, wird es keine Filme mehr geben«, sagte er.

Er sprach davon, zwei Jahre aus dem Geschäft auszusteigen, um Sozialpsychologie zu studieren, sich wieder Rennwagen zu widmen und das Gitarrespielen zu lernen.

»Vielleicht ende ich ja auch als Ex-Workaholic, der in seinem Boot um die Welt segelt.« Im Mittelpunkt seiner Zukunftsträume stand das Film-Shangri-La, dessen Name daran erinnerte, wieviel er *Star Wars* verdankte: die Skywalker Ranch.

Am meisten wünschte er sich jedoch, morgens sorgenfrei aufzuwachen. »Das geht jetzt seit zehn Jahren so«, sagte er. »Jedesmal, wenn ich es verdränge, taucht seine häßliche Fratze wieder aus der Versenkung auf. Diesmal habe ich es aber endgültig begraben – glaube ich ...«

Im April 1983 hatte Albert Szabo sich auf die Suche nach dreißig neuen Angestellten für das Avco-Kino in Westwood, Los Angeles, gemacht. »Es gibt keine Entschuldigung für Personalmangel«, hatte der vierundsechzigjährige Kinomanager seinen ungläubigen Bossen von der General Cinema Corporation erklärt. Zwei Monate später sprach das selbstzufriedene Lächeln auf Szabos Gesicht Bände. Inzwischen schienen dreißig zusätzliche Mitarbeiter noch knapp bemessen.

Drei Jahre nach *Das Imperium schlägt zurück* bildeten sich acht Tage, bevor *Die Rückkehr der Jedi-Ritter* anlief, die ersten Schlangen. Am Mittwoch, dem 25. Mai – der sechste Jahrestag der ersten außergewöhnlichen Szenen vor dem Avco-Kino und dem Chinese Theater – wurden erneut Hausrekorde gebrochen.

Zwei Tage später landeten die Zahlen in den großen Tageszeitungen des Landes. Mehr als anderthalb Millionen Menschen hatten angestanden, um *Die Rückkehr der Jedi-Ritter* zu sehen. Der Film spielte schon am ersten Tag noch nie dagewesene 6,2 Millionen Dollar ein und übertraf damit den letzten Rekord um ganze 800000 Dollar. ›Was diese Resultate um so bemerkenswerter macht, ist, daß der Rekord an einem Mittwoch erzielt wurde‹, schrieb die *New York Times*.

Die ersten Schlangen hatten sich bereits am vorangegangenen Donnerstag vor dem Egyptian Theater auf dem Hollywood Boulevard gebildet. Sechs Tage später wurden die ersten Karteninhaber am Premierentag eine Minute nach Mitternacht eingelassen.

Für das neue, rationalisierte Lucasfilm-Imperium war *Die Rückkehr der Jedi-Ritter* ein Paradebeispiel seiner neuen Technologie. Das Avco in Westwood sowie noch drei weitere Kinos in Amerika hatten 15000 Dollar investiert, um ein neues Soundsystem zu installieren, das von den Lucasfilm-Ingenieuren entwickelt worden war. In einer Geste, die an die Wurzeln seines Erfolges erinnerte, taufte Lucas das ›High-clarity, low-distortion-System‹ THX-Sound. Er hatte eine neue Gesellschaft, Skywalker Sound, gegründet, um es zu vermarkten.

Auch das Merchandising erwies sich als lukrativer denn je. Wenn *Krieg der Sterne* von einer Merchandising-Version von Stephensons *Rocket* (eine historische Dampflok; *Anm. des Lektors*) gezogen worden war, war es jetzt an das Äquivalent einer modernen japanischen Hochgeschwindigkeitslok gekoppelt.

Die Spitze der Bestsellerliste der *New York Times* wurde von nicht weniger als fünf *Jedi*-Büchern beherrscht. Der Kenner-Spielzeugkatalog umfaßte inzwischen vierzig Seiten mit ebenso vielen verschiedenen plüschigen Ewok-Figuren. Die Renner waren 50-Dollar-Modelle von Salacious Crumb und Jabba the Hutt, komplett mit einer Falltür und dem unterirdischen Filmverlies, in das unglückliche Opfer geworfen wurden.

Auch hatte *Star Wars* seinen Einzug in den boomenden neuen Videospielemarkt gehalten. Atari, damaliger Marktführer, verpflichtete sich, in Tausenden von Einkaufszentren, Passagen und Kinos rechtzeitig vor Anlaufen des Films 3000 Dollar teure Spielapparate aufzustellen. Das Spiel, bei dem die Spieler die Rolle von Luke Skywalker beim Angriff auf den Todesstern übernahmen und mit Obi-Wans Stimme belohnt wurden, die ›Vergiß nicht, die Macht wird mit dir sein – immer‹ versprach, war das bislang fortschrittlichste der Gesellschaft.

Zum ersten Mal war der Kampf von den Geschäften ins Herz der Einkaufszentren verlagert worden. Hunderte von amerikanischen Spielhallen waren mit *Jedi*-Abenteuerzentren ausgestattet worden, komplett mit Kopfhörern, über welche Dialoge aus dem Film gehört werden konnten, und Fotokabinen, mit deren Hilfe der

Spieler sein eigenes Bild neben Luke, Leia und die restlichen *Star-Wars*-Helden projizieren konnte. Unnötig zu betonen, daß das Unternehmen die ›größte je dagewesene Film/Einkaufszentrum-Promotion der Geschichte‹ war.

In seinen wenigen Interviews klang Lucas nicht sehr überzeugend bei seinen Dementi, die Filme hätten ihre wahren kommerziellen Farben gezeigt. »Viele Leute behaupten, die Filme wären nur Mittel zum Merchandising-Zweck. ›Lucas will sich nur mit Teddybären eine goldene Nase verdienen?‹«, schnaubte er. »Nun, es ist nicht schwer, sich auf diesem Gebiet eine goldene Nase zu verdienen. Aber wenn ich mich darauf beschränken würde, originelle Artikel zu entwerfen, würde ich mich vermutlich um vieles besser stehen.« Er gab jedoch zu, daß er ohne die gewaltigen Einnahmen aus dem Verkauf der Spielwaren nicht in der Lage gewesen wäre, die ganze Computertechnologie zu entwickeln, die ILM für die Effekte in *Die Rückkehr der Jedi-Ritter* eingesetzt hatte. »Die Leute neigen dazu, Merchandising als etwas Negatives zu sehen. Aber letztendlich kommen dabei viele Dinge heraus, die Spaß machen, und gleichzeitig leistet es einen wichtigen Beitrag zum Erhalt eines Unternehmens und der entsprechenden Arbeitsplätze.«

Am ersten Freitag des Memorial-Day-Wochenendes war bereits klar, daß die Geschichte sich wiederholen würde. Der Rekord vom Mittwoch war zwei Tage alt. Am Freitag spielte *Die Rückkehr der Jedi-Ritter* 6,437 Millionen Dollar ein, am Sonntag waren es 8,44 Millionen. Am darauffolgenden Mittwoch hatte der Film mehr als das Doppelte dessen eingespielt, was *E.T.* in seiner bemerkenswerten Eröffnungswoche erbracht hatte. Selbst die abgebrühtesten Hollywoodler schüttelten den Kopf angesichts der 45,3 Millionen Dollar, die der Film innerhalb von nur einer Woche eingespielt hatte.

Seit *Krieg der Sterne* glich das Anlaufen eines großen Kinofilms eher einer Statistikübung als einer Verkaufsveranstaltung. Die Zahlenjongleure beanspruchten inzwischen ebenso viel Raum wie die Kritiker. Es mag einige innerhalb dieser Bruderschaft gegeben haben, die ihre neue Ohnmacht angesichts der korrekten Prophezeiungen des modernen Kinos beklagten. Aber den meisten Kritikern mißfiel *Die Rückkehr der Jedi-Ritter* aus ganz anderen Gründen.

Der Film schien sich irgendwie im Hyperraum verirrt zu haben. Selbstbeweihräuchernd und humorlos, zu sehr auf verblüffende ILM-Effekte gestützt und zuweilen in seinem geschichtlichen Aufbau unverständlich, war *Die Rückkehr der Jedi-Ritter* für die meisten Kritiker bei weitem die schlechteste Folge der Trilogie. Auch hinterließ die Überausstattung mit Phantasiewesen, die ganz offensichtlich im Hinblick auf das spätere Merchandising entwickelt worden waren, einen schlechten Nachgeschmack. ›Diesmal beherrschen die Spielsachen die Bühne‹, schrieb Peter Rainer im *Los Angeles Herald Examiner*.

›Die Unschuld, die *Krieg der Sterne* zum Kultfilm der Siebziger gemacht hat, ist längst Vergangenheit. Es ist zu seinem eigenen allmächtigen Imperium herangewachsen, das mit seelenloser Effizienz Spaß produziert‹, fügte David Ansen von *Newsweek* hinzu.

Im Vorfeld der Filmpremiere hatte Richard Marquand Feindseligkeit vorausgesehen. »Sie kennen doch den alten Spruch, daß der dritte Soldat, der durch die Lücke schlüpft, erwischt wird«, scherzte er. Die Heckenschützen lagen bereits auf der Lauer. Pauline Kaels Wechsel ins Lager der *Star-Wars*-Anhänger war von kurzer Dauer. Sie warf Marquand vor, ›die Phantasie der Phantasie zu berauben‹.

Die meisten gaben jedoch – korrekterweise – Lucas die Schuld. Einer ging sogar so weit, *Die Rückkehr der Jedi-Ritter* als Lucas' Waterloo zu bezeichnen.

Und doch hatten die beißenden Kommentare der Kritiker keine Auswirkungen. Ende des Sommers 1983 war *Die Rückkehr der Jedi-Ritter* der dritte *Star-Wars*-Film, der sämtliche Konkurrenten überrundet hatte. Als die letzte Eintrittskarte verkauft war, hatten die Amerikaner 232 Millionen Dollar gezahlt, um das Ende der Trilogie zu sehen. Der ausländische Markt brachte noch einmal etwa die Hälfte zusätzlich ein. *Die Rückkehr der Jedi-Ritter* nahm hinter *Krieg der Sterne* und *E.T.* seinen Platz unter den drei erfolgreichsten Filmen aller Zeiten ein.

Es war Pauline Kael, die die Kluft, die das ›ernste‹ Kino von der Welt Lucas' und seines Freundes Spielberg trennte, am treffendsten beschrieb. »Es ist eine der am wenigsten amüsanten Ironien der Filmgeschichte, daß in den Siebzigern, als die ›persönlichen‹ Filmemacher endlich auf Akzeptanz zu stoßen schienen, der überlegte, stille George Lucas sein absonderlich-mechanisches *Star Wars* herausbrachte – einen Film, der so erfolgreich war, daß er die ganze Filmindustrie umkrempelte und auf einen rückschrittlichen Kurs schickte, auf dem sie sich heute mit den Videospieleherstellern verbündet«, verzweifelte sie.

Für Albert Szabo und die Männer an vorderster Front war Lucas jedoch schlicht der Retter der Industrie. »Er ist aus demselben Holz geschnitzt wie Louis B. Mayer, Jack Warner, Adolph Zukor und Darryl F. Zanuck«, sagte der größte Kinoboß von ganz Los Angeles. »Niemand schreibt George Lucas vor, was er zu tun hat oder wie er es zu tun hat. Er ist die Verkörperung Amerikas – und wir verdanken ihm bessere Unterhaltung.«

Etwa eine Woche nach Anlaufen von *Die Rückkehr der Jedi-Ritter* wurde bei Lucasfilm in San Rafael eine Mitarbeiterversammlung einberufen. Die Zeitungen, die auf den Schreibtischen lagen, verkündeten die letzten rekordbrechenden Einspielsummen. In den Büros herrschte immer noch eine euphorische Atmosphäre.

Als ein blasser George Lucas jedoch das Wort an sie richtete, schlug die Stimmung sofort um.

Mit brüchiger Stimme erklärte Lucas seinen loyalen Mitarbeitern, daß er und Marcia nach vierzehnjähriger Ehe die Scheidung einreichen würden. Während seiner kurzen Ansprache hielten er und Marcia sich bei der

Hand, und sie waren nicht die einzigen, denen Tränen über die Wangen liefen.

Freunde waren schockiert von der Neuigkeit. Es hatte keine Anzeichen für Probleme innerhalb der scheinbar harmonischen Ehe gegeben. Tatsächlich hatte Lucas in seinen Interviews vor Anlaufen von *Die Rückkehr der Jedi-Ritter* kaum von etwas anderem gesprochen als davon, daß er seine Zeit künftig Marcia und Amanda widmen wolle.

Zuerst schien es keinen Sinn zu machen. Als Freunde wie Howard Kazanjian, der zusammen mit seiner Frau schon in den Sechzigern mit Lucas und Marcia, damals noch Marcia Griffin, ausgegangen war, jedoch in Ruhe darüber nachdachten, verfluchten sie sich dafür, daß sie es nicht früher hatten kommen sehen.

Beim Ende von *Die Rückkehr der Jedi-Ritter* hatte Kazanjian ganz selbstverständlich angenommen, daß Marcia beim Schneiden des Films helfen würde.

Da ihr Name nicht gefallen war, hatte er Lucas schließlich darauf angesprochen. »George sagte: ›Das wirst du sie selbst fragen müssen‹«, erinnerte er sich. (Marcia half bei der Überarbeitung des Films, aber – und das war vielleicht bezeichnend – die emotionale Glaubwürdigkeit, die sie den Filmen ihres Mannes immer verliehen hatte – ›Herz und Schmerz‹, wie er es nannte – fehlte.)

Bei vorangegangenen Filmen hatten Kazanjian, Marcia und Lucas durchschnittlich dreimal in der Woche gemeinsam zu Abend gegessen. Was das Jahr der Entstehung von *Die Rückkehr der Jedi-Ritter* betraf, konnte er sich kaum an einen einzigen gemeinsamen Abend erinnern. »Ich glaube, wir waren einmal zusammen essen«, erinnerte er sich. »George fuhr nach Hause, und Marcia blieb im Schneideraum.« Kazanjian war in Japan, um das dortige Anlaufen des Films zu überwachen, als er von der Neuigkeit erfuhr. »Mir sank das Herz in die Hose. Ich setzte mich und hätte beinahe geweint. Und dann sagte ich mir: ›Junge, Howard, bist du blind?‹ Alle fragten: ›Wußtest du denn nichts davon, Howard?‹ Es gab so viele Hinweise und Zeichen. Aber ich wußte es nicht. Man könnte mich einen Idioten schelten, aber es hatte nicht ›Klick‹ gemacht, weil ich die beiden für das ideale Paar hielt.«

Andere hatten die Anzeichen für die Spannungen innerhalb der Ehe schon Jahre zuvor wahrgenommen. Georges Unfähigkeit, abzuschalten, hatte Marcia schon immer geärgert.

»George nahm berufliche Probleme mit ins Bett, und sie sagte, daß dies viele neue Probleme geschaffen hätte«, sagte Charlie Lippincott, der Marcia 1976 für ein Buch über die Entstehung von *Krieg der Sterne* umfassend interviewt hatte. »Damals bei der Entstehung von *Star Wars* schwor sie, nie wieder einen von Georges Filmen zu schneiden«, fügte er hinzu. »Sie glaubte, daß wenn sie jemals wieder mit ihm zusammenarbeiten mußte, dies das Ende ihrer Ehe sein würde.«

Lucas hatte das Problem im Vorfeld der *Jedi*-Premiere erkannt. »Es ist sehr hart gewesen für Marcia, mit jemandem zusammenleben, der ständig nur von Sorgen geplagt wird, angespannt und nervös ist und in Gedanken immer woanders«, gestand er. Die Tragödie war nur, daß seine Erkenntnis zu spät kam.

Während die komplizierte Scheidung in die Wege geleitet wurde, sickerten weitere Einzelheiten durch. Schließlich kam heraus, daß Marcia sich mit einem anderen Mann eingelassen hatte, Tom Rodriguez, einem Angestellten der Skywalker Ranch, den sie später auch heiratete.

Für Lucas war der Verlust beinahe mehr, als er verkraften konnte. Nachdem er seine ganze Kraft darauf verwandt hatte, *Star Wars* zu einem Erfolg zu machen und die Skywalker Ranch aufzubauen, hatte er den einzigen Menschen verloren, mit dem er das alles hatte teilen wollen. Zuerst reagierte er, indem er sich änderte. Plötzlich trug er anstelle der karierten Hemden, Jeans und Turnschuhe elegante Hosen und Designerhemden.

Freunde hatten oft gehört, wie Marcia darüber lachte, daß George nie etwas anderes trug als dieselbe unmo-

derne Brille, Hemd, Jeans und Tennisschuhe und seine
Vorstellung eines perfekten Abends darin bestand, sich
im Bett die Fernsehnachrichten anzusehen. (Als er
Mark Hamill einmal zum Essen einlud, saßen die beiden im örtlichen *Taco Bell.* »Ich hätte wissen müssen,
daß George nicht in ein Restaurant gehen würde, in
dem es Tischtücher und Ober gab«, sagte Hamill.)

»George hatte nie Lust, irgend etwas zu unternehmen«, erzählte ein Freund der beiden. »Marcia war gern
unter Menschen, ging gerne aus, liebte Partys, Opern,
Skilaufen, Hawaii. Sie waren so grundlegend verschieden, daß es einfach nicht gutgehen konnte.«

»Nachdem er sie verloren hatte, trug George Kontakt-
linsen, lernte Gitarrespielen, ging zum Autorennen und
in die Oper«, berichtete ein weiterer Freund der Familie. Sofern dies eine Nachricht an Marcia war, stieß sie
auf taube Ohren.

Kurz darauf ließ Lucas sich auf eine kurzlebige
Romanze mit der Sängerin Linda Ronstadt ein, eine
Affäre, bei der es sich ganz offensichtlich nur um einen
Versuch handelte, über den Verlust hinwegzukommen.
Ronstadt hatte sich nach kurzen, aufsehenerregenden
Liaisons mit dem kalifornischen Gouverneur Jerry
Brown, *Rolling-Stone*-Reporter Pete Hamill, Songschrei-
ber J. D. Souther und dem aufsteigenden jungen Komi-
ker Jim Carrey den Ruf eines männermordenden Wei-
bes erworben. Eine denkbar unpassende Partnerin für
Lucas.

Die Scheidung kostete Lucas den Großteil seines 50-
Millionen-Dollar-Vermögens. Er zahlte Marcia lieber
aus, als die Skywalker Ranch zu verlieren, die inzwischen das einzige war, das ihm noch etwas bedeutete.
Es dauerte vier Jahre, ehe Lucas öffentlich zugab, wie
sehr ihm die Trennung zugesetzt hatte. Inzwischen
hatte er eine zweite Tochter adoptiert, die zweite von
insgesamt dreien, die die Leere ausfüllen sollten, die
Marcia zurückgelassen hatte.

Er zögerte nicht, den Erfolg von *Star Wars* für seine
privaten Probleme verantwortlich zu machen. »Es ist

sehr schwer, mit einem solchen Riesenerfolg umzugehen – er wirkt sich sehr negativ auf das Privatleben aus«, erzählte er dem angesehenen *New-York-Times*-Autor Aljean Harmetz. »Es hat acht Jahre, viel kreative Energie und emotionalen Streß gekostet, die Filme zu drehen. Dann die Scheidung. Eine Scheidung ist ebenfalls finanziell und emotional schwer zu verkraften.«

Lucas gestand Harmetz, daß er jetzt erst beginne, ein ›sieben Jahre während Tief‹ zu überwinden.

Wenn es eine gemeinsame Kraft gab im Leben der beiden Männer, die *Star Wars* zum Leben erweckt hatten, schien sie in den Jahren nach Abschluß der Leinwand-Saga sehr dunkle und zerstörerische Züge anzunehmen. Während Lucas den Scherbenhaufen seines Lebens einsammelte, durchlebte Gary Kurtz eine noch schmerzlichere Folge von Ereignissen. 1983 ließen auch er und seine Frau Meredith sich scheiden, und diese Scheidung verlief weniger gütlich als bei den Lucas.

Kurtz hatte Kinetographics kurz nach Beendigung von *Der Dunkle Kristall* 1982 aufgegeben. Während *Der Dunkle Kristall* bei den Kritikern gut angekommen war, war er finanziell eine Enttäuschung gewesen. Als Kurtz 1985 in die schwache Fortsetzung von *Das zauberhafte Land* investierte, *Rückkehr nach Oz*, eine Produktion, bei der Walter Murch sein Regiedebüt gab, geriet er ernsthaft in finanzielle Schwierigkeiten.

Im Juli 1986 war Kurtz, ein stolzer und zurückhaltender Mann, der in Interviews immer zum Ausdruck gebracht hatte, daß er nicht gern über Geld rede, gezwungen, vor einem Londoner Konkursgericht seine Situation offenzulegen. Als Produzent von *Krieg der Sterne* und *Das Imperium schlägt zurück* hatte er 10 Millionen Dollar eingenommen, wie er dem Gericht eröffnete. An diesem Tag konnte er jedoch nur noch ganze 150 Dollar sein eigen nennen.

Die Kette von Ereignissen, die zu seinem Bankrott führten, erschienen nahezu unglaublich. Nachdem er die Scheidung eingereicht hatte, war Kurtz gezwungen gewesen, Schulden in Höhe von 5 Millionen Dollar zurückzuzahlen, die das Verlagshaus, das seine Frau in Kalifornien gegründet hatte, angehäuft hatte. Darüber hinaus stand er, nachdem seine beiden Filme gefloppt waren, bei der Chemical Bank of New York mit 3 Millionen Dollar in der Kreide. Kurtz hatte gehofft, mit dem Verkauf seiner Immobilien in Sausalito bei San Francisco, in Los Angeles, Sacramento, British Columbia und Buckinghamshire eine Summe zu erzielen, die ausreichte, die Bank und seine Frau auszuzahlen. Da sich der Verkauf jedoch hinzog, hatten die horrenden Zinsen seinen finanziellen Ruin herbeigeführt.

Kurtz teilte dem Gericht mit, daß jeder Cent der 1,7 Millionen Dollar, die ihm noch an anteiligen *Star-Wars*-Gewinnen zustanden, direkt an die Chemical Bank fließen würden. »Meine Ex-Frau kontrolliert meine ganze persönliche Habe in Amerika«, sagte er resigniert.

Nach dieser Katastrophe war Kurtz, damals fünfundvierzig, verständlicherweise desillusioniert. Kurze Zeit später kehrte der Produzent der Filmindustrie endgültig den Rücken, heiratete wieder und bezog ein neues Heim in der hügeligen Landschaft des Wye Valley an der walisischen Grenze. »Ich hatte eine Weile die Nase voll und zog mich aus dem Geschäft zurück. Ich hatte nicht mehr das geringste mit dem Filmbusineß zu tun«, sagte er.

Heute ist er glücklich, daß in seinem Leben andere Dinge wichtiger sind als Kinoeinnahmen. Plötzlich klang er ähnlich wie George Lucas. »Für mich ging es nur noch darum, ob der Tag auch lang genug war, all das zu erledigen, was ich mir vorgenommen hatte. Und es hat selten funktioniert«, sagte er. »Es ist sehr schwer, dabei ein halbwegs normales Leben zu führen.«

Heute arbeitet er an einer Zeichentrickserie für BBC und ist damit zufrieden, die Welt des Filmemachens aus der Ferne zu beobachten. Nach Jahren der Entfremdung haben er und Lucas ihre Freundschaft wiederaufgenommen.

Indem sie das erfolgreichste Beispiel von Massen-

Mythologie geschaffen hatten, waren er und Lucas in die Fußstapfen der alten Geschichtenerzähler getreten. »Es gibt keinen Grund, weshalb die *Star-Wars-*Geschichte nicht als griechische Legende, als amerikanischer Western oder als Liebesgeschichte im Ersten Weltkrieg hätte erzählt werden können. Die Story hätte wunderbar zu all diesen Genres gepaßt«, sagte er. »Ich glaube, das ist auch der Grund, weshalb sie einen so starken Einfluß auf das Leben vieler Menschen hatte.«

Wenn auch sein eigenes Leben die Form einer griechischen Tragödie angenommen hat, ist Gary Kurtz heute in der Lage, dem mit einem philosophischen Lächeln zu begegnen. »Wenn man einfach nur viel Geld machen will, kann man das leichter erreichen als mit Filmemachen«, sagt er.

NACHWORT

Am Ufer eines schilfbewachsenen Baches gelegen, ist das villenartige Gebäude, das als Main House bezeichnet wird, das Kernstück der Skywalker Ranch. Mit seiner breiten, geschwungenen Treppe, der viktorianischen Bibliothek, den erlesenen Antiquitäten und Tiffany-Lüstern steht es dem extravagantesten Herrenhaus in nichts nach. Dort hätte Charles Foster Kane gelebt, wenn er Scarlett O'Hara geheiratet hätte. Als der Schauspieler Robin Williams das Haus das erste Mal sah, rief er aus: »Tara, ich bin heimgekehrt.«

Im Sommer 1995 war der Anblick des Mannes, dessen Millionen den Prachtbau erbaut und eingerichtet hatten, dort ebenso selten wie die Sammlung von Norman-Rockwell-Originalen an den Wänden. Gewöhnlich war er nur einmal wöchentlich dort anzutreffen, und zwar freitags.

Den letzten Tag der Arbeitswoche widmete er den Feinheiten seines Geschäftslebens. Den Tag über beantwortete er seine Post, nahm an Vorstandssitzungen teil, sprach mit Anwälten und informierte sich über die Neuigkeiten innerhalb seines ausgedehnten Imperiums.

Den Rest der Woche behielt er weitgehend seinen drei Adoptivtöchtern vor. George Lucas hatte endlich die Kontrolle über das Leben, das er verloren hatte, wiedererlangt. Oder zumindest hatte es den Anschein.

In den Jahren nach Beendigung der *Star-Wars*-Saga war Lucas zu einem der unergründlichsten Mysterien in der Welt der Unterhaltung geworden. Wenn er auch nicht der Howard Hughes des modernen Hollywood war, war er erst recht nicht sein Donald Trump. Seine öffentlichen Auftritte waren selten und seine öffentlichen Äußerungen noch spärlicher. Er bekundete immer noch Verachtung und Desinteresse für Hollywood – und war unverändert alttestamentarisch nachtragend. Sogar seine Erhebung in den Rang von Hitchcock und Zanuck, De Mille und seinem Vorbild Disney bei der Verleihung des Irving-Thalberg-Ehrenpreises anläßlich der Oscarverleihung 1991 vermochte die Wunden der Vergangenheit nicht zu heilen. Er trat auch hinterher nicht wieder in die Academy, die Director's Guild oder irgendeine andere Enklave des Establishments ein.

Die Vorzüge seiner neuen, mäßigeren Lebensweise waren nicht zu übersehen. Abgesehen von einigen grauen Strähnen in Bart und Haupthaar sah er im Alter von einundfünfzig Jahren schlank und fit aus. Seine Züge strahlten immer noch einen Hauch von Jugendlichkeit aus, ebenso wie seine Kleidung – Jeans und karierte Hemden sahen ebenso verschlissen aus wie seine Nike-Sportschuhe. Und doch stand zwölf Jahre nachdem er die *Star-Wars*-Saga abgeschlossen hatte, in dem Imperium, das Lucas über ein Jahrzehnt hinweg errichtet hatte, bei weitem nicht alles zum Besten. Als Ausführender Produzent war sein Name mit vier Flops assoziiert worden. Wenn *Tucker – Ein Mann und seine Geschichte* aus dem Jahre 1988 – die wahre Geschichte des Automobil-Designers Preston Tucker – zumindest seine Beziehung zu Francis Coppola gekittet hatte, gab es zu dem 35-Millionen-Dollar-Desaster *Howard – Ein tierischer Held*, das 1986 zum Gespött wurde, nichts Positives zu sagen. *Willow*, ein Fantasy-Film, bei dem Ron Howard 1988 Regie geführt hatte, und *Radioland Murders – Wahnsinn auf Sendung* sechs Jahre später unter der Regie von Mel Smith produziert, waren ebenfalls gefloppt. Nur die Indiana-Jones-Filme waren Riesenerfolge gewesen. Anders als bei *Krieg der Sterne* war bei den Folgen der zweiten großen Trilogie in Lucas' kinematographischer Karriere eine deutliche Steigerung zu verzeichnen. 1989 hatten Spielberg, Harrison Ford – und Sean Connery als der umwerfende Vater des Archäologen – mit *Indiana Jones und der letzte Kreuzzug* Filmgeschichte geschrieben.

Unter dem Strich war Lucas jedoch mit einer später herausgebrachten Fernsehserie schlecht gefahren. 1993 waren *Die Abenteuer des jungen Indiana Jones*, die auf der

Teenagerfigur basierten, die River Phoenix in *Indiana Jones und der letzte Kreuzzug* gespielt hatte, vom Fernsehsender ABC nach achtundzwanzig von insgesamt zweiunddreißig Folgen abgesetzt worden.

Noch besorgniserregender waren die Gewitterwolken, die sich nun am nordkalifornischen Himmel seiner Geschäftsinteressen zusammenzogen. Seine Pläne für die Skywalker Ranch hatten in seinem Abschnitt des Marin County Zorn und Groll nach sich gezogen. 1985 besaß er 19,2 Quadratkilometer Land im Lucas Valley. Seine Pläne, ILM und seine 200 Mitarbeiter in einem neuen 100000 Quadratmeter umfassenden Gebäude auf dem Ranchgelände unterzubringen, war Gegenstand der kontroversesten öffentlichen Debatte, die die Gegend je erlebt hatte. In Cartoons der örtlichen Zeitung wurde er als ›Lord Lucas‹ verspottet, einem Darth Vader ähnlichen Schurken, der in einem unheilvollen Raumschiff über der unberührten Landschaft schwebte. Der Zorn der Ortsansässigen wurde noch zusätzlich angefacht, als herauskam, daß er über seinen Buchhalter als Strohmann noch mehr Land erworben hatte. »Lucas hat sich hinter unserem Rücken hier eingeschlichen«, protestierte die örtliche Hausbesitzervereinigung. »Glauben Sie, das County würde Standard Oil so verfahren lassen?« Aufgrund seiner ungeschickten Handhabung der Situation mußten seine beiden größten Gesellschaften ILM und Skywalker Sound in San Rafael bleiben.

Fast ein ganzes Jahrzehnt nach *Die Rückkehr der Jedi-Ritter* blieben beide Gesellschaften die technologischen Vorreiter des Unternehmens. Oscars schmückten jeden Winkel des futuristischen ILM-Komplexes, Auszeichnungen für die bahnbrechenden Effekte in Filmen von *E.T.* und *Jurassic Park* bis hin zu Jim Carreys *Die Maske* und Tom Hanks' *Forrest Gump*. ILM wurde routinemäßig als ›Hollywoods Geheimwaffe‹ bezeichnet und bildete das Kernstück jener Art von multimedialem Konzern, der zu werden sich alle alten Riesen Hollywoods erträumten. Allerdings war der Vorsprung, den sich ILM dank der Profite aus *Star Wars* in den achtziger Jahren hatte verschaffen können, in den Neunzigern von neuen Konglomeraten aufgeholt worden. Einst hatte sogar das Pentagon ILM um seine Silicon Graphics Superrechner beneidet, aber als Computergesellschaften wie Bill Gates' *Microsoft* innerhalb Hollywoods neue Bündnisse schlossen, begann die Konkurrenz aufzuholen – und das rasant.

1994 mußte Lucas die Büros von Skywalker Sound in Los Angeles schließen und seine kostspieligen Experimente bei einer Gesellschaft, die ›das neue Medium‹ erforschte, zurückfahren. Gleichzeitig verlor er mehrere seiner begabtesten Mitarbeiter – einige an Konkurrenten, andere begleitet von Gerüchten über ernsthafte Streitigkeiten innerhalb seines Imperiums.

Nach außen hin ließen sich die Rückschläge kaum als Krise bezeichnen. Lucas wurde routinemäßig in der Liste der Mächtigsten der Filmbranche und der reichsten Männer Amerikas aufgeführt. Aber wie der Zauberer von Oz wußte auch er, daß der Schein trügen konnte.

Und so kam es, daß Lucas am letzten Freitag jenes Jahres die Wendeltreppe zu seinem Büro im ersten Stock des Main House hinaufstieg, um mit einem seltenen Besucher aus Hollywood zu sprechen, Rex Weiner, einem Reporter einer der beiden Tagesbibeln des Showbuis, *Variety*. Weiner hatte sich nicht zweimal bitten lassen, um an diesem Morgen von Los Angeles rüberzufliegen. Er mochte seinen Interviewpartner seit einem Jahrzehnt nicht gesehen haben, vergessen worden war er deswegen noch lange nicht.

Als Lucas in einem Sessel Platz nahm und mit seinem ersten umfassenden Interview seit Jahren begann, redete er nicht lange um den heißen Brei herum. Der Reporter vergeudete ebenfalls keine Zeit, die Story seinem Büro zukommen zu lassen. Am Montagmorgen prangte auf *Varietys* Titelblatt die Schlagzeile: EINZELGÄNGER LUCAS KEHRT ZU STAR WARS ZURÜCK.

Gerüchte über drei weitere *Star-Wars*-Filme waren

mit eintöniger Regelmäßigkeit immer wieder aufgekommen und wieder verstummt. Diesmal stammte die Information jedoch von Lucas selbst. Lucas enthüllte, daß er bereits begonnen hatte, drei weitere Abenteuer zu schreiben, die, wie er immer angedeutet hatte, in der Zeit vor der *Star-Wars*-Trilogie angesiedelt waren und sich auf die Beziehung zwischen dem jungen Obi-Wan Kenobi und Anakin Skywalker vor seiner Verwandlung in Darth Vader konzentrierten. Zur allgemeinen Verblüffung hatte er jedoch außerdem erklärt, wieder selbst Regie führen zu wollen. Sein Name würde im Nachspann des ersten Filmes der neuen Trilogie stehen.

In den ersten Jahren nach *Die Rückkehr der Jedi-Ritter* hatte Lucas Wort gehalten und *Star Wars* unter Verschluß gehalten. Der Rest seiner epischen Geschichte hatte unangetastet in den fünf Ordnern geruht, die er in seinem Schreibzimmer, dem ›Baumhaus‹, das er zusammen mit Marcia in einem Nebengebäude von Parkhouse eingerichtet hatte, aufbewahrte. Jetzt eröffnete er dem Reporter von *Variety*, daß er immer beabsichtigt hatte, die Saga wiederaufzunehmen, sobald die notwendige Technologie verfügbar war.

ILMs Leistungen bei *Jurassic Park*, Spielbergs verblüffender Adaptation von Michael Crichtons Roman über Dinosaurier, die mit Hilfe alten Erbgutes gezüchtet wurden, hätten ihn davon überzeugt, daß der Augenblick gekommen sei, sagte er. Der atemberaubende computeranimierte T-Rex war in der ersten Hälfte der 90er Jahre das gewesen, was seine gigantischen Weltraumgleiter in der zweiten Hälfte der 70er Jahre gewesen waren. *Jurassic Park* hatte viele der Rekorde gebrochen, die *Krieg der Sterne* siebzehn Jahre zuvor aufgestellt hatte.

»Daß man eine realistische, absolut glaubwürdige Figur erschaffen und nach Wunsch agieren lassen kann, war der große Durchbruch«, sagte Lucas *Variety*. Jetzt, da diese Technologie verfügbar war, war er in der Lage, ›interessantere‹ *Star-Wars*-Geschichten zu realisieren. Vor allem aber würde er dies zu, wie er es formulierte,

›annehmbaren Kosten‹ tun können. Lucas schätzte, daß jeder seiner neuen Filme zwischen 60 und 70 Millionen Dollar kosten würde – beim Stand der Preise 1995 eine durchaus realistische Kalkulation.

Die Neuigkeit sorgte in Hollywood für einigen Aufruhr. Für manche lautete die Kernfrage: Warum brauchte Lucas das Geld? Um seine verschiedenen Gesellschaften zu sanieren? Hatten die Jahre in der Mitte seines Lebens ihn frustriert? Oder erfüllte er nur sein Schicksal, indem er die neun *Star-Wars*-Geschichten produzierte, die er einst angekündigt hatte?

Für die Macher Hollywoods verblaßten diese Fragen jedoch bald angesichts des einen feststehenden Fakts. Es stand nämlich schon bald fest, daß Lucas gedachte, die Rechte am Vertrieb der Filme zu verkaufen. Sehr zum Ärger seiner neuen Eigentümer hatte Fox die Rechte an *Krieg der Sterne* Mitte der 80er Jahre verloren, als Rupert Murdoch das Studio von dem texanischen Ölmilliardär Marvin Davis erworben hatte. Lucas hatte in seinem Vertrag mit Fox eine Klausel eingebracht, die ihn von den alten Bindungen an das Studio befreite, wenn dieses in den Besitz eines neuen Alleinherrschers überging.

Der Kontrast zu der Situation, die sich ihm über zwanzig Jahre zuvor gestellt hatte, hätte nicht krasser sein können. Von Disney bis Universal, von Fox bis SKG DreamWorks, einer neuen Firma, die Steven Spielberg gemeinsam mit David Geffen und Jeffrey Katzenberg gegründet hatte, wurde er mit Angeboten aus ganze Hollywood überhäuft. Wie sein Macher mochte *Star Wars* lange im verborgenen geblieben sein, aber sein triumphaler Siegeszug war allen noch sehr gegenwärtig.

Bei seinen seltenen öffentlichen Äußerungen nach *Die Rückkehr der Jedi-Ritter* hatte Lucas geleugnet, daß seine Filme die Ära mehr als nur oberflächlich geprägt hätten. »Die Filme haben einer bestimmten Anzahl von Menschen zu einem bestimmten Zeitpunkt ein bestimmtes Maß an Spaß verschafft«, sagte er. »In tausend, in zehntausend Jahren wird es nur noch eine lächerliche kleine Fußnote in der Popkultur der 70er und 80er Jahre sein.«

Es bedurfte jedoch nur eines flüchtigen Blicks auf das Geschäft des modernen Filmemachens, um die Bemerkung als übertriebene Bescheidenheit zu entlarven. Weit davon entfernt, nur eine Fußnote in der Geschichte zu sein, war *Star Wars* in vieler Hinsicht die bedeutendste Geschichte seiner Ära gewesen. Sein Erbe prägte noch die Unterhaltungsindustrie der 90er Jahre. 1977 waren Kopplungsgeschäfte im Bereich Merchandising noch halbherzige Ehen. Inzwischen konnte das Mainstream-Hollywood mit Baseballmützen und Computerspielen und der Lizenzierung beispielsweise von Hamburger-Menüs das Dreifache dessen verdienen, was ein Film an den Kinokassen einspielte. 1977 gab es praktisch keine Filme mit nennenswerten Spezialeffekten. Zwei Jahrzehnte später kam es nur selten vor, daß unter den Top-Kinofilmen nicht mindestens ein geniales Machwerk rangierte, das seine Existenz Computereffekten verdankte. (Die meisten von ihnen entstanden dank der Genialität der ILM-Tricks.) Der Sommer 1977 war eine Zeit der Kinoschläfer, zwei Monate, um die Sitze für den Winter warm zu halten. 1995 konzentrierte jedes Studio sein größtes Geschütz auf die letzte Maiwoche und den Memorial Day. »George Lucas hat den Sommer erfolgreich um zwei Wochen vorverlegt, von Mitte Juni auf Ende Mai«, sagte Tom Sherak, Direktor der Filmabteilung bei 20th Century Fox. »Der Mittwoch vor dem Memorial Day wird ›George Lucas Day‹ genannt.« Aber am wichtigsten von allem war wohl, daß eine neue Generation zur Freude eines Abends – oder Tages – im Kino bekehrt worden war. Während sie Darth Vader ausgebuht und Luke Skywalker angefeuert hatten, hatten sie zwar nicht an einer heiligen Messe teilgenommen, aber wenigstens kehrten viele Zuschauer allwöchentlich mit der Regelmäßigkeit von Kirchgängern zurück. Mehr als jeder andere Film hatte *Star Wars* den Weg geebnet für die ›Mehrfach‹-Generation.

Der Run auf die Tore der Skywalker Ranch begann, kaum daß das Interview in der Presse erschienen war. Fox verlor keine Zeit, sein Interesse an den Folgen zu bekunden, die bald als ›Vorsetzungen‹ bezeichnet werden sollten. Früher einmal hatte Lucas geschworen, daß er nie erlauben würde, daß *Star Wars* auf Video erschien. Da er jedoch fürchtete, sein Imperium würde das Geld noch dringend brauchen, akzeptierte er bald Fox' Angebot, die Trilogie als neues Set in einer Box herauszubringen. Jene, die an *Star Wars'* dauerhaftem Erfolg gezweifelt hatten, wurden eines Besseren belehrt, als das Set sich in Amerika allein in den ersten sechs Monaten des Jahres 1995 22 Millionen Male verkaufte.

Es dauerte nicht lange, und Fox hatte Lucas davon überzeugt, die Trilogie anläßlich des zwanzigsten Jubiläums der Premiere in 1977 erneut in die Kinos zu bringen. Als die Werbetrailer Ende 1996 in den amerikanischen Kinos anliefen, hatte ILM den Originalfilmen je drei bis fünf Minuten digital erstellten Filmmaterials hinzufügen können.

Die Hoffnungen, die Fox in die Spezialausgaben gesetzt hatte, wurden nicht enttäuscht, trotz des Erfolges von *Independence Day*, dem 400-Millionen-Spektakel über eine Invasion aus dem Weltraum und Renner des Sommers. »Es gibt keinen besseren Zeitpunkt als jetzt«, sagte Tom Sherak, als hiernach eine neue Science-Fiction-Welle anrollte. »*Star Wars* ist die Mutter aller Science-Fiction-Filme.«

Und doch war im Sommer 1996 noch niemand einen Schritt weitergekommen in seinen Bemühungen um die Rechte an den neuen Filmen – tatsächlich war es noch nicht einmal gelungen, Lucas zu Gesprächen zu bewegen. Sheraks Worte waren nur halb scherzhaft gemeint, als er im August sagte: »Wenn Lucas herkommt, lassen wir ihn nicht mehr aus dem Zimmer.«

Während die Gerüchte, Lucas würde anderweitig abschließen, Hollywood zunehmend nervös machte, schürten sie die freudige Erwartung der Fans. Nur wenige zeigten sich überrascht, als Lucasfilm erklärte, die Firma hätte sich mit einem Gastronomiebetrieb zusammengetan. Immerhin – war *Star Wars* einerseits die Mutter aller Science-Fiction-Filme, war es andererseits der Vater des modernen Merchandising-Megadeals. Und doch konnte niemand das Ausmaß der Partnerschaft fassen, als diese im Mai des Jahres bekannt wurde.

McDonald's, Coca Cola und Pepsi hatten ganz vorn in der Schlange der multinationalen Konzerne gestanden, die um die Rechte buhlten, mit den neuen Filmen für ihre Unternehmen werben zu dürfen. Pepsi mit seinen Restaurantketten Taco Bell, Pizza Hut und Kentucky Fried Chicken machte das Rennen und zahlte unglaubliche 2 Milliarden Dollar, um seine Produkte die nächsten fünf Jahre mit den *Star-Wars*-Charakteren versehen zu dürfen. *Variety* äußerte sich wie folgt zu diesem Deal: ›Das größte und weitreichendste Kopplungsgeschäft, das es je in der Unterhaltungsindustrie gegeben hat.‹ Zwanzig Jahre nachdem es die Rekordbücher neu geschrieben hatte, schien es, als wäre *Star Wars* nie weg gewesen. Sofern der Eindruck entstand, die Welt wäre aus den Fugen geraten, wurde dieser in den ersten Monaten der Filmplanung noch verstärkt.

Im Herbst wurde bekanntgegeben, daß mit der Vorarbeit zu den ›Vorsetzungen‹ begonnen worden sei, wieder in einem Londoner Vorort anstatt in Hollywood. Das neue Millenium Studio, in einer ehemaligen Rolls-Royce-Fabrik in Leavesden in Hertforshire untergebracht, hatte Elstree, Shepperton und Pinewood überrundet bei einem Anschluß, der auf 1 Milliarde Dollar geschätzt wurde. Natürlich war dies bei weitem die höchste Summe in der britischen Filmgeschichte.

Gleichzeitig wurde auch Tunesien auf eine weitere Invasion vorbereitet. Da ein Großteil der Geschichte dazu prädestiniert war, in Tatooine zu spielen, wurde erneut das einzigartige Angebot des Landes an architektonischen Besonderheiten in Augenschein genommen. Ein Netzwerk wabenartiger Ksars – befestigte Kornspeicher –, von den Berbern auf Djerba errichtet, sowie eine verfallene Festung hoch oben auf den Klippen an der Grenze zu Libyen gehörten zu den potentiellen Locations, die Lucas' neuer Produzent Rick McCallum auflistete.

McCallum hatte bei den Dreharbeiten zur Fernsehserie *Die Abenteuer des jungen Indiana Jones* Lucas' Aufmerksamkeit erregt. Während er ein neues Team zusammenstellte, innerhalb dessen Produktionsdesigner Gavin Bocquet und Supervisor David Brown in John Barrys und Robert Watts Fußstapfen traten, sah McCallum sich durch mangelnde Kontinuität behindert. Viele der Schauplätze vor allem aus dem ersten Film sollten in den ›Vorsetzungen‹ wieder auftauchen. Da niemand mehr verfügbar war, der der Expedition 1976 angehört hatte, mußte McCallum sich an einen besonders fanatischen *Star-Wars*-Anhänger wenden, um die Originalschauplätze der Mos-Eisley-Cantina und von Obi-Wans Heim auf Djerba wiederzufinden.

Auch *Star Wars'* alte Praxis absoluter Geheimhaltung wurde wiedereingeführt. Die Sicherheitssysteme bei ILM und in Leavesden wurden verschärft und das Set durch einen militärisch anmutenden Checkpoint und Stacheldraht gesichert. Leavesden war für die Rückkehr von James Bond im erfolgreichen *Goldeneye* 1995 in ein Studio umgewandelt worden. Sogar 007 wäre es schwergefallen, die Sicherheitsvorkehrungen zu durchbrechen, die Casting und Skript umgaben.

Von der ursprünglichen Besetzung kamen offenbar nur Kenny Baker und Anthony Daniels für die neuen Folgen in Frage. Lucas hatte schon immer die alterslosen Droiden R2-D2 und C-3PO als Konstanten innerhalb der Wirren seiner ein Jahrhundert währenden Saga betrachtet. Die Verbindung zwischen Daniels und Lucas war immer noch sehr stark. Einstmals der widerspenstigste unter den Schauspielern, war er inzwischen Lucas' ›Goldjunge‹, lieh seine Stimme dem Roboter in einem Radiohörspiel zur Saga und schrieb eine Kolumne für sein brancheninternes Magazin.

Von den beiden Briten abgesehen, mußte Lucas sich

jedoch nach neuen Stars umsehen, um sein Universum zu bevölkern. Casting-Direktor Robin Gurland hatte sich auf sehr junge Schauspieler konzentriert für die Rollen der jungen Anakin Skywalker und Obi-Wan Kenobi sowie einer jungen Königin, Leias und Lukes mutmaßlicher Mutter.

Ironischerweise wurde ausgerechnet die Rolle des Obi-Wan Kenobi als einzige mit einem etablierten Namen in Verbindung gebracht. Ein ebenso hartnäckiges wie erstaunliches Gerücht, demzufolge Kenneth Branagh für den Part unter Vertrag genommen worden wäre, hielt sich auch nachdem Lucasfilm offiziell dementiert hatte. Die Wahl machte zumindest von Lucas' Warte aus Sinn. Wer sollte besser geeignet sein, der nächsten Trilogie etwas von Guinness' Tiefe zu verleihen, als der talentierteste Shakespeare-Bühnendarsteller seiner Generation?

Als der Drehbeginn näherrückte, war das bei weitem ermutigendste Echo der Vergangenheit George Lucas' Laune. Von seiner Schreiberei weggelockt, um Ende 1996 das zwanzigjährige Jubiläum von ILM zu feiern, wirkte er angesichts der neuen Herausforderung wie neugeboren. Bunny Alsup, Gary Kurtz und die Gründerväter des Lucas-Imperiums hätten die jungenhafte Erregung in seiner Stimme sofort wiedererkannt. Lucas hatte geduldig gewartet, daß ILM die Technologie perfektionierte, die notwendig war, seine Träume umzusetzen. Das Warten war ihm seit er mit der Produktion seiner ersten drei Filme begonnen hatte, lohnenswert erschienen. Dank der neuen CGI-Technik – Computer Generated Imagery –, die bei *Jurassic Park* perfektioniert worden war, konnten auch die phantasievollsten Wesen zum Leben erweckt werden. Lucas hatte Jabba the Hutt in die Mos-Eisley-Sequenz in *Krieg der Sterne* wiedereingefügt. Sogar Yoda konnte gehen. »Plötzlich gab es keine Beschränkungen mehr. Es ist, als hätte man bei vierzig Grad im Schatten mit 70 Pfund auf dem Rücken und Bleikugeln an den Fußknöcheln seine Felder bestellt, um dann plötzlich von jemandem in einen klimatisierten Traktor gesetzt zu werden«, erzählte er dem Special-effects-Magazin *Cinefex*.

Für Lucas bestand der größte Kontrast zwischen 1996 und 1976 in dem für ihn wohl kostbarsten Gut: Kontrolle. »*Star Wars* war teilweise eine gewagte Geste eines dickköpfigen Kindes, das sagt: ›Ich will eine große Geschichte erzählen‹, ohne sich zu fragen ›Okay. Wie stelle ich das an?‹«, gestand er. Diesmal wußte er, daß er Herr über die Technik sein würde, die ihm zur Verfügung stand. »Mit Hilfe der digitalen Technologie kann ich die Kosten senken und den Film epischer gestalten, raumgreifender, und dazu noch mehr faszinierende Geschichten erzählen«, sagte er. »Das macht das Ganze so aufregend. Das ist es, was mich in gewisser Weise veranlaßt, es noch mal zu tun – Spaß an der Freude.«

Und so muß die Welt sich gedulden. Wir werden nicht vor Ende dieses Jahrtausends Einblick in die Vision bekommen, die Lucas' außergewöhnlicher Verstand sich ausgedacht hat. Nach Anlaufen der ersten Folge der zweiten Trilogie 1999 sollen laut Lucas die nächsten beiden Folgen 2001 und 2003 in die Kinos kommen. Außerdem will er in den zehn darauffolgenden Jahren seinen Zyklus von insgesamt neun Filmen abgeschlossen haben. Lucas' größte Leistung wäre es wohl, wenn er am Ende dieses bemerkenswerten Weges seine Arbeit immer noch als ›Spaß‹ betrachten würde.

Der Weg, der vor ihm liegt, ist ganz bestimmt kein einfacher. Kein Film ist je mit solcher Vorfreude erwartet worden. Und doch hat auch auf keinem Filmemacher je eine solche Bürde gelastet, solch hochgesteckten Erwartungen zu entsprechen. Lucas wird mehr brauchen als Zeit und Technologie. Um erfolgreich zu sein, wird er Genie brauchen, das über seine Marketing- und Merchandising-Millionen hinausgeht. Seine Macht wird gewaltig sein. Aber mehr denn je muß er darauf hoffen, daß die Macht noch mit ihm ist...

BIBLIOGRAPHIE

Arnold, Alan, *Once Upon A Galaxy: A Journal of the making of The Empire Strikes Back*, Ballantine, 1980

Baxter, John, *Steven Spielberg: The Unauthorized Biography*, Harper Collins, 1996

Brode, Douglas, *The Films of Steven Spielberg*, Citadel, New York, 1995

Champlin, Charles, *The Creative Impulse: The Films of George Lucas*, Harry N. Abrams, New York, 1992

Evans, Bob, *The Kid Stays In The Picture*, Aurum, 1994

Farber, Stephen and Green, Marc, *Hollywood Dynasties*, Deliah, 1984

Gelmis, Joseph, *The Film Director as Superstar*, Doubleday, 1970

Goodwin, Michael and Wise, Naomi, *On The Edge: The Life And Times of Francis Coppola*, Morrow, New York, 1989

Halberstam, David, *The Fifties*, Ballantine, 1993

Harmetz, Aljean, *Rolling Breaks and Other Movie Business*, Knopf, 1983

Jacobs, Diane, *Hollywood Renaissance*, Delta, 1980

Lentz, Harris M. III., *Science Fiction, Horror and Fantasy Film and Television Credits*, MacFarland, 1983

Litwak, Mark, *Reel Power: The Struggle for Influence and Success in the New Hollywood*, Morrow, 1986

McClintick, David, *Indecent Exposure*, Morrow, 1982

Madsen, Axel, *The New Hollywood*, Cromwell, 1975

Parish, James Robert and Terrace, Vincent, *The Complete Actors' Television Credits, 1948–1988*, Scarecrow Press, 1989

Phillips, Julia, *You'll Never Eat Lunch In This Town Again*, Mandarin, 1991

Pollock, Dale, *Skywalking: The Life And Films Of George Lucas*, Harmony Books, New York, 1983

Pye, Michael and Myles, Linda, *The Movie Brats: How The Film Generation Took Over Hollywood*, Faber & Faber, 1979

Rosenfield, Paul, *The Club Rules: Power, Sex, Money and Fear: How it works in Hollywood*, Warner, 1992

Silverman, Stephen, *The Fox that Got Away, The Last Days of the Zanuck Dynasty at 20th Century Fox*, Lyle Stuart, 1988

Worrell, Denise, Icons – *Intimate Portraits*, Atlantic Monthly Press, New York, 1989

INDEX

KDS = Krieg der Sterne; DISZ = Das Imperium schlägt zurück;
RDJR = Die Rückkehr der Jedi-Ritter; (F) = Film; (TV) = Fernsehproduktion; GL = George Lucas

M*A*S*H (F)
MacLaine, Shirley
Majors, Farrah Fawcett
Majors, Lee
Mann, Ted
Marquand, Richard
Marvel Comics
Marvin Josephson Associates
Marvin, Lee
Maske, Die (F)
Mather, George
Mattel (Gesellschaft)
Mayhew, Peter
Mazursky, Paul
McCallum, Rick
McCloud (TV)
McCune, Grant
McDiarmid, Ian
McGovern, Terry
McGrath, Earl
McGraw, Ali
McKenna's Gold (F)
McOmie, Maggie
McQuarrie, Ralph
McQueen, Steve
McQueeney, Patricia
Medium Cool (F)
Meine Lieder – meine Träume (F)
Mel Brooks' Höhenkoller (F)
Mel Brooks' verrückte Geschichte der Welt (F)
Melies, George
Merchandising
Metropolis (F)
Mexico
MGM
Michaeljohn
Microsoft
Midnight Express (F)
Mifune, Toshiro
Miles, Sarah
Milius, John
Mill Valley, GLs Haus in
Miller, Craig
Minnelli, Vincente
›Miss Piggy‹
Modesto (Kalifornien)

Modesto Junior High School
Mollo, John
Mord im Orientexpress (F)
Morrison, Jim und die Doors
MPAA
Mura, Ken
Murch, Walter
Murdoch, Rupert
Muren, Dennis
Murphy, Art
Myers, Peter

Nadel, Die (F)
Nelson, Jim
New York
New York, New York (F)
New York Times
Newsweek
Nicholson, Jack
Nightmare – Mörderische Träume (F)
Nina (F)
No Blade of Grass (F)
Northpoint Theater
Nunn, Terri

Oates, Warren
O'Bannon, Dan
›Obi-Wan Kenobi‹
Ogallala (Nebraska)
Okada, Dave
Olivier, Laurence (Lord)
Omen, Das (F)
Opportunity Knocks (TV)
Oscars (Academy Awards)
Oz, Frank

Pal, George
Paramount
Parkhouse (GLs Heim)
Pate, Der (F)
Peck, Gregory
Pepsi
Pevers, Marc
Philippinen
Philips, MacKenzie
Phoenix, River